片吟鳥《ぺんぎん》戦記《せんき》

山口 隆

同時代社

目次

第1章　ウイング

かつて片吟鳥《ペンギン》には羽根がないと信じられていた。実際には他の鳥と同じ構造の羽根《ウイング》を持っている。が、その羽根は短く、硬く、平らになっているので飛ぶことはできない。そのかわり冷たい海に深く潜水することができる。

I

春のはずだった。

やわらかに木々を包んでいた陽射しが陰ると、暖気は失せ、雨になった。

雨は霙《みぞれ》に変わり、霙は雪になり、大きな雪片が絶え間なく舞い落ち始める。

遠くの山は淡く、近くになればなるほど濃い色調で、美妙に色をたがえながら重なっていた山並み。それらは霧に埋もれ、隣の稜線も乳白色のガスに呑み込まれようとしていた。

山笑う季節なのに……山頂の見晴らし台で天気の急変に遭遇した野津宏明は、雪がやむのを待つか、降りしきる雪の中を下山するか迷っていた。

春の雪だ、すぐにやむかもしれない。いや、季節外れの大雪になれば身動きが取れなくなる可能性もある……いつもの彼なら、あれこれ考えながら、結局、天候が回復するまで、この場にとどまっていただろう。だが、隣には寒さに震える息子がいる。初めて山に連れてきたこの子には、寒い思いをさせたくなかった。山はつらいものと思わせたくなかった。

彼は恨めしげに空を見上げ、珍しく速い決断を下した。

「寒いか？　じっとしているよりも身体を動かしたほうが温まるかもしれない。いいかい、持ってきた服を全部着て、その上からポンチョをかぶれ。春の雪だから、すぐにやむと思ったが、やみそうにない。これ以上積もらないうちに引き返そう。今からなら、ゆっくり歩いても夕方前には麓に着ける。旅館に戻ってあったかいお風呂に入ろうな」

父と子は降りしきる雪の中を歩き始めた。

尾根道は、うっすらと雪に覆われ、踏むと靴跡が黒く抜ける。大きな跡を小さな跡が追いかけ、点々と時が刻まれていった。

たっぷりと水分を含んだ雪は二人のズボンを濡らし、ハイキングシューズの中にも容赦なく侵入して、かじかんだ足先をさらに冷たくした。

一五〇〇メートルに満たないこの山には、危険なガレ場などはなく、遠望のきく、たおやかな尾根道は二本の大きな松の木の手前で終わり、そこからつづら折りの山道を下れば、黙っていても麓の集落に連れて行ってくれるはずであった。なのに、道は尾根から離れるように下り、そろそろ姿を現すはずの二本松はまだ見えない。

　尾根を縦走する一本道が、登りと同じ道が、尾根から外れ、下り坂になっているのはなぜ？　野津宏明は立ち止まった。薄いナイロン製の雨具は水気を通し、下着まで湿らせていた。

　見上げるとブナの木々が裸の枝を広げ、地面には熊笹が群生し、細い道は山腹を削るように急な傾斜で下っていた。道の片側は崖で、眼下には杉の林が広がっている。

　降りやまぬ雪の中、白い尾根に、かろうじて残る道らしき窪みを見失わないよう、周りを見ずに歩いていたせいだろう、気づいた時には、道は完全に尾根から外れ、異界へと導こうとしていた。

　彼は遅れ気味に歩く息子に告げた。

「おーい、止まれ。どうもこの道は違うようだ」

　おぼつかない足取りで、うつむき加減に歩く息子が、何事かと顔を上げた、その時、雪をのせた笹の葉に足を滑らせ、転倒。そのまま崖を一直線に滑り落ち、瞬く間に黒い杉林へ吸い込まれていった。

「諒介！」

「息子は、この四月に中学に入学します。その記念の山登りでした。一緒に登れるようになるのをずっと待っていたのです。それがようやく実現したというのに……」

「ということは、昨日まで小学生だったわけだ。そんなガキに、登山はちょっと早すぎるのと違うか？」

「そんなことはない。いい区切りだ。この辺では中学生になった年から、雪下ろしのために屋根に上がるのが習わしだった。俺も中学生になった冬に、勇んで上がったものよ。近所の人から、『お前も大人になったなあ』と声をかけられ、照れくさいような、誇らしいような不思議な気持ちになったのを憶えている。ところが、近頃は、親の方が危ないからと屋根に上がらせようとしない。子どもはいったい、いつ大人になるのだ？」

父の声がする。低い声もする。野津諒介は意識を取り戻したが身体は動かせずにいた。

背負われているらしく全身が上下に揺れ、その都度、尾骶骨《びていこつ》に痛みが走り、手足に感覚はなく、耳だけが冴えていた。

「二人は、どうしてこちら側に下りようとしたのだ？この山で見晴らしがよいのは向こう側だけ。こちら側には造林地しかない。人家もないし、林道に出たとしても車がなければどうしようもない。俺たちが仕事を早めに切り上げ、通りかかったからよかったものの、そうでなかったら、この季節外れの雪の中で凍死していたぞ」

「本当に助かりました。天候が急変したので福田温泉に引き返そうとしたのですが、どこで間違えたのか……尾根道は一本道だから迷うはずがないのに」

「尾根の中程に大きな岩が一つあっただろう」

「ええ、人の背丈ほどの」

「道は、あの岩のところで二手に分かれていて、右に行けば二本松で、左は、こちら側に下りる作業道だ。福田温泉から登ってきたのなら、こちら側に下りる道は岩陰になるから気づかなかったのだろう」

「雪だよ、雪。道を判らなくしたのも、俺たちが仕事を途中で切り上げたのも雪のせい」

「いや、一本道だと決めつけていた私のせいです。決めつけていなければ、尾根から外れた時点でおかしいと気づき、引き返せたはずです」

「引き返すのは簡単ではない。これまでの全てを否定することになるからな」

「引き返せずに、泥沼にはまり込んでしまう奴が多い中で、引き返そうとしたのだから、まだ、ましな方だ」

「私は立ち止まっただけで、引き返せてはいません。それに、結果がこれじゃあ……」

「結果をいうなら、二人とも無事だったのだから、よしとしようじゃないか」

「そう言っていただければ有り難いです。みなさんのおかげです。何とお礼を言ってよいやら……」

諒介は背筋にゾクッとしたものを感じ、目を開けた。目の前に太い首があり、木の香と汗が入り混じった匂いがする。

振り向くと黒いカッパを着た二人が、父を挟んで歩いていた。

「おお、ボウズ、気がついたか」

その声で全員が立ち止った。黒いカッパの男は肩に担いでいた機械を下に置き、背負われたままの諒介の手足をさすった。

「痛いところはないか？」ヘルメットの中の浅黒い顔が覗き込む。

「骨は折れていないようだし、痛いところもないようなら一安心だ。もう少しで林道に出るから、寒いのは辛抱しろ」

男はスケートボードほどの機械を再び担ぎ、「急ごう」と言った。杉木立の間を雪が舞い、山の上から白いガスが迫っていた。

ぬかるんだ山道を下る足音が早くなり、木々の間から林道が垣間見え、車返しに一台のワゴン車が止まっていた。

「さあ、ボウズは前に乗れ。前の方が服は乾く」

黒いカッパを脱いだ三人のうち、白髪交じりの中年男が諒介をワゴン車の助手席に座らせ、エンジンをかけた。

ヒーターが全開にされ、ブォーという音とともに汗の匂いが車内に広がり、窓という窓が曇った。

「あー寒かった。春だと思って薄着できたのが間違いだった」

「寒いのも嫌だが、カッパを着ての山仕事はもっと嫌だ。外からの水は通さないが、中から蒸れてパンツまでぐしょぐしょだ。これじゃあカッパを着ていないのと同じ」

「本当だ。通気性のあるカッパは値段が高いうえ、すぐに破れる。安くて丈夫なやつは蒸れるときている」

「丈夫なのが一番。さもないとカッパを買うために働くことになるぞ」

「しかしなあ、午前中は間違いなく春だったのに、午後の作業に入った途端、冬に逆戻りとは……この分だと明日は仕事になりませんね、親方」

「気圧の谷が通り過ぎれば雪はやむ。春の雪だ、すぐに消えてしまうよ。それにしてもボウズ、あの雪の急斜面を滑り落ちたのに、ケガをしなくてよかったなあ。枝打ちで切り落とした杉の葉がクッションの役目をしてくれたのだろう」

　五人の濡れた髪や衣服が放つ臭気が気にならなくなると、感覚のなかった諒介の手足に血流が戻り、痛痒さが脈打ち始めた。

　名残の雪に鳥たちは姿を隠し、膨らみ始めた木々の芽が雪に包まれる中、コブシの新芽だけは季節の逆行に抗って、きっぱりと上を向いていた。

　白い林道に轍《わだち》の跡はなく、親方と呼ばれた男はフロントガラスをタオルで拭きながら片手でハンドルを操り、曲がりくねった下り坂をゆっくりと進んだ。


　林道のカーブの膨らみの部分に一台の四輪駆動車が止まっていた。

　親方は車を止め、窓ガラスを下げた。肌を刺す寒風と雪が吹き込む。

「こんな所でどうした？　故障でもしたのか」

　やおら四輪駆動車の窓が開き、若い男が顔を出した。

「ここが荒岩谷と細見谷の合流地点か？」

「そうだ。その突端に谷へ下りる道がある。下り切った所が二つの谷の合流点であり、茂枝山の尾根道の終点だ」

「それなら問題はない。あまりにも遅いから、待ち合わせ場所を間違えたのではないかと少し不安になっていた。間違えたらこっぴどく叱られるから」

「誰かを待っているのか？」

「あんたらには関係ない」

　若い男はワゴン車のドアに書かれた〝深山林業〟の文字を目で追いながら言った。

「そうか……」親方が車を出そうとする。

「ちょっと待ってくれ。二時に、ここである人を迎える予定になっているのに、まだ姿を見せない。遅すぎるかな？」

　腕時計を見た親方が顔をしかめた。

「茂枝山に登り、福田温泉側ではなく、反対側の、この合流点に下りてくる予定になっているのだな」

　若い男は虚勢を保とうとしながら頷いた。親方は野津宏明に、見晴らし台周辺には誰もいなかったことを確認すると、再び若い男に尋ねた。

「となると、見晴らし台から、この合流点までの間で何かあったことになる。ところで、その人は雨具を持って行ったのか？」

「朝方は晴れていたし、仕事の邪魔にもなるから、持っていかなかったはずだ」

「はずじゃあ判らん。確かめろ」

　面倒くさそうに車から出た男は、寒さに身を屈めながら後部ドアを開けた。

「雨具はここに置いてある。あれ？　登山靴もある。こんな低い山はハイキングシューズで十分だから履き替えていかなかったのかな？　先生は仕事に熱中すると時間を忘れる人だから、それで遅いのかもしれない。去年の秋には半日待たされたことがあった」

「天気がよければその可能性もあるだろう。だが、この雪で、雨具もなく、二時間以上も遅れているとなると、何かあったと俺なら考える」

　若い男の表情が強張った。

「ここから福田温泉まで、峠越えで三〇分。消防団を集めるのに小一時間。戻ってくるのに三〇分、計二時間はかかる。そうなると完全に暗くなってしまう。すぐに捜す必要がある」

「歩いて捜すのか？」

「他にどんな手が？」

「歩くのは時間の無駄。ヘリの出動を要請しよう。あんたらは知らないだろうが、先生は有名な写真家だ。すごい賞を取った有名人だ。だからマスコミに顔が利く。マスコミの力は大きい。マスコミから警察に連絡させよう。有名人の捜索だったら田舎の警察でも動いてくれるはずだ」

「その車に無線機を積んでいるのか？　それとも、最近出たという携帯電話とやらがあるのか？」

「ある。五〇万円もの加入料を払った携帯電話がある」

「じゃあ、すぐにそれで連絡しろ」

「それが、通じないみたいだ。こんな山の中では」

「ここから一番近い電話は福田温泉の旅館だ。若いの、行きたければ早く行け。日が暮れてしまうぞ」

「……」

「日没まで時間がない。すぐに捜そう。雨具を持っていないのだから、体温の低下が心配だ」

「親方、どっちの谷を捜す？」

「両方ともだ。俺は、この若いのと組んで荒岩谷に入る。お前らは」

「ちょっと待ってくれ。先生は山岳写真の第一人者で、ヒマラヤやキリマンジャロにも登った人だ。山登りのベテランが、素人みたいに沢筋に下りるはずがない。先生はプロだ。あんたらとは違う」

「そこまでいうのなら、お前さんは尾根を捜せ。俺たちは谷に入る。行ける所まで行って、見つからなかったら、明日、麓の消防団に頼んで捜すしかない。タツとヒロ、準備しろ」

「了解」

「親方、三人なら、どちらか一方の谷しか捜せませんね」

「そういうことだ。確率は五割」

「あの、私も参加させてください。人数は多い方がいいでしょうから」

諒介は父の顔を見た。初めて見る毅然とした表情だった。

「気持ちはありがたいが、その格好で谷に入るのは無理だ」

「あちらの車に登山靴と雨具があるそうですから、それを借ります」

「そうか、あんたが行ってくれるのなら、一つの谷に絞る必要はなくなる。谷での単独行動は危険だから二人一組で行く。あの尾根道を下ったとしたら両方向に滑落する可能性がある。あんたが加わってくれれば、二手に分かれて捜すことができる」

三人は再び濡れたカッパとヘルメットを身に着け、野津宏明は借りた登山靴をはき、黄色い雨具を着込んだ。

「おい、ボウズ、お前さんに頼みがある。万が一、暗くなっても戻らなかったら車のライトを点けてくれ。ここの位置を俺たちに知らせるためだ」

親方はワゴン車を谷側に向けると、諒介の肩を抱き、ついでに四輪駆動車のライトの点け方も教えておこうとドアを開けた。

　助手席で何かが動いた。

「おい、若いの、この子は？」

「先生のお嬢さんです。本当は三人で登る予定だったのですが、お嬢さんが嫌だと言い出して、私が子守をするハメになって……だから、ここで先生と落ち合うことになったのです」

　眠っていたのか、髪の長い少女は重そうな瞼で二人を交互に眺めた。

「ボウズ、仕事が一つ増えた。この子の面倒を見ろ。車の外に出すな、頼んだぞ」

　それだけいうと、親方はてきぱきと指示を出した。

「タツとヒロは細見谷に入ってくれ。あの谷は倒木が多いからチェーンソーを一台持って行け。若いの、あんたは尾根だ。尾根には登山道があるから一人で大丈夫だ。俺は、この人と荒岩谷へ入る。あと一時間で暗くなる。だから合流点から三〇分進んだ地点で引き返せ。見つからなくても引き返せ、判ったな」


　四輪駆動車の中はワゴン車よりも暖かく、シートも柔らかい。諒介は濡れたズボンや湿った下着が不均等に温められていくのを不快に感じながら、身じろぎせず、顔だけ上気させていた。

　隣には名も知らぬ少女がいる。きれいにカットされた長い髪。その髪に埋もれるような小さな顔。同い年か、少し上に見える少女。ピンクのセーターも赤いマフラーも暖かそう。

　助手席に座る少女は黙ってドアにもたれ、窓の外を見つめている。帰らぬ父を心配しているのだろう。こんな時こそ、この少女に、いたわりの言葉をかけ、横になっていたせいで、頬に張りついたままになっている四、五本の髪の毛を、そっと戻してあげなければならないのだが、諒介には、そのどちらを行う勇気もなかった。

　雪がフロントガラスをうっすらと覆い、車内が薄暗くなる。と、少女は小さな声で泣き始めた。

「大丈夫だよ、キミのお父さん」

　根拠のない慰めに返事はなく、少女はしくしく泣き続ける。

「道に迷った僕たちを追い越して、もう旅館に戻っているよ、キミのお父さん」

「私たちが泊まっているのは高原ホテル」

気まずい沈黙。それを振り払おうと諒介は蛮勇を奮い、尋ねた。

「どうして一緒に登らなかったの？　お父さんと」

「山なんて大嫌い。足は痛くなるし、疲れるし、服も汚れる。早くお家に帰りたいなあ……でも、お父さんが戻って来なかったら、私、どうなるのだろう」

簡単には答えられない問いに、今度は諒介が黙った。

「お母さんはいないし、私、どうすればいいのかしら」

少女は語る。仕事で長期間留守にする父親に愛想を尽かした母親は家を出て、今は別の人と暮らしていると。

「子どもって損ね、親に左右されて。あーあ、早く大人になりたい。大人になって自由になりたい」

大人になる……それがどういうことなのか、諒介にはよく判らなかった。だから大人になるのに躊躇いがあった。しかし、この子は早く大人になりたいという。

「人生って、何のためにあると思う？」

答えに窮した諒介を見ながら少女はいう。

「有名になるためでしょう」

「そうかなあ……」

「そうよ。有名にならなかったらつまらないじゃない。私ね、将来、テレビタレントになって有名になりたい。街を歩くだけで、サインを求められるようになるつもりよ」

彼の周りにも同じ憧れを口にする者は多々いるが、この子なら、なれそうな気がした。周囲の誰よりも洗練されていたし、片手で髪をかきあげる仕草は大人そのもののように思えた。

「だから私、自分を信じてチャレンジしようと決めたの。信じる力が強ければ強いほど願いは叶うはずでしょう」

諒介は圧倒された。全てにおいてこの子の方が上に思えた。彼は将来、何をしたらよいのか判らなかった。判らない自分に自信を持ちようがなく、憧れの職業も日々変転していた。ところが、この子は自分を愛し、自らの可能性を信じ、夢に向かって突き進むのだという。

「でもね、お父さんは大反対で、タレントにはなれない、無理だと決めつけるのよ。お前には無理だって……やれば、私だって輝けるかもしれないのに、やる前から無理だと決めつける大人って、大嫌い」

頭の固い親よりも、大切なのは華やかな夢。それをかなえるのは運。繁華街でスカウトに声をかけられる幸運を待っているのだと、少女は両手で前髪を上げながら目を輝かせる。

「うちのお父さん、山の写真じゃなくて、スターやタレントの写真を撮って有名になっていたら、私もすぐにデビューできるのになあ」

その願いは、自分を信じてチャレンジするのとは、どこか違うような気がした。しかし、内気な彼はそれを口にしなかった。

「ねえ、誰のファン？　どんなタレントが好きなの？」

「誰って、その……」

「いないのなら、私のファンになりなさい。名誉あるファン第一号にしてあげる」

少女は親しげに彼の膝に手を置き、すぐ引っ込めた。

「わあ、濡れているじゃない。おもらししたの？」

「ち、ちがうよ。雪の中を歩いたからだよ」

「どっちにしても気持ち悪い。シャツも濡れているの？　よく平気でいられるわねえ、早く着替えなさい」

半ば命令するような少女の口調に戸惑いながら、諒介は雪の斜面を滑り落ちてからの経緯を訥々と語った。話しながら、――父や、あの人たちは濡れた服のまま、またカッパを着込んで、この子の父親を捜して、雪の中を歩き回っている。寒いだろうなあ……と思った。

すると、胸に熱いものが込み上げてくるのを感じた。

――どうしてだろう？　悲しくもないのに目の奥が熱くなり、涙が出そうになるのは……彼は思わず窓の外へ視線を移した。

話の途中で黙ってしまった諒介を不思議そうに見ていた少女は、首に巻いていた赤いマフラーを取ると、身を乗り出し、彼の首に巻きつけた。

「このマフラー、あげる。風邪をひかないように」

サラサラの髪が目の前をよぎる。思いもよらぬ急接近に身を固くした諒介は、首に巻かれたマフラーに少女の匂いと温もりが残っているのを感じとると、顔を真っ赤にし、ブルッと身体を震わせた。

「女の子から身に着けていたものをプレゼントされた経験、ある？　ないでしょう。大切にしなさい、初めてのものは」

確信ありげに微笑む少女は、また大人びた仕草で髪をかきあげてみせた。

山影がせり出すと辺りは急に暗くなり、風も出てきた。

諒介は言われた通りワゴン車のライトを点灯し、四輪駆動車のも点けた。

光の帯の中を雪が舞う。対岸の黒い杉の林が波のように揺れ、山がざわつき始めた。

「おーい」

彼は両手を口にあて、暗い谷に向かって叫んでみた。

それは谷にいる人たちに、ここの位置を知らせるためのもの。しかし、変声期を迎えた不安定な声に力はなく、すぐに風にかき消されてしまう。

諒介は、光だけでなく音でも位置を知らせようと、車のクラクションを鳴らすことを思いついた。間隔を開け、短く鳴らす。すると少女が「私にもやらせて」と身を寄せてきた。

二人は目と目で合図し、同時にハンドルの中央を押そうとする。息が合わない。もう一度と少女はいう。目を合わせ、今度こそと少女が微笑む。もどかしさと憐れみを含んだ笑み。気難しそうで、どこか見下したその笑みは、彼のクラスの女の子たちと同じもの。

少女はクラクションの上に手を置き、叩けという。サッと手が引かれ、クラクションが短く鳴る。攻守交代……二人だけの単純な遊び。無邪気な戯れ。

いつでも、どこでも、理屈抜きに楽しいひとときが瞬く間に終わってしまうように、尾根道から若い男が戻り、細見谷から二人の男も戻った。

日はとっぷりと暮れた。ライトに浮かぶ雪片の数は減り、風もやんだ。一時間はとうに経過しているのに、荒岩谷に入った二人は戻らない。

ワゴン車に追いやられた諒介は、二人の若い男と闇を見つめた。四輪駆動車のドアが開くたびに軽快な音楽が漏れ聞こえる。

「行くか」

二人の男が同時に言った。すぐさま一人が藪に入り、木の枝を切り、一人がワゴン車の荷台から布きれとオイルの入ったペットボトルを取り出した。ライターでオイルがしみ込んだ布に火が点けられる。

「オイルのボトル、一本で足りるかな？」

「動かせない状態だとしたら、たき火をする場合もありえる。もう一本持って行こう」

「あの、僕も連れて行ってください」

諒介の声に、男たちは振り向くことなく言った。

「大人になったらな」

二本の松明が暗い山道を谷へと下りる。

諒介は車の外に出て、ゆらゆら揺れる明かりを見つめた。すると、「クオー」という鳥の鳴き声に似た短い音が夜陰を裂き、すぐさま「クオー」と応答する音が聞こえ、松明が大きく回転した。

やがて、二つの明かりと、人を背負い、その後ろを支えるシルエットが闇から浮かび上がるように現れた。


少女の父親は、雪の中を急いで合流点に向かおうとして、雪と泥に足を滑らせ、尾根道から谷へ滑落。谷に転がる岩に足をぶつけ、骨折したらしく、動けなくなり、川原にうずくまっていた。雪が身体を覆い、低体温で気を失いかけていた時、「そろそろ引き返そうか」という話声が耳に入り、大声で助けを求めたという。

冷たい流れの中に落ちなかったこと。そして合流点より歩いて三〇分程の所に落ちたのが、この写真家の不幸中の幸いだった。

寒さと苦痛に顔をゆがめる父親を黙って見ていた少女は、車に乗り込む際に、ちらっと諒介を見て、小さく手を振った。

病院に向かう四輪駆動車のテールランプが林道から消え、残された五人を山の静寂が包み込んだ。

「さて、風呂に入って、一杯やるか」

大人たちが笑う。雪はやみ、夜空の雲の切れ間には無数の星が輝いていた。

2

楽園台駅の朝は遅い。

他の駅がラッシュを迎えても、この駅はまだ静かで混雑は遅れてやってくる。

三つの学校の学生が利用する駅なので乗降客の数こそ多かったが、習性のようにラッシュに身を委ねるのを嫌う学生たちは、大いなる余裕を活かし、有効に時差通学を機能させていた。

野津諒介は、まだ人の少ない楽園台駅の北口を出て、カエデ並木が美しい〝駅前通り〟を一人歩いた。

駅前通りの左側には、古びた校舎を高い塀が囲む〝栄大〟があり、右側には八階建の校舎が巨大な城砦のように敷地を囲む〝備大〟が偉容を誇っていた。

一方、駅の反対側、南口には一本の商店街があり、多彩な店が並ぶ通りは、広大なキャンパスを持つ〝志大〟の門の前まで延びていた。

楽園台駅の北口を出た人々はロータリーを左右に分かれる。野津諒介は左側をゆっくりと進み、通りに面した栄大の正門を入った。

一コマ目から授業があるのは月曜日だけで、休み明けの早起きほどつらいものはない。

学生食堂に通じる通路では、朝早くから新入生を獲得しようとするサークルが勧誘を行っている。もう五月だというのに、そろそろあきらめてもよさそうなのに、行き交う人に向かって一斉にサークルの名前を連呼するさまは、新人を獲得することより、必死で勧誘する行為そのものに陶酔しているようで、彼は冷ややかな視線を送ると教室に向かった。

「あっ、野津君。僕、今、とても困っているのを知っているよね」

教室に一人いた岩本紀夫の目が、入ってきた野津を離そうとしない。

「いったい、どうしたの?」

「それが、なかなか手頃なマンションが見つからなくて」

「へえ、キミもついに家を出て、自立するのか」

「自立？　そんなのとっくにしているよ。僕は誰にも左右されず、自分のやりたいように生きている自由人だ」

「親にメシを食わせてもらっての自立はないだろう。だから家を出て、自活するのが自立への第一歩だからと、マンションを捜しているのと違うのか？」

「家を出る？　そんな無茶はしません。親には逆らえません。親は大事な資金源ですから」

　では、どうしてマンションを捜す必要があるのか……予想した通り困惑する姿に、にんまりした岩本は、彼なら大いに羨むであろう、その答を披露しようとした。

「おい岩本。お前、同棲を始めるそうだな。それも週末だけだなんて、何でそんなおかしなことを？」入ってきた小池達樹が、いきなり答えをばらした。

「誰に聞いた？　中井君か？　秘密にと言ったのに、あいつ、口が軽いなあ」

「週末だけの同棲なんて、同棲と言えるのか？」

「キミには理解できないだろうけど、これが僕にとって最善の方法なんだ」

「お互い、好きで一緒になるのなら、一日たりとて離れたくないのと違うのか？」

「出来ればそうしたい。だけど無理。僕の父は高級官僚で事務次官候補だ。政治家に指図して、この国を動かしている人間だ。息子の不祥事は出世に影響する。だから抜け道が必要。週末だけだったら、遊びに来て、たまたま泊まったと言い逃れできるからね。すべては親のため」

「親のため？　小賢しいなあ。勝手にママゴトでもやってくれ。野津、今日のゼミは臨時休講だそうだ。帰るぞ」

「マンションが見つかったら、盛大にお祝いのパーティをやるけど、小池君、キミは招待してほしくないのか？」

「いらないよ」

「野津君は来るよね」

　曖昧な笑みを残して教室を出た野津に、小池は念押しした。

「行くな。あいつは自分の彼女を見せつけたいから、そのために呼ぶのだから」
「一緒に暮らす人か……羨ましいなあ。どんな人か一度見てみたいね」
「お人好し。お前にはプライドというものがないのか？」
「自分に自信がないから、プライドもないみたいだ」
「自分で認めてどうする。自信がなくても、ハッタリをかませ。それがプライドだ」

野津諒介、二一歳。彼にとって中学、高校は大学に入るための通過点にすぎなかった。人並みに、遅れないように通過すると、ここなら大丈夫だと言われた栄大を受験した。もとより追求したいテーマがあったわけでなく、入れるから入った学校だから、ここもまた次への通過点となり、まじめに通って二年が過ぎた。

三年生になると少人数制のゼミが始まる。何かをやってみたい気持ちは常に持っており、それに熱中できたらどんなに幸せだろうと思いつつも、その何かが何であるのか判らず、その上、本物の学問など自分の手におえる代物ではないように思えた。

そうなると選ぶ基準は、〈労せずして単位がもらえるゼミ〉となり、厳しくないという噂を信じて、野津は友人の小池と同じゼミに入った。

総勢八人の藤尾ゼミ。

噂通り、レポートの当番が回って来なければ黙って聞くだけでよく、野津は幸運を喜んだ。

時は五月。出会いの緊張は解け、お互いの素性も少しは判り、会話も増えた。同じゼミへの帰属意識を共通項に、同世代で、同等で、同類であることから七人には淡い仲間意識が生まれようとしていた。たった一人の留学生を除いて。

岩本紀夫は週末だけの同棲を始めたらしく、遊びに来るよう、さかんに野津を誘う。

あからさまに小池の排除を求めたその誘いに、野津は戸惑いながらも友情の証にと、逐一、そのことを小池に報告した。

「どうして僕をしつこく誘うのかなあ」

「それは、お前が人畜無害だから。俺が行ったら、彼女が俺の方を向くかもしれない。だから、その心配のない者だけを誘っているということ」

「羨ましい。僕に、キミの半分の自信があったらなあ」

「そうだ自信が必要だ。俺の周囲で彼女がいないのはお前と中井ぐらいだ。中井はいまだにママ、ママって親離れしていないし、ひょっとしたら、あいつ、女には興味がないのかもしれない。だとしたら、彼女がいないのは野津、お前だけだ。うちのゼミの女性陣は手に負えそうもないし、お前、これからどうするつもりだ？」

「自然に任せるよ」

「寂しい人生になりそう」

「そうと決まったわけではない。人生は長い。良いことも悪いこともある。出会いもあれば別れもある」

「フィフティ、フィフティと言いたいのだろうが、お前にはまだ出会いがない。出会いがなければ別れもない。すなわちゼロだ」

「僕みたいなサラリーマンの子どもは、ゼロから出発するしかないからね」

「ゼロに何を掛けてもゼロだぜ」

「キミは掛け算で生きろ。僕は足し算で生きるから」

　この安穏とした学園には〈わくわくするようなもの〉などありそうもなく、〈真理への入口〉や〈生きる目的〉も見つかりそうになかった。それらは通過点の最終段階である〝社会〟にこそあるのだろうと、野津は、あと二年弱でやってくるその時を思い、今をやり過ごそうとしていた。

　来年になれば、全力で就職活動を開始しなければならない。就職氷河期と言われる時代だけれども、是が非でも名の通った会社に入らなければならない。有名企業なら労働条件はしっかりしており、死ぬまで働かされるようなことはないだろう。

3

　それはマンションというよりも雑居ビルで、一階には数軒の店舗が入り、二階は事務所。それより上が賃貸の部屋らしく、玄関にはたくさんの郵便受けが並ぶ。

　昨夜、電話をしてきた岩本は、待ち合わせ場所を告げ、必ず来るよう念を押した。その強い口調に押され、断る理由も見つからなかったので、野津は気乗りしないまま〝新居披露〟の招待を受けてしまった。

　岩本は廊下の一番奥の部屋に彼を導いた。

　ワンルームの部屋の真ん中に真新しいテーブルが置かれ、長い髪の女性が頬杖をついている。

「紹介するよ、彼女は映美ちゃん。僕の恋人だ。こいつは野津、ゼミの友人。さあ、座れ、飲もうぜ」

　女性は気怠そうに野津を一瞥し、すぐに目を伏せた。挨拶もない。明らかに歓迎されていないようで、彼は何となく来てしまったことをもう後悔した。

「おい、映美、ワインだ、ワインを持ってこい。僕はフランス産しか飲まないから」

「こだわってるんだね」

「ああ、こだわってこそツウになれる」

「でも、それって、他の味を知る道を閉ざす結果になるかもしれないよ」

「これだと決めた道を突き進むのが、男の生き様だ」

　ワインの栓を抜こうと女がうつむく。肩にかかっていた髪が前に落ち、首筋の一部がはだける。野津は首筋から、肩、腕へと視線を移し、女の顔が上がる直前にテーブルへ戻した。

「さあ乾杯しよう、僕たちの愛の殿堂へようこそ」

「中井君も来るのでは？」

「あんな乳離れしていないマザコンは放っておけ。今日はママの仕事が休みなのでママと一緒に過ごすそうだ。さあ、乾杯だ」

「悪いけど、僕、アルコールは全く受けつけないから、ワインは、ちょっと」

「なんだと？　冗談はよせよ。今日は大いに飲んで、騒ごうと思っていたのに。少しぐらいなら飲めるだろ？　つきあいも必要だぞ」

「アルコールを分解する酵素がない体質だから無理だよ」

「なら、今から、その体質を変える訓練を行う。さあ、飲んでみろ」

「ここで吐いてもいいのなら飲むけど……お茶でもあれば、頼むよ」

「つまらん男だなあ、映美、ウーロン茶でも出してやれ」

女は膨れっ面で岩本をにらむと、冷蔵庫から取り出した大きなペットボトルをテーブルの上にドンと置いた。その乱暴な振る舞いに、野津は思わず女を見上げた。

「あら、あなた、どこかで会わなかった？」立ったままの女が初めて口を開いた。

その言葉で、まともに見る権利を得た野津は、女の顔をまじまじと見つめ、彼女もまた、彼の前に座り直した。

「絶対に会っている。どこかで会ったことがある。どこかで……」

「おい、得意の誘いの手だったら、やめておけよ。許さんぞ」岩本は女を引き寄せ、自分のものであることを示そうとした。

「そんなんじゃない」

女は岩本の手を振り払い、野津に対して、生まれた場所は？　小学校はどこ？　中学、高校は？　住まいは？　よく遊び行く場所は……と質問を浴びせかける。

「ああ、思い出せない。絶対に会ったことがあるはず。つい最近、どこかで会ったような気がする……」

なおも接点を突き止めようとする女の真剣さが、岩本の嫉妬心に火をつけた。

「ちょっと待て。いいか、お前が、僕の性格だと友だちなど一人もいないと決めつけるから、友だちを連れてきたのに、お前のために連れてきてやったのに、僕の知らない話はするな」

「うるさいわね。私は、この人とどこで会ったのかを確かめたいだけ」

「この部屋の主は僕。カネを払っているのも僕だ」

「それが何だというのよ」

「だから僕を中心にした話をしよう。僕が好きなバンドとか」

「今、必死で思い出そうとしているのだから、うるさくしないで。生まれた場所も違い、同級生でもないとなると、お店のお客かしら？」

「お店？」

「いや、何でもない。さあ野津君、食べようぜ、このピザ、うまいから」

岩本は宅配のピザを口いっぱいに入れておどけてみせた。それを無視した女は、テーブルの上で頬杖をついた。

目の前の赤い液体をじっと見つめる女。その眼は思い出の糸と糸を懸命に手繰り寄せ、結び付けようとしているようで、ただならぬ真剣さを漂わせていた。

これまで女性とつきあった経験がない野津は、どうせ彼女の勘違いだろうと思い、次に彼女が何を言い出すのかを待つことにした。

それにしても生活感のない部屋だった。家具と言えるものは冷蔵庫とテーブルぐらいで、テレビすらない。間違いなく一緒に暮らしている二人なのに、何かが足りず、お互いがバラバラに存在しているように見える。

甘い雰囲気の中、二人でベタベタされるのではと思っていたのに、予想は外れた。結婚ではなく同棲なのだから、こんなものなのだろうと解釈した野津は、気まずい沈黙に終止符が打たれるのを待った。

どれだけ時間を遡行しても記憶の糸と糸は結べなかったようで、女は上体を起こすと、フーッと息を吐き、「ダメだ、思い出せない」とギブアップを宣言。片手で髪をかきあげ、ワインを一気に飲み干した。

「あっ、キミは赤いマフラーの」

「赤いマフラー？」

「キミは僕に赤いマフラーをくれた。寒いだろうと暖かいマフラーを掛けてくれた。ほら、山に雪が降って、車のガラスに雪が積もって、車のライトを点けて、キミと僕はまだ子どもで」

「えっ、お父さんが遭難した、あの時の？」

「キミは小さかったが、手櫛で髪をかきあげる仕草は今と同じで」

「車の中で励ましてくれた、あの時の人？」

「そうだよ、僕だよ」

声にならない声で泣く少女。目を輝かせ夢を語った少女。赤いマフラーに残る温もり。手を取りクラクションを鳴らす遊びに興じた二人。小さく手を振り去りゆく姿……野津にとって、あれは幼き頃のたった一度の〃ときめき〟の記憶。

　あの時の少女と、七年か八年ぶりに再会した。確かに、髪を片手でかきあげる仕草は同じだった。それよりも、彼女の記憶と自分の記憶が一致していることからも間違いなく、あの時の、あの少女だった。

　しかし、ここにいる成長した彼女はクラスメイトの愛する人で、同棲の相手……黙ってしまった野津を見つめる彼女も、何かを言おうとして言葉を飲み込んだ。

「キミたち、知り合いだったのか？」

　黙る二人に、岩本は冷静を装いながら尋ねた。

「そうよ、私たち幼馴染なの。私の名前は絵島映美。あなたは？」

「野津、諒介」

「待てよ、名前を知らない幼馴染なんてあるものか。何か隠しているな。言え、どこで何をした」

　絵島映美は、その問い掛けを無視し、紙にボールペンを走らせた。

「名前は知らなくても心を通わせることは出来るもの。ねえ、あとでここに電話して。うるさいのがいない所でゆっくり話がしたいから」

　突然、岩本の平手が彼女の頬に入り、彼女は床に崩れた。

　頬を押えながら彼女は岩本をにらみつけ、岩本も怒りを露わに大きく息をする。野津は間に入ることも、彼女をかばうこともできず、ただ狼狽えた。

　すぐに彼女は大きなバックを取り出し、衣類を詰め始め、岩本はそれをやめさせようとし、二人はもみ合いを始めた。

「手を離せ」「離さない」と争う二人を残し、野津は部屋を出た。

　もの悲しさがじんわりと込み上げてくる。許されるのなら、よき思い出として残しておいてほしかった。再会するのなら、もっと違った形で会いたかった。出会いは偶然かもしれないが、再会は天から割りふられた巡り合せのはず……

「おい、野津、待て」

　岩本が靴下のまま追いかけてきた。

「あれをよこせ」

「あれって？」

岩本は電話番号を書いた紙を奪い取ると、部屋のドアをバタンと閉めた。

4

あの日以来、岩本紀夫は態度を豹変させ、野津諒介を敵視するようになった。

彼女の気持ちが離れないよう必死になっているのだろうと野津は考え、あえて岩本には話しかけず、絵島映美の名前も口にしなかった。

しかし、たった八人のゼミだから、岩本とは週に何度も顔を合わせ、時には意見を交えなければならない。彼は野津が発言するたびに言葉尻をとらえて嘲笑し、嫌味を言った。その執拗な繰り返しに、うんざりしながらも野津は耐えるしかなかった。

きっと、小学生の頃にイジメをする側にいたことに対する因果応報だろう。次のイジメの標的になるのが怖くて、主犯格には逆らわず、常にイジメをする側にいるようにしていたのだが、直接手を下さなかったとしても加害者の一員には違いなかった。だから、今になって罰が与えられたのだ。

あの雪の山での出来事以来、母は山登りを禁止し、父はそれに従い、山には行かなくなった。諒介自身も行きたいとは思わなかったので山には縁がなくなり、あの少女のことも忘れていた。

なのに、あの少女と再会できたのは、大きな力によって引き合わされたのであり、運命を感じさせた。通常なら、ここから新たな関係が始まるはずなのだが、彼女はすでに……

何事にも自信のない野津には、「彼女との付き合いは、僕の方が古い」と主張し、岩本と張り合う勇気はなく、マンションの玄関で絵島映美が一人で出てくるのを待ち、今の気持ちを確かめる積極性もなかった。だから、ため息をつくしかなかった。

講堂の前に鎮座するケヤキの大木が、シンメトリーに枝を広げ、若葉が風にそよいでいる。空は青く、空気は華やぎ、キャンパスには屈託のない笑顔が行き交っていた。

　小池達樹は、ため息ばかりついている野津諒介の元気のなさを心配していたが、それ以上に、同じゼミの三人の女性、和倉知帆、木谷愁子、高岡晴香の奇妙な動きが気になって仕方がなかった。

　同棲を始めた岩本を糾弾しようとしているのかと思いきや、そうでもなさそうで、いつも留学生のチャルーンを囲んで真剣な表情で話し込んでいる。

　おそらく三人は、夏休みにタイへ旅行するつもりで、留学生と仲良くしているのだろう。留学生をガイド役にするだけでなく、彼の実家に泊まるつもりでいるのだろう。三人はツアー旅行では味わえない、現地の生活を肌で感じる旅を計画しているようだ。

――だとしたら、問題は、この自分が同行すれば、明朗快活な男が一緒なら、旅は格段に楽しくなるという事実を彼女らは、まだ知らないこと……小池は、計画の進展具合よりも、いつまで待っても、計画に加わるよう声を掛けてこない彼女らが気に入らなかった。

　教室の窓から、ぼんやりと外を眺める背中に、和倉知帆が声を掛ける。

「野津君、岩本君との間に何かあったの？」

「別に……」

「いい歳をして、イジメなんて最低。幼児性が丸出しになっている自分の姿に、彼、いつになったら気が付くのだろう」と木谷愁子は岩本を非難した。

「キミも少しは言い返してみたら。黙っていたら相手は調子に乗るだけ」

　高岡晴香は鉾先を野津に向けつつ、

「男女を問わず、一部に妬みが強い人がいる。それがイジメにつながる。妬みを醜いものとは思わず、逆に、プライドと勘違いしているのが岩本君。小池君も同類ね」

　そう断定する高岡に、野津は思わず「小池は違うよ」と言ってしまった。

「あら、友だちだから彼をかばうわけ？」

「まだ小池のこと、よく知らないくせに」

「こういうのは態度に表れるから、すぐに判別できるものなの。一方、キミや中井君やチャルーンは妬みが強くないから、私は評価している。それとも、キミも小池君と同類なのかな？」

そう言いながら、高岡は一枚の紙を差し出した。野津は何も言えなくなり、素直にそれを受け取った。

「キミにお願いしたいのは、この手書きの文章をパソコンで打ち出すこと。レイアウトは任せるから」

「どうして僕が？」

「他にいないから。小池君はテニス。中井君はダイエットのためのエアロビクス」

「二人とも午後の授業はサボるのか……だったら岩本君は？」

「知らない。彼女の所じゃないの？」

「あれほど意地悪されているのに、彼のことを気にするなんて、キミは相当人がいいようねえ」

木谷にそう言われ、彼は、うつむきながら手にした紙に目をやった。

> 自然破壊と生活破壊に反対し
> 理事長との対話を求めてハンストを行います

タイトルを一瞥しただけで野津は断る理由を考えた。本能が回避を求めていた。

三人の女性の後ろにたたずむ留学生のチャルーンは、いつもの静かな表情に、ほんのりと笑みを浮かべている。彼が何をしようとしているのかは知らないが、波風が立つようなことに関わりたくなかった。

「僕、アルバイトがあるから」

「嘘ついてもダメ。バイトの経験なんてないくせに。暇なら手伝ってよ。私たちは看板を作るから、キミはチラシの原本を完成させる、いいわね」

「看板って、何の看板？」

「何をしているかを知ってもらうための看板。黙って寝転んでいても、昼寝していると思われるだけでしょう。だから、ベニヤ板を買ってきて、紙を貼って、大きく〈ハンスト中〉と書く。アピールのために」

「ベニヤだけだと安定しないなあ、裏にタルキをかまさなくては」

「タルキを？　詳しいのね」

「父の日曜大工をよく手伝わされたから」

「じゃあ、野津君が看板を作ってくれる？　私がチラシを作成するから」

「小さい看板だったら一人で出来るけど、人の背丈よりも大きいものが必要なら、一人では無理だ」

「私が手伝う」和倉が手を挙げた。

「そうね、愁子は毛布の購入やドクターの手配をしなければならないから、残る私がチラシの原本を作り、印刷まで担当するとして、看板作りは二人に任せる」


　野津諒介と和倉知帆はホームセンターで材料を買い、小分けにして学生会館の四階まで運んだ。一階は賑やかな学生会館も四階まで上がって来る者はほとんどいない。

　野津は自宅から大工道具を持参し、ベニヤ板とタルキをつなぎ合わせ、二メートル以上はある縦長の盤に組み立てた。その上に白い紙を貼り、文字を書く作業は和倉の主導で、紙の上に四つん這いになった二人は頭や肩をぶっつけ合いながら、大きな文字をカラフルに塗りつぶした。

　作業三日目。すっかり和倉知帆と打ち解けた野津諒介は、絵筆を動かしながら、彼女に何のために、このようなことをしているのかを聞いても許されるような気がし、おそるおそる尋ねてみた。

　鼻の頭に黄色のポスターカラーをつけた和倉は手を止め、彼の眼を真っ直ぐ見つめた。

「やっと聞いてくれたのね」

「ずっと待っていたの？」

「当然でしょう。いくらお人好しのキミでも、目的も知らずに付き合うほど、お目出度い人ではないと思っていたから」

　野津は顔を赤くした。

「チャルーンの父親が住んでいるタイから手紙が届いたのが発端。それによると、彼の故郷に日本の製紙工場が建てられることになり、住民が立ち退きを迫られているという。現地の政治家と結託した工場側は、暴力団を使い、地域の全員の立ち退きを求めており、反対した彼のお父さんは襲われて大ケガをし、入院しているらしい」

「知らなかった……」

「現地で工場を建てようとしているのは信日商事。信日商事の会長は栄大の理事長。だから私たちは理事長が学校に来たときに面会を申し入れたけど拒否された」

「彼は、現地で何が行われているのかを理事長に知らせるために、面会を求めたわけか」

「そう。製紙工場の原料にするために広大な森林を伐採するというから、工場の建設と森の伐採の両方をやめてほしいと、チャルーンは理事長に頼もうとした。私たちは彼のやろうとしていることに賛同し、学長に対して理事長と合わせるよう交渉してきた。しかし、なぜか学長は拒否し続けている。だから、ハンストをして同情を集められれば、学長も考え直してくれると思ったわけ」

「暴力による地上げか……」

「それに環境破壊。晴香は環境至上主義者だから、環境破壊に敏感に反応した。知っている？　彼女、私たちとは違う暦を使っているのを」

「西暦や天皇暦とは違うものを？」

「Ｃ暦と言って、一九八六年を紀元とするチェルノブイリ暦。この事故で放射能は国境を越えて広がったから、人為的に造られた国境は意味をなさなくなり、全世界が放射能という危機を共有する共同体になった。こうした事態を忘れないために、一九八六年をＣ暦の元年としたらしい。今年は西暦一九九九年だから、Ｃ暦一三年になるそうよ」

「だいぶ前の出来事なのに、いまだにこだわるなんて、凄いなあ」

「広大な森がなくなると聞いて、彼女、危機感を募らせて動いている。私は自然破壊より、住民の生活破壊のほうが大変だと思うけど」

「そうだね」

「理事長は自分の学校の学生と面会し、話を聞いてくれてもいいと思う。企業のトップに実情を知ってもらえれば、チャルーンは満足すると思う。それなのに門前払い。だから話し合いに応じるよう、彼がハンガーストライキをやりたいと言い出した。私たちは、今の時代にハンストなど流行らないと反対したけど、彼の熱意に押されたというわけ」

「命がけでハンストをしても、話し合いに応じてくれるのかな？」

「そこよね、勝算はないけど問題提起にはなると思う。何もしなかったら問題にもならないから」


「素晴らしい」

完成した大きな看板に、木谷愁子は感嘆の声を漏らし、和倉知帆は、まるで子どもがほめられた時のような目で野津に笑いかけた。

「目立つのを作ったわねえ、これなら間違いなく注目を集める。チャルーンが来たら、今後のスケジュールを打ち合わせて、ハンストの決行日を決めましょう」

高岡晴香も満足そうに看板を見つめ、決意を新たにした。

「ドクターがいうには、ハンストでも水だけは飲まなければならないそうよ」

「衰弱してきたら、そのドクターがストップをかけてくれるわけね」

「そう。ぎりぎりまで頑張れば、同情を集められると思う」

「同情が集まれば、学長も無視できなくなるはず」

四人は学生会館の一階でチャルーンを待った。会館が閉まる午後の六時になっても彼は現れなかった。

「携帯電話もつながらない。おかしいなあ、彼、約束を破るような人ではないのに」


次の日、チャルーンはゼミに出て来なかった。欠席は初めてではないかと、和倉は藤尾先生に確認してみた。

「初めてにしろ、無断欠席は困る。私は出欠には厳しく対処するから、キミたちも肝に銘じておきたまえ」

何度かけても電話はつながらない。ひょっとして、高熱を出して寝込んでいるのではないかと、四人は彼のアパートを訪ねた。

部屋の鍵は掛けられ、応答はない。

隣家に住む大家は、四月に契約の更新をしたばかりだから引っ越すはずはなく、旅行にでも行っているのではないかという。
四人はアパートの階段の下で終電の時間まで待ったが、彼は帰宅しなかった。

チャルーンがゼミに姿を見せなくなって一週間が経った。和倉知帆は藤尾先生に、警察に捜索願を出すよう持ちかけた。

一週間の無断欠席。電話はつながらず、アパートにも帰っていない。旅行やアルバイトの話も聞いていない。事故にでも巻き込まれたのではないかという彼女の言葉に押され、先生は重い腰を上げた。

「留学生には必ず身元保証人がいるから、身元保証人なら行先を知っているかもしれない。今から事務課に行って、身元保証人の住所を調べてこよう」

事務棟にやってきた一行に、事務員は無表情で言った。

「タイからの留学生の身元保証人ですね。学生に個人情報は教えられませんが、教授がいらっしゃるからいいでしょう。ちょっと待ってください……おかしいなあ、留学生リストに、そんな名前はない……」

しばらくパソコンを操作していた事務員が、ホッとした表情で言った。

「ありました。チャルーン・Ｋは本校を辞めています。今年の三月で退学しています」

「退学？　それはありえません。彼は一週間前まで私のゼミに参加し、この私が教えていたのですから」

「教授、そう言われましても、本年三月二五日付で退学届が本人より提出され、受理されています」

「ということは自主退学ですか？」

「自己都合による退学となっています。本校では長い間、処分されるような悪いことをしでかした学生は一人もいません。それが伝統ある本校の自慢であり、就職率の良さにもつながっているのです」

「自己都合とは？」

「成績不振が多いのですが、彼の場合は経済上の理由となっています。日本の物価を甘くみるから辞めざるを得なくなるのです。特にアジアからの留学生がそうです」

「だとしても、一週間前まで私のゼミに参加していた彼が、三月に退学していたとは解せないなあ」

「そうですか？　とにかく、ここで判るのは、本人から退学届が出され、それが受理されたので、学籍簿から抹消され、中途退学者リストへ移されたという事実だけです。その他の事情は本人に聞いてください、本人に」

5

一人の同級生が姿を消した。

退学するとの事前の話はなく、辞めるような素振りも見せなかった。別れの挨拶もない。なのに、自ら退学届を出し、姿を見せなくなった。何で？　どうして？

……予期せぬ事態に混乱していた和倉知帆は、落ち着きを取り戻すと、今度は寂しさにさいなまれ始めた。

ドクターストップがかかるまでハンストをやめないと決意を語った人が、なぜ自分から退学してしまったのか？　退学したことを、なぜ黙っていたのか？　私は、私たちは信用されていなかったのか？　それとも土壇場になって彼の方が怖くなって逃げ出したのか……問い質すべき相手を失った彼女は、自問自答を繰り返すしかなかった。

――はにかみに似た微笑を絶やさず、静かな口調で「この学校の理事長の会社がやろうとしている計画に対して、今、この学校にいる自分こそが当事者となって、理事長に会い、何が起きているのかを説明し、問題解決の糸口を見つけなければならない」と決意を語ったチャルーン。周囲の人にはない誠実さを感じさせた彼。勇気を奮い立たせて困難に立ち向かおうとする姿を見て、この人の役に立ちたいと心底思った。その彼が、どうして、退学し、姿を消してしまったのか……

「ねえ、みんな。退学になる覚悟で行動に出るというのは判るけど、退学届を出してからハンストを始めようとするなんて、おかしいと思わない？」

ゼミが終わると和倉知帆は、誰とはなしに同意を求めた。

「確かに順序が逆だ。それに、三月末に退学届を出した者が、どうして四月、五月と、ゼミに出てきて、レポート当番までこなしていたのか、それが謎だ」

小池の疑問が自分に向けられたと思ったのか、藤尾先生は浮かせた腰を椅子に戻した。

「実は、その点だが、私も不思議に思い調べてみた。四月に事務課から渡された新しいゼミ生名簿には彼の名前が記載されていた。きちんと単位を取っており、成績優秀と書かれていた。だから私は、キミたちと同じように指導してきた。この点を事務課に問い合わせたら、名簿から削除するのを忘れた事務的なミスで、申し訳ないと陳謝された」

「だとしても、俺だったら三月に退学したのなら、新学期からの授業に出ようとは思わないし、実際に出ないだろうなあ、意味ないもの」

　納得できない小池は、大げさに両手を上げてみせた。

「そうよねえ、三月に自主退学したのなら、彼はすぐに帰国したはず。父親が大ケガで入院しているのだから飛んで帰るはず。ところが四月からのゼミにきちんと出席していた。ハンストの準備のために毎日顔を合わせていた私たちに、退学するとの相談はなかったし、経済的に悩んでいるようにも見えなかった」

　木谷愁子も納得できず、更に疑問を膨らませた。

「栄大の学生の身分があるから、栄大の理事長に面会を申し込めるのであって、退学してしまったら、それは不可能になる。それくらいは彼だって知っていたはずで」

　和倉知帆の言葉はそこで遮られ、

「みんな、何を言っても無駄。当事者がいなくなったのだからジ・エンド。事を起こす前に尻尾を巻いて逃げ出すなんて、あいつ、最低。逃げるつもりなら最初からやらなければよかったのに」

　高岡晴香は高らかに終息を宣言した。


　ゼミは以前と同じように淡々と進む。

　木谷愁子、高岡晴香、小池達樹、野津諒介、中井圭太、岩本紀夫が座っている。誰もが、この場に、はじめからチャルーンという留学生がいなかったかのような顔で座っている。——仕方がない、たった二ヶ月の付き合いでしかなかった。でも、彼を通して自分とは違う歴史や文化を持つ人がいることを知った。世界が動いている現実も実感できた。だから、もっと関係を深めたかった。それなのに、どうして退学してしまったのだろう……和倉知帆は虚ろな眼差しで教室を見渡した。

「ねえ、みんな。お願いがあるの」

ゼミが終わり、席を立とうとする小池たちを和倉が呼び止めた。

「少しカンパしてくれないかなあ」

「時と場合によっては。同意書に印鑑はいらないのか？　その前に、父親が誰かを教えろ」

「小池君、妄想は勝手だけど、勘違いは迷惑。私たち、どうしても納得がいかないから原点に戻ろうと思う。なぜ、理事長は自分の学校の学生と会おうとしなかったのか、ここがポイント。それを知るために、この学校と信日商事との関係を調べる必要がある。興信所に頼むとなると、かなりの金額が要る。一人当たり五万円ほどカンパしてくれない？」

「五万も」

岩本の驚きの声を意外そうに聞いた木谷が付け足した。

「無理にとは言わない。出せる人は明日、持ってきて」

「野津君、キミは出すのか？」

岩本紀夫が、これまでの執拗な仕打ちを忘れたかのように親しげに話しかける。加害者なんてこんなものなのかと野津は思った。

「出すよ。僕も彼のために看板を作ったから」

「僕は毎月の家賃を払わなければならないから無理だ。ところで、彼女から連絡がなかったか？」

「彼女って、絵島映美のこと？」

「決まっているだろ」

「連絡をしようにも、電話番号を書いた紙を取り上げたのはキミだ。それともキミは僕の番号を彼女に教えでもしたのか？」

「いや、教えていない。念のためにチェックを入れてみただけ」

「彼女、どうかしたのか？　もしかして、あのあと出て行ってしまったのでは？」

「いるよ。ちゃんといるよ。僕たち強い絆で結ばれているから」

高価なわりには薄っぺらな興信所の報告書が届いた。

この学校から毎年、数人が採用されている巨大商社、信日商事。そこへの就職につながるヒントが書かれているかもしれないと、中井圭太が真っ先に手を伸ばす。

「読むわよ、えーっと、狭い上に老朽化の著しい栄大は、郊外に移転する予定で、現所有地を担保に、借金をして隣町に広大な土地を購入した。移転賛成派が反対派を押し切った部分は省略……ところが、返済計画のずさんさと、郊外型キャンパスの不人気、すなわち時代に逆行していると銀行から指摘され、新校舎建設資金が借りられなくなり、移転計画は白紙に。買った土地を売ろうとしたが買手はなく、残ったのは更地と借金と膨らむ利息。この財務体質の悪化という苦境を打開するために担ぎ出されたのが、同窓会代表である信日商事会長、柴田啓作。理事長に就任した柴田は、土地を安値で不動産会社に売却し、赤字の穴埋め融資を行い、合理化に着手。今後五年で、世界展開する企業が必要とする人材を育成するために、英語による授業と徹底したディベート教育を導入。現在の教員の半数を外国人と入れ替え、国際的な大学に移行させる計画である」

「国際的な大学だって」

「そうか、やり手の理事長の機嫌を損ねる可能性があるから、学長はチャルーンと理事長を会わせようとしなかったのか」

「下手をすると融資を引き揚げられかねない。そうなったら倒産する。学長は必死で学園を守ろうとしたのね……」

「そう。〈学園を守る〉が大義名分。その結果、我が身も守られる。よくある保身の論法に誤魔化されないで」

高岡晴香の強い物言いに、中井圭太は次の言葉を引っ込めた。

教室の真ん中で、中井圭太の背中に三人の女性が手を回し、密着して話し込んでいる。その羨ましい姿に、小池と野津は思わず入口に立ちすくんだ。

「二人とも、そんな所で突っ立っていないで、こちらに来なさいよ。待ちに待ったメールが届いたので、今から見るところ」顔を上げた高岡が手招きする。

チャルーンが日本にいる形跡がない以上、実家のあるタイに戻った可能性が高い。その実家は既に移転させられてしまったのか、家族とは連絡がつかず、彼自身もどこにいるのか判らない。彼の消息を知りたいという和倉に頼まれた中井は、相棒のパソコンを駆使して情報収集を試みた。

中井は、世界の人権団体にアクセスし、イギリス、香港経由でタイの人権ＮＧＯに行きついた。

その団体の調査によると、彼は今、タイにおり、刑務所に収監されているという。

中井はＮＧＯに対して、一、なぜ彼は刑務所にいるのか。二、なぜ日本から帰国してしまったのか。三、なぜ退学届を出したのか、以上の三点を面会の上で確認してほしいと依頼していた。それに対する回答が届いたのだ。

「知帆、この中では、あなたの英語力が一番なのだから頼むわよ。翻訳ソフトはあてにならないから」

「わかった、訳してみる。えーと、強制、次は何？」彼女は電子辞書を叩いた。

「強制送還だって。彼は日本から強制送還された。その後、タイの空港で逮捕され、刑務所に入れられた」

「彼、何か悪いことをしたの？」

「ここを見て、この行」細い指が画面をなぞる。

「ポリティカル……彼、政治犯だって。彼は日本でビザの更新に行き、認められた。それなのに、突然、路上で入管職員に連行された。不法滞在だとして国外退去を命じられ、無理やり飛行機に乗せられた。バンコクの空港に着くとタイ警察に引き渡され、刑務所に入れられた。彼には反政府テロリストの嫌疑がかけられている」

「あの彼が、テロリスト？　嘘でしょう」

「最後の質問に対する回答は、えーと、彼は、退学届は出していないと語った」

「彼は自分から退学届を出して自主退学したのよ。それなのに、退学届は出していないって、どういうこと？」


自主退学だという事務課。退学届は出していないという本人。この食い違いを糺すため、六人は再び事務棟に向かった。

以前と同じように、ここでは何も判らないと繰り返す事務員。

「じゃあ、どこへ行けば判るのよ！」

高岡晴香の大声に周囲の動きが止まった。歳よりも幼く見られる彼女。その口から飛び出した激しい言葉に、人々は珍しいものでも見るように彼女を見つめた。

「そこまで追跡したのか。キミたちも変わったねえ。快適な水槽の中で群れているペンギンかと思っていたのに」

研究室の藤尾先生は判明した事実よりも、六人の行動力に驚いてみせた。

「こんな調子で学問をやってくれたらありがたいのだが」と言いつつ、先生も自主退学だという事務当局と、退学はしていないという本人との食い違いに首をひねる。

「先生、処分されたとは考えられませんか。彼の父親から、窮状を訴える手紙が届いたのは去年の一二月です。一月から三月の間、彼はしつこく学校側に理事長との面会を申し入れたそうです。それで、学校側の機嫌を損ねてしまい、退学になったとは考えられませんか」

「和倉君、それはないだろう。ここ何十年もの間、教授会で学生の処分問題が討議されたことはないからね。議題はいつも、どうやって定員を確保するかだ。もっとも、処分の最終決定権は学長にあるから独自の判断で処分は可能だ。しかし、そんなことをすれば後で問題になるし、そんな例はない」

前例を踏襲しても、新たな事態の解明はできない。

「やはり、彼は経済的な理由で辞めざるを得なかったのだよ。不本意でも」

藤尾先生は分厚い本を本棚に戻しながら、成績優秀な彼は退学したくはなかった、もっと勉強したかった、しかし、家庭の事情で辞めざるを得なくなり、それで黙って姿を消したのだという。

――この先生は、自分のゼミに所属する学生が刑務所に収監されているというのに、心が痛まないのだろうか。退学したのだから、もう関係はないとでも思っているのだろうか。それとも、もともと学生など一個の商品としか見ていなかったのか……和倉知帆は悲しくなり、黙った。

「そうは言っても、両者の食い違いを放置しておいたら、キミたちも勉学に身が入らないだろうから、一度、学長に会って、他に情報がないか聞いてみよう。彼は退学してしまったとはいえ、経過に齟齬があるようなら、学長の耳にも入れておくべきだろう」

「ここから中には、学生は入れません」

秘書の声に、先生だけが学長室に通じる厚いじゅうたんを踏んだ。

大きな木製の扉。高い天井。くすんだ薄茶色の壁。歴史ある校舎の中で一段と古びた領域は、空気さえも重く淀んでいた。

二〇分ほどで出てきた先生は、問われる前に切り出した。

「彼が提出した退学届を見せてもらった。日本語で書かれてあり、サインもしてあった。退学しなければならないのは、父親が長期入院したために仕送りが不可能になったからだと、退学理由もきちんと書かれていた」

6

巷ではリストラという名の首切りが流行り、完全失業率が史上最悪を更新したという。しかし、不良債権に苦しむ銀行には税金が投入され、その見返りに役人は下着をつけない女性にしゃぶしゃぶを食べさせてもらい喜んでいた。

何よりも贈与と返礼を重要視する役人には、なりたくてもなれないが、国が守ってくれる銀行に就職できれば安泰だろうと野津は考えた。大手は無理だとしても、中小なら入れそうな気がし、彼は来年からの就職活動の対象を銀行に絞り込むことにした。

チャルーンの騒動は一段落ついた。野津は心おきなく新作のテレビゲームの攻略を開始した。やり始めたら最後までクリアしなければならず、とうとう徹夜してしまい、大教室での講義を睡眠の時間にあてた。

二コマ目の授業も寝て過ごし、どうせ寝るのなら家で寝ていればよかったのにと、彼は習性のように登校した自身の生真面目さに苦笑しながら駅に向かった。

楽園台駅のロータリーに見慣れた車が止まっている。あの目立つ青は小池のものに違いなく、大きなバックを抱えた女性が乗り込んだ。彼は気づかないふりをして駅舎に向かった。

「おい、野津、ちょっと待て」

「誰かと思ったら小池か。こんな所に車を止めて、どうしたの？」

「彼女にテニスのコーチを頼まれて、あ、紹介するよ、志大の黒崎君だ。そうだ、和倉から連絡があって、話があるから明日の三時に学生会館に来るよう、お前に伝えろと言われた。伝えたぞ」

またカネを出すよう求められるのだろうと、野津は財布の中身を確かめた。

たくさんのテーブルが並び、あらゆる自販機がそろっている学生会館の一階。そこは、学生がタダで自由に使える空間として、常に混雑していた。

笑い声が飛び交う中、奥のテーブルで和倉知帆が手招きをする。

「野津君、キミの携帯電話だけ通じなかったけど、どうしたの？」

「今月は通話料金がかさんできたので、使わないようにしている」

「私も、お母さんから使い過ぎだと文句を言われているので、そうしようかな」

納得顔の木谷愁子。これに対し、高岡晴香は皮肉たっぷりに新情報を披露した。

「あなたたちみたいな階層に朗報よ。もうすぐ新しい機種の携帯電話が発売されて、通話料金も一括になり、格段に安くなるらしい」

「どれだけ掛けても一定の金額で済むというわけ？」

「そうなるらしい。いい話でしょう」

小池が来て、中井が到着した。

「岩本君は信用できないから呼ばなかった。大事な話だから、聞いて。私の父の事務所の人に、今回の一連の動きを話して、どう思うか聞いてみたら」

「和倉の親父さん、弁護士事務所をやっていたよな。その人も弁護士なのか？」

「そうよ、小池君。私が小さい頃から知っている人。その人によれば、学校側がチャルーンの学籍を抹消すれば、彼には在留する資格がなくなり、不法滞在になる。その上、学籍がないのに、あると嘘をついてビザを更新したことになり、ビザが取り消されるだけでなく、嘘の書類を作成したとして公正証書原本不実記載という罪になり、強制送還の対象になる」

「そうなるのは彼も知っていただろうに、なぜ自分から退学届を出したのだろう」

「小池君、そこよ。彼が退学届を出していなかったとしたら、どうなる？　彼は、あくまでも、ここの学生として、この学校の理事長に面会を求め、ハンストをやろうとした。だから、退学届など書いていないとしたら？」

「しかし、現に退学届は存在する」

「そうよ、藤尾先生も彼が書いた退学届を学長から見せられたと言っていた」

「それって、偽物？」

高岡は大声を上げそうになり、思わず口に手を当てた。

「退学届を出していないという本人の言葉を信じるなら、誰かが偽の退学届を作成し、本人の知らない間に退学者にしてしまい、結果、不法滞在状態になった」

「学長が、そんなことまでやるかな？」

和倉の指摘に、冷静さを取り戻した高岡は信じられないという顔をし、逆に、木谷は大きく頷いた。

「そういう話なら納得がいく。私ね、彼のアパートの大家さんが、四月に契約を更新したばかりだと言っていたのが気になっていた。三月末に退学届を出した人が、四月になってから二年間も契約を更新するはずがないでしょう」

「今の愁子の指摘は重要。彼は、あと二年はこの学校にいるつもりだった。だからアパートの契約を更新した。ところが学校側は、学籍を抹消してしまえば彼を国外へ追放できると考え、偽の退学届を作成した。自分の知らない間に退学者となった彼は、何も知らないままハンストをやろうとした。学校側は、入管当局に、彼には学籍がないと通報した」

「そうか、日本人は退学しても日本に住み続けられるが、留学生は資格がなくなり、国外退去になるのか」

高岡が呟くようにいうと、小池がすぐに反応した。

「それだよ、それ。外国人の弱い立場を利用したんだ。話し合いの要求なら無視すればよい。しかし、ハンストをされれば騒動になる可能性がある。学長はハンストをされて騒ぎが広がるのを恐れた。だから、ハンストをやろうと看板を作り始めた五月になって、このままでは騒ぎになると慌てた。そこで、偽の退学届を作成し、三月に出されたように細工し、事務課に通知した」

「五月に細工したのなら、四月の新学期からのゼミ生名簿からは彼の名前は抹消できない。そこで事務課のミスにした」

「そうだ、野津。そうしておいて、入管に学籍は抹消されていると伝えた。通報を受けた当局は、学校側の言い分を信じ、学籍がないのに、あると嘘をついてビザを更新したのは悪質だと判断し、彼を本国へ強制送還した」

小池は、点と点がつながったと満足げな顔で頷いた。

「ようするに、学長は自分の学校の学生を作為的に強制送還させてまで、ハンストをやらせたくなかったことになる」

「知帆、それは考えすぎ。私たちは理事長との話し合いに応じるよう求めてハンストをしようとしただけ。要求は話し合いだけで、何かを得ようとしたわけではない」

「そう。たった一人でやるハンストだから、彼の体力が限界になれば、そこで終わってしまうもの。長くて一週間で」

「晴香、愁子、私も同じように考えていた。ところが、このような手の込んだ方法で、しかも汚い手を使って、ハンストをやめさせた。そうまでしてやめさせたのは、何らかの事情があったから」

「どんな？」

「それを知りたい。学校側は一人の学生を犯罪者に仕立ててまで何かを隠蔽しようとしている。何を隠そうとしているのか、それが判れば……」

チャルーンをこのような目にあわせた真の理由を知りたいと、和倉は両手で髪をくしゃくしゃにしながら、うめくように言った。

しばらくすると和倉知帆は獲物を捜す猛禽類の目で五人を見渡した。

「ねえ、何を隠そうとしているのか調べられないかなあ、コネを使って。晴香のお父さん、政治家でしょう」

「政治家？　国会議員ならまだしも、県会議員なんて何の役にも立たない。関心があるのは地元の利権だけ。愁子の両親はともに中学校の教員だし、小池君の親はどうなの？」

「小池の父親は中小企業の社長。金儲けが仕事」

「野津よ、中堅企業と言ってくれ。従業員三〇〇人の電子機器メーカーだぞ。そういう野津の親父は単なるサラリーマンだから情報などないが、中井、お前の大好きなママは高級クラブの経営者だろう。店に政治家や社長連中がたくさん来ているのと違うか？」

「来ていると思うけど、ママはお客の話はしない。口が堅いからお客も信用する。私は相棒のパソコンで情報を集めてみたけど、信日商事は業績も安定している優良企業で、おかしな情報は見つからなかった」

「それならお手上げだ。俺たちに世の中の裏側を覗く力などない」

7

小池達樹はギブアップした。しかし、和倉知帆は諦められず、真相を知りたいという欲求を抑えきれなかった。偽の退学届を作成してまで、一人の人間を犯罪者に仕立てた学校当局への憤り。何も知らぬまま、その犠牲となった友人への憐憫の情。それらが混然一体となって彼女の全身の血管を拡張させ、気持ちを高ぶらせた。

これまで彼女は、感情は極力抑えてこそ奥ゆかしい振舞いだと思っていた。だが、今の彼女は高鳴る感情を抑えるどころか、この思いを誰かにぶつけたくて仕方がなかった。彼女は強制送還のカラクリを教えてくれた弁護士をつかまえた。

幼い頃からの彼女を知るベテランの弁護士は、彼女のむき出しのエネルギーを受け止めながら、企業の内部事情を知るのは極めて困難であり、外部から糸口を見つけようとしても無理だから、内部の人間を捜すしか方法はないと教えた。

彼は弁護士仲間に連絡して、信日商事の人事に関する案件を扱っていないかを問い合わせてくれた。

木谷愁子は常に冷静で思慮深い人。一方、高岡晴香は物おじせず、思ったことをズバズバ口にする人。そんな高岡の積極性を羨ましく思う和倉知帆。しかし、彼女は、いまだに思いをストレートには吐き出せず、反芻しながら言葉を選んでいた。だが、行動面においては、思いついたら、即、実行に移せるようになっていた。

奥ゆかしさや、控え目な立ち振る舞い。こうあるべきという自分への縛り。それらをかなぐり捨てた自身の変わりようを明確に意識しながら、和倉知帆は足早に学生会館に向かった。この目で確かめなければならないのは、野津と二人でつくった看板の有無。

ひと気のない四階には、以前と同じように学園祭で使う道具などがホコリをかぶっていた。しかし、奥の方に、後ろ向きに立てかけておいた〈ハンスト中〉の看板はなかった。

学校側がいち早く処分したのだろう。彼女は当局の強い意志を感じた。ハンストの要求は理事長との面談で、話を聞いてくれさえすれば、すぐに中止したのに、当局は何を恐れ、何を隠そうとしているのか……

彼女は会館の屋上に出た。

空を見上げながら、あらゆる事象の核心を見抜く力、物事の背後までも見通す力がほしいと思った。自分にそういう力が備わっていたのなら、たくさんの疑問を瞬時に解き、世の中の矛盾を簡単に解決できるのにと思いながら、そういう力を持たない一人の人間として、何ができ、何をしなければならないかを考えた。

携帯電話が鳴った。あの弁護士からで、知人の弁護士事務所に信日商事を解雇された人がいて、解雇は不当と訴える裁判を準備しているという。

「会えますか、その方に。今から」

「そういうと思った」

「知帆ちゃんも変わったねえ、以前は泣いてばかりの女の子だったのに」

車の中、初老の弁護士が感慨深げに語り掛ける。

「今でも泣き虫です。よく泣きます。でも、最近、人間には決して見逃してはならない場合があるように思えて、泣くより、きちんと対象を見つめることの方が大切だと思うようになりました」

「見て見ぬふりは出来ないと言いたいわけ？」

「はい。一人の人間の未来を奪った事実を見逃してはならないと思います」

「私にもあったなあ、正義感に突き動かされた頃が。しかし、歳を重ねるとアンテナの感度が鈍くなってしまうからねえ」

「学校側が、なぜ偽の退学届を作り、強制送還に追い込んだのか、その理由が判れば、留学生を刑務所から救い出せるはずです」

「テロリストだと決めつければ、そこで思考は停止してしまう。それを覆すのは大変だ」

「そうでしょうか？　嘘をついているのは学校側だから、その嘘を暴きさえすれば彼を助けられるはずです」

「正義が必ず勝つとは限らないよ」

「あれ？　弁護士がそんなことを言って、いいんですか？」

小さな弁護士事務所では信日商事を解雇された人が一人、打ち合わせをしていた。

これまでの経緯を説明した和倉知帆は、強制送還の背景と思われる、信日商事がタイで計画している製紙工場について、何でもいいから教えてほしいと懇願した。

一人の留学生を救いたいという彼女の思いが通じたのか、解雇された人は、「私も切り捨てられた一人だから」と応じた。

解雇された人は、「直接関わりがあった部署にいたわけではないので」と前置きし、製紙工場建設に関連して、ある時期、何人もの社員が会社を辞めており、その中の一人から聞いたという話を語り始めた。

「もう終わった話なのに、知帆、あなたってしつこい人ねえ」

学生会館の一階に集まった六人。テーブルをドンと叩き、席を立とうとする高岡晴香を引き留め、和倉は切り出した。

「晴香、聞いて。あなたならきっと驚く話だから。チャルーンの件の原点は例の製紙工場の建設にあった」

「信日商事がタイにつくるという工場？」

「そう。あの製紙工場の建設には信日商事は一切関係しない。おカネも出さない。技術協力もしない。やるのは全部別の会社。そのために新しい会社がいくつもつくられている。何でこんな回りくどいことをするのかというと、この計画が法に触れるから。いい、工場建設計画の裏には驚くべき陰謀があった」

「陰謀？　私、スパイ映画みたいな話には興味ないから」

「日本側の資金で製紙工場をつくる。紙をつくる原料の木材を手に入れるために、広大な森も買った。この森の木を切って紙の原料にする。木を切ったあとに深い穴を掘り、日本から運んだ産業廃棄物を埋める。それを土で隠し、その上に植林をする。廃棄物は消え、植樹をするから立派な環境保護のプロジェクトになる」

「外国に産業廃棄物を持ち出そうなんて、有り得ない」

「そう、誰もが有り得ないと思っている。ところが、廃棄物を搬入する場面さえ見られなかったらどうなる？」

「そうか、見られたらまずいから、周辺の住民を全員、無理やり移住させた。チャルーンの実家はその犠牲者」

「そう、露見したら国際問題になるから、徹底して隠そうとしている」

「この計画は極秘だから、情報漏れにつながる、どんなに些細な可能性であっても潰そうとした。だからハンストもやめさせたと、知帆ちゃんは言いたいわけ？」

納得がいかない中井の顔を覗き込むように、和倉は続けた。

「この件は秘密の保持が絶対条件。わずかな情報の漏えいも許されない。チャルーンのハンストが注目を集めて、背景が明らかになれば困ると、理事長から学長に圧力がかかって、ハンストをやめさせた。それだけでなく、彼の存在そのものが邪魔だとして強制送還させるよう仕組んだ、と私は見る」

「一石二鳥を狙ったのか……理事長もやるね」

そう言った小池を、木谷は憐れむように一瞥した。

「産業廃棄物って何？」

「そこまでは判らない。極秘らしい」

「きっと高レベル放射性核廃棄物よ！」

　そう叫んだ高岡は、すぐに、自分を落ち着かせようと声のトーンを落とした。

「日本では、どの自治体も反対して処分場がつくれないから、タイに持って行こうとしている」

「その、高レベル何とかって、何だい？」

「小池君、そんなことも知らないの？　今すぐ家に帰ってネットで検索してきなさい」

「相変わらずキツイね、キミは」

「原発の使用済み核燃料を再処理し、プルトニュウムを取り出した際に出る高レベル放射性核廃棄物は人間が近づけば二〇秒で死ぬという毒性を持ち、無害化するまでに一万年以上もかかるというシロモノ。この危険な核のゴミをガラスで固めて、地中深くに埋めてしまおうというのが地層処分。しかし、どこも受け入れないから、いまだに処分場は決まっていない」

「そんな厄介なもの、誰も引き受けたがらないだろうなあ」と言いつつ、野津には彼女の話がよく呑み込めなかった。

「でも、そういうものを外国に持ち出したり、海に捨てたりするのは国際条約で禁止されているはずよ」

　大きな身体を揺すり、中井が疑義をはさむ。

「だから秘密裏に行う。地下深くに埋めてしまうのだから、秘密さえ守られれば表沙汰にはならない。もしかしたら、火山や地震の多い日本の地下よりも、タイの方が安全と考えているのかもしれない。信日商事は日本のために良いことをしようとしていると考えているのかもしれない」

「高岡君、それは自分勝手な理屈で、関係ないものを持ち込まれるタイの人たちにとっては、たまったものではない」

「そんなこと、あなたに言われなくとも判っている。問題は持ち出そうとしている方に決まっているでしょう」

　高岡は大きな目で野津を睨みつけた。

「確かに、相手のことなど考慮しなければ、そんな危険なものを火山や地震の多い日本の地下に埋めるよりも、タイに埋めた方が安全だということになる。この論法は、案外、日本人に受け入れられるかもしれない……」

　和倉知帆の瞳は深い憂いを湛えていた。中井圭太はやさしく、それに寄り添おうとする。

「そうね、かつて日本は大東亜共栄圏だなんて、アジアの人が望んでもいないのに、手前勝手な理屈で戦争を仕掛けた。その歴史をいまだに反省していない。だから、また同じ発想でやるかもしれない」

「経済がすべてで、カネさえ出せば何でも出来ると思っている人が多いから」

「ちょっと待て」小池は、野津の言葉を遮った。

「無害化するまでに一万年以上もかかるとなると、日本もタイも国家が存続しているとは限らないし、地殻変動で地上に露出してしまうかもしれない。言語も今とは違ったものになっているだろう。だとしたら、これが大変危険な物質であることをどうやって未来の人に知らせるつもりだ？」

「未来に対して責任を持とうという気などないから地下に埋めて、見えなくして、はいサヨウナラ。今さえよければという発想。その上、日本では処分場の適地がないからと、外国に持ち出そうとするなんて、ひどい話」

　小池の問いに、いち早く反応した高岡は、一人一人の顔を射るように見つめた。その眼は「こんな企てを許していいのか」と言っていた。

「理事長は、信日商事のやろうとしている計画に少しでも注目が集まったら困るので、先手を打って、ハンストをやめさせるよう求めた。学長は学園存続のために同意し、自分の学校の学生を切り捨てた。三五〇〇人の学生、教職員のために一人を犠牲にした。これは間違いのないこと。私たちはハンストの時、彼に何もしてあげられなかった。だから、今度は私たちが、この手で、悪事を暴く義務があると思う」

　ゆっくりとした和倉の言葉が終わらないうちに「義務か……」と小池がつぶやいた。

「義務なんかじゃない。悪事を止めるのが私たちに課せられた責任よ」

「責任？　高岡、冷静になって、よく考えてみてほしい。今までの話は、すべて状況証拠を積み重ねた憶測にすぎない。何一つ確証となるものはない。廃棄物を持ち出す話も、中身は不明なのに、キミが高レベル何とかだと決めつけただけ。証拠を示せと言われたらどうする？」

「それは、その……」

「強制送還を学校側が仕組んだ可能性が高いのは判る。しかし、証拠はない。証拠もないのに学校側と交渉しても無理だ」

「確実な証拠は退学届だけ。小池君、キミは、私たちに、学長室に忍び込んで退学届を盗み出し、偽物であることを公表しろとでもいうの？　動機は正しくても、泥棒は泥棒よ」

　小池と高岡がやり合うのを見ながら、野津は場違いな所にいるような気がした。強制送還にしろ、核廃棄物の件にしろ、自分に関係ある問題だとは思えず、彼は他のことを考えようとした。思い浮かぶのはテレビゲームの画面で、もしかしたら、今いる、この場もバーチャルな空間かもしれなかった。

　言い争う二人をとめようと和倉が口を開いた。

「確かに、証拠は何一つない。だから、確証を得るまで動いてはいけないとするなら、永遠に何も出来ないことになりかねない。このままの状態が続けば、チャルーンは刑務所に入れられたまま。私たち、これだけの状況証拠をつかんだのだから、これを生かして彼を助け出せないかなあ」

「知帆ちゃん、何をしようというの？」

　焦臭さをかぎ取った中井は、心配そうに彼女の顔を見つめた。

「まだアイデアは浮かんでいない。だけど、何が起きたのかを他の人にも知らせる必要はあると思う」

「その前に、藤尾先生に相談したほうが……」中井は彼女の直情径行を抑えなければと焦った。

「あの先生、学長に会ってから妙に物わかりがよくなってしまった。見せられた退学届が本物かどうか疑おうとしない。〈教員半数入れ替え〉の計画の中に入りたくないから貝になった。貝に何を言っても無駄」

　よく断定で終わる高岡晴香の言葉。それに反発するのは小池達樹。

「向こうが、製紙工場のカラクリが表面化するのを極度に恐れているとしたら、こちらが動こうとしただけで、学長も理事長も徹底して抑え込もうとするぞ」

「悪いのは向こう。だから、たいしたことは出来ない」

「向こうに負い目があるからこそ、余計に抑え込もうとするだろう。ひょっとしたら処分されるかもしれない。処分されたら就職に不利になる。この就職難のご時世にキミたちは、わざわざハンディを背負いたいのか？」

〝処分〟という言葉に六人は黙った。

中央のテーブルから歓声があがり、手拍子が起きる。男と女が立ち上がり口と口を軽くつけた。「もう一度」「もう一度」と手拍子が求める。

沈黙を打ち破るように、和倉知帆が口を開いた。

「私は、不正を知っているのに沈黙すれば、不正を認めることになると思う。いや、不正に加担するのと同じになると思う」

そう言い切る彼女の顔を、野津諒介はまじまじと見つめた。――この人のどこから、このようなエネルギーが、正義感が湧き出してくるのだろう。地球環境が悪化しているのは知っている。放射線が遺伝子を傷つけ、単品では安全な食品添加物も複合すればどのような化学変化を起こすのか解明されていないことも何かで読んだ。これらの危険性に対して誰かが反対し、改善するだろう。そうなれば、成果の一部はいずれ享受できるようになる。それで十分なのに、この人は、自分で問題を解決しようとしている……

「たとえ一週間の停学でも、就職に不利になる。処分された者を雇う企業などない」

こんな簡単なことが理解できないのかと、小池達樹は苛立ちを全身で表した。

「処分されたら就職に不利になるのは間違いない。ランクを一つや二つ落とすどころではなくなるかもしれない。だけど、そのために自己規制するのはおかしいと思う。それは世間の空気に従順になれという恫喝だと思う。それに惑わされて自分を抑制してしまうことこそ問題。もの言えぬ社会を私たち自身で作り出すことになるのではないかなあ」

自分に正直でありたいと、木谷愁子は自らに言い聞かせるようにつぶやいた。

「キミの言うとおりだ。俺たちは自分で自分を縛って息苦しくなっている。しかし、俺たち、ただの学生だよ。学生に出来ることなんて何もない」

「あら、小池君らしくない発言ね。キミの、いつもの自信はどこへ行ったの？」

　和倉の指摘に、小池は言葉に詰まった。——確かに自信はあった。何でも出来ると思っていた。なのに、今、自分の口から出た言葉は……彼は得体が知れぬ巨大な影に、恐れを感じている自分を見つけ、黙った。

「小池君、出来るか、出来ないかより、やるか、やらないかよ。どんな立派な考えでも実行されなければ意味はない」

　強い口調で発せられた高岡の言葉に、小池だけでなく中井も野津も黙るしかなかった。

「私は処分されるのはイヤ。できたら何事もなく卒業したい。だけど、チャルーンの一件の一部始終を知っているのは私たちだけ。私たちが黙ってしまったら、自分の学校の学生を汚い手を使って強制送還させたことも、その背景にある企業の陰謀も闇に葬り去られてしまう……」

　木谷の言葉はだんだんと小さくなり、喧騒にかき消されていった。

8

「たった三人で何が出来る？」

　小池と野津が同時に言った。和倉ら三人は集会の開催を告げるＡ４サイズのポスターを大事そうに抱えている。

「そうよ、個人の力なんてないに等しいのだから、誰かの力を借りよう。そうだ、裁判をやりましょう、知帆ちゃんのパパ、弁護士でしょう」

「圭ちゃん、弁護士は勝てない裁判は引き受けない。それに原告は日本にいない」

　和倉知帆は慈愛の眼差しで中井を諭した。

「それなら新聞で取り上げてもらおう。マスコミなら」

「それも無駄。マスコミはスポンサーに弱い。少子化の中で、生き残りをかけた各学校がどれだけ宣伝費を使っているのか知っているでしょう。うちの学校は新聞広告ぐらいだけど、隣の備大のテレビコマーシャルの数の多さ。マスコミがお得意様に逆らえると思う？」

「それなら、インターネットで流そう。ネットなら確実に広がる」

「ネットをやっている人に知らせても他人事としてしか見ない。好奇心を持ったとしても、そこで終わり。自分の問題ではないので動かない」

「確かにネットの世界は発展途上。でも可能性はあると思う」

「圭ちゃん、それは幻想。画面上で噂を広めても、学校側にすれば痛くも痒くもない」

流れの先に滝があるのを知らないのなら仕方がないが、大きな滝があるのを承知の上で、流れに舟を漕ぎ出そうとする三人を、何とか思いとどまらせようと中井は食い下がった。

「集会を開いても、誰も来なかったら？　自分のこと以外、関心を持とうとしない人が多いから、誰も来ないかもしれない」

「それはやってみなければ判らない」

「集会の、その後の展望は？」

「ない。でも集会は学長が隠そうとしている不正を白日の下にさらす第一歩になるはず。私たちには力はないが、正義がある」

純粋な動機に突き動かされた行為の多くが、結果については無計算であるように、三人は結果を想定しようとはせず、だから、結果を恐れる必要はなく、行動を起こすことによって、必ずや新たな状況が切り開かれるだろうと、それだけを期待した。

集会の場所は学生会館の二階小ホール。主催は〈真相を究明する会〉。

小池はソッポを向き、中井はオロオロし、野津は聴衆として彼女らを見守ろうとした。

当日。小ホールの前の廊下は人であふれていた。野津は驚いた。彼女らの行動は無駄ではなかった。多くの人の関心を呼んだのだ。

中に入ろうとした彼の前に、何人もが入口をふさぐように立っている。

「通してくれよ」

「ダメだ」

「どうして？　キミたちは？」

「自治会だ。あいつら、ここの使用許可を取らずに集会を開こうとしている。自治会を無視するやり方は認められない。集会は中止だ。帰れ、帰れ」

　周囲から「帰れ」「帰れ」の声が唱和する。人ごみの背後から声が飛んだ。

「キミらは、いつから抑圧者になった。自治会は学校側の手先か！」

「誰だ、ルールを否定する暴言を吐く奴は！」

　一人の男が取り囲まれた。野津は「その人の言うとおりだ。学生の側に立つのが自治会ではないのか」と叫ぼうとしたが声は出ず、強引に連れ出される男を見送った。

　ホールの中では、和倉と木谷が罵声を浴びせられ、〈強制送還の真相を追及する集会〉と書かれた大きな紙をはがそうとする人たちに高岡が激しく抵抗していた。

　翌日、学校の掲示板には三人の名前が記された大きな紙が貼り出された。

> 以下の者、一年間の停学に処す
> 文学部言語学教室三年
> 木谷愁子　高岡晴香　和倉知帆

　後ろめたさのある学校側としては、処分はできないだろう。もし処分があったとしても〝厳重注意〟ぐらいで、それは学校側との対話のチャンスになると、和倉たちは、それを望んでいた。しかし、その考えは甘すぎ、三人に下された処分は重かった。

　小池達樹は激しくゼミの藤尾先生に詰め寄った。たった一度、集会を開こうとしただけで、それも自治会に阻まれて集会そのものが開けなかったのに、一年間の長きにわたる停学とは、あまりにも理不尽だと。

　小池の勢いにたじろぎながら、先生は、処分は規則にのっとって合法的に行われたと釈明する。その規則とは、かつて学生運動が激しかった時代のもので、学内で集会を開く場合は自治会への届け出だけでなく、学校の許可も必要で、無許可集会は秩序を乱すものとして一年以上の停学処分になるという。

「そんな、大昔のものがまだ残っていたのですか」

「そうだ。私の学生時代のものだ。一度定められた規則は、撤廃を決めない限り、いつまでも存続するということだ」


小池、野津、中井の三人は、集会を開いてもいないのに、大昔の規則を持ち出して、沈黙を強要する学校側に賛同する気にはなれず、さりとて、無計画に突っ走った彼女らを支持することもできず、あれだけ忠告したのに聞き入れなかったからだと、彼女らの軽はずみな行動に非はあると考えようとした。

とは言ってみても、彼女らはもうゼミには出席できない。一年間のブランク。絶望となった就職。いい学校から、いい会社へというルートを外れたら地獄が待っていると刷り込まれて育ってきた三人にとって、彼女らに下された処分は再起不能のダメージに思えた。

9

雨の暮夜。煉瓦積みの壁が雨に濡れて重厚な雰囲気を醸し出すレストラン。

野津諒介は赤いテーブルクロスの向こうに座る相手を、初めて対面する女性のように、おずおずと眺めた。短めの髪。首筋のきりりとした曲線。生き生きと動く瞳。パール色のワンピースからしなやかに腕が伸びている。

「キミがスカートをはいているのを初めて見た。いつもジーンズだから」

「あれは通学用の服装」

和倉知帆は何が不思議なのだろうという顔をする。学校では目立たない格好をするのが彼女流のやり方なのかと、野津は改めてその姿に見入った。

「今日、誘ったのは私だから、私にご馳走させて。さあ、飲みましょう」

「あっ、僕、お酒は飲めない。悪いけど」

「そうだったわね。じゃあ、とりあえず乾杯だけ」

グラスに少量のワインが注がれる。

「何に乾杯する？　そうだ、刑務所に入れられているチャルーンの釈放を願って、乾杯」

野津は周りの席の視線が気になり、耳を赤らめた。

「思ったより元気そうなので安心した」

「私が落ち込んでいるとでも思ったの？」

「あれ以来、僕も小池も中井君も落ち込んでしまい、学校に行く気にもなれず、三人でため息ばかりついている」

「私たちは元気よ。新しい目標ができたから」

「まだやるつもり？」

「やられただけで、まだ何もしていない」

彼女は挑むように野津を見つめた。

「そうだね、やろうとしたけど、何もできなかった。それなのにあの処分」

「確かに、今までは、小池君のいうように、確たる証拠は何一つなかった。すべては憶測だった。だけど、この憶測が間違っているのなら、きちんと反論してくるはず。ところが、集会を開こうとしただけで停学処分にして、口を封じようとした。これは、向こうが疑惑の存在を認めたということ。信日商事の疑惑と、チャルーンの退学届の疑惑と、私たちへの処分がリンクした」

「処分されてよかったと？」

「よくはないけど……私たちは、これから不当な処分を問題にし、処分の撤回を求めていく。その過程で、そもその原因であるチャルーンの件を訴えることが可能になった。ようするに、私たちは具体的な目標を得たというわけ」

野津は、あんぐりと口を開けた。

――この人は自分が処分されたのに、就職が絶望になったのに、強制送還された留学生のことを忘れずにいる。そして強制送還と処分の二つを同時に問題にし、両方とも解決しようとしている……野津は彼女と目を合わせられなくなり、うつむいた。

「学校側は偽の退学届を作成して、強制送還に追い込み、一人の人間を刑務所に送った。日本人でないから、どう扱おうと勝手と考えてやったのなら大問題。その上、それを問題にしようとした私たちの口を封じた。ただただ抑え込もうとするやり方を、キミは許せる？」

野津は顔を上げ、彼女の目を見た。

「もちろん許せない」

「それなら手伝って」

「何を？」

「騒動を起こす。世の中に今回の件を知らせ、陰謀を明るみに出すために」

「どうやって？」

「それは、今、考え中……」

和倉知帆はナイフでステーキを切ると、口に運んだ。野津もつられるように同じ仕草をし、何度も水を飲んだ。

「たとえば学校の建物に火を点けて自首する。そして、なぜこのようなことをしたのか動機を明らかにする。しかし、これは無意味」

「当たり前だ。放火なんて卑怯なやり方」

「そうよね。自分の身は安全な所に置いておいて、物陰から人の不幸を笑うなんて、私にはできない」

テーブルの上のキャンドルが彼女の瞳の中でゆらゆら動く。

「目的のためには手段を選ばなければならないと、思う」

「同感。目的が正しければ何をやっても許されるというのは、思い上がりよね」

彼女が笑う。淑やかに笑う。いい笑顔だと彼は思った。

「なにか面白いアイデア、ないかなあ。奇想天外なこと、みんながアッと驚くようなハプニングを起こせないかなあ……」

「僕らには無理だ」

「あら、無理だと思った瞬間、その人の成長は止まるのよ」

「僕の成長はもう止まっている。多くを知り、その意義を理解することより、何事もなく通過することだけを考えてきたから」

「そんな自己認識というか自己規制、一度、取っ払ってみたら」

「そうしたいけど、僕には無理だ」

「また、無理か……逃げるな、野津、諒介」

彼女はワインを飲みほし、上気した顔で続ける。

「今、私は、キミに対して、偉そうに『逃げるな』と言った。しかし、それは私に跳ね返ってくる言葉でもある。逃げないためには、私はどうすればよいのか……まず、踏み留まらなければならない。私の場合、踏み留まるためには何をすればよいのか……一年間来てはならないという学校に行き、そこで私という存在を示すこと……そうか、来るなという学校に、こちらから押しかけたとしたら、どうなると思う？」

「職員につまみ出される」

「ならば、そうさせないためにどうすればよいのか……そうだ、学校のどこかを乗っ取り、そこに居座り続ければ存在を示すことになる」

「そんなことは不可能」と、一応、否定してみたが、野津には彼女が何を言わんとしているのか今一つ呑み込めなかった。

「教室を一つ乗っ取り、居座る……教室じゃダメか……」

「簡単に追い出されるだろうなあ」

「なら、学校の中の建物を一つ乗っ取って、そこで処分が撤回されるまで居座るというのは、どう？」

「そんな大それたこと、出来るはずがない。誰に聞いても無理だというだろう」

「そう？」

「そうだ」

「そうか、誰も出来ると思わないのか……なら、意外と簡単かもしれない」

「無理だよ。たとえ乗っ取りに成功したとしても、大勢の職員に袋叩きにされて、追い出されるのが落ちだ」

「それも騒動の一つ」

彼女の眼が悪戯を思いついた子どものようにくるくる動く。

「それをやるには、野津君、キミの力が必要になる。ドアを打ち付けて開かないようにしたりするために」

「大工が必要なわけか」

「私には出来ないから」

「キミと僕と二人でやろうというのか？」

「そうよ、いや？」

「……」

「可能なら一人でやる。でも私一人では出来ない。だからキミが必要。そうだ、愁子や晴香にも声を掛けてみよう」

「女性だけで？　小池や中井君は？」

「たぶん、やらないと思う。小池君はしがらみがあるし、中井君はママの許しがなければ何もできない」

「僕には、失うものは何もないと？」

「そうは言わない……うーん。私は、その、キミなら判ってくれそうな気がする。理屈ではなく気持ちというか、心意気というか、キミなら……」

「……」

「女と男の差異というより、技術の問題。技術は、それを習得しているかどうかで大きな違いがある。キミには技術の習得がある」

「それなら、プロの大工を雇えば？」

「キミって、そんなに冷たい人間だったの？　燃え上がる怒りはないの？　困っている人がいても見過ごすの？」

「また騒動を起こしたら、今度は退学になるよ」

「そうでしょうね。学校側とすれば、本当は退学にして私たちを学校から追放したかった。しかし、復学の可能性を残せば謝罪してくると読んだ。一度、恭順の意を示した者は二度と逆らえなくなるから。なのに、恭順せず、再び行動を起こしたら、徹底して排除してくるでしょうね。邪魔者は消えろと」

「消されたら、それこそチャルーンの問題を追及できなくなる。もっと穏便な方法を考えたほうがいい」

「どんな？」

「良心に訴えて、処分撤回の署名を集めるとか」

「署名がたくさん集まったら処分が撤回されると思う？　署名簿を受け取って、それでおしまい。学長は偽の退学届まで作って理事長をかばおうとしているのだから、署名ぐらいで妥協はしない」

「中井君のいうようにネットを」

「同情はされるだろうけど、現実を変える力にはならない。それにね、私、人をあてにしたくないの。このバラバラに分断された社会で、人と人との結びつきに頼るのは無理だと思う。だから、自分で出来ることを自分でやるしかない。みんなの力が結集されて、大きな力になるのを待っていたら、廃棄物は地中に隠されてしまう」

「だったら僕もあてにしないでほしい」

「キミは特別……」

見つめる和倉のまっすぐな視線に野津はたじろいだ。たじろぎながらも口を開いた。

「みんなの支持が得られなかったら、自己満足で終わってしまうよ」

「その自己満足を得たいのよ。やるだけやって、満足できたら、こんな偽善に満ちたところ、こちらからオサラバするつもり」

「処分を撤回させたら、次はキミの方から退学届をたたきつけると？」

「へん？」

「いや、その気持ち、判るような気がする」

「わかってくれてありがとう。陰謀の露見を恐れ、何もしていない人間を刑務所送りにした。それを問題にした三人には、学生の弱点を衝いて沈黙させようとした。こんなやり方は許せないし、背景にある嘘やごまかしは、もっと許せない。だから、これだけ圧力を加えたのだから、もう逆らわないだろうと高をくくっている学長に一泡吹かせてやりたい」

「学生を甘く見るなと？」

「そう。このまま泣き寝入りすれば、処分を受け入れたことになる。それは、学校側の嘘を認めるのと同じになると思う。私、嘘とは無縁に生きたい」

「僕もそうしたいが、簡単ではない」

「だからこそ、現在の私に出来るギリギリのところまでやってみたい。そのために私は、あなたを必要としている。誰でもない、あなたを」

10

耳の奥底に彼女の最後の言葉がこびりつき、離れようとしない。——あれは愛の暗示か？　いや、違う。何の取り柄もない男を、聡明な彼女が好きになるわけがない。きっとあれは、奈落の底へ一緒に飛び込もうという誘惑に違いない。いや、嘘とは無縁に生きたいという彼女が、仲間に引き込むために甘言をいうはずがない……

野津諒介は、これまで、迷って考えがまとまらなくなると、周囲の人に助言を求め、判断までも仰いできた。だから、生じた結果が悪くとも、それは、その人のせいにすればよく、自身が傷つくことはなかった。

生活が一変するような引っ越しや転校の経験はなく、ハック・フィンのように川へ舟を漕ぎ出し、アリスのように一人で見知らぬ土地に迷い込んだ経験もなかった。

阪神淡路大震災は遠くの出来事だったし、コソボのような戦火に遭遇する不運もなかった。無論、そのような事態は望みもしなかったので、平穏こそが一番であり、少々退屈でも何事もなく過ごせたら幸せだった。

唯一、事件と呼べるのは父親と初めて登った茂枝山での出来事。今でも一部始終を思い起こせる鮮烈な体験。

——あの時、谷へ捜索に連れて行ってほしいと頼んだのに、黒いカッパの二人は、子どもはダメだと拒絶した。当然だろう。足手まといになるだけだ。でも、今なら連れて行ってくれるだろうか？　大きくなった今なら……

——確かに身体は大きくなった。選挙権もある。それで大人と言えるのか？　大人とは、自分で考え、決断し、行動を起こし、その結果を自分で引き受けられる人のこと。だとしたら、今、必要なのは、連れて行くよう頼むのではなく、黒いカッパの人たちのように、自分の判断で、松明をつくり、火を点けること……

そう考えてみたが、野津には彼女の力になれる自信がなかった。それにもまして処分が怖かった。学長は陰謀を知る者全員を追放したがっているはずで、蜘蛛が巣を張るように事を起こすのを待ち構えているだろう。それに怯えて何もしなかったら、彼女らへの処分は正当なものとなり、陰謀も実行されてしまう。

彼は、生まれて初めて、どう進むべきかを自分で考え、自分で決めなければならない状況に追い込まれていると悟り、大きく息を吐いた。

昨年、フランスで行われたサッカーワールドカップに初出場した日本チームは、予選リーグを全敗で終わった。まだ世界に通用する力を持ち合わせていないのだから当然の結果だった。

和倉、高岡、木谷のやろうとしていることも、同じように身の丈を超えており、完敗で終わるだろう。それなのに、〝処分撤回〟を目標に掲げた三人は、嬉々とした表情で計画を煮詰めている。

一方、小池、中井、野津は、彼女らがいないゼミに出席する気になれず、連れだって学校を抜け出し、時間を潰した。映画、ゲームセンター、カラオケ、マンガ喫茶、飲み屋と、どこへ行っても気は紛れず、小池はしきりに、「処分されたほうが楽しそうにし、されなかったほうが落ち込むなんておかしい」と愚痴った。

カラオケ店で歌い、疲れ、小池と中井と駅で別れ、野津は家に戻った。

藤尾先生からのファックスが届いていた。このままでは単位の取得が難しくなるから出席するよう促す文面には、三人の処分については何もふれられていなかった。

彼は、先生と岩本紀夫の二人だけのゼミ風景を思い浮かべた。八人がいて、一人が強制送還され、三人が停学処分を受けたというのに、残った者がこれを問題と考えず、理由を知ろうともせず、何を学び、何を探求しようというのだろう。

おかしいのは説明責任を果たさず、強権を振り回すだけの学校側だ。彼女らは、納得できる説明を求めているだけ。その彼女らを助けようとすれば、こちらにも火の粉が飛んでくるだろう。下手をすれば処分され、就職できなくなる可能性もある。好んで危ない橋を渡る必要はない。平穏無事が一番だ。だが、今が、今こそが自分を変えるチャンス。臆病で優柔不断な、この固い殻から脱皮する好機かもしれなかった。

野津は、これまで幾度となく、臆病を克服し、自信を得たい……と思った。しかし、きっかけがないからと断念していた。

大人になりたい……と願った。が、なる方法が判らず、ずるずると生きてきた。

恋を……と、淡い期待を抱き続けてきた。なのに、傷つくのが怖いから、自分から動こうとはしなかった。

あの時、あの山で、黒いカッパの人たちが、すぐさま行動を起こし、何食わぬ顔で救助を成し遂げたのは、あの山を知り尽くしていたからであり、体力に自信があったからだ。

知識も体力もないのに、助けに行ったらどうなるだろう。二重遭難になり、地獄を見る結果になっただろう。だとしたら、経験を積み、体力がつくまでは何も出来ないことになる。だが、それでは間に合わない。決断が求められているのは今。

彼は考えた。

——勇気を奮って彼女を助けに行けば、経歴に傷がつく。行かなければ心に傷がつく。どちらも選択せずに逃げ出せば、負い目となって、後々まで引きずるだろう。どの道を選んでも無傷ではいられないのだ。どう転んでも傷を負うのだとしたら、傷のことは別にして、今、何をしたいのか、それだけを考えてみよう。自分に正直になって、何をしたいのかと問えば、彼女の力になりたい。彼女に頼りにされているのだから、それに応えたい……

現実から逃避するのをやめた彼は、筋道を立て、熟考した。

——彼女を助けに行けば、自分も処分されるかもしれない。この身を犠牲にする覚悟がなければ助けに行けないのだ。自己犠牲の精神、滅私の心が必要になる。何かのために、誰かのために自分を捨て、犠牲になるなんて馬鹿げたこと。それは、誰かに利用される結果に終わる虚しい行為にすぎない……

——だとすれば、あの時、あの黒いカッパの人たちは、自己犠牲の精神を発揮し、自分を犠牲にしてまで、遭難者を助けようとしたのだろうか？　そうではない。あの人たちは、誰かに命じられたからではなく、自の判断で谷を目指した。「三〇分進んだら戻ろう」と。暗くなったら谷が一層危険になるのを知っていて、暗くなる前に戻るつもりだったのだ。自分を犠牲にするつもりなど毛頭なく、目の前での遭難の可能性を察知し、見て見ぬふりをしなかっただけ、見捨てなかっただけなのだ……

彼は、思考を深めることで苦慮や憂慮を乗り越えようとした。

——対価や栄誉が欲しくてやるのなら、それらが得られなくなった途端に後悔するだろう。だが、そんなもののためではなく、自分がどこまでやれるかを試すために行動するのなら、失敗しても悔いは残らず、それは価値ある経験となり、次への糧になるはずだ……

野津は、あの黒いカッパの人たちのように、困難に陥っている人を見捨てずに、何食わぬ顔で行動を起こし、平然と事を成し遂げたいと思った。そういう大人に、そんな人間になりたいと思った。そのためには逃げるわけにはいかない。やる前から結果に怯えてもしょうがない。

そうなれば答えは一つ。

楽園台駅の北口からまっすぐ延びる駅前通り。その右側には備大が、左側には栄大があり、二つの学校の敷地が終わると、駅前通りは北通りとクロスし、スクランブル交差点になっていた。

この交差点の栄大側の角にあるのが学生会館で、古い石造り風の建物は独特の雰囲気を醸し出していた。

この建物は独立していたが、両脇が高い塀とくっついているために、通り側から出入りできるのは表玄関だけで、玄関のドアはスクランブル交差点の中心を向いていた。

この会館には、もう一つの出入口として裏口があった。裏口は校内側に設置されていて、ここを通れば、通りに出なくても校内と会館を行き来できた。

学生たちの溜り場として、待ち合わせの場所として賑わう学生会館。この建物の一階にはロビーがあり、たくさんの椅子とテーブルが置かれ、飲料や食品の自販機が並んでいた。二階は小ホール、三階は書庫と会議室、四階は学園祭の道具などの共用の保管場所として使われていた。

屋上も開放されていたが、エレベーターがなかったので、上がってくる者は少なく、屋上は一階の騒がしさから逃れたカップルが静かに語り合う場所になっていた。

何組かが肩を寄せ合う屋上で、手すりに寄りかかっていた、和倉、木谷、高岡は、近寄る野津を見つけ、同時に微笑んだ。

「ターゲットはここ。ここを私たちの居場所にしたい」

「場所は申し分ないと思う」

「やれそう？」

「わからない」

「そうよね。未知なるものへの挑戦だから」

「これから中を歩き回って、簡単な平面図をつくるから、それを見ながら作戦を立てよう」

そう言うと野津は、固い表情で三人を見回した。


金曜日の午後、六時少し前。守衛がカギを掛けに来る直前に、和倉、木谷、高岡、野津の四人は学生会館に入った。

野津は表玄関のガラス扉を閉めると、左右のドアノブを針金で固定した。木谷が〈不当処分撤回〉〈学長は強制送還の真相を明らかにせよ〉と書いた大きな紙をガラス扉に貼りつける。「勝手なまねはするな」と中にいた数人が詰め寄り、高岡が痴漢撃退スプレーを両手に立ちはだかった。

ハンドマイクが呼びかける。

「私たちは、今から、ここで抗議のストライキを始めます。賛同する人は残ってください。そうでない人は裏口へ急いでください。早く出ないと処分されますよ。私たちは何もしていないのに停学処分を受けました。ここにいると私たちと同類になります。学長は喜んで処分するでしょう。処分されたら有名企業に就職することも、公務員になることもできません。人生最大の危機です。逃げるなら今のうちです。表玄関はすでに閉められました。残るのは裏口だけです。もちろん残りたい人は残ってください。歓迎します」

静かに放たれた和倉の言葉に、中にいた人々はパニックになり、裏口へ殺到した。

第2章

コロニー

マイナス四〇度Cにもなる南極で生きるエンペラーペンギンは、海から何一〇キロメートルも離れた氷上に、巨大な氷壁を風除けにしてコロニーをつくる。エンペラーペンギンは食べ物が豊富な夏にヒナを海に巣立たせるために真冬に卵を産み、背中を丸め、仲間と身を寄せ合って抱卵する。

I

誰もいなくなった。

静まり返る学生会館の一階ホール。テーブルの上には空き缶、スナック菓子の袋、ペットボトルが残され、床には雑誌やチラシ、椅子が散らばっている。あちこちに傘が忘れられ、二〇台近い自販機がこうこうとした明りで居もしない客を誘う。

がらんとした空間に滞留する生暖かい空気。それは人々が発していた熱の余韻。

和倉知帆、木谷愁子、高岡晴香、野津諒介の四人は黙したまま、吸い寄せられるようにホールの中央に集まり、お互いを見つめ合った。

「さてと、セカンドステージに入るか」

野津は自らを鼓舞するように言った。賽は投げられたのだ。

彼は会館の裏口に止めた車からベニヤ板を運び入れ、玄関のガラス扉に張りつけた。それは、ガラスを割って侵入されないためというより、中を覗かれないためのもの。

たった四人しかいないことが早々に露見してしまうと、学校側は注目される前にと、躊躇なく職員を突入させる可能性があった。そうさせないためには、当分の間、こちらの人数や手の内を明かしてはならない。

車からは食糧、カセットコンロ、ミネラルウォーター、寝袋、毛布、本、衣類などが運び込まれた。

「野津君、裏口のドアはどうする？　レンタカーを返しに行った晴香が入れるようにしておかなければ」

「表玄関は完全に塞ぐけど、裏口は出入り可能にしておく。内鍵を取りつけるから、ちょっと待って」

散らばっていたテーブルや椅子の片づけを終えた四人は、ホールの中央で一つのテーブルを囲んだ。自販機の冷却器がモーター音を響かせ、ときおり外から罵声や嬌声が聞こえてくる。

「さてと……」静寂と先行きの不安に押しつぶされそうになりながら、和倉知帆は野津諒介を見た。いつもは何かしらおどおどした表情で女性に接する彼が、静けさに溶け込むように座っている。

「あと、今日中にやる作業は？　野津君」

「玄関に椅子とテーブルを積み上げて侵入できないようにしたい。その前に食事にしようよ。僕、腹ペコ」

「あら、もうこんな時間」

「それなら食事の準備をしましょう。今夜は買ってきた弁当とインスタントの味噌汁。明日からは、この表の通りに当番が食事をつくることにして、買いだめした食材の代金を頭割りするから、とりあえず払って」

　木谷がお金を集め始めると、高岡が自販機の列を指差した。

「そんなにレトルト食品やインスタントラーメンを買いだめしなくとも、あそこにあるじゃない。パンもアイスクリームもある。飲み物は何でもそろっているから、当分は不自由しない」

「自販機も電気がなければただの箱」

「電気、止められるかしら?」

「たぶん止められると思う。敵が塩を送るはずがないと思わなければ」

「いやだあ、せっかくテレビを持ってきたのに」

　高岡晴香は小型のテレビだけでなく、ラジカセと電子レンジを段ボール箱から出してみせた。

「だってニュースを見る必要があるでしょう。外の様子を知るために」

「あ、晴香がイメージしているのは警官隊に包囲され、マイクで『武器を捨てて出てきなさい』というやつね」

「私たちには人質などいないから、突入しようと思えば簡単にできる。しかし、騒動になれば陰謀が表面化する恐れがある。それを隠そうとしている学校側としては、しばらくは手出しできない。だから、この乗っ取り作戦を考え出したこと、もう忘れたの?」

　和倉にそう言われ、高岡は口から出かかっていた〈最悪の事態の想定〉という言葉を引っ込めた。

「そうよ、いつもの晴香らしくない。いや、人の話を聞かないのはあなたらしいけど、もっと気楽に考えなさい。警官が来たら、喜んで連行される。裁判になれば動機を公にできるチャンス。そのために私たちには優秀な弁護士がついているのよねえ、知帆」

「裁判になんてならないと思う。学校側は、今どきの若者は一つのことを長くは続けられないから、放っておけば、そのうちに投げ出すだろうと高を括っているはず」

「こちらの自滅を待つのか……だとしたら、長期戦になるわねえ……」木谷は誰にいうともなしにつぶやいた。

　集会を開いてもいないのに、学校側は処分権という権力を用いて三人の居場所を奪った。理不尽に奪われたのだから、自分たちの手で、新たな居場所を確保し、居座り続けようと考え出された学生会館の乗っ取り。

　一番小さな建物を選んだつもりだったのに、四人には、この建物は大きすぎた。一階ホールの広さに威圧されながら、四人は、ここが台所、ここを食堂にと生活に必要な場所を決めていった。

「私たち、これから電気のない別荘で共同生活をするのか……」

「晴香の家、別荘を持っているの？」

「あるわよ。高原の別荘地に」

　高岡晴香は子どもの頃の思い出を明るく語った。夏休み、別荘で過ごした日々。雄大な山々、白樺の道……彼女は自慢話になっても構わないと思った。誰かが口を動かしていなければ、静けさに押しつぶされそうだった。だが、どんなに明るく振舞ってみても、不吉な考えが浮かんでは消える。

　高岡はラジカセのスイッチを入れ、ボリュウムを上げた。静けさに挑むようなテンポの速い曲が轟く。

「みんな、踊ろう」

　突然の誘いに、野津は目を白黒させながら、一歩引き、耳を押さえた。

「どうしたの？　みんな、一緒に踊ろう。私、小学生の頃、ダンスチームのリーダーだったのよ」

　彼女はリズムに合わせ、上体を揺すり、手と足を激しく動かした。

「スピードとキレだけで勝負するダンスだったけど」

「今でも、キレキレよ」木谷があきれたように誉め、

「私が付き合う。気がすむまで踊ろう」と、和倉は高岡の横に並び、動きを真似ながら飛び跳ねた。

木谷と野津が踊りに加わろうとせず、突っ立ったままでいるのを見た高岡は、すぐに音楽をとめた。

「つまらないなあ、みんなで一緒に踊りたかったのに……」

「踊る機会は、これから、いくらでもあるわよ」

和倉の慰めを聞いても、高岡は湧き上る不安を払拭できなかった。夜が明けたら、学校職員が押し寄せてくるだろう。大勢に取り囲まれ、足蹴にされるだろう。校門まで引きずられ、放り出されるかもしれない……


夜が更け、眠れそうにないという高岡を制し、和倉は明日のために睡眠を求めた。緊急事態を察知するために、玄関側に二人、裏口側に二人、別れて寝ることにし、くじ引きが行われた。

裏口に回る札を引いた和倉と野津は、ドアの前に寝袋を広げた。通りを走る車の音が間断なく聞こえる。

「昨日に比べ、今日は暑いくらい」

和倉知帆はポロシャツを脱いで、Tシャツ姿になると、ジーンズをはいたまま下半身を寝袋に入れた。

「こうやって二人で寝ているところを踏み込まれたら、ヘンな目で見られるでしょうね」

がらんとした廊下に女と男が枕を並べようとしている。

「だろうね」

「野津君の人格が傷つけられるようなことを言われるかもしれない。男は一人だから」

「こういう場合は女性の方が興味本位で見られるのと違う？」

「そうかもしれない……」

会話が途切れると寂寥が押し寄せる。表玄関の方から笑い声のようなものが聞こえた。野津は両手を口に当て「オーイ」と二度叫んでみた。

「誰かが入って来たときに叫べば、向こう側に聞こえるかと思ったけど、返事がないところをみると聞こえないみたい」

突然の大声に目を丸くしていた和倉は、携帯電話のボタンを押した。

「愁子、今の聞こえた？　外で誰かが叫んでいるから怖い……あれは野津君の声。何か起きたら知らせるために叫んでみたらしい。原始人？　本当にねえ……何かあったら電話して、こちらもするから。テレビのお笑い番組？　いや、いい。明日のためにもう寝る。ええそう、何が起こるか判らないから……二人とも、おやすみ」

「家に電話しなくていいのか？　しばらく帰らないと」

「大丈夫。停学の傷を癒すために、しばらく叔父さんの所に行くからと言って出てきたから。叔父さん、山里に住む陶芸家なの。叔父さんには、電話で正直に事情を話したら了解してくれた。さすがに親には乗っ取り作戦のことまで言えなかった」

「じゃあ、停学の件は、親に説明し、納得してもらったの？」

「ええ、父は処分権の濫用にあたると言っていた。母は、そんな理不尽な学校はさっさと辞めて、外国に留学しなさいって。自分が行きたいから、アメリカの西海岸にするよう勧められた」

「すごい余裕だなあ」

「ところで野津君、携帯電話は？」

「家に置いてきた。僕のやつは通話料金の高いタイプだし、別に話す人もいないから」

静けさの中、寝袋から上半身を出した和倉が、横向きになり、並んで寝ている野津に質問を始めた。

最近読んだ本は？　旅行はした？　あの映画を見た？　好きな音楽は？　子どもの頃はどんな子だった？　一方的な問いに、素直に応じる野津の口元を見つめていた彼女は、今度は自らを語り始めた。

小さい頃は身体が弱かったため、周囲の子どもらから邪魔者扱いされたこと。中学生になると本格的なイジメにあい、つらくて〈死んでしまいたい〉とノートに書いたのを父に見つけられた。心配した父がそばにいてくれるようになり、一緒に本を読み、絵を描き、映画に涙し、家族でたくさんの旅行をした。大好きだった父が大企業の顧問弁護士になってからは話をするヒマがなくなり、事務所を大きくするために時間を犠牲にする父への反発から法学部へは行かなかった。なのに、そのことについて何も言われなかったので落胆し、父を遠ざけるようになった……ひとしきり語り終えると彼女は満足そうに微笑み、やがて小さな寝息を立て始めた。

つらい過去を人に知られるのは恥ずかしいこと。なのに、淡々と話す彼女を不思議に思いながら、今度は野津が横向きになり、彼女の寝顔を見つめた。

ランタンの明かりを消すと、ドアの上の非常誘導灯の淡い光が彼女の全身を包んだ。額から鼻、唇、顎へと連なる曲線。わずかに上下する寝袋の膨らみ部分。――手を伸ばせば届く距離だ。さわれば気づくだろうか？　いや、信頼しきって身を横たえる人に手出しはできない……

彼は、学校職員が襲ってくるとしたら、人目につかない夜だろうから、夜を徹して彼女らを守ろうと心に決めた。しかし、経験したことのない緊張のせいからか、彼もまた、いつの間にか深い眠りに入っていた。

朝。目を覚ました和倉知帆はビクッとして身を固くした。目の前に男の顔がある。ここは？　と考えながら、すぐに我が家ではないのに気づき、寝袋に入ったまま、野津諒介の寝顔を見つめた。

髭がぽつりぽつり生えている。透きとおる産毛のようなものもある。父親以外の男の顔を、これほど間近で見るのは初めての経験。記憶に残る父親の髭は痛いほど硬く、せわしなくイビキをかいていた。彼は静かすぎる。もしかしたら、昨日来の緊張が原因で呼吸が止まってしまったのではと、彼女は彼の鼻に顔を近づけてみた。

静かだが確実な呼吸をしている。携帯電話が鳴った。

「玄関に人が！　すぐ行く」

和倉は野津を揺り起こすと、ポロシャツをつかみ、表玄関へ走った。

「学校職員がドアを破って入ってこようとしているの？」

「わからない。車が止まる音がして、外に大勢の人がいるみたい」

青ざめた木谷愁子は、高岡晴香にしがみつきながら震えていた。玄関はベニヤ板で塞いでしまったので外は見えない。

四人は二階へ急いだ。駅前通りにクレーン車とトラックが止まり、青色の作業服がいくつも動いている。

「しまった、クレーンで屋上から入るつもりだ」野津は四階へ駆け上がり、屋上に通じる扉のノブとノブを針金で巻きつけた。

窓からクレーン延びるのが見える。ゴンドラが作業員を運び上げ、次いで緑色のシートが引き上げられた。やがてシートは会館の四方を覆い、建物全体をすっぽりと包み込んでしまった。

どの窓からも緑のシートしか見えなくなり、四人は仕方なく一階のホールに戻った。

「外から見えなくしてから、入ってくるつもりかしら？」

「世間が騒がないように、乗っ取られたこと自体を隠そうとシートで覆った。こちらの人数や、やり方が判明しない段階での強硬手段は危険と考え、様子見を決め込んだ。そんなところね」

和倉は木谷の不安を和らげようと、相手の出方を分析してみせた。

「学校側は強制排除という手は使わず、こちらの出方を見極める方針なら、問題は、どうやって私たちの存在をアピール」と高岡が言いかけた時、自販機の明かりが一斉に消え、冷却器のモーター音がストンと落ちた。同時に天井の明かりも消え、朝なのに室内は夕暮れのように薄暗くなった。

玄関扉の外に作業員がいるらしく、野太い声が中にまで響く。

「元請から連絡があったのは、昨日の夜中だぜ。急な仕事だというから、工事単価をふっかけてやった」

「で、元請は出すと言ったのか？」

「ああ、緊急事態だからカネは出るそうだ。スクランブル交差点から丸見えの表玄関は、外から絶対に見えないよう二重にシートで塞いでくれという注文だ」

「この建物は交差点のどこからでも見える。いい建物を選んで占拠したものだ。校内側にある裏口はどうする？」

「何も聞いていない。下請けは言われたことだけをやればいい」

「了解……これ、見ろよ。処分撤回だと。処分されるような悪さをしておいて、いまさら何だよ、往生際が悪い」

「親に食わせてもらっているくせに、こんな遊びを始めて……近頃の若い奴らときたら何を考えているのかさっぱり判らん」

「ガキのように見えるが、やることは一丁前だ。俺だったらパワーショベルを持ってきて、玄関をぶち壊し、中にいる連中を引きずり出してやるのに」

「そして修繕工事を請け負って、二度も儲けようという魂胆か？」

「そうだ。仕事は待っていても来ない。つくり出す時代だ。破壊の後に建設あり。地震、洪水、土砂崩れ、人の不幸は儲けるチャンス」

「戦争は？」

「戦争か……戦争は究極の破壊だから確実に儲かる。だけど起こせっこないだろう、邪魔なものがあるから」

　作業員は午前中で引き揚げ、野津は屋上への扉を固定していた針金をペンチで切り、屋上に出た。

　ワイヤーロープが手すりに通され、シートをつなぎとめている。ロープはペンチでは歯が立たず、手持ちの道具では切断できそうになかった。シートを落とせないとなると、ここを乗っ取ったのではなく、ここに閉じ込められたのと同じになる……彼は膨らむ不安を打ち消すために、世の中、思うようにならないから面白いのだと思うことにした。

　野津は口笛を吹きながら階段を下りた。一階のトイレの前で三人が騒いでいる。

「何かあったの？」

「野津君、水が出ない」

「電気と一緒に水も止められるのは想定内。ミネラルウォーター、買ってあるだろ。節約して飲めば当分は持つ」

「飲み水はあるけど、トイレが使えない」

「あ、そうか、流せないのか……困ったな、どうする？」

「イヤよ」

「イヤと言われても……」

「私、洋式トイレでないとダメなの。この建物は古いから全部和式の水洗。だから我慢して、まだ一度も行っていないのに、その上、流せなくなるなんて……」

泣きそうな木谷の肩を抱き寄せた和倉は、我慢したら病気になり、身体を壊したら負けになると慰めつつ、流せないのに使ったとしたら、どうなるのかを想像した。

人間の営みには不可欠な事柄のに、不浄と疎まれているから想定すらしなかった排泄の問題。人間の排泄物を商品にし、田畑の肥料として売買していたから江戸の町は清潔だったという。もうすぐこの建物は江戸の頃より不潔になるだろう……和倉は身震いした。

「しょうがない。トイレは個人別に分けよう。一階は誰にする？　誰もいないのなら僕が使う。二階は木谷さんでいいかい。三階は高岡さん。四階は和倉さん。自分のものだったら少しは我慢できるだろう」

「自分のものだってイヤ。考えただけで、もうイヤ」

「あーあ、思いもかけないところから自滅させようとしてきたか。今頃、学長は、電気も水もないところで、豊富なモノに囲まれて育ってきた世代が生活できるはずがないと、勝った気でいるでしょうね。いつもの私だったら一番先に逃げ出したかもしれない。だけど今回は、これくらいで逃げ出すわけにはいかない」

半泣きの木谷を横目に、高岡が力んでみせたのは、〈トイレなきマンション〉と比喩される原発を意識してのこと。

「愁子、私も我慢して使ってみる。それしか方法がないから。どうしても我慢できなかったらミネラルウォーターで流せばいいから」

和倉は、すぐに底をつくであろう、ミネラルウォーターの入手方法を思案した。

乗っ取り四日目の月曜日。学生が、教職員が登校してくる。シートで覆われた学生会館を見て驚くだろうか、反発するだろうか……期待と不安を募らせても、外の様子を窺い知ることはできず、三人はそれぞれの友人に携帯電話で事件の発生を知らせた。

「どうでもいい噂話は信じるくせに、乗っ取りなんて出来るはずがないと信じようとしない」

「新聞に載っていないから、嘘だろうって」

「何が起きても、マスコミが取り上げなければ、何もなかったことになるのね」

そんな会話を聞きながら、野津は内心、騒ぎにならなくてよかったと安堵した。騒ぎを起こすための行動だったのに、それとは矛盾する結果を喜ぶ自分を、彼は少しだけ蔑んだが、安堵の方が大きかった。


その夜、唯一バッテリーが残っていた木谷の携帯電話が鳴った。

「小池君か……知らせなくてごめん。何せ初めてのことでしょう、余裕がなかったから……それはそうだけど。どう、みんなの反応は？　工事中だと思っている？　あのシートのせい？　玄関の前に、改装工事中だから危険につき立ち入り禁止と書いてあるのか……だから誰も中に人がいるとは思っていない？　え、野津君？　ここにいるわよ。なぜかって、仲間だから。みずくさい？　謝るわ。今どこにいるの？　目の前？　えっ、玄関の前？そこからは入れない。北門から会館の裏口に回って、裏口に」

小池達樹は外国旅行に行くような荷物を持ち、後ろには中井圭太が、これまた大きな荷物を担いで控える。

「わー、大歓迎」

「二人とも、大好き」

二人は、三人の女性にかわるがわる抱き着かれた。

「野津、みずくさいぞ」

「悪い。引き込んでいいものか迷って、言い出せなくて」野津は笑顔で小池の手を握り、心強い友人の参入を歓迎した。

「変な臭い」中井圭太が顔をしかめる。

「本当だ、何だ？　この臭いは？」小池達樹も鼻をひくひくさせる。

「気のせいじゃない？　私たちは何も感じないけど」木谷が不思議そうに言った。

「どうかしている。こんな悪臭の中で、よく生きていられるね」

「わかった、原因は野津君。トイレ、流さないから、それで」

「だって、ミネラルウォーター、もったいないだろ。飲み水の分がなくなる」

和倉は水と電気を止められている状況を説明し、買い置きのミネラルウォーターが底を突きかけていることを明かした。

悪臭は我慢できない、窒息しそうだと二人は不満を口にしながら、荷物を置いて裏口から出て行った。四人は唖然として顔を見合わせた。


二時間ほどで二人は戻ってきた。

ミネラルウォーターと長いビニールホースを抱えた二人は、ここから一番近い二号館の洗面所からホースで水を引き、トイレを洗うアイデアを披露する。四人は驚いた。

「中にいたら思いもつかなかったのに、外からの視点が問題を解決した」

「閉じこもるって、よくないのかもしれない」

「確かに、内向きでしかない」

「だけど今回は、やり始めた以上、後には引けない」高岡は、そう締めくくると、新参の二人にここに来た理由を尋ねた。

小池達樹は、何から何まで隠そうとする学校側の姿勢に疑問を持ったからと、加わる理由を語り、「野津一人に楽しい思いをさせたくなかったから」と笑う。

中井圭太もまた、「私も事情を知っている一人だから」と、ぎこちなく笑った。

2

四人が六人になり、小池は賑やかさを倍にし、中井は食糧の減り方を倍加させた。

食料も飲み水も底をつき、六人は順番を決め、夜更けになると裏口を出て、北門の鉄柵を乗り越え、北通りの向側にある深夜営業の食品スーパーやコンビニへ買い出しに出かけた。北通りの向こう側には、様々なショップやテナントビルが並ぶ賑やかな一帯が広がっていた。

買出しの間に、残った者が長いホースを引いてトイレを洗い、それが終わると電気のない夜が始まる。

ランタンやロウソクの明かりでは長い時間、本は読めず、電池式のラジカセから流れる音楽やテンションの高い笑い声は、虚しく騒いでいるだけのようで、誰も聞かなくなった。

広いロビーの片隅に集まった六人。

ロウソクの炎が揺れる中、壁にもたれたり、寝転んだりしながら、語り、笑い、ふざけ合う。それしか他にすることがなかったからそうしたのだが、時間を気にせずに語り合うのは誰もが初めての経験で、六人は新鮮な気持ちで素朴な営みに興じた。

たわいのない話から、過去の体験談。音楽、映画、そして生の芝居の迫力。ネットで広がる世界、ゲームの奥深さ。旅の話から、珍しい食べ物、そして男と女の物語……よくしゃべるのが小池達樹、高岡晴香、和倉知帆。間で上手に笑いを取る中井圭太。もっぱら聞き役なのが木谷愁子と野津諒介。

故郷の風景や遠い日の思い出は、その人を知るための貴重な話で、語る憧れや夢は個性を認識させるもの。だが、六人は、まだ自分というものをさらけ出せずにいた。

幼い頃からの競争の中で、自分の弱みや本心を隠して、競争に勝つことだけを優先させてきた者にとって、自分の弱みは他人に知られないよう、ひたすら隠すべきもので、逆に他人の弱みは卑下するものでしかなかった。

ここにあるのは豊富な時間。そして、少ない人数による濃密な関係。この二つが、強さも弱さも併せ持つ自己をさらけ出さない会話をつまらなくした。取り繕いや、ごまかしの入った話は有り余る時間の先で、いずれ行き詰るのは目に見えていた。だから、何事も正直に話す必要があることを認識しつつも、六人はまだ〝自〟と〝他〟の距離を測りかねていた。

「圭ちゃん、そろそろママが恋しくなったのと違う?」

高岡晴香のストレートな物言いは、自分のことはさておき、相手に対して自己をさらけ出すよう求める場合が多い。

「私、怖がりだから、本当は、ここに来るつもりはなかった……」

心優しい中井は、求めに応じ、母親とのやり取りを吐露した。

「私は、私のやり方でやろうと思い、学校と商社の悪事をネットで流す準備をしていた。ところがママが、仲間が不当な仕打ちを受けているのに黙っているとは何事か。おとなしくしていたら、なめられるだけ。一発ガツンとやらなければ解決しない。籠城でも何でも一緒にやってこいと言って、私を家から追い出したの」

「キミのママって過激ねえ」

「人は一生に一度、勝ち負けを別にした、でっかい勝負をしなければならないらしい」

「今がその時だと？」

「そうみたい。今、尻尾を巻いて逃げ出したら、これからも逃げ続けるだろう。だから決着がつくまで帰宅は許さないとママに言われた。私、行くところがなく、小池君に電話して、ここに来ることに……」

「決着をつけない限り、圭ちゃんはママに会えないのか」

「そうなの。そのかわり軍資金をたっぷりくれた。その上、処分を撤回させたら、ご褒美に、みんなをママの店に招待してくれるって。それまで下手な妥協はせずに、とことんやってみなさいと言われた」

「お前のママの店、広町の高級クラブだったよな。大人の美女が大勢いるところに行けるのか。よーし、頑張るぞ」

小池が明日にでも行けそうな口ぶりで喜ぶと、すぐに高岡が横やりを入れた。

「小池君は親に、ここに来ればどうなるのか、ちゃんと説明してきた？」

「うるさいなあ、自分の生き方は自分で決める。親など関係ない」

「あら、キミに自分で決められる人生なんて、あったの？　親の決めたレールに乗って、跡を継ぐ。だから未来の社長には名目だけでも学歴が必要なのと違う？　箔をつけるために。ここにいたら経歴に傷はつくけど、箔はつかない」

「お前だって、娘のスキャンダルは県会議員にとって命取りになるのと違うのか？」

「なっても構わない。私は、あの人が嫌いだから。自分の意見を押し付けるだけの人で、何から何まで古臭い地域のボス。あ、そうだ。一つ言っておくけど、このくらいのスキャンダルでは揺るがないわよ、保守の地盤は」

「大変ねえ、良家の出身者は。その点、私たち庶民は気楽よねえ、野津君」

　木谷にそう言われ、彼は笑おうとして口を歪めた。


　乗っ取り二週目の月曜日。

　和倉知帆にとって、この一週間は、相手は手出しできないだろうと思いつつも、確信には至らず、常に怯えを意識しながら耐えた長い時間だった。この時間の積み重ねが彼女に余裕を与え、ある記憶を呼び起こした。

「愁子、あなた確か、月に一度、病院に検診に行っていたわよね。今月はいつ行くの？」

「いいのよ、もう」

「よくない。私たち真剣にやっているけど、命を懸けたり、削ったりするほどのことをしているわけではない。考え違いしないで」

「そうよ。私たちは秘密結社やカルト集団ではないのだから、嫌になったらいつでも辞める自由はある。ここにいるのも自由。離れるのも自由。一番大切な自分を守るための自由は保障されている」

「晴香、そう簡単に言わないで。私だって身体が悲鳴を上げたらギブアップするけど、今は、まだしたくない。みんなと一緒にここにいたい」

「……」

「私が病院に行くために昼間、外に出たとしたら、学校職員がここぞとばかり押しかけてきて、拉致され、ここに戻れなくなる可能性がある。私は抵抗できないから、されるがまま連れて行かれる」

　木谷愁子は生まれながらの心臓疾患のため、激しい運動はできず、今も定期的に検査を受けていた。月に一度の検診日は過ぎており、彼女は、ここを乗っ取った時点で、当分の間、病院には行かないと決めていた。それは、どれくらい耐えられる身体になったのかを自身で確認する機会であったが、心臓に負担を強いるだけの無謀な試みかもしれなかった。

　彼女が病気を抱えている事実を初めて知った野津は、

完治していないのなら検査すべきで、検査の結果を踏まえた上で、ここに戻るかリタイヤするかを決めようと、彼女の手を取った。

「職員が襲ってきたら、僕が大声を出して騒ぐから、その間にキミは逃げ戻れ」

「俺も行く。野津が騒ぐ間、俺が木谷君をガードして、ここに戻る」小池が手を挙げた。


裏口を開け、緑のシートの下から顔を出した三人は、眩しさに思わず顔をしかめた。

シートの外には初夏の太陽が輝いており、昼でも薄暗い建物の中で生活をしていた三人にとって、それは強烈な光だった。

「野津、職員がいないか確認しろ」

ようやく光に順応した目で、彼は辺りを見渡した。北門に通じる通路を学生が三々五々歩いているだけで、職員の姿は見当たらない。

「小池、正面の校舎の三階の窓。双眼鏡で覗いている奴がいる」

「監視の職員か……どうする野津」

「知らぬ顔をして、外に出てみよう。相手がどう出るのかを確かめるために」

三人は北門を出た。北通りの歩道を歩き、スクランブル交差点を直進すると備大の校門に出る。それを過ぎ、しばらく行くと隣接する備大附属病院の表玄関に到達する。

木谷は、血圧が少し低いが病状に変化ないとの診断を受け、一か月分の薬を受け取った。

帰路。彼女は心も身体も軽くなったように感じ、両脇を歩く二人の腕に手を回した。

「一度、こうやって挟まれて歩いてみたかった」

野津と小池は彼女に身体を密着させると、真ん中に歩調をあわせ、ゆっくり歩いた。

スクランブル交差点の信号が変わる。突然、木谷が「アイスクリーム、食べたい」と言い出した。

「僕も食べたいけど……」野津は迷った。北門の中では、監視員から連絡を受けた学校職員が、大挙して待ち構えているかもしれなかった。その裏をかくためには正門から入った方がいいのだが、時間がかかってしまう。
「わかった。キミと小池は、コンビニでアイスクリームを買ってきてくれ。みんなの分も。僕は、一足先に北門へ行って、中に職員がいるか、いないかを確認し、ここに戻ってくる。いいね」

美味しそうにアイスクリームをほおばる五人を眺めながら、小池が言った。

「みんな聞いてくれ。これは、日中、外に出られるという発見をした記念の品だ」

「そう。監視役はいるが、手出しはしない。おそらく出入りする者をチェックしているだけだと思う。学校側の妨害はないのだから、日中も恐れることなく外に出られる」

六人はやり方を変えた。

昼間は半分がここに残り、半分は家に帰り、洗濯をし、風呂に入り、用事を済ませて、日没までに戻る。もし、当局が動くとしたら夜だろうから、夜は全員で寝泊まりを続けることになる。

「そう言えば、一週間以上もお風呂に入っていなかったのねえ、私たち」

安堵の笑いが広がり、緊張が一気に緩んだ。

「日中も外に出られるのだから、ここのトイレは使わずに、二号館のトイレを使うようにしよう。長いホースが絡まって始末が大変だから」

なかなか紙が流れて行かず、トイレの洗浄が苦痛になっていた誰もが小池の提案に同意した。

家に帰ったついでに余っている食器や鍋が持ち寄られ、カセットコンロも増えた。

一日分の食材を、その日に購入し、夕食だけは、みんなで一緒に食べるパターンが確立し、携帯電話もパソコンも復活した。

3

夜が更けると決まって空腹を訴えるのは中井圭太。そのくせ、夜間は閉じられる北門の鉄柵をよじ登り、飛び降りるには脂肪がつきすぎており、女性にとっても難しい行為なので、自然と小池と野津が夜食の買い出し係になった。

夜の一〇時過ぎ、二人は鉄の柵を飛び下り、スクランブル交差点を渡るとコンビニに向かった。それぞれのリクエストを書いた紙を見ながら品物をそろえ、しばしマンガや雑誌を立ち読みする。

二人がコンビニを出たところで、暗闇から男が現れ、立ち塞がった。

「藤尾先生」

野津はビニール袋を落としそうになった。

「小池君、キミには大いに期待していたのに残念だよ」

「どうも……」

「いきなり封鎖だなんて、問答無用のテロと同じだぞ」

「それなら先生、集会を開いてもいないのに、いきなり処分するのも問答無用のテロです」

「それは違う、社会のルールだ。だから、キミらが謝罪すれば処分はすぐにでも取り消される。間違いを認め、反省したら社会は受け入れてくれる」

「強制送還の件はどうなります？」

「彼は自主退学した。それなのに学生と偽って在留していたから、法律違反になり、国外退去になった。それだけのことだ」

「チャルーンは退学届を出していないと言っています」

「キミが直接確認した話ではないだろう。伝聞では証拠にならない」

「学長の陰謀はなかったと？」

「そんなもの、キミらの妄想だ」

「だったら、話し合いで、そう説明すべきです。なのに、話し合いに応じず、強権で圧力をかけてきたのは学長の方です」

「それはルールであって、けじめだ。キミらに社会の仕組みを教えるためだ。だから謝罪すればすぐにでも処分は取り消される。なんなら明日、一緒に学長のところへ謝りに行こう」

「その前に処分を取り消してください」

「謝罪さえすれば、すぐに取り消される」

「謝罪すれば、こちらが非を認め、学長には非がなかったことになります。仮に、学長に非がないとしたら、処分する前に話し合いに応じ、チャルーンが出したという退学届を公開するのが筋ではないですか？」

「何が何でも自分の意見を通そうとするなんて、まるで駄駄っ子だね」

「話を聞こうとしないのは、そちらの方です」

「キミらはまだ学生だ。学長と対等に話せるなんて勘違いも甚だしい。学生は学生らしくしたらどうかね」

「でも奴隷ではありません」

「キミらは無知だ。社会の仕組みが判っていない。私が学生だった頃は違っていた。こんなくだらないワガママで学校と対決しなかった。あの頃は、もっと大きなもの、社会総体を告発し、社会を根底から変え、まったく新しいものを生み出そうとした」

「もう告発はしないのですか？」

「私は研究者だ。私が告発するのは私の専門領域においてだ」

「だったら、欺瞞に満ちた組織であっても、平気で居続けられるわけですね」

「とにかく、キミらは動物園のペンギンだ。一人では餌を得られないから、保護されている存在だ。だから飼育員に従うべきだ」

「何でもハイ、ハイと首を振って、従順に後を歩けば、先生も満足するわけですね」

「ペンギンには羽根がない。だから空を飛べない。キミらのやっていることは、羽根がないのに空を飛ぼうとしているのと同じ」

「先生、ペンギンには羽根はあります。他の鳥と構造上の違いはありません。しかし、ペンギンの羽根は短く、平らになっているので飛べません。飛べませんが海に潜るのに適しています。四五〇メートルの深さにまで潜水できます。ペンギンにしてみれば、海の中を自由に泳ぎ回ることは、空を飛んでいるのと同じで、ペンギンにとって海は空なのです」

ずっと無視されていた野津が口を開いた。

「相変わらず子どもじみたことをいうなあ、キミは。ペンギンは陸に上がればヨチヨチ歩きしかできない。段差や障害物があれば立ち往生してしまう。違うか？ 陸に住み、親から仕送りを受けているキミらも同じだ。少しは冷静になって学生という立場をわきまえろ」

バイクが猛スピードで通り過ぎた。

「とにかく、小池君、キミはまだ何も悪いことはしていない。キミには将来がある。キミだけでも学長に謝罪すれば、これまでの不法行為は許してもらえる。明日、電話してほしい。一緒に学長のところに行こう」

「……」

「小池君、お父さんの期待を裏切るなよ」

そういうと先生は野津の方を見ようともせず、タクシーを止め、乗り込んだ。

会館に戻ると、小池は藤尾先生とのやり取りを報告した。

「どうする？　明日、先生と一緒に学長のところに行き、謝罪すれば許してくれるそうだ」

「お断り。向こうが処分を撤回するのが先」

「そう、こちらが謝罪するということは、もう二度とチャルーンの問題を口にしませんと誓約するのと同じ」

「二人の気持ちは判った。木谷君はどう考える？」

「私も同じ。謝罪したら、私たちの処分は撤回されるでしょう。しかし、陰謀は闇に消え、彼は刑務所に入れられたまま」

「そういうと思った」

小池は真剣な表情で続ける。

「学校側は分断を狙ってきたのだと思う。先生は俺だけに話しかけて、野津を無視した。俺だけに、キミには将来がある、キミだけでも戻れと言い、野津の顔は見ようともしなかった」

「同じゼミ生なのに差別するなんてひどい」

和倉は中学生の頃、同じクラスの女子から無視され続けた自分の姿と重ね合わせ、それが教育者のやり方かと怒った。

夏を感じ始めても学校側は手を打とうとはせず、無視を決め込んだ。しかし、〈処分撤回〉と書いた紙を周囲に貼ると、次の日にはなくなっていることから、学校側は騒ぎが外部に漏洩しないよう封じ込めつつ、こちらが自滅するのを待っているのだと、和倉は考えた。

夜。蒸れる寝袋は敬遠され、マットやタオルケットが持ち込まれた。中井圭太も色々と寝具を持ち込んでみたが、いまだに眠れぬ夜に苦しんでいた。

幼少期に父親を交通事故で亡くし、母親と二人で生きてきた中井。

物心つく頃から、母は早い夕食をすませると、夜の勤めに出かけた。中井は、おやつの菓子袋を抱え、一人、布団に入った。いつ母が帰ってもいいように明かりをつけたままで。その習慣が今なお続いていた。

ここには明かりもなければ、静けさもない。あるのは深い闇と、個性ある寝息。ときおり聞こえる寝言。通りを走る車の音。

中井は懐中電灯を抱いて横になり、天井を照らしてみたり、高窓を照らしてみたりした。だが、時間は遅々として進まず、夜は明けなかった。

隣で寝息を立てているのが高岡晴香。その横で寝ているのが木谷愁子。間仕切りの向こうで寝ているのが小池達樹。いつもは野津諒介が小池の隣で寝ているのだが、今日は和倉知帆と裏口の見張り当番。

中井が女性たちと並んで寝ていても、女性は嫌がらず、中井自身も、小池や野津と並んで寝るよりも、女性といたほうが心穏やかになれた。そんな中井に張られたレッテルが〝心優しきホモセクシュアル〟。

中井にすれば、どう言われようが構わないことで、自分は心と体の性が一致しないトランスジェンダーだと思っていた。体は男性だが心は女性。だから、女性と一緒だと心が休まり、女性も受け入れてくれるので、女性とともに行動する方が多かった。

かつてはコンプレックスだった優しい言葉遣いと柔らかな仕草。それらを個性に変えたのは母親だった。

長年の夜の接客業の経験から、プライドやメンツにこだわるあまり窒息しそうになっている男たちの、そのことにすら気づかない硬直した思考の行きつく先が、醜い〝自尊〟でしかないことを、彼女は愛する子どもに教えた。

男を背負うのが苦痛なら捨てればよい。他人がどう見るとか、どう思うかとかを気にすれば、底なし沼でもがくことになる。あなたは、あなたでしかないのだから、自分が一番生きやすい方法で、やりたいように自分を表現しなさいと。

　その結果、中井は、男と女という二項対立で律しようとする社会の中で、性別の、その前にあるのが〝個〟なのだから、自分の性的な側面も一つの個性だと割り切って、周囲の視線を気にせず自分をさらけ出していた。

　ただ、争い事を好まない自分のような人間が増えれば、世界から惨劇は確実に減るはずだと確信していたのだが、まだ、それを口にはできず、心に秘め、いつか公言できるようになりたいと思っていた。


　野津は、和倉と一緒の裏口の見張り番は何回目だろうと数えてみた。彼女と一緒なら会話は弾み、時間がすぐに経過した。「あっ、もうこんな時間」という彼女の声で、二人は横になり、同時に眠りについた。

　今夜も同じパターンだったのに、彼女が耳元でささやいている。彼は夢を見ているのだと思った。

「ねえ、野津君、起きて、頼むから」

　夢ではなく、確かに彼女の声がする。

「何かあったの？」彼は目をこすりながら上体を起こした。

「外に行きたいから付き合って」

「今、何時？」

「夜中の一時」

「こんな時間に何をしに？」

「トイレ。一人では怖いから、ついてきて」

「裏口を開けたまま出かけて、もし誰かが侵入してきたらどうする？」

「じゃあ、どこですればいいのよ。ここのトイレを使ったら小池君が文句をいう。お願い、二号館まで付き合って」


　野津は内鍵を開け、外に出るとシートをめくり、辺りを確認した。

「大丈夫だ。誰もいない」

　星は見えないが、大きな月が闇夜に浮かんでいた。月明りは木々を照らし、人の動きも映し出す。だが、月光が届かない校舎の陰には深い闇が広がっていた。

「どの校舎も真っ暗。夜の学校はやっぱり怖い。一人ではとうてい無理」

「そうだね、あの建物の陰や、あの大きな木の上に何かが隠れていそうだ。妖怪や魑《ち》魅《み》魍《もう》魎《りょう》の類が」

「野津君はそんなものを信じているの？」

「頭から否定はしない。いたらいいのになあと思っている程度だけど」

「私は、この目で見たものしか信じない」

「じゃあ、愛は信じないの？」

「あら、愛は見えるものよ」

二人は植え込みに隠しておいたアルミの脚立を捜し出し、二号館の一階トイレの窓に立て掛けた。夜間、校舎の入口はどこも施錠されるので、ここの窓だけは開くように内鍵は壊してあった。

「下で支えているから、さあ、入って。懐中電灯は最小限に。守衛に発見されるから」

「わかっている……でも、開かない、この窓」

野津が代わって脚立に登った。

「おかしいなあ、この窓の鍵を壊しておいたのが見つかってしまったのかなあ」

六人が早朝、校舎の扉が開く前に、この窓からトイレに入っているのがバレたのか、あるいは単に壊れた鍵を修繕したのか、どの窓も開かない。

「戻ろう。俺が明日の朝、ホースで流すから、今夜は会館のトイレを使えばいい」

「だめよ、昼間、ホースを使ったら監視の職員に見られ、二度と二号館から水が引けなくなるかもしれない……でも、我慢できない……ここで待っていて。動いたらダメよ。絶対に動かないで」

そういうと和倉知帆は勢いよく走り出し、大きな銀杏の木の後ろに回った。木はその太い幹で彼女の全身を隠した。

突然、幹の一方から、白く丸いふくらみがはみ出た。彼女がジーンズを下して、しゃがんだ姿に、野津は一瞬視線を逸らしたが、すぐに戻して、月明かりに浮かぶ美しい曲線に見入った。

白い曲線がスッと消え、彼はあわてて後ろを向いた。

木の葉が風にざわめいた。

「やっちゃった。外でしたの生まれて初めて。快感よ。野津君もしてみたら」

「今度ね」

「やってみればいいのに。気持ちいいから……あっ、手を洗う所がない」

「手ぐらい洗わなくても死にゃしない」

「そうだね。付き合ってくれてありがとう」

「こちらこそ」

「こちらこそ？」

「いや、その……明日、授業が始まったら、トイレの窓の鍵を壊しに行こう。今度は左側にするか」

「野津君は、そんなことばかり考えているの？」

「そうでもないよ」と言いながら、彼は木の幹からはみ出た白い曲線を思い浮かべた。

「ねえ、私たち、これからどうなると思う」

「さあ……判らない」

「野津君、後悔していない？」

「何を？」

「私たちに付き合ったことを」

「していない」

和倉は嬉しそうに頷くと、あらかじめ決めていたかのように月光が注ぐ校舎の壁に寄り掛かった。

「大きくて明るい月。だけど輪郭が少しぼやけている」

「あれくらいのほうがいい。いつだったか、キャンプ場で見た月はまんまるで、大きくて、怖いくらい鮮明で、今にも落ちてきそうだった。これくらいの月が安心できる」

「そうかな、私は鮮明なほうが好き」

「そうか……」

「他に、好きなものは？」

「うっすらと雪の積もった道。足跡も轍《わだち》の跡もない真っ白な道」

「見たことあるの？」

「一度だけ通った。遠い昔に……それから、せせらぎの音」

「私も好き。小川がチョロチョロと流れる音でしょう。心が安らぐ音よねえ……じゃあ、嫌いなものは？」

「うーん、今まで、自分を抑え、何でも受け入れてきたから、思いつかないなあ」

「私は政治が嫌い。政治は自分の命にかかわる問題なのに、手の届かないところにあり、そのくせ、直接、影響を及ぼすから」

「確かにそうだね」

「それに、世間も嫌い。世間に合わせろ、空気を読めと迫る。私、時々、息が詰まりそうになる」

　野津は思った。これまで、息苦しさなど感じてこなかった自分は、いったい何をしてきたのだろうと。世の中の大勢をひたすら受け入れ、多数の中に身を置くことで安心を得ていた自分は、何も考えずに、人波に流されていただけ。今回、学校に異を挟むことで初めて、多数とは違う立場に立ち、別の視点から物事を見、考えられるようになった……自身の変化を確実に感じつつ、野津は、これで、ようやく彼女に一歩、近づけたのではないかと思った。

「野津君、どうしたの？　黙ってしまって」

「ごめん。もっと自分の感性を磨かなければならないと考えていた。キミの感性をきちんと受けとめられるようになるために」

「本当？」

「ああ、本当だ」

「うれしい」というなり、彼女は彼に飛びついた。彼は、よろけながらも彼女の身体を受けとめた。

　彼女は、彼の首に腕を回したまま、耳元で、もう一度、「うれしい」とささやいた。

4

　にわかの雨に傘が開く。ゆっくり動く傘の間を黒い点がぬうように駆け抜ける。

　北通りも駅前通りも車がつながり、スクランブル交差点には傘が入り乱れていた。今が一年で最も昼が長い時節。重い空がようやく暮れようとしていた。

　野津は、学生会館の屋上から下を眺めた。苦労して吊り下げた垂れ幕を見上げる人はいない。急な雨だ。それに、屋内では申し分のない大きさに見えた垂れ幕も、屋上から下げてみると、小さすぎて、建物を覆うシートを補修する傷テープのよう。これだと何が書いてあるのか読み取れないだろう。もっと大きな、三倍も四倍もある垂れ幕が必要だ。

「あら、雨」

その声に、彼は反射的に振り向いた。

「そんな所で濡れていたら風邪をひく。夕食ができたから下に行きましょう。今日は圭ちゃんの当番だから手の込んだ料理よ。パエリアとパスタだって」

和倉知帆に両手で背中を押されながら、階段を下りる野津諒介は、あの月の夜のように、じゃれるように飛びつかれるのではないかと内心期待した。だが、彼女はなかなか飛びつこうとはしない。それどころか、彼の肩に両手を置いたまま、階段の途中で立ち止まり、辺りをはばかるような小声で切り出した。

「ねえ、ヘンなことを聞くけど、お風呂に入っている?」

「風呂？　あっ、何か忘れていると思ったら、風呂だ。人間は風呂に入る生き物なのに、僕は風呂の道具を持ってこなかった」

「持ってこなかった？　それ、どういう意味?」

「……」

「そういえば、まだ一度も家に帰っていないのはキミだけ」

「ここにいる方が楽しいから帰らない。それだけのこと」

「あ、その言い方、何か隠している。家に帰れない理由でもあるの？　ねえ、私たち六人の間では隠し事はしないでおこう」

「隠し事など、していない」

「本当?」

「本当にしていない」

「そんなに力んだら嘘だということが、バレバレよ」

「嘘じゃない」

「じゃあ、前を向いたままでいいから、私にだけ、教えて、家に帰らない理由を」

私にだけ……で、いうまいと決めていた家庭の事情を、彼は吐き出してしまった。

野津の父親は文具や事務機の通販会社に勤めていた。通販のほか、定期的に会社を回り、事務用品を補充するやり方で順調に業績は伸びていた。それが信日商事の目に留まり、企業買収が仕掛けられた。資本力の違いは歴然で、創業者一族が追放され、取締役の大半が信日商事からの人間で占められてしまった。彼の父親は中間管理職だったので追放は免れたが、新しい上層部と現場との間に立たされ苦労が絶えないと家族にこぼしていた。

「父は今、とても弱い立場にいる。僕が信日商事の悪事を問題にし、騒動を起こしたと知れたら、経営陣は必ず圧力をかけてくるだろう。息子を説得し、やめさせろと命令するだろう。その時、『息子は家出しました。どこにいるのか判りません。捜し出して説得しますから少し時間を下さい』と言えば、その間、父への追及は猶予されるはずだ。僕が家にいなければ、父はクビにならずにすむはず」

「信日商事の子会社……」

「それに、もし、今、家に帰ったとして、父にやめるよう懇願されたら、僕はここに戻ってはこないだろう。僕はそれほど強くはないから。一緒にやり始めた以上、決着がつくまでここにいたい。だから、この問題が解決するまで家には帰らないと決めたんだ」

和倉は胸を詰まらせ、何も言えなくなった。

「とにかく、僕さえ家にいなければ、父も母も現状を維持できるはず」

「……」

「これは僕の個人的な事情だから、みんなには内緒にしておいてほしい。余計な負担をかけたくないから」

「あなたは……」と言いかけた和倉は、次に、どう続けてよいのか判らなくなった。

――この人は、こんな問題を抱えながら、何も言わず付き合ってくれた。一人で悩んだのだろう。苦しんだのだろう。ところが、私はというと、彼が参加してくれれば可能性が生まれ、乗っ取りに成功すれば一緒にいる時間が増えると単純に考えていた。やるだけやってみて、結果が出なくても、満足できた時点で撤退してもよいと考えていた。だが、この人は自らの退路を断ってまで、私に付き合ってくれた。ひょっとして、私は取り返しのつかないことをしてしまったのでは……

和倉知帆は、自分の都合しか考えなかった浅はかさに気づき、自責の念を募らせた。と同時に、そこまでして付き合ってくれた彼の思いを知り、涙が出そうになった。

それをぐっとこらえた彼女は、彼の背中に額を押し付けた。こらえきれず、一つ、二つと階段のコンクリートの上に滴が落ちた。

「頼むから離れてくれよ、風呂に入っていないから臭うのだろう？　恥ずかしいから、離れてくれよ」

身動きできない彼は、背中に額をつけたまま動こうとしない彼女に懇願した。

「わかった。お父さんの件は内緒にしておくから、お風呂は、そうだ、私の家に来ない？　お風呂ぐらい、いつでも入れるから。明後日、私の帰宅日だから、一緒に帰ろう」

「ありがとう。でも、食事をすませたら、道具を買って、銭湯に行ってくる。早く行かなければ……」

彼は恥ずかしさのあまり、この場から逃げ出したかった。〝不潔〟こそ、誰からも嫌われ、人格すら否定されかねない危機のように思えた。

この界隈に銭湯はなく、北通り沿いのテナントビルに終日営業のサウナが何軒かあった。

初めてサウナに入った野津は、その設備の豪華さと同時に料金の高さに驚き、それっきり行っていないらしい。あれから何度か自宅に来るよう誘ったが、恥ずかしがる彼に困った和倉は、小池に相談しようと遠回しに切り出した。

「仮に、ここに不潔な人がいたとするじゃない。それで、その人を何とかするには、どうしたらいいと思う？」

「えっ、不潔な人？　それって誰だ、誰？」

和倉は、あくまでも仮定の話だと話を戻そうとした。しかし、小池は人物を特定することにしか興味を示さない。

「この中で、不潔なことを仕出かすのは高岡晴香だ。彼女しかいない」

「違う。野津君のこと」

「野津が？　嘘だろ？　あいつ、きっと初体験だ。相手は誰？　あいつが相手にできそうなのは、おとなしい木谷愁子。彼女の心臓はあれに耐えられるのか？　無理だとしたら……まさか？」

「私？　だったらどうなのよ」

「信じられない。完全にミスマッチだ。フェミニストに、人畜無害男は合わない」

「私はフェミニストではない。ただ、子どもが生まれたら、男性も当事者として育児に参加すべきと思っているだけ」

「父親として参加したいと思っていても、現実にはできない。社会のシステムがそうなっていないから。個人の意識の問題より社会の問題だ」

「なら、そのシステムとやらを変えたらどう。変える気などないでしょう。現状が男性にとって一番都合がよいのだから」

「それをいうのがフェミニスト。それで、どうだった？　うまくリードできたのか？　フェミニストとして」

「キミの明晰な頭脳には、そんなくだらない妄想しか浮かばないの？　情けなくない？」

彼女は野津の健康を問題にした。当局が自滅を待っている状況において、誰かが無理をして健康を害すれば、それは自滅への一歩となるだろう。

野津は、処分の是非をめぐって父親とケンカをして家を飛び出してしまったと、家を出た事実だけを説明した。

食事と寝泊まりは会館ですればよいのだから、新しく住まいを借りる必要はない。あとは風呂と洗濯で、そのために各自の家を順番に回るという中井の提案は、恥ずかしいからと野津自身がしり込みした。

結局、小池が会館にいる間に、野津が彼のマンションに行き、風呂に入り、洗濯をすませ、夕方には戻ることになった。話の成行きを黙って見ていた小池が、最後に、「空いている間の有効利用だ」と話を打ち切った。

学校から歩いて一〇分ほどの小池のマンション。

そのダイニングキッチンには一人で使うには大きすぎる冷蔵庫があり、珍しい食材が詰まっていた。小池は自由に食べるよう野津に勧めた。

どうやら母親が留守の間にやってきて、冷蔵庫に詰めていくらしく、小池は世話をやきたがる母親を迷惑がっているようだ。

野津は、それ以上の詮索はやめ、遠慮なく冷蔵庫の中身を頂戴することにした。

昼食時、冷凍食品をレンジで温め、本を読みながら食べる。みんなといる時も楽しいが、一人もまた気ままで、両方の時間の必要性を感じながら、彼は着ている服を洗濯機に入れ、シャワーを浴びた。

一番の友だちである小池が、真っ先に自分のマンションに来るよう言わなかったのは、母親と鉢合わせになったら困ると思ったからだろう。もし、この場に彼の母親が現れたら、どのように釈明しようか……名案が浮かばぬまま、野津はシャワーのお湯を顔面で受けとめた。

初めて日中の帰宅日が重なった小池と野津。

今日は遠慮するという野津に対して、「汗臭いから、シャワーぐらい浴びろ」と、小池はマンションに誘った。

パソコンを開き、メールをチェックし始めた小池を横目に、野津はシャワーを浴び、洗濯物を干した。

「ちょっと早いが昼飯にしようか」野津は自分のもののように冷蔵庫を開けた。

「おお、また満杯になっている。いいなあ、この冷蔵庫。見ろよ、これ全部、無農薬有機野菜の表示がしてある。こういうのは普通の野菜より高いのだろう」

「全部、捨ててしまえ」

「もったいないことをいうなよ。せっかく誰かさんが持ってきてくれたのに」

「余計なお世話。大型の外国車に乗って、排ガスをまき散らしながら、一時間もかけて有名な自然食品の店に通って、安全だという食品をしこたま買い込む。矛盾していると思わないか。一方で環境を悪化させておきながら、自分だけ高価で安全なものを食べて満足するなんて、究極のエゴだと思わないか？」

「珍しく的を射たことをいうじゃないか。高岡君の影響か？」

「違う、自分の考えだ」

「僕は、食べものを捨てるのはよくないと思うので、食べるぞ」

野津はフライパンを動かし始めた。チャイムが鳴った。

彼はあわてて火を止めた。

「お前がうろたえる必要ないだろう」と言いつつ、小池は真顔でドアスコープを覗き込んだ。

「安心しろ、男だ」


小太りの男がするりと玄関土間に身を入れ、すぐにキッチンにいる野津を指差した。

「ついに現場をおさえた。小池達樹、契約違反だ。観念しろ」

玄関で男と向き合う形になった小池は、何を言われたのか理解できず、男に尋ねた。

「俺が小池ですけど、契約違反って、何のことです？」

「何だと？　お前の方が小池か？」

「そうですが……」

「ボケツを掘ったな。二度と這い上がれない大きなハカアナだ。契約人以外は住んではならないと契約書に書いてあるのを、知らないとは言わせない」

「ちょっと待ってください。彼は遊びに来た友だちです。契約書には遊びに来た友人も入れてはならないと書いてありますか？」

小池の反論を聞き流し、男が凄む。

「下手な言い訳は通用しない。三日前に、台所にいる奴が一人で入るのを確認している。自分で鍵を開けて入った。証拠の写真はある。言い逃れはできない。さあ、今すぐ出て行ってもらおう」

「あんた、管理人ではないし、いったい何者だ？」

「俺様は、ここの契約を任されている不動産取引業者だ」

小池は、難癖をつけてマンションから追い出し、新たな人を入居させようと暗躍する不動産屋がいるというネットの書き込みを思い出した。条件が良いために動きが少ない物件が狙われるらしい。

「追い出し屋か……判りました。それなら出るところへ出て争いましょう」

「よかろう。高い裁判費用はお前の負担になるぞ」

自分のせいでトラブルになったと思い、野津は小池の耳元でささやいた。

「まずいよ、今、新たな問題を抱えては」

「心配するな。あんなのハッタリだ。不動産屋が時間のかかる裁判に応じるわけがない」

小池は野津に冷静になるよう求めた。

「知ってのとおり裁判には時間がかかる・結審するまでの二年間、お前の身の安全は誰が保証するのかな？　警察は民事不介入。夜道の一人歩きは気をつけろ。駅のホームの端に立つな」

「ちょっと待ってください。僕は今すぐ出て行きますから、小池はこのまま住めるようにしてください」

「それでは、こちらには何のメリットもない」

明確な拒絶に、野津は焦った。

「それなら僕の住むアパートを捜してください。手数料は払いますから」

「アパートの手数料など鼻くそみたいなもの。気乗りしないな」

「そんなことを言わないでお願いします。安ければどんな所でもかまいませんから」

「俺がコツコツ稼ぐタイプに見えるか？」

「はい、堅実な方のように見えます。だからお願いします」

「どんな所でもいいと言ったな。本当だな、男に二言はないな」

「はい」

「よかろう。明日、ここに来い」

不動産屋は名刺を置いて、出て行った。


次の日、不動産屋は野津を車に乗せ、広い空き地が広がる場所へ連れ出した。

「これから行くアパートに、お前は住むことになる。家賃はタダだ」

「本当ですか」

「いい話だろう。今日は大家いないが、後日、大家がいる時に、大家の言うとおりの家賃で契約してこい。家賃は当社で負担してやる。だから、お前はタダで住めるというわけだ」

「ありがとうございます。助かります」

不動産屋は空地の真ん中にポツンと建つ二棟の木造の

アパートの片方に入り、黙って二階に上がり、一室に野津を招き入れた。

「こんな古くて汚いアパートに？」

「安ければどんな所でもいいと言ったのは、お前だ」

「確かに言いました。しかし、これはちょっとひどすぎます」

「タダだから文句はいうな。タダだぞタダ。このアパートには年老いた大家以外、誰も住んでいない」

「二人だけで住めと？」

「そうだ。お前は、ここに住み、毎日やらねばならない義務がある。お前、柔道をやったことがあるか」

「ありません」

「日本人だったら武道を学び、上意下達の武士道精神を範にしなければならない。いいか、柔道の受け身というものは、こうやって手を下げ、ぐるりと回る。やってみろ」

野津は言われたように回ろうとして、やせた背中を畳に打ち付け、顔をしかめた。

「へたくそ。こういうふうに軽やかに、ダイナミックに」

不動産屋は小太りの身体を丸めて回転し、すっと立った。機械のように同じ動作が繰り返され、部屋は揺れ、建物が悲鳴を上げる。

「これを、大家がいる時に百回やれ。身体を鍛えるトレーニングにもなるから一石二鳥」

「家が壊れます」

「だからやるのよ」

廊下にパタパタとスリッパの音が響き、女性が飛び込んできた。

「性懲りもなくまた来たな、悪党」

「おや、ババア、いたのか。この時間帯は仕事だろう？さては働きが悪いからクビになったのかな？」

「余計な御世話だ」

「おい、そこの貧乏人、よく見ろ。この婆さんは人間の面をしているが人間ではない」

「うるさい、ハイエナのくせに」

「俺は獣ではない。ちゃんと喜怒哀楽を持ち、カネを見たら喜ぶ人間だ。婆さんみたいにカネを積まれても、首を縦に振らないのは人間とは言わない」

「ああそうかい。そんな屁理屈聞きたくないから早く出て行ってくれ。出て行かないと警察を」

「呼べよ。この娑婆では、警察は強い者の味方だ。強い者とは誰か。俺みたいにカネを持っている者のこと。おい、婆さん、カネも希望もないのだから、早くこの世からオサラバしたいのだろう。何なら俺が手伝ってやろうか。薬を飲むか、手首を切るか。線路に飛び込むのだけはやめろよ、あれは傍迷惑だ。一番のおすすめは、く・び・つ・りだ」

不動産屋は両手を前に出し、女性に向かってにじり寄る。

「俺が楽にしてやるよ」

「来るな、あっちへ行け」

壁際に追いつめられる女性。

「そう嫌うな。俺は人助けをしようとしているのだ」

野津は異様な展開に茫然とした。

「来るな！」

女性の大声に、野津は反射的に動き出し、気づいたら、女性の前に立っていた。

「どけ、貧乏人」

「無茶はやめてください」

「どかないと住む所がなくなるぞ」

「かまいません」

「友だちも追い出されるぞ」

「それは困ります」と言った途端、みずおちに激痛が走った。

不動産屋の拳が腹の真ん中をとらえていた。膝がガクッと折れ、野津はその場に崩れ、畳の上にうずくまった。呼吸ができず、胃の中から熱い塊が噴出しそうだった。

「刑法二〇四条、傷害の現行犯！」

女性が叫ぶ。不動産屋は部屋を飛び出し、大きな音を立てて階段を駆け下りると、車を急発進させた。

「キミねえ、そのザマは何なの。近頃はパソコンばかりやっているから、みんな弱くなったのかねえ。昔は強かった。昔、このアパートにはたくさん猛者がいた。このアパートは、お姉さんがやっていたもの。お姉さんたら

〃無法者〃が好きで、いろんな人を入れていた。いつも議論して、最後はケンカ。お姉さんが止めに入って、『敵を間違えるな』って怒鳴っていた。一度聞いてみたかったなあ、敵って何だったのかを……誰々にやられたとか、機動隊にやられたとかで、ケガをして帰ってくることはしょっちゅう。私も随分と傷の手当てが上手になった。でも、心まで傷ついてしまった人や、行方不明になった人もいた。全国に指名手配されて逃げ回っていた人も。結局、捕まってしまったけど。それでもみんな、生き生きしていた。まるで遊びに熱中する子どものように。お姉さんたら、怒ったり、慰めたり、心配したりと本当によく面倒を見ていた。ここを出て行ったらそれっきりなのに……」

　畳にうずくまる野津の具合を尋ねるわけでなく、介抱するでもなく、女は壁に寄り掛かったまま語り続ける。

「あのマッチョな地上げ屋、カネで何でも解決できると思っている単純な人間。何とかセンターの建設のために、この地域に住んでいた人たちに嫌がらせをし、次々に追い出してしまった。ところがバブルがはじけて、計画は中止。なのに、手がけた地上げは最後までやりとげるのが男だと意地になって、いまだに脅迫を続けている。土地をひとまとめにして誰かに売ろうという魂胆だろうけど、私は売らない」

　激痛のためにしばらく息もできなかった野津は、少しずつ息を整えられるようになったものの、涙と鼻汁だらけの顔を上げるに上げられず、うずくまったまま畳のカビ臭さをがまんした。

「あなた、さっき、住む所が何とかと言われたけど、住所不定なの？　そうみたいね。あの地上げ屋に安い部屋を捜してやるからと言われて、信用してついて来た、そんなところね。何ならここに住んだら？　いい考えだと思わない？　タダでいいわよ。いや、タダより高いものはないというから、そうね、あなたが友だちを連れて来てくれて、五部屋ほど埋まったら、その時はみんなと同じ家賃をいただく。それまではタダというのはどう？」

　サクラか……と野津は思った。――サクラになるのはいいとして、ここに住んだら、この女性が口うるさく干渉してきそうな気がした。それは煩わしいこと。だが、小池に迷惑をかけないためには、彼のマンションに行ってはならない。みんなに迷惑をかけないためにも、新しい住まいを決めた方がよいのかもしれない。しかし、こんな古い家で生活できるのだろうか……

「とりあえず住んでみて、嫌になったら夜中に黙って出ていく。簡単なこと」女性は彼の迷いを見透かすように言った。

野津はゆっくりと顔を上げた。半分以上灰色がかった髪。たっぷりと化粧を施した白い顔。しゃべり方はまだ若いようで、それでいて首筋にしわの多いこの女性の歳を計りかね、彼は戸惑った。

「あなた学生さん？」

「あ、はい」

「いまどきの学生は恵まれているのに、住む所がないとは、余程の理由があるのね」

「はい。それでもかまいませんか」

「余所では嫌がるだろうけど、うちは違う。わけありは大歓迎」

「僕は深夜のアルバイトをしていて、夜は帰ってきません。それでもいいですか？」

「生活の仕方は人それぞれだから、昼夜逆転でもかまわない」

「それなら助かります。あの、お姉さんはどちらに？」

「死んだわ」

5

地上げが行われた場所ゆえ、多くの家が立ち退き、家の土台だけが残る土地や更地が広がっていた。ただ、完全な地上げは出来なかったようで、あちらに一つ、向こうに一軒と家が残り、空き地の真ん中あたりに古びた木造のアパートが二棟、並んで残っていた。

隣家が迫り、昼間でも明かりを点けなければならない部屋の、木でできた窓枠を珍しそうに眺めていた和倉知帆は、薄汚れた窓ガラスが動くのを発見し、指でカタコトと動かした。

「うちの窓は全部アルミか鉄製だからガラスは動かない。だけど、この窓はよく動く」

「昔のつくりだから」

　薄汚れた畳に座る野津は、和倉を見上げるように言った。

「隣のアパートにも誰も住んでいないの？」

「ああ、無人らしい」

「ずっと、ここでやっていくつもり？」

「さあ、判らない」

「寂しくない？」

「少し」

「強いのね」

「強くはないけど、思ったより弱くはなかったようだ」

「不動産屋に目をつけられ、小池のマンションに出入りできなくなったので、新しい住まいを決めてきた」

　そう報告した野津は、落ち着いたら遊びに来てほしいと付け加えた。それは単なる社交辞令で、本当は古くて汚いアパートを見られたくはなかった。しかし、和倉知帆がすぐに反応し、新しい住まいには何もないのだから、みんなの家から余っている生活道具を持ち寄ろうと言い出し、ついでに引越し祝いまでやることになった。

　引っ越し祝いの会場となる六畳の部屋には何もなかった。戸のない押入れには、和倉が持参した食器やタオルが入った紙袋が二つ並び、木の節目が散らばる天井からは古びた丸型の蛍光灯が一つ、ぶら下がっていた。

　台所とトイレは共用で、風呂はないので大家のものを使わせてもらうのだという。

　最初に到着した和倉は、今にも朽ち果てそうな木造の建物に驚いた。その驚きは、すぐに同情に変わった。今回の件で、実家を出ざるをえなくなり、小池のマンションにも出入りできなくなり、こんな所に住むハメに……なのに、「思ったより弱くなかった」と強がる野津が、たまらなく愛おしくなった彼女は、ぎゅっと抱きしてあげようと前に出た。

「ごめんください。どなたかいませんか」

「すみません、野津さんという方、いませんか」

　玄関からの声に、彼はあわてて飛び出し、和倉は恨めしげに後姿を見送った。

玄関に立つ木谷愁子は遅れた言い訳をしながら、「すごい所ね、まるで震災で破壊された跡地みたい」と驚く。

「ねえ、しっかりしてよ。キミが書いてくれたこの地図。二軒並んだアパートのこちら側に矢印がついているのに、名前が違うじゃない」高岡晴香が文句をいう。

「あっ、ごめん。平仮名で〝てんち荘〟と書いてしまった。表札は〝転定荘〟になっているけど、あれはテンテイではなく、あれでテンチと読むそうだ。何でも昔の思想家の言葉で、天地だと、天が上で、地が下になるだろう。それに止まっている状態だ。その思想家は、あらゆるものの上下関係や固定化を否定したらしい。だから人間が立つ大地をとりまく状況は、〝天地〟ではなく、〝転定〟になるそうだ。〝男女〟と書いて〝ヒト〟と読ませたらしい、その人」

「へえー、そんなすごい人物がここに住んでいたのか……」

「その思想家は、安藤昌益とかいう江戸時代の人で、エコロジーや男女平等を主張した先駆者らしい」

「封建時代に、そんな人がいるわけがない。仮に、いたとしたら、有名になっているはず。私、そんな人の名前、聞いたことない」

「高岡君、僕らが習った江戸時代の歴史は徳川家中心の歴史だから、それとは違う歴史があったのかもしれない」

「封建時代に上下の身分関係を否定し、男女平等を言えるはずがない。それに、エコロジーも最近ようやく認識されるようになったもの」

環境主義者を自認する高岡は、初めて耳にする人物の名に冷ややかな反応を示した。


和倉、高岡、木谷の三人は、どこかの民俗資料館の見学者のような顔でアパートを見て回った。

「ここは台所？」

「洗濯場じゃない？」

水道の蛇口が鎌首をもたげた蛇のように並び、ひびが入ったタイルの流し台が四つ。長い台の上には黒くなった円形の鋳物がいくつも並び、壁には煤けた〝火の用心〟の紙が貼られている。

「火を使うから、台所よ。それにしても年代物ね。重要無形文化財クラスの」

「まだ無形にはなっていないけど、なるのは時間の問題ね」

「野津君、かわいそう。こんな所で……そう言えば、あれからひどい目に遭っているのは彼だけね。ついてないのかしら」

　同情する木谷に対し、高岡は違う反応を示した。

「そうよねえ、私たちは結構、楽しくやっているのに……私ね、今までは、本を読めというから仕方なく読んでいた。だけど、処分されてからは、あれを読みたい、これも読まなければと思うようになり、本を読むのが苦痛でなくなった。ノホホンと授業に出ている人たちに負けられないという意識があるからだと思う」

「私は、みんなと一緒に生活するとなると、束縛されるのではないかと心配していた。だって私たち、そういうのは苦手でしょう。でも実際にやってみると、予想とは違っていた。誰かの戻りが遅いと心配になり、元気がないと、どうしたのだろうと思うようになった。他人を気にするのは煩わしいことだったのに、心配し合うのが当然と思えるようになった。自分の存在は大切だけど、相手の存在も同じように大切に思えて……変わるものねえ、人間って」

「私も、うるさく管理される団体行動はまっぴらで、大嫌いだった。だけど、学生会館では誰も管理しようとしないからいいのよ。管理しなければならないのは、まず自分」

「そう、まず自分がいる。でも自分だけじゃない。この兼ね合いがいいのね」

「それに、私は、この先どうなるのか判らないのがいい。先を読もうとしても読めないのだから、開き直るしかない」

「私はちょっぴり不安だなあ」

　それは木谷の正直な気持ちだった。

「私にも多少の不安はあるけど、自分が受けた処分なのに悲壮感は湧かないし、絶望に陥ることもない。非は向こうにあるのだから、こちらは堂々と胸を張れる」

「それなのに野津君だけが……そうだ、晴香、何ならここで彼と住んでみたら？　部屋はいっぱい空いているし、ここだったら環境にやさしい生活ができそう。ここは理想郷かも」

「理論と実践はなかなか結び付かなくてねえ。それに私、貧乏はちょっと」

「あら、まだバブルの頃の夢を追い求めているの？」

「そうじゃないけど、デートの費用は男が払うのは当然だし、相手の財布の中身を気にしながら食事するのも嫌でしょう」

「同感。私たち、貧乏なんて考えたこともないのに、自分から貧乏になるなんて、野津君も物好きねえ」

　蛇口からポタリ、ポタリと水滴が落ちていた。和倉知帆は二人の会話に加わることなく、じっとそれを眺めていた。

　最後に中井圭太が汗だくになってやって来た。

「これ、コップとお皿。ママが持って行きなさいって。これは、ついでに失敬してきた高いウイスキー。あれ、冷蔵庫は？　氷は？」

「悪いけど、両方ともない。僕が駅まで走って、氷を買ってくる」

「野津君、座って。氷も融ければ水になる。ウイスキーは水で割りましょう」高岡は野津の動きを制し、コップに水を注いだ。

　会館には小池が一人、残った。何かあったら連絡してくる手筈になっているのだが、電話があったとしても対処のしようがなく、そうかと言って完全に空っぽにもできず、くじ引きで留守番役が残った。何も起こらないだろうが、起こるはずがないになり、緊張感のない膠着状態は風が吹けば倒れてしまう朽木のように内側を蝕んでいた。

　風が入らない狭い部屋に、逃げ場のない熱が滞留し始める。はじける笑い声が蒸し暑さをかきまぜ、誰もが鼻先に汗をにじませ、中井のTシャツは大きな地図を描いていた。

　入口の戸を空け放つと、しばらくは冷気を感じたが、すぐに均質化してしまう。

「もう我慢できない。クラーはないし、氷もない。地獄だ。地獄の番人が私に死ねと言っている」

「圭ちゃん、タダでサウナに入っていると思えば？」

「もうすぐ夏休みねえ」

高岡の冗談を聞き流し、木谷が話題を変えた。

「みんな、夏休みになったら、一緒に旅行しよう」

「圭ちゃん。旅行はしない。夏休みもない。全員で泊まり込みを続行し、闘いぬく」

そう諭した和倉は、確認するかのように全員を見回した。

「あの、僕、アルバイトしなければ……会館で寝るにしろ、ここで寝るにしろ、寒くなる前に布団をそろえたいから」

手を挙げる仕草をしながら、承諾を求める野津に、

「O・K。野津君は夏休みの間はアルバイトに励んでちようだい。泊まり込みは免除する」

酔った中井が同意し、さらに、ねちねちと続けた。

「野津君は偉い。まだ夏になってもいないのに、もう冬の心配をしている。私はママがいなければ何もできない。野津君はアリさんで、私はキリギリス。私は、きっと飢えと寒さで死ぬ運命にある」

「死ぬ前にダイエットしなさい。その身体では飢え死などできない」

高岡の皮肉を聞きながら、和倉は寂しさを感じていた。

——言ってくれれば、家にある布団を車で運んであげるのに、なぜ頼ってはくれないのだろう。彼は誰にも依存せず、自分だけでやろうとしている。支柱で支えるプランターの花ではなく、風にそよぐ野の花になろうとしている。それはそれで素晴らしいこと。だが、時には頼ってほしい。甘えてほしい。誰でもないこの私に……彼女は何も入っていないグラスを見つめた。

「あーら、みなさん、ようこそ」

仕事帰りの大家が、遠慮もなしに部屋を覗き込む。

「うっ、この臭い。若い男の匂い。若い女の香り。久しぶりだわ。いいわ……素敵。私の方まで若返りそう」

みんなを紹介しようと、立ち上がった野津を大家が制した。

「いいから、いいから、何も言わないで。私が当ててあげる。私の勘は鋭いので有名なの。まず、野津君は、その高校生みたいな子でしょう。そちらの大きい僕ちゃんは、背の高い彼女。そうしたら窓際の清楚な感じの彼女が余ってしまうから、私が勤めているスーパーに納品しにくるいい男を紹介してあげる」

「あの、大家さん」

「それで、部屋割りは、野津君と彼女は二階を使って」

「ちょっと待ってください。この人たちは僕の友人で、ここに住みたいという人ではありません。全員、住む所はあります」

「なんだ、違うの？」

「はい。それに、僕たちはそんな関係ではありません」

「ええ？　嘘でしょう」

「ただの友だちです」

「夢見る女と、若さだけが取り柄の男がいて、いい関係にならないなんて考えられない。きっと理性が邪魔しているのね。もっと糖分を摂取して、ジャンクフードを食べて、前頭葉を麻痺させなさい。そうすれば獣になれるから、獣に」

　それだけいうと大家はプイと出て行った。

6

　和倉知帆は北門を入ったところで、一、二年の頃、いつも一緒だった鈴木理恵を見つけた。

「理恵、久しぶり」

　立ち止まった鈴木が振り向く。彼女は驚いたような表情を見せると、顔を伏せ、逃げるように行ってしまった。夏の名残の強い太陽が木立をすり抜け、石畳を照らしていた。

「何で無視するのよ。無視するなら理由を言いなさい、理由を」

　勝気なつぶやきとは裏腹に、和倉は寂しさにさいなまれた。ともに笑い、語り合った友人のあからさまな拒絶。私は処分されるようなことは何もしていない。嘘をついているのは学校側だと説明しようにも、相手は聞く耳を持たない。

夏休みはとっくに終わっていた。

だが、休み中と同じように会館に集まる人数は少なかった。自滅、自滅、自滅……同じ言葉が和倉の中を駆け巡る。

シートで塞がれ、風が通らない会館。蒸し暑い上に冷房もない所で寝るのは苦痛以外の何ものでもなかった。しかし、自滅したくなかったから、負けたくなかったから泊まり込みを続けた。なのに、小池や中井は適当な間隔でしか泊まりに来ず、二人が来ないから、結局、女性三人だけになり、木谷の体調が悪いと二人になった。休みの終わりの頃は高岡さえも来なくなり、和倉と木谷の二人が綱渡り状態で泊まり込みを続けていた。

野津はアルバイトに専念するために、すべての当番を免除されたのをいいことに、休み中に一度も顔を見せなかった。

——週に一度ぐらいは様子を見に来てくれてもいいのに、少しは私のことを気遣ってくれてもいいのに……和倉はぐっと唇を噛みしめ、学生大会を告げるポスターをむしり取ると、バックに入れた。

バックが一杯になってもポスターはなくならなかった。

学校側は休み中に準備を整え、問題解決を自治会に委ねた。

秩序回復の役目を与えられた自治会は、学生大会を開き、一部の学生に不法に占拠されている会館を、全学生のために開放するよう決議。その後、大会参加者が全員で会館に押しかけ、実力行使に出るという。

「学生自身による問題解決か。自分の手は汚さない、卑怯なやり方」

和倉は表に出ようとはしない当局に、憤りよりも、鵺《ぬえ》のような気味悪さを感じていた。

「しかし、学生大会など、人数が集まらなくて開けないのでは？　自治会の選挙も、ずっと無投票のはず」

「そうよねえ、定足数の決まりがあるはずなのに、当局は何を考えているのかしら？」

木谷も高岡も〝自治〟に関心はなく、その仕組も知らなかった。

自治会が押しかける前に、ここはすでに崩壊していた。

いつ学校側が排除に来るか判らない中、ライフラインを止められた生活は大変だった。だからこそ、お互いを思いやり、助け合えた。めまぐるしい社会の変化の中で、別世界にいるような、ゆったりとした時間が流れていた。不自由であるが自由でもあり、強く結びついているようでバラバラで、バラバラのようで一緒にいるのが楽しいという奇妙な空間は、夏休みの間に霧散し、和倉知帆は敗北を予感した。


「自治会が白紙委任状を集めている」

小池が息せき切って戻って来た。

「体育会が無理やり委任状を書かせている。拒否して殴られた人もいる」中井は、その眼で暴力を目撃していた。

自治会は後々の問題にならないよう形式を整えようとしているらしい。白紙委任された大会は合法性を獲得し、予定通りの決議がなされ、多数の意思を実行するために、自治会と体育会が大挙して押し寄せてくるだろう。

和倉知帆はチャンス到来と喜んだ。体育会の暴力に怒りを感じている人がいる。ここで会館を死守すれば、同情が得られ、なぜ乗っ取りをしているのか考えてくれるはず。チャルーンの問題を顕在化できるかもしれない。そのためには、ここをもっと強固な砦にしなければならない。どこからも侵入できない堅牢な城砦に。

「自治会だけでなく体育会も押し寄せて来るのなら、一刻も早く撤退しましょう」中井の言葉に、和倉は耳を疑った。

「どうして！」

「六人では勝負にならない。負けると判っているのなら、逃げるほうが利口」

「抵抗は無意味だと？」

「勝てなかったら無意味になる。犠牲が出るだけ」

「圭ちゃん、勝ち負けより大事なものがあるでしょう」

「犠牲者が出ないことが一番大事」

「犠牲、犠牲というけれど、出るか出ないかは、やってみなければ判らない」

「私は暴力が嫌いなの。力に力で対抗するなんて愚の骨頂。知帆ちゃん、私たちの目的は処分を撤回させること。ここを死守すれば処分は撤回される？」

「それも、やってみなければ判らない。撤退は、私たちの居場所がなくなるだけでなく、学校側に屈服したことになる」

「撤退して、それで抗議をやめてしまったら屈服したことになる。だけど、別の方法で続ければ屈服にはならない」

「別の方法って、何」

「それは……今は思いつかない。だけど、これから、みんなで考えれば、よい方法が見つかるはず」

「ここを完ぺきな砦にして、何日も抵抗をつづけたら、注目を集め、勝てるかもしれないのに、逃げ出すなんてどうかしている」

「弱虫と言いたいのね。そう、私は弱虫よ。だから好んで危険な目にはあいたくないの」

涙目になりながらも、中井は持論を曲げようとしなかった。

転定荘の玄関で、和倉知帆は靴置場の棚を確かめた。女物の靴が数足あるだけで、男の靴はない。彼女は小さくため息をつき、廊下を進んだ。外はまだ夏を引きずっているのに、ここはなぜか冷え冷えとしていた。

野津の部屋の扉だけ少し開いている。彼女は心を躍らせ、そっと覗いてみた。

誰もいない。盗まれるようなものはないから、鍵をかける必要がないのだろう。彼女は用意してきた手紙を入口に置くと、フーッと息を吐いた。


三日後、会館の裏口に野津が立っていた。

「手紙、ありがとう。わざわざアパートに来てくれたのに、いなくてごめん。休み中に何度かここに来たけど、裏口をたたいても返事はないし、鍵がかかっていて入れなかった」

「来てくれていたのか……一階は暗くて暑いから、生活の場は二階に移し、裏口は携帯電話で連絡し合って開けていた」

「そうだったのか。どおりで裏口の扉をどれだけ叩いてみても、『クオー』と言ってみても、反応がないはずだ」

「何それ?」

「遠くまで届く、原始人の合図」

そういえば、鳥の鳴き声のようなものを何度か聞いたような気がした和倉は、思わず顔をほころばせた。

「ずっとバイトだったの？」

「ビルの建設現場。昨日までの契約だったから、来るのが遅れてしまった。ごめんな」

和倉は彼の胸に飛び込みたかった。だが、後ろには知らない人がいる。

「あっ、紹介するよ、こちら鳶の富田さん」

「トビ？」

「高い所に登って仕事をする人」

和倉は携帯電話で連絡し、高岡が内鍵を開け、三人を中に導いた。

久しぶりに全員がそろい、和倉はそれだけで嬉しかった。

「みんな、紹介するよ、バイト先で知り合った鳶の富田さん、通称トミさん。トミさん、こちらが和倉知帆さん、彼女が木谷愁子さん、そして高岡晴香さん」

「おい、野津、お前、何しに来たんだ？」

「おお、小池、久しぶり。いやね、トミさんが仕事柄、女性と付き合う機会がないというから、俺の知っているとびっきりの女性を紹介しようと思って」

「お前、今、俺たちがどんな状況に置かれているのか判っているのか？」

「少しは知っているつもりだが……とにかく、トミさんは、どんな高い所でも登って仕事ができる人だ。コーキングしたり、溶接したり、ボルトを締めたり」

「野津君の考えを聞かせてほしい、この先どうしたらよいのかを」

珍しく話の腰を折った和倉は、野津をじっと見つめた。

「体育会を相手にしても勝てないと思う」

「ならば撤退だな」小池が念を押す。

「ただ、黙って逃げ出すのはどうかと思う。しゃくだし」

「撤退か抵抗か、どちらなのか、はっきりしろ」

「世の中、白黒つけられる場合もあれば、灰色の決着だって仕方がないときもある。中井、撤退した後は、どうするつもりだ？」

「誰もケガをせず、抗議をつづけるために、ここにある生活道具を誰かの家、たとえば小池君のマンションにでも移して、ここをいったん明け渡し、学校側を安心させる。頃合を見計らって、また戻る。体育会が押し寄せたら、また逃げる。こちらは人数が少ないのだから、イタチごっこをするしかない」

「イタチごっこか、そりゃあ面白いや」

野津が簡単に同意すると、抵抗するにしても、どうやるのか、その方法をイメージできなかった木谷と高岡も賛意を示した。

「学校側のやり方に疑問を持っている人たちが沢山いる。暴力に怒っている人も。今こそ、私たちの存在をアピールするチャンスなのに……」

和倉だけが不満を示し、小池は腕組みをしたまま黙り込んだ。

野津諒介は会館での寝泊まりを始めた。

一ヶ月近く会わなかった彼の顔つきが少し変わったような気がした和倉知帆は、親元を離れた子どもが、初めて帰省した際に、その成長ぶりを黙って観察する親のような目で、彼の一挙一動を追った。

肌は日焼けし、痩せた身体が一段と締まり、身長がさらに伸びたような気がした。そんな外見の変化とは裏腹に、醸し出す雰囲気は以前と変わらず、彼女の口元には自然と笑みが浮かんだ。

「おカネ、貯まった？」

「ああ、当分、働かなくてもいい。だからみんなに迷惑をかけた分、ジャンジャン当番をこなすぞ。何でも任せてくれ」

「無理しなくていいから」

無理をしようにも出来なかった。だから今こそ無理をしたい。みんなのために。そして、キミのために……そう言いかけて彼は口ごもった。言わなければならないのに、なぜか一番大切なことが言えない。あれほど逢いたかったのに、話したかったのに……

九月一八日に開かれる学生大会は定足数を確保したという。

「九四パーセントの白紙委任か……限りなくファシズムに近い数字だ」

委任状を書いた数に驚く小池に、中井は友人から仕入れた情報を教えた。

「どこの部が一番多く委任状を集められるか競い合った。来年度の助成金の額に反映させると学校側が約束したらしい。剣道部と柔道部がトップ争いを演じて、力任せに集めた。どのような方法であれ、形式が整っていれば成立するのが代議制民主主義だから」

「多数は絶対か……」

「ナチスも議会から生まれたからね」


生活の匂いをなくした学生会館の二階。

野津は壁に残っていた食事の当番表をはがすと、ポケットに入れた。

長い議論の末、撤退が決まり、すでに生活道具は運び出していた。夜、密かに、小出しに運んだので、学校側に撤退は気づかれていないはず。だから、自治会は中に人がいるものと思い、大人数で押しかけてくるだろう。

その期待に応えるために、無抵抗ではなく、少しは騒動を起こそうと、野津と小池は殿《しんがり》戦を担うことになった。

面白い作戦を実行するからと誘われ、ついてきたトミは十分に状況を把握しないまま、落ち着かない様子で周囲を見回した。

「彼女ら三人は別の場所に避難している。終わったら一緒にお茶でも飲もう」

そう言われ、トミは野津の後について屋上に出た。


屋上には段ボール箱に入った大量のジュースやコーヒーの空き缶が置かれていた。

「トミさん、頼みがある。あの貯水塔の上に登って、手を振ってほしい」

「手を振るより、拳を突き上げるポーズのほうが」

小池の言葉が終わるのを待たず、トミはスルスルと貯水塔の頂上に登り、拳を突き上げ、両手を大きく交差させる動作を繰り返した。

「旗をつくっておけばよかったかなあ。あそこで旗を振れば目立つ。シンボルにもなる」

「シンボルなんて必要ない」

野津は言下に否定した。

「そうだな、旗なんて自己顕示欲の象徴かもしれない」

「来たぞ」

三〇人程の一団が裏口の前に整列した。

「たったこれだけ？　全校で三〇〇〇人はいるのに」

「通りに面した表玄関から襲うと通行人に見られるから、やはり裏口側へ回ったか」

整然と並んだ一団が厳かに儀式を始める。一人が前に進み出て、紙を両手にした。

「何と言っているのか聞こえないけど、わくわくするなあ」

「景気づけに、空き缶を投げてみるか」

「まだ、まだ」

儀式が終わり、緑色のシートの一部が切り取られ、長い柱のようなものを持った一団が裏口の扉に突っ込んだ。

「いまだ」

缶がゆっくりと落下する。地上の一団が口々に叫んでいる。

「何と言っているのかなあ」

「中身もよこせって、わめいているのかもしれない」

「中身が入っていたらケガをするぞ」

騒ぎに人が集まり、誰もが屋上を見上げている。校舎の横には白シャツ姿の一団が見える。学校職員だろう。

見上げる人々の期待に応えようと、二人は派手に空き缶をばらまいた。

一団が突入を中止し、柱を地面に置き、裏口から離れた。一団は口々に何事かを叫んでいる。四、五人が空き缶を拾い、投げ返す。

「柱で扉を打ち破ろうとは、まるで時代劇のよう……待てよ、これだと、こちらが悪代官で、向こうが一揆衆なってしまう」

「人はそう見てしまうかもしれない。こちらは学校側に逆らう悪者で、あちらが正義の味方。テレビドラマの影響で、勧善懲悪をパターン化するのに慣れているから、きっとそう見ている」

「違うのになあ……」

「時の権力に楯突くと、悪者にされるのは歴史の常だ。

天皇に逆らったら朝敵になり、歴史から抹消される」

「朝敵か……小池は、ずいぶんと幅広く本を読んでいるみたいだね」

「お前こそ、少しは図書館に通え。図書館は宝の山だ」

「調べたいことがあるから行くつもり……あっ、もう缶がない。引き揚げよう」

野津はトミに退去を伝えた。三人は北側の二階の窓からロープをたらし、地上に下りると、緑のシートの外に逃げ出し、小走りで北門を目指した。


騒動は小一時間で終息した。

裏口の扉が完全に破壊されると、内部の点検が行われ、すぐにトラックが現れた。青色の作業服が会館の表玄関を開け、自販機を運び出した。

次の日からシートを外す作業が行われ、新品の自販機が搬入され、四日目には通常通りの使用が許可された。

従前からの秩序が回復したのを確認した学校当局は、これからはこちらの番とばかりに、六人のための墓碑銘を掲示板に張り出した。

> 下記の六名、無期限の停学に処す

無期停学……同じ境遇になってしまった六人は、頭をもたげる弱気と絶望感を抑えようとした。抑えきれずに中井は泣いた。ところ構わず泣いた。家でも泣いた。母が言った。

「人生の落伍者というレッテルを自分で貼ってどうする。泣いてよいのは結果に満足したときだけ」

争い事は好まぬと、摩擦を避けてきた結果がこれだ。一度なめられたら、なめられ続けるだろう……母親の言葉が現実味をおび、このままだと当局は上手くいったと高笑いするだけ。中井は、まだギブアップしておらず、勝負がついたわけではないと涙を拭いた。

和倉、木谷、高岡の三人も目に涙をいっぱいためた。それは、無期停学になった事態よりも、三人を支援した結果、野津、小池、中井も同じように処分を受けたことに対するお詫びと感恩の涙で、彼女らは一人一人の手を握り、感謝の気持ちを伝えた。

エアコンから冷たい風が吹き出し、テーブルの上にはレンジで加熱されたピザや唐揚げが並ぶ。

高岡晴香のマンションに集まった六人。

ロウソクの光の中での食事はワイワイと賑やかだったのに、明るい部屋の快適な空調の下での料理に箸は進まない。

学校側は平常使用に戻した学生会館の表玄関と裏口に警備員を配置し、二四時間の監視を始めた。

ほとぼりが冷めたら会館に戻れると、簡単に考えていた中井圭太は、警備会社が出現した今、どうしたらよいのか判らないと正直に詫びた。

ずっと中井と意見を対立させていた和倉知帆は、それを責めず、次の手を求めた。

「何をしなければならないかより、何をしたいのかを語りましょう。可能性は無視して、夢でも、願望でも、何でもいいからどんどん出してみて」

「建物を一つ乗っ取れば騒ぎになると考え、実行した。ところが、たいした騒ぎにはならなかった。そもそも乗っ取りという方法がいけなかったのかもしれない」

「そうかな？　少ない人数で巨大な組織を相手にする方法、他にある？　誰かに泣きついたりせずに私たちの存在をアピールする手が、他にある？」

「今から思うと、あの会館を確保していたこと自体に意味があったと思う。その証拠に、ここで管を巻いていても何もならない。忘れ去られるだけ。会館に戻ろう。警備員は玄関に一人、裏口に一人しかいない。六人でなら追っ払える。あいつらをやっつけて、再び会館を乗っ取ろう」

小池達樹が拳をつくると、高岡晴香も目を輝かせながら言った。

「あの人たち、当局に雇われた犬だから追い払えばいい。こちらの方が数は多いのだから、勝てる」

「ちょっと待って。あの人たちは警官ではない。権力を持たない民間の会社員」

「だから、やるのよ。追っ払っても公務執行妨害にはならない」

「晴香ったら……たとえ二人の警備員を追い払ったとし

ても、すぐに応援部隊が飛んでくるはず。玄関をふさぐ作業をする時間あると思う？」

　木谷愁子は野津諒介の顔を見つめ、反応を窺った。

「無理だと思う。警備会社は会社として対応してくるだろう。二人の警備員を追い払って、玄関をふさいだところで、すぐに招集された警備員が駆けつけ、ハシゴを使って二階から入ってくるだろうし、クレーンで三階、四階の窓から、屋上からも入ってくる。そうなったら防ぎようがない」

「以前は、騒ぎになったら困るという学校側の弱みがあった。今度はそれがない。学生と警備会社とのトラブルだから、騒ぎになっても学校側は関係ない顔ができる。だから、二人の警備員を追っ払ったとしても、学校側は知らん顔をし、警備会社はメンツにかけて平常に戻そうとするでしょうね」

　木谷の静かな物言いに、小池と高岡は空を見つめ、中井は下を向いた。

7

楽園台駅の向かい側のホームを歩く野津を見つけた和倉は、人波をすり抜け、改札口で追いついた。

「早いのね」

「うん、ちょっと見ておきたい所があるから」

　二人は駅前通りをゆっくりと歩き、正門を入った。

「無期停学の身なのに、学校にやってくる。これも一つのレジスタンスだね」

「なんなら、このまま授業に出てみようか」

「面白そう。講義をする先生たち、どんな顔をするだろう」

「見て見ぬふりをすると思う。『出て行け』という気迫はないだろうなあ。組織にどっぷりつかった人たちには」

　学生食堂へ向かう通路を二人は歩いた。

「私、最初の処分の頃は、世の中から落ちこぼれてしまったように思えて怖かったけど、そう思うこと自体が選別社会の呪縛にかかっているからだと気づいて、無期停学で開き直ったら妙に気が楽になり、最近、まったく新しい考えが浮かんできそうな気がする」

無邪気さと思慮深さを併せ持つ瞳が、引き合うものを求めていた。

「ものの見方が変わって、何もかもが新鮮な感じがしない？」

意に適う言葉を……と野津は思った。美辞麗句は不要で、予定調和された言葉も意味を持たない。彼女の心に着地する言葉は自分で紡いだ、自分の言葉。

「野津君は、どう？」

「確かに変わった。だけど、まだ自分の言葉を獲得できていない」

「自分の言葉か……私ね、自分を好きになったり、嫌いになったり、自分を信じたり、信じられなくなったりしながら、自分は自分としてここにいて、生きているのだと思うと、自分を愛おしむようになった。こうやって大きなものに楯突いている、ちっぽけな私だけど、まだ負けたわけではないし、たとえ勝てなくても満更でもないように思えて、何だかとても楽しい」

彼女が笑う。その笑顔を見ているだけで嬉しくなり、彼の顔からも自然と笑みがこぼれた。

「集合時間は三時だったね」

小さな顎が上下する。

「まだ時間がある。ちょっと寄り道しよう」

野津は返事を待たず、和倉の手を取ると歩き始めた。あの照れ屋が自分から手を握り、人目を気にせず歩いている……彼女は彼の横顔を見つめた。

彼女は、遠慮がちに握られていた手を握り直し、指を組み入れた。こうやって歩くのは初めてのこと。なのに、幾度となく一緒に歩いたような気がする……彼女は全身が軽やかに律動するのを感じた。手から伝わる温もり。それは活字上のものでも、画面上のものでもない、確かな感触。生の実感。

二人は秋の陽光を浴びながら、普段は行かない講堂や同窓会館、大学院の研究所を回った。狭小といと言われているキャンパスだが、歴史を感じさせる建物がコンパクトにまとまっていた。

「このまま、二人だけしかいない所へ行きたい……」

和倉知帆は、そよ吹く風につぶやいてみた。

「どこがいい？」

「誰もいない草原。見渡す限りの原っぱ」

「どこまでも続く緑の草原か……決着がついたら二人で探しに行こう」

「決着、つけられる？」

「ああ、このまま引き下がるわけにはいかない」

野津は、急に和倉の肩に手を回し、彼女を引き寄せると、身体を密着させ、経済研究所と書かれた建物に入った。驚く彼女の耳元に息がかかる。

「入口にいた警備員、無線機のようなものを持っていたね」

それを確認するために密着したのかと思うと、彼女は少し残念な気がした。

「はっきり見なかったから、もう一度」

帰りは、彼女が彼の腰に手を回し、彼に倒れかかるようにして警備員に近づいた。

「確かに小型のトランシーバーのようなもの、持っていた」

「警備員のいるのは、学生会館と同窓会館と、この経済研究所。当局は次に狙われそうな建物として、この三つを考えた。三つとも独立した建物でそれほど大きくない」

「もしかして、野津君が狙っていたのは、このうちのどれか？」

「そう。だけど先手を打たれた」

「私、諦めたくないなあ。もう一度見て回りましょう」

「いや、その必要はない。一つだけはっきりしたことがある。校舎は想定外だから警備員を配置していない」

「大きな校舎にまで警備員を置くとなると経費がかさむからでしょうね」

「だから、いないところを狙うとしたら？」

「警備員がいないというだけの理由で、あの大きな校舎を乗っ取るつもり？」

「無理かなあ……」

ショップ街のファミリーレストランに集まった面々に、野津は思いつくままを語った。

「目のつけどころはいい。しかし校舎はデカすぎる。六人では手におえない。学校側も校舎を乗っ取られたら黙っていないだろう。下手をすると授業を妨害されたと学生が反発するかもしれない」

「小池の言うとおりだ。それが常識だ。だから、学校側も出来るはずがないと油断している。警備員の配置状況がそれを物語っている。その油断を衝くのも一つの手だ」

「油断を衝くのはいいよ。でも野津、可能性を考えろ。対象が大きすぎる」

小池には、猫が象にケンカを売ろうとしているように思えた。

「野津君、それなら聞くけど、校舎を乗っ取るためには、何人位必要？　何人いたらやれそう？」

木谷は冷静に可否を計算しようとした。

「そうだなあ、最低、二〇人は必要だろう」

「二〇人なんて無理。絶対に集まらない」

「サークルの中には、学校側のやり方はひどいと言っているところもある。委任状を拒否して殴られた人もいる。説得すれば手伝ってくれるかもしれない」

「中井、学校側は参加者全員を処分してくるだろう。それが判っているから誰も助けには来ない。好き好んで処分されに来るバカはいない。無期停学だぞ、俺たち」

小池は処分の持つ意味と波及効果を強調した。

「でも、このままでは私たちは忘れ去られるだけ。無期停学というのは、全面降伏を申し出ない以上は、退学に等しい仕打ち。一刻も早く次の手を打つ必要がある」高岡は焦る気持ちを口にした。

六人は黙った。焦れば焦るほど思考は狭まり、脈絡も途切れる。

「ねえ、みんな、こうしたらどう？」

中井が大きな身体を屈め、声を潜める。

「これ以上、犠牲者を出す事態は避けなければならないと思う。だから、校舎を乗っ取るにしても、乗っ取った校舎に入るのは、ここにいる六人だけにして、玄関を閉じる作業だけを手伝ってほしいと説得したらどう？　ドアを固定し、板を打ち付ける作業は職員が押しかける前に完了させなければならないから、大人数でやる。それが終わった段階で、手伝ってくれた人は帰ってもらえば、当局は参加した人物を特定できない」

「それはいい。処分されないのなら、二〇人位は集められるかもしれない」

小池が即座に賛同し、少しでも可能性があるのならチャレンジすべきと、野津も次への行動の必要性を訴えた。

8

相手は想定すらしていないだろうから、その虚を衝こうという発想は、無期停学処分を受けたばかりの六人に光明を与えた。

不可能と思われた作戦の方法と成果をイメージできるようになった六人は、それぞれの友人関係を頼りに、手伝ってくれそうな人と秘密裏に接触した。もし、この動きが露呈したら、警備員の数を増やすだけになり、次の手が思い浮かばない以上、それは息の根を止められることを意味した。

同時に、六人は目立たぬように各校舎を回り、利点と欠点を調べ上げた。一、二、三号館と本館は六階建ての大きな建物。四、五号館は、それらの半分程の敷地に建つ四階建ての建物。大きさから言えば、この二つの建物のどちらか。この二つの建物には、中央の玄関と東西の通用口の計三カ所しか出入口はない。

六人は北門に近い五号館をターゲットに決めた。

夜明け前、レンタルした二台のワゴン車が北門の前に止まった。

閉じられた鉄柵の間からベニヤ板や合板が入れられ、五号館の玄関前に運び込む。前もって鍵を開けておいた一階の教室の高窓に、脚立を伸ばして、野津が中に入る。彼は教室から玄関に回り、中から鍵を開けた。

二二人が手渡しで、五号館の玄関にベニヤ板や合板を運び入れ、ドアノブを針金で固定する。アピール文をガラスの扉の内側に貼りつけ、二つの通用口には内鍵をつけ、外からは開けられないようにした。

夜が明けかかる頃、作業は終了し、六人は、作業を手伝ってくれた一六人に礼を言い、五号館から立ち去るのを見送った。

「小池君、圭ちゃん、愁子に晴香、今すぐここから出て」

急に、和倉が叫んだ。

「何を言い出すのよ、知帆」

「お願いだから、ここから退避して」

「どうして？」

「ここに残るのは私と野津君だけ。二人でそう決めた」

「理由は、警備会社がどう出るかを確かめるためだ。五号館が乗っ取られたことを知った警備会社は、警備員を大量動員して押しかけてくるか、または、契約外だとして手出ししないか、どちらかだろう。そのどちらなのかを見極めたい」

野津の説明を、和倉が補足する。

「それからもう一つ、学校側は、無期停学にしたのにまだ逆らうのかと、今回は容赦しないかもしれない。警察が出てくる場合も考えられる。もし全員が逮捕されたら、それでおしまい。だから四人は外に出て、自由の身のまま、裁判の準備をしてほしい」

硬い表情の四人は、和倉と野津を黙って見つめた。

「停学中でも学籍はあるから建造物侵入にはならない。だが、器物損壊の容疑はかけられると思う。だから期限いっぱいは警察に留置されるかもしれない。起訴も考えられる」

野津は高ぶる気持ちを押えながら、四人に決断を促した。

「これは最悪の場合を考えての対策だ。とにかく犠牲は最小限にしたい。もし、今日一日、何事もなく乗り越えられたら連絡する。その時は生活の道具を持ってここに来てほしい。また、同じように六人で生活しよう。だから四人は、いったん退避して、外から相手がどう動くのかを見極めてほしい」

校舎が丸ごと一つ乗っ取られた。

それは日常の営みを阻害される大事件のはずで、学校側としては、二度目は許さないと強制排除に出る可能性が高かった。しかし、当局は動かなかった。学生会館の時と同じように電気と水道を止め、五号館で行われていた授業を他の棟の空き教室に移し、次の日には何事もなかったように授業を再開した。

　翌日、連絡を受けた四人が合流し、生活用具が持ち込まれた。

　六人は学生会館の三倍はあろうかという空間を持て余しながら、生活を始めた。かつての経験は生かされ、用事があれば外泊も自由で、より柔軟に長期戦に備えた。すぐに工事業者が現れ、建物全体を緑色のシートで覆った。シートの上には緑十字の旗と、〈五号館改修工事〉と書かれたパネルが取り付けられた。


　朝。目を覚ました和倉知帆は、頭に痛みを感じ、すぐに目を閉じた。身体も重く、ずっと左側を下にして寝ていたせいか、左手が動かない。それでもどうにか寝袋から出ると、這うように移動し、座ったまま、上半身を壁にもたれ掛けさせた。

　どうしても頭が痛く、全身が重だるい。風邪か生理の前兆だろうと思ったが、そう考えることすら鬱陶しかった。

　重いまぶたを開け、辺りを見渡す。みんなはすでに起きて動き出したらしく、教室には誰もいない。

　五号館の一室、一〇三教室。歴史を感じさせる高い天井。そこから長い鎖でつるされた蛍光灯が等間隔で並び、空間の半分を占有している。外に面する窓は高く、引き戸ではなく、外に押し出す型のもので、斜めに開いている。寄りかかる壁は、腰の高さまで木が貼られ、茶色のペンキが安っぽい光沢を放っていた。中央に大きな黒板。その上の丸い時計。配線が露出したスピーカーが一つ。全体が古びたたたずまいの中で、前後のドアだけが鈍く光るステンレス製で、周囲とは不釣り合いに今を主張していた。

　そのドアが静かに開いた。

「起きたの？　おはよう」

　コンビニの袋を下げた野津は、彼女の横に座ると缶コーヒーを開けた。

「飲む？」

彼女は一口飲んで、黙って返した。

「どうした、元気ないよ」

反応はない。

「変な夢でも見たの？」

「夢なんて最近、見ていない」

「それは残念だ。俺は毎晩見ている。夢を見るのはタダだから貧乏人の方がたくさん見るのかなあ」

「量よりも質」

「量だよ。たくさん見ればこそ、よい夢に当たる確率は高まる」

「悲しい夢の確率は？」

「うーん」と、野津が大げさに考え込む仕草をしても、彼女は反応しない。

「なんだか寒い」

「そう？　今日は暑いくらい。風邪を引いたのと違う？」

「温めて……」

彼女は上半身を傾けた。彼は彼女の肩に手を回し、抱き寄せた。伝わりくるのは温もりを通り越したもの。

「熱っぽいなあ、大丈夫？」

返事はない。彼は彼女の正面に座ると、彼女の額と自分の額をつけて熱を測った。彼女は潤んだ目をし、視線をそらすことなく見つめている。まつ毛がかすかに揺れ、吐息がかかる。彼は額をつけたまま、彼女の鼻先をペロリとなめた。笑わせようとした行為なのに、彼女は反応しない。

「熱がある。今すぐ病院へ行こう」

「いいの、ここにいて……」

「でも、早く治した方が」

「あなたのそばにいたい……」

「わかった。キミのそばにいるよ」

「寒いから、抱きしめて……」

「まずいよ。誰かに見られたら疑われる」

「疑われるの、イヤ？」

彼女は潤んだ目で彼を見つめた。

第3章

ドボガン

コロニーから餌場となる海（開氷域）まで、遠いところでは一五〇キロメートルも離れていることもあり、エンペラーペンギンは雪の中、列をなして海をめざす。歩くのはもちろん、時には、腹とクチバシと足の爪をアイゼンのように使い、腹這いになって進む。これをドボガンという。

I

爽秋の風が吹く。

学生会館を出て、高岡晴香や木谷愁子のマンションに集まっていた頃の残暑に比べると、風は格段に心地よい。五号館という新しい居場所を得た。仲間もいる。学校側は手出しをしてこない。また我慢比べが始まり、一〇月に入った。

あと二ヶ月余で問題の西暦二〇〇〇年を迎える。コンピューターが狂い、飛行機が落ち、更に景気が悪くなるという。不安に駆られた人々がもう食料や水の買いだめに走り、ある食品工場では、品質保証期間を二〇〇一年とするところをコンピューターが一九〇一年としてしまい、製品の出荷ができなくなったという。

野津諒介はアパートで洗濯をすませると、学校に戻ろうと部屋を出た。玄関で両手にビニール袋を下げた大家と出くわした。

「早々と買いだめですか？　大混乱に備えて」

「違う。今日はスーパーの特売日。私は、自分だけ助かろうなんて思っていない。飛行機が落ちようが、銀行がつぶれようが知ったことではない。ただ、原発が暴走しないかと」

「大丈夫ですよ。原発は絶対に安全だと言われていますから。多重防護とやらが張り巡らされているそうです」

「大企業や御上のいうことなど信じない。御上のやっていることはツケの先送りだけ。自分のツケを自分で払えないのなら、ツケなどするなと言いたいね」

野津は楽園台駅を出ると、栄大の正門をくぐり、胸を張って歩いた。卑屈になる必要はない。悪いのは強制送還を仕組んだ学校側で、こちらは、それを問題にしただけ。

乗っ取った五号館は、全体が緑色のシートで覆われ、四方に〈改修工事〉のパネルが取り付けられていた。それらは、人々の視線を欺くだけでなく、そこは、近寄ってはならない危険な空間であることを示していた。

その緑のシートの前に髪の長い女性が立ち、携帯電話で話している。

「キミは、絵島、映美」

「覚えていてくれたの、うれしい」

「岩本に会いに来たのか？」

「あなたに会いたくて、ここで待っていた」

「俺に？」

「岩本とは別れた。ねえ、相談したいことがあるの。付き合ってくれない」

「急に言われても無理。これから用事があるから」

「お願い、付き合って。私、もうダメ、ピンチなの。誰にも相談できなくて……お願いだから相談にのって」

「だから、急に言われても……明日なら」

「緊急事態なの。ねえ、思い出して、あの時のことを。車の中で、あなたは私の手をずっと握っていてくれた。強く握りしめ、心から励ましてくれた」

「……」

「私は永遠に忘れない。あの手の温もりを。あなたのやさしさを。お願いだから、あの時のように相談にのって。私、このままだと死んでしまうかもしれない」

携帯電話を顔のそばから離そうとしない彼女を不思議に思いながら、野津は放ってはおけない気がした。

「わかった。話を聞こう。少し遅れると友だちに連絡したいから、その携帯電話を貸してくれないか。俺、カネがなくて携帯を解約してしまったから」

彼女は一瞬、躊躇し、すぐに携帯電話のボタンを押した。

「あれ？　通話のままになっていたの？」

彼女の顔から強張りのようなものが消えた。

「そうよ、今までの会話は岩本に筒抜け。あなたって、あいつが言っていた通りのお人好しなのね。私が突然会いに来て、ヘンに思わないの？」

「だって、大事な相談が……」

「私の演技が上手いのか、あなたが鈍いのか……どちらでもいいけど、あなたを騙す気がしなくなった」

「騙す？」

「私は、あなたを誘い出すためにここに来た。罠にはめるために」

彼女は携帯電話をバックにしまい、片手で髪をかきあげた。

「岩本から、あなたをここから連れ出すよう命令されたわけ。向こうの公園へ連れて行き、ベンチに座り、強引にキスをする。その現場を、物陰に隠れているあいつがカメラに収める」

「何でそんなことを？」

「撮った写真を何に使うのかは言わなかった。私は、あなたを連れ出し、キスをするだけの役目」

おそらく女性たちにばらまくつもりなのだろう。そうすれば不信感が広がり、仲間割れを起こすとでも考えたのだろう。写真を見て一番悲しむのは……野津は小さく身震いした。

「とにかく、あなたを困らせようとしているのは事実」

「そんな陰謀を、俺に教えてしまって、キミは大丈夫なのか？」

「私は平気。あいつは店の常連で、客と店員の立場の違いを理解できず、店員の愛想笑いを、自分に気があるサインだと勘違いする世間知らず。そのお坊ちゃまに、おカネで頼まれたというわけ。要するに、あいつとはおカネだけのつながり」

「同棲もそうだったの？」

「そうよ」

「悲しい関係だね」

「そんな目で見ないで。同情されるのは大嫌い」

「すまない」

「あいつ、気が小さいから自分で直接手を下せないけど、陰で何をするか判らないから気をつけて」

「わかった。教えてくれてありがとう。助かったよ」

「とにかく、あいつにだけは負けないで」

「うん。キミも夢を忘れないで」

「夢？」

「そう、あの時、語ってくれた夢を」

「夢なんてない。あるのは乾いた現実だけ」

そういうと絵島映美は、あの雪の日と同じように小さく手を振り、去って行った。


学校側が最も嫌がるのは、騒動が表面化し、問題が広く認知されること。そのためには何でも試してみようと六人は新聞を発行した。

中井を中心につくられるネット上の新聞は頻繁に更新され、五号館の様子を伝えた。

さらに、野津の発案で〈不当処分を撤回せよ〉と書いた垂れ幕を業者に発注し、屋上からシートの上に吊るした。

北門を行き来する人々の目に飛び込む特大の垂れ幕。それは、ゴンドラをつけた作業車によって、あっという間に持ち去られてしまった。


学校側はそれ以上の手出しはせず、学生会館の時と同じように無視を決め込んだ。

向こうは、こちらの自滅を待っているのなら、より柔軟に対処しようと、六人は個々人への縛りを少なくして長期戦に備えた。

五号館には、通用口の内鍵を開ける当番が二人常駐するだけで、残りは自由に行動することにし、全員がそろうのは日曜日だけになる。

夕方、次の日の鍵当番が四人分の食材を買ってきて、調理する。泊まり込むのは夕食を食べた四人で、一週間ごとのスケジュールが決められた。


昨日、鍵当番だった野津は朝食のパンを食べ、高岡と中井に当番を引き継ぐと五号館を出た。午前中は図書館で過ごし、昼飯を食べようと学生食堂に向かった。

食堂のサンプルケースの横に真新しい学校のポスターが貼られている。

〈輝く未来のために　今を努力する君へ　語学、情報、資格取得、求めるものは栄大にある　チャレンジ・ナウ〉

人口減少、少子化に直面している教育産業。この学校もまた生き残ろうと幻想を振りまいている。内実より重要なのは外見。当局が最も気にしているのは社会的なイメージダウン。そのために受験生が来なくなること。だとしたら、どこを乗っ取られたとしても平静を装い、無視を決め込むだろう。そうなれば、また自分との闘いになる……野津は小さく息を吐き、大きなポスターの上に〈処分撤回〉と書いた紙を貼りつけた。

まだ、お昼前なのに食堂は賑わっていた。野津は窓際の一人席に座った。

後方のテーブルに三、四人連れが座り、公共の場だからと声を潜める気遣いもせず、わがもの顔にふるまい始める。そのうちの一人の声に聞き覚えがあった。

「五号館に出入りする者は常時、職員にチェックされている。だから本人が否定しても一度リストに載ってしまえば、学校としては就職の世話は一切しないそうだ」

「奴らは犯罪者だ。そこに出入りする者も、同罪になるということか」

「学長はどうして話し合いに応じようとしないのだ？」

「話し合いを拒否しているのは奴らの方だ。奴らが不法に校舎を占拠し、授業を妨害しているのに警察に引き渡されないのは、学長の温情だ」

「奴らは学長のやさしさにつけ込んでいるというわけか」

「そうだ。学長の気持が理解できず、学長を窮地に追い込もうとしている。そんなにこの学校が嫌なら、自分から出ていけばよいものを未練がましいウジ虫どもだ。中でも野津という男が一番のワルで、女を奴隷のように支配している」

「ああ、噂になっているから本当だろう」

「あそこでドラッグパーティをやっているらしいぜ」

「違う、乱交パーティだ。乱交パーティ」

「いいなあ、俺も一度でいいから参加させてほしいよ。次から次に女を抱けるなんて夢みたい」

「その中心人物が、野津という男で、証拠の写真もある。今日は持ってこなかったから、今度見せるよ」

「おい、岩本、よくもそんなデタラメを」

「野津君！」

「何が野津君だ。お前っていう奴は」

同じテーブルにいた三人がサッと逃げた。

「悪い噂を流せと学校側に頼まれたのか、それとも自分で」

岩本紀夫は立ち上がり、身構えた。

「殴れるものなら殴ってみろ。暴力学生と言いふらすぞ。僕の父はなあ」

「知っているよ。何とか省の官僚だろう。それがどうした。役人なら名もなき者を虫けらのように踏みつぶせるとでもいうのか」

「ああ、僕の父なら何でも出来る。政治家を思い通りに動かせる。お前らのような無法者も簡単に踏みつぶせる」

「親の権威を笠にきて恥ずかしくないのか？　そんなに親父がいいのなら、早く家に帰って、頭を撫でてもらってこい」

「うるさい！　お前らみたいな異端者は、この国に住めなくしてやる」

　捨て台詞を吐き、岩本は背を向けた。

「ちょっと待て。彼女はどうしている。絵島映美に仕返しをしなかっただろうな」

　岩本紀夫は振り向くことなく、足早に去って行った。

2

緑のシートで覆われた五号館。孤影悄然とたたずむ建物に対し、人々は授業を妨害されたと反発するわけでなく、逆に、支持しようともしなかった。

　訳が判らないもの、得体の知れぬものは無視することで、それらを全否定したつもりになれるように、多くの人は五号館から目を逸らし、意識の外に置こうとしていた。

　テレビに頻繁に登場し、〝国民目線〟で諸々の事件を判りやすく解説する栄大教授。「現実直視」のフレーズで有名になったこの教授もまた、五号館の住人は国民の範疇には入らないかのように、自分の学校の現実問題にはコミットしようとはせず、当局の無視と歩調を合わせていた。

　野津は、シートの外にベニヤ板を立て掛け、その上に〈処分撤回〉と書いた紙を張りつけた。トラブルは避けるよう命じられているらしく、学校職員は彼の姿があるうちはベニヤ板を奪いには来ず、姿を消した途端に持ち去って行った。それならば、少しでも長い時間、衆目にさらそうと、彼はベニヤ板の前で胡坐をかいた。

秋の深まりとともに日向と日陰の温度差が大きくなり、全身に日射しを浴びた彼は、心地好さに目蓋を閉じた。中から聞こえていた、小池と高岡が言い争う声は聞こえなくなった。木谷は夕食の食材を買いに行っており、和倉と中井は帰宅日だ。

「おじさん、暇そうだね」

薄目を開けると男の子が立っている。

「何しているの？　おじさん」

「ごらんのとおり。キミは？」

「ごらんのとおり。おじさん、大工さんなの？」

「そうだよ」

「この中で工事しているの？」

「ああ、そうだ。ところでキミは学生だろう。学校はどうした？　今日は平日だよ」

「……」

「そうか、行きたくない所には行かなくてもいいから」

「ねえ、この中、どんなふうになっているのか見せてくれないかなあ」

「ダメダメ、この中はとても怖い所で、お化けや妖怪が出るぞ」

「そんな子どもだまし、僕には通じない」

「そうだね。人を騙し、嘘をつく化け物が住んでいるのは、あっちの建物だ」

「の、を、らかにし、を、せよ、って、面白いの？」

少年はベニヤ板の上に書かれた〈強制連行の真実を明らかにし、処分を撤回せよ〉の、平仮名だけを読んでみせた。

「ああ、面白いよ」

「将棋とどちらが面白い？」

「そりゃ、こっちだよ」

「おじさん、将棋できるの？」

「将棋ぐらいさせる」

「強い？」

「普通かな」

「今度やろうよ」

次の日、少年は将棋の駒と薄い板を抱えてやってきた。すぐに勝負がつき、もう一度と、野津は挑んだ。少年は将棋ゲーム初級よりも強かった。

　金田と名乗る少年は、それから毎日のようにやってきて、シートをくぐると、窓の下で「野津君、将棋しよう」と呼んだ。


月に一度の診察を終え、木谷愁子は備大の校内をゆっくり歩いていた。

　備大附属病院から栄大に戻るには、附属病院から、教職員用の連絡路を抜け、隣接する備大の校内に入り、広い中庭、八階建ての建物に周囲を囲まれた空間を横切り、校門に出るルートが近道だった。

　この経路は、病院の表玄関を出て、北通りを歩き、スクランブル交差点を直進するよりも、わずかな距離の短縮でしかなかったが、彼女の心臓にとっては貴重な軽減で、彼女は二年近く、このコースを往復していた。

　彼女が病院への近道として利用している備大には〝黒服〟と呼ばれる一団がいた。

　スキンヘッドで上下とも黒い服を着た集団は、食物連鎖の頂点に立つかのような顔で校内を闊歩していた。

　この日、ゆっくりと中庭を歩く木谷を、二人の黒服が足をだらりとさせた男を抱えながら追い越して行った。彼女は瞬時に、この三人は昼間から酒を飲み、うち一人が酔いつぶれたから介抱しているのだと判断した。

　黒服たちが車座になって酒を飲んでいる姿は何度も目撃している。車座の傍を通る女性に、「一緒に飲もう」と誘う行為も見ていたので、彼女は黒服たちを避けていた。

　ところが、三人は急に進むスピードを落とし、ふらつき始めた。きっと疲れたからだろうと思いながらマイペースで歩く彼女は、校門のところで三人に追いついた。

　三人が校門を出た時、予期せぬ出来事が起きた。二人の黒服が、介抱していたはずの真ん中の男を歩道に放り投げ、つばを吐きかけ、立ち去ったのだ。

　人間がゴミのように捨てられるのを目撃した木谷は、ゆっくりと男に近づき、身体をゆすってみた。反応がない。意識がないのを心配した彼女は、道行く人に助けを求めようと見回した。しかし、誰もが関わりたくないと足早に通り過ぎる。

後ろを歩くだけで強い酒の臭いがしたのに、この人には臭いがない。この人は黒服を着ておらず、スキンヘッドでもない。酒の臭いがしないのに意識がないのは、なぜ？　彼女は、救急車を呼ぼうと携帯電話を捜した。携帯は病院に持ち込まないよう五号館に置いてきた。五号館には野津がいる。スクランブル交差点の信号は青。彼女は立ち上がると、小走りに駆けた。

クラクションを鳴らされながらも、スクランブル交差点を渡り切り、すぐに走るのをやめたのに、心臓は早鐘のように脈打ち、栄大の北門を過ぎたあたりで、呼吸と鼓動がずれ始め、視野が急に狭まった。

「あっ、木谷のお姉ちゃんが倒れた」

シートの外の陽だまりで、野津と将棋を指していた金田少年が叫んだ。


「わかった。俺が行くから」

野津は木谷を五号館の中に入れて休ませようとした。しかし、彼女は青い顔で一緒に行くと言い張る。彼は困惑した。

木谷愁子は大切な仲間の一人。自分の意見を振りかざさず、人の話をよく聞き、その上で自分の意見をいう常に冷静な人。精巧なガラス細工のような人。ただ、野津は、いまだに彼女とどのように接してよいのか判らなかった。行動面において彼女は、出来るか、出来ないかをはっきりと言ったので、その通りにすればよかった。問題は言葉で、何気なく使った言葉に彼女はたびたび傷ついていた。決して口では非難しないが、繊細な目が傷ついていると訴えていた。彼はその都度、どの言葉が彼女を傷つけたのだろうと反芻してみた。グズだとかノロマとか言ってはおらず、結局、その言葉には行き当たらなかった。だから彼は、自分が鈍感だから彼女を傷つけてしまうのだと考え、どうしても遠慮がちになり、彼女との会話は弾まなかった。

今も、強引に寝かせて、単独で行動した方が早いのだが、行くという彼女を、このまま放置するわけにもいかず、手を引いて歩けば遅くなってしまう。

「俺がキミを背負うから、一緒に行こう」

野津は、しゃがんで背中を差し出した。しばし躊躇していた彼女は、自らの限界を自覚したのか、前に進み出た。

「金田君、悪いが入口の鍵をかけて中で待っていてくれ。誰も入れるなよ。頼んだぞ」

背負われてみて、木谷愁子は初めて気づいた。男の手が尻に回され、胸も男の背中に密着していることを。

「私、恥ずかしい」

「俺だって」

そう言いながらも野津はどんどん進む。

「野津君、変わったね」

「そうかな？」

「だって、以前だったら、こんなことしてくれなかったでしょう」

早い息遣いが背中に伝わる。

「しゃべらない方がいい。薬を飲んで、おとなしく寝ていた方がよかったのでは？」

「おとなしくか……」

いつもの気まずさを感じ、彼は歩みを速めた。

「ゼミで、あまり目立たなかったのが私と野津君だったでしょう。野津君は相変わらず口数は少ないけど、とてもたくましくなった」

「バイトで鍛えたからかな？」

「私は、変わった？」

「ああ、綺麗になった。お世辞ではなく、顔色も以前よりずっといいから、病気がよくなっているのかと思っていた」

「お化粧しているからよ。私ね、悲劇の主人公はやめにした。何でも病気のせいにして、自分を正当化する生き方は卒業したの」

「それはいいことだ。でも、完治していないのなら、身体を大切にしなければ……と言っても、俺は病気になった経験がないから、本当の大変さは判りようがないけど」

「そうよね、私も今まで、健常者が障がい者のことを判ったように言わないでほしいと思っていた。だけど、それって、ある面で自分に甘くて、他人に厳しいだけの論法」

「木谷さんは障がい者なのか？」

「そうよ。障がい者手帳も持っている。車椅子や白い杖と言った外見だけで判断しないでほしい。障がい者だっていろいろいるし、程度の差もあり、個性もある」

　北通りの歩道を二人は急いだ。

「私ね、障がいがあることを恨んでばかりいた頃があった。逆に利用してやれと思った頃も。私の場合、特権にすればそれなりのメリットがあるから。そんな損得計算ばかりしている自分が嫌になり、自暴自棄になって絶望しかけた時もあった。そういう生き方はやめにして、私は私として、ありのままを表現することにした」

「変わったのは、処分されてから？」

「そう、あれから開き直れるようになって、自分を冷静に見つめられるようになった」

「俺もそうだ。いったん開き直ると、人間は強くなるものらしい。俺、正直にいうと、木谷さんは脱落するのではないかと思っていた。病気を理由にすれば、みんなも納得するし、学校側も冷酷だと思われたくないから、すぐに処分を取り消したと思う」

「バカにしないで！」

　思わぬ反発に、彼はうろたえた。

「誤解しないでほしい。俺は、そうならなかったことを評価しているのであって、事実、キミはよく頑張っていると」

「お願いだから悲しいことを言わないで。私にだって意地はある。怒りだってある。絶対に譲れない一線も持っている。みんなと同じように……」

　それっきり彼女は黙ってしまった。重たい沈黙を背に彼は歩いた。ショップ街のスーパーマーケットがマイクでタイムサービスを煽っている。

「野津君は、思っていたことを正直に言ってくれた」

「いや、その、傷つけてしまったのなら、謝るよ。許してほしい」

「許すとか、許さないとかという問題ではないでしょう」

「……」

スクランブル交差点を渡ると、備大の門の前で身体を横たえながらも、上体を起こそうとしている男が見えた。野津は木谷を背中から降ろし、男の上半身を抱え上げた。

「大丈夫か？　救急車を呼ぼうか」

男は首を小さく横に振る。

「でも、この顔、何とかしなくては」

その言葉で、木谷は男の顔の片方が青く腫れ上がっているのに驚き、野津は、木谷の目の周りが濡れているのに驚いた。

素直な言葉が無神経な言葉であってはならない……彼女が、そう訴えているような気がした野津は、自らの驕りを悔いた。

「野津君、ここではまずい。五号館に運んで手当しましょう」

3

野津は男を背負い、五号館に運び入れた。

毛布の上に男を寝かせ、隣には木谷の毛布を広げた。

「金田君、隣の部屋にミネラルウォーターがあるから持ってきてくれないか」

青く腫れ上がり、視野を狭めている男の左目に濡れたタオルをあてると、野津は木谷に薬を飲むよう、水を渡した。

「彼女がキミのことを知らせてくれたのだが、ちょっと体調がよくなくて」

男は木谷の方を向き、小さく頭を下げた。彼女の携帯電話が鳴った。

「野津君、出て」

彼女の呼吸はまだ荒く、顔色も青い。

「はい、ああ小池か。野津だ。何で俺が出るのかって？　説明は後だ。中井もいるのか。鍵当番がいない？　あ、悪い、悪い。すぐ行くから……金田君、至急、入口の鍵を開けて、二人を入れてやってくれ」

少年は役立つのが嬉しくてしょうがないという顔で駆け出した。

「どうした、どうした？　昼間から、男と女が枕を並べて、これからか？　終ったのか」

　入ってきた小池は、横たわる二人を茶化したが、男が顔のタオルを取ると、黙ってしまった。事情を聴いた中井は、備大生に知り合いがいるからと、大きな身体を翻し、部屋を飛び出した。

「中井、ついでに氷を買ってきてくれ」

　三〇分ほどで、中井は三人の備大生を伴って戻ってきた。

「駅の南口の喫茶店にいると聞いていたので、いるかなあと思って行ってみたら、いたのよ。こちら皆川さんとその友人の方。三人とも行き場がないので、あそこをたまり場にしているそうよ」

「行き場がないって、どうして？」

「黒服がいるから、学校に入れないんだ」

　隣の学校だから外観は毎日のように眺めているが、野津や小池には足を踏み入れる機会はなく、黒服の存在も知らなかった。木谷は、その姿は見ていたが、彼らが何者であるかまでは知らなかった。

「僕らが学校の中に入ったら、木刀を持った黒服が襲ってくる。だから僕らは学校に入れない」

　駅前通りを隔てて隣り合う栄大と備大。八階建てのコンクリートの校舎が敷地全体を囲んでいる備大は、医学、理工系学部も有する総合大学で、人文系の学部しかない栄大よりもずっと大規模で、スポーツの分野でも名前が知れわたっていた。

　ここでは、以前より〝新秩序委員会〟と名乗るグループが自治会などあらゆる学生組織を下部組織化し、その上に君臨していた。

　スキンヘッドで上から下まで真っ黒な服装をしていたので、人々は新秩序委員会のメンバーを〝黒服〟と呼んで恐れた。黒服は力の象徴として、常に木刀を持ち歩き、それが武器ではない証拠にと、〝観光土産〟のシールを張っていた。

「学校当局は、キミたちが暴力を振るわれている現実を知らないのか？」

「校舎のいたる所に監視カメラが設置されているので、

何が行われているのか知っているはずだ」

「それでも助けてくれないのか」

「ああ、学生同士のいざこざは、話し合いで解決しろと言われた」

「相手は暴力で支配しているのに？」

「民主主義の基本は話し合いだそうだ。暴力支配は不問にしておいて、都合のいい時だけ民主制を持ち出してくる」

「ようするに何もしませんということ。警察に行ったら、当局の要請がなければ学園には入れない。殺人事件になったら調べると言われた」

「誰かが殺されなければ動かないなんて、ひどい話」中井が裏返った声を上げる。

「だったらキミたちは黒服がいるかぎり授業に出席できないわけだ」

「黒服に誓約書を書けば入れてもらえる。書いたら服従あるのみ。それに、上納金を強要される」

　顔を腫らした男が静かに上体を起こした。

「この一、二年、黒服によって、サークルが潰されていると聞いたことがあるが、それは活動実態がないからだと思っていた」

「いや、むしろ活発なところが真っ先に狙われた。憲法研究会、歴史研究会、コリア文化研究会、中国文学研究会、これだけでも、奴らは明確な意図をもって潰しているのが判るだろう。俺たちは〝風車の会〟と言って、風力発電装置をつくっていただけなのに、原発に反対しているとみなされて潰された」

「プルトニュウムを生み出す原発は、日本の核武装のためには欠かせないものと黒服は考えているらしい」

「鉄道研究会はなぜ？」

「あそこは学園祭で〈「満鉄」の歴史〉という展示をやった。それがいけなかったのだと思う。自分たちに都合のよい歴史をつなぎ合わせて自己陶酔している黒服にすれば、加害の歴史はタブーだ」

「それで、鉄研のメンバーは誓約書を書いたのか？」

「さあ、そこまでは知らない。外でたむろしていないところを見ると、書いたのだろう」

顔を腫らした男は、篠原深吾と名乗り、鉄道研究会の部長で六年生だという。

旅が好きで、今年も五ヶ月に及ぶ海外でのバックパック旅行を終え、今日、久しぶりに登校し、サークル館に立ち寄った。

サークル館に人の気配はなく、各部屋の扉には〝廃部〟の紙が貼られていた。

鉄道研究会があった部屋にも同じ張り紙が貼られており、彼は合い鍵を使って中に入った。電車や鉄橋の写真、大きな地図や路線図も消えていた。部長が不在の間に、どうして廃部に？　新しい車両へのあこがれ、廃線になった鉄路へのノスタルジアを語り合った仲間はどこへ行ったのか……しばし思いにふけっていたら、突然、黒服が乱入してきて、木刀を突きつけられた。

「お前、横の会のメンバーだな！」

「横の会？　何だ、それ」

即、顔を殴られ、突然殴られたので腹が立ち、木刀を奪い取って対抗した。しかし、多勢に無勢。組み伏せられ、罪人のように縛られた。「横の会のメンバーだと認めろ」と言われ、殴られ、ペットボトルの水を大量に飲まされ、後は覚えていないという。

「私は横の会というものを知らないのに、そのメンバーだと疑われたらしい」

「横の会なんて存在しない組織だ」

皆川は、そう言い切ると、その理由を話し始めた。

「二年前、歴史研究会が潰されたのを皮切りに、次々とサークルが潰されていった。当初は黒服に従わないサークルだけが潰されたので、他のサークルは安心していたのだが、今年に入って、文系サークル全体が無用なものとされ、サークル館から追い出されてしまった」

「一つ残らず？」

「全部だ。追い出されたサークルの連中は、喫茶店やファミレスで集まりを続けていた。そうしているうちに顔見知りになり、いつかは黒服に対抗するグループをつくりたいと願望を語り合うようになった。その時にはグループの名前を、新秩序委員会に対抗して〝無秩序の会〟にしようとか、彼らは縦社会を強調しているので、〝横の会〟にしようとかいう話をしていた。それが独り歩きして、そういうグループが実際に存在していることになり、今や、黒服の攻撃目標になっている」

「すると横の会というのは、独裁者の怯えが作り出した幻影なのか……」

小池が慨深げにつぶやく。

「そういうことになる」と言いながら備大生の一人が付け加えた。

「皆川君は書いていないけど、僕と田中は一度、服従の誓約書を書いた。授業を受けたいからね。誓約書があれば、黒服は襲ってこなくなる。しかし、引き換えに上納金を要求されたので、支払いを拒否した。そうしたら、誓約書を取り上げられてしまった」

「奴らの酒代を払うくらいなら、赤十字に寄付した方がまし」

「そうすると、キミら三人は横の会のメンバーでもないのに、メンバーと決めつけられ排斥されているわけか」

「そもそも横の会なんて存在しないのだから、メンバーでありようがない」

「だったら、この場で、その横の会とやらを結成しようじゃないか」

臆するふうもなく発せられた篠原の言葉に、三人は押し黙った。

金田君の携帯ゲーム機がゴールを告げるファンファーレを鳴らした。

「妙に静かな所だが、ここは？　子どもがいるから、キミらは夫婦か？」

篠原は顔半分を冷やしたまま、片目で教室の中を見回し、目が合った野津が口を開いた。

「キミたち三人は知っていると思うけど、ここは栄大の五号館。俺たち、ここを乗っ取り、ここで生活をしている」

「不法占拠か……世界のあちこちで見たよ。移民や難民が建物を占拠して生活し、学生が支援するパターンだ。日本でも行われていたとは、知らなかった」

篠原は感慨深げにつぶやいた。

「不法じゃあない。不当に処分されたから、私たちは抗議しているだけ。不法なのは学校側よ」

中井は処分された経緯を説明し、小池は会館にいた頃の様子や、屋上での攻防を熱く語った。

「見た、見た、スクランブル交差点近くのビルの窓から見えた。貯水塔の上で拳を突き立てていたのはキミだったのか。たった一人で、勇気あるなあ」

「俺、あの姿を見ていたら、涙が出て……」

とても勇気づけられたという備大生の賛辞は、小池を舞い上がらせた。

「キミたち、行く所がないと言っていたよな。それなら、ここに来ないか?」

「いいのか? 集まる場所ができたら助かるけど」

「そうしろよ。ここは俺たちだけでは広すぎる」

「ちょっと待って、これは重大な問題。全員の意見を聞いてから決める必要があると思わない?」

「中井、お前は反対なのか?」

「私は賛成。だけど知帆ちゃんたちの意見も聞かなければ」

「形式にとらわれるな。決めるときは決める。素早い決断こそが事態を動かす」

「まあまあ、それも大事だけど、いない時に決められたら、仲間外れにされたことになる。それはよくない。みんながいる所で、意見を聞いてから決めよう。それからでも遅くない」

小池をなだめながら、野津は新たな可能性が開けるような気がし、心を弾ませていた。

4

篠原たちは五号館の教室、三つを使うことになった。男が一挙に一二人増え、静かだった五号館は急ににぎやかになり、和倉と高岡は目を白黒させた。

「彼ら、まじめねえ、毎日、会議ばかりして何の話をしているのかしら」

「横の会を正式に結成したらしいから、今後、どうするかを検討しているみたい」

やがて、横の会は五号館に生活を持ち込み始めた。布団や毛布を運び入れ、窓際にポールを渡して、洗濯物を吊るした。

「野津君がいっぱい増えたみたい」

「私、うちの男どもには何も感じないけど、彼らって、妙に男を感じさせない？」

嬉しそうにはしゃぐ高岡を横目に、和倉は、他校の人間を入れたことで学校側を刺激しないかと危惧した。しかし、膠着状態を打ち破るには刺激も必要と思い直した。


六人には広すぎた空間に、人声が響き、生活の匂いまで漂い始めると、高岡晴香の心の中に沈殿していた孤立感のようなものが薄れていくのを彼女は感じていた。

「ねえ、知帆。私たち、仲間を増やす努力をしてこなかったと思う。これからは、積極的に働きかけて、仲間を増やしましょうよ」

「そうは思わないけど。来る人拒まず、去る人追わず、でいいんじゃない。仲間を増やすことより、私たちの存在を示す努力の方が大事だと思う」

「ねえ、聞いた？　篠原さんたち、プロパンガスを持ち込んだでしょう。それに、大きなプラスチックの容器に水をためて、トイレに水を流す装置をつくり、屋上には風車を設置して、電気をつくる計画もあるらしい」

話に割り込んできた木谷は、興奮気味に続ける。

「篠原さん、家賃がもったいないからとアパートを引き払うそうよ」

「ここで二四時間過ごすつもりなのか……さすが世界を股にかけているだけあって、やることが早い」


夜。ロウソクの灯の中、木谷愁子がフォルクローレを歌う。澄んだ声は教室の壁に跳ね返り、数本の炎と共振して妖しく揺れる。

〝コンドルは飛んでゆく〟のすべての歌詞は覚えていないらしく、二番の途中からラララ……となり、同じフレーズが繰り返される。それもまた情感があり、野津諒介は壁にもたれて聞き入った。中井圭太もパソコンを操作しながら、上体をスイングさせている。高岡晴香は用事があるからと帰宅した。

ドアがノックされ、篠原深吾が自分の顔を懐中電灯で照らした。

「邪魔したかな？」

「いや、どうぞ、どうぞ。こんな時間に、どうしました？」

野津は篠原をロウソクのそばまで導いた。

「美しい歌声に惹かれてやって来てしまった。今の歌はアンデスの風の民の歌。高原鉄道、インカの人々、ティティカカ湖もいいだろうなあ」

「南米はまだなのですか？」

「次の目標だ。あ、そうだ、ちょっと相談したいことがある。近々、備大の校内に入ってみようと思う。入ったらどうなるかを試すために。私は、みんながいうほど黒服が力を持っているとは思えないのだ」

「直近の被害者は篠原さん自身ですよ」

「確かに、水責めという拷問を加えるような集団だから甘く見てはいけないだろう。でも、きちんと実力を把握しておきたい。そのために私が囮になって校内に入ってみる。もし何事もなければ、次から堂々と入れる。連中がどう出るのかを知らなければ次に進めない」

横の会のメンバーには、黒服はみんな同じように見え、それぞれの顔も名前も判らなかった。ところが、黒服の方は不服従者を識別できるらしく、不服従者が校内に入ると、木刀を持った黒服が現れ、攻撃してきた。なぜ不服従者を識別できるのか、それが大きな謎になっていた。

「だけどみんなは、一人で行くのは危険だからと許してくれない。そこで、顔を知られていないキミたちにサポートをお願いしたい」

「わかりました。引き受けましょう。その前に、明日、俺と中井君とで備大に入って様子を見てきます。それからでも遅くないですよね」

「それはありがたい。頼むよ」

翌日、「怖いから、行きたくない」と中井は尻込みし、野津は小池とともに、備大の唯一の門、〝大門〟と呼ばれている門を通過した。

入ってすぐの正面には銅像があり、その横に〈今こそ日本の伝統を甦らせ、アジアに新秩序を建設せよ〉と書かれた大きな看板が設置されていた。

看板のそばの台の上に一人の黒服が立ち、門を入ってきた人たちに向かい、ハンドマイクで演説している。

「ヨーロッパでは、我がニッポンが羨望の的になっている。移民を受け入れない素晴らしい国だと評価されている。このまま外国人を排除し、民族浄化を堅持し……」

この男の他には、パイプ椅子に座った黒服が四人、携帯電話を操作している。

二人は注意深く観察しながら中庭を進んだ。

「これだけ交通が発達し、瞬時に情報が飛び交う時代に、外国人は出て行けだって。逆だよ、逆」

「そうだよ。立場の弱い外国人を攻撃して、自らの優越感を満足させるなんて、みっともないなあ」

「門の所にいた五人の他に、黒服なんてどこにもいないじゃないか。野津、引き揚げよう」

「そうしようか……それにしても備大って、でっかいなあ。三方が八階建ての校舎に囲まれているのに、広い中庭と大きな門が空間を確保しているので、それほど圧迫感がない」

次の日、篠原は一人で大門をくぐった。数歩あとを小池と野津が続く。門の外には一一人が待機していた。

黒服の力を試そうと、篠原は授業中の人の少ない時間帯を選び、中庭にその身をさらした。

そんな時間帯でも学生数の多い備大だから、かなりの数の人が行き交っており、五、六歩あとを歩く小池と野津の姿は篠原の連れには見えないはずだった。

篠原は銅像の横の黒服には目もくれず、堂々と通り過ぎた。何事もなく中庭の真ん中あたりに差しかかった時、独立した三階建ての建物から一〇人ほどの黒服が飛び出してきた。

「まだ、どこに向かっているのか判らない。落ち着け」

小池は浮足立つ野津を制し、ポケットに手を突っ込んだ。黒服の一団は走りながら木刀を立て、篠原は素知らぬ顔で歩き続ける。

「聖義は我にあり」

叫ぶ黒服の木刀がうなる。一撃をかわした篠原は素手のまま身構えた。

「くらえ！」

小池が石を投げる。黒服たちの動きが止まった。野津は篠原の服を引っ張り、走った。門の手前では看板の横にいた数人の黒服が木刀を構え、三人を挟み撃ちにしようと待ち構える。

野津は力いっぱい笛を吹いた。門の外から一一人がなだれ込む。門にいた黒服はバラバラになって逃げ出し、三人は一一人と合流した。

5

昼間は開けられていた五号館の高窓も、夜になると締め切られ、毛布なしでは寒さを感じる季節を迎えた。

和倉知帆は寝袋に下半身を入れ、上半身には毛布を掛けて眠りについた。最近、眠りが浅くなったような気がする。そのせいでヘンな夢を見るのだろう。胸のあたりの圧迫感。ふくらみをまさぐるように動く手。しかし、なぜ、このような卑猥な夢を見るのだろう……彼女は目を開けた。

窓の外も部屋の中も真っ暗で、夜明けはまだ先のよう。また動いた。胸の上で手が動く。これは夢ではない……と悟った瞬間、彼女の全身は強張り、動けなくなった。強い意志があれば何でも出来ると思っていたのに、いざという時、意志とは裏腹に身体は硬直してしまい、こんな手すら跳ね除けられないのか……彼女は首筋から背中にかけてスーッと血の気が引いていくのを感じた。

「ママ……」

その声が、暗がりでも中井圭太のものだと判ると、彼女の硬直は一気に解け、毛穴からどっと汗が噴き出した。彼女は呼吸を整えると、胸の上の手をそっと持ち上げた。

木谷の体調がよくないというので、今日の宿泊者は三人。三人は間隔をあけて寝ていた。一番端が小池。真ん中に中井。その中井はマットを残し、毛布にくるまったまま彼女の横まで移動していた。

学生会館にいた頃は眠れないとぼやいていた中井が、五号館では熟睡し、夢まで見ている。心は女性の中井が、あのようなことをしたのは、母と添い寝の夢でも見たのだろう。幼児期の中井の記憶には母しかいない……彼女は先ほどの狼狽ぶりを忘れ、中井に慈しみの笑みを送った。


携帯電話は二時三〇分を表示していた。完全に目が覚めてしまい、このまま再び眠りにつけそうになかった。彼女は夜風にあたろうと思った。屋上に行けば秋の月が見えるかもしれない。いつか野津と一緒に見たような大きな月が……

　和倉知帆は手探りでカーディガンを探し、懐中電灯を手にすると、教室の扉をそっと開けた。

　その瞬間《とき》、廊下で何かが動いた。ビクッとした彼女は、まだスイッチを入れていない懐中電灯を落とした。

　ガシャ！

　何かがいる。闇の中にいる。黒い獣が襲いかかろうと息を潜めている。彼女は叫ぼうとした。が、声が出ない。逃げようにも足が動かない。

　突然、パシッと闇が裂け、光が彼女の顔面をとらえた。

　彼女は反射的に手をかざし、光から逃れようとした。すると、光は回転し、大きな足音とともに廊下を移動し、やがて消え失せた。

「なによ、何なのよ……」

　彼女はその場にへたり込んだ。心臓の鼓動は早いままで、喉はカラカラだ。

　隣の教室の窓ガラスにぼんやりとした明りが見える。明るくなり、暗くもなり、奇妙に変化する明かり。見慣れたロウソクの灯よりも赤みがかった光に、怖くなった和倉は立ち上がろうとした。だが、腰が上がらない。

　彼女は這うように部屋に戻り、小池を揺り起こした。

「ヘンなのよ、お願い、起きて。篠原さんたちの部屋がヘンなの」

　目をこすりながら毛布から出た小池は、懐中電灯を点け、篠原たちの部屋の扉を開けた。

「火事だ！　起きろ」

　飛び込んだ小池は靴で炎を踏みつけ、跳ね起きた篠原たちも毛布で炎をたたいた。火の粉が拡散し、焦げる匂いが漂い、懐中電灯の、いく筋もの光の帯の中を紙の燃えかすが舞った。

　火は積み上げられた段ボール箱に燃え移る寸前で消し止められた。

　篠原たちが寝室用として使用している部屋に火の気は

なかった。タバコを吸う者などいない。段ボール箱の山の前には雑誌と新聞紙の燃えカスが残っていた。そして、和倉が不審な人物と鉢合わせをしており、通用口のドアの内鍵が開けられていた。

間違いなく、あの火事は放火で、しかも犯人は外部から侵入したのではなく、前夜からここにいた人物。

和倉たちの泊まりは三人。篠原たちの部屋に泊まったのは九人。しかし、布団は一〇枚敷かれている。

「犯人は、昨夜、ここに泊まり込んだ備大の一人か……」

「そういうことになる。申し訳ない」

篠原が頭を下げた。

「新しい人が来て、泊まっていって、関係を深める。それが横の会の広がりだと喜んでいたのだが、こんな落とし穴があるとは……確かに、昨日も新顔が一人いたが、気にも留めなかった。もう少し気配りをしていたらよかったのに、申し訳ない」

一報を受けた木谷は体調が戻ったからと駆けつけ、高岡も到着した。携帯電話のない野津は何も知らず、遅れてやって来た。

「黒服を着ていて、スキンヘッドだから黒服で、そうでないのは黒服ではないという、こちらの思い込みを利用したのだとしたら、手ごわい相手だなあ。もし火事になっていたら、全員が、ここから追い出される。黒服の狙いはそれだ」

「小池君の指摘は当たっていると思う。こちらの過失ではないのだから、深刻に考える必要なんてないわ、篠原さん」

中井は、気落ちしている篠原たちを慰めたかった。

だが、和倉は事態を深刻に受けとめていた。こちらは黒服については何も知らない。何人いて、何を目指しているのか全く判っていない。しかし、向こうは、こちらの内情を調べ上げ、手を打ってきた。こちらはアマチュアで、向こうは、まるでプロフェッショナルのよう。

「中井君、事態は深刻だと思う。黒服は、篠原さんが校内に堂々と入ったのを挑発と受けとめ、なめられたと怒った。だから二度となめられないように報復に出た。それが今回の放火だ。一回目が失敗したとなると、必ず次の手を打ってくるはずだ」

「俺も、皆川さんの見方に賛成だ。会館の時のように、一度に大勢で来られたら防ぎようがない。早く対策を立てておかないと」

学生会館の扉を破ろうと、一〇人ほどが大きな柱を抱えて突っ込んできた時の様子を野津は語った。

「知帆が偶然発見しなかったら、あの部屋にいた全員がガスと煙で死んでいたかもしれない。死ぬ可能性があると判っていて放火する連中だとしたら、念には念を入れて対策を講じる必要があると思う。それで、どうすればいいの？　野津君」

木谷が真剣な面持ちで尋ねる。

「ここの一階の外窓は、どれも高い位置にあるから、入るにはハシゴが必要になる。だから、一度には侵入できない。問題は玄関と通用口で、玄関ドアのガラスを破られても入れないように内側からパネルで補強する必要がある。通用口の片方も内側から補強し、出入りできないようにしたい。出入口として残す方には、頑丈な鍵を追加する必要があるだろう」

死者が出ていたかもしれないという言葉が補強作業を急がせ、次の日には正面玄関は完全に塞がれ、通用口の一方も閉められた。

出入口として残した片方の通用口には徹夜の見張り番を二人置くようにし、当番表がつくられた。当番表には各自の携帯電話の番号を書き、当番に電話して扉の内鍵を開ける方式に決まりかける。

「ちょっと待ってほしい。当番表をつくるのはいいとして、それには電話番号は入れない方がいいだろう。名前もニックネームにしないと。万が一、それが黒服に渡ったら大変だ」

篠原は情報の扱いに慎重さを求めた。

「それに、野津君は携帯電話を持っていないのだから、どうやって出入する？」

「俺なら大丈夫。外から大声で叫ぶから」

「あの、僕も携帯持っていません。電磁波が怖いから」

備大生の一人が手を挙げた。

「通用口には常時、見張り番がいるのだから、合言葉を決めて、それと名前を言ったら鍵を開ける方式にしたらどうだろう。原始的かもしれないけど」

「私は野津君のいう方式に賛成だ。みんなはどう思う?」篠原の言葉に異議をはさむ者はいなかった。

「そう決まったのなら、合言葉は、イランカラプテにしましょう」

和倉の提案に、誰もが「それ、どういう意味?」という顔をする。

「イランカラプテは、アイヌ民族の挨拶の言葉で〈あなたの心にふれさせてください〉という意味」

「そりゃあいいや。それにしよう」

6

教室の扉が開け放たれ、命令が下る。

「さあ掃除の時間よ。小池君は寝袋と毛布を隣の部屋に運ぶ。圭ちゃんは段ボール箱と本を運び、ここをきれいに掃く。お昼までに終わったらクルミ屋のスペシャル弁当をご馳走してあげるから」

「キミは何をするつもり?」

「私は高窓を開けて空気を入れ替える。文句ある?」

高岡は腰に手を当て、胸を張った。

「あいつ、妙にイラついているなあ。あれかな? 逆らわないほうがいいぞ」

小池が中井に耳打ちする。

「晴香ちゃんは、何かをやらせる時に、必ずモノで釣ろうとするね。きっと子どもの頃から、これをやったら、あれを買ってあげると、モノと引き換えにやらされてきたのよ」

「きっとそうだ。それに、いつも突然言い出すから困る」

高岡晴香の自尊心は逆立っていた。歳よりも幼く見られる彼女は、声を掛けやすいのか、あるいは御しやすいと思われるのか、街でも学校でも見知らぬ男からよく声を掛けられ、「お茶ぐらいは」と彼女は平気でついて行った。そして、思っていることをズバズバ口にした。

「かわいい顔をして、凄いことをいう」……男の目が驚きから失望に変わる。それを見るのが快感だった。決まって男は去って行ったが、それもバカな男の数を数えるようで愉快だった。

　ところが最近、不可解な事態が起きていた。毎日、二〇人近い備大生が出入りしているのに、一人として声を掛けてこない。

――この閉鎖空間が災いしているのなら、外で会おうと言えばよいものを、誰も電話番号を聞いてこない。今朝も、見張り当番にねぎらいの言葉をかけ、買ってきた缶コーヒーを渡したのに、礼をいうだけ。お世辞の一つも返さない……

　彼女は、自分に声を掛けてくるのは軽薄な男だけで、何かを成し遂げようとしている男や、目的を持って動いている男には見向きもされないという、紛れもない事実に苛立ち、自分はその程度の人間だったのかと焦りを感じていた。

「取り込み中だったかな？」

　篠原と皆川が開いたドアから顔を覗かせる。

「掃除をしようとしていたところです。どうぞ」

　高岡は澄まし声で応じた。

「悪いから、掃除が終わってからにするよ」

「いえ、かまいませんから」

「それなら、お邪魔する。ちょっと相談というか、聞きたいことがあってね。誰か、いいアルバイト先を知らないかなあ」

「それなら野津だ。あいつの取り柄と言えばバイトの経験ぐらい。あいつ、今日は泊まりの日だから、もうすぐ来ますよ」

　高岡が教えようとする前に、小池がしゃしゃり出た。

「わかりました、何とかなるでしょう。何なら明日、一緒に行きますか？」

「いや、私たちだけではなく、一〇人分のアルバイト先を探している」

「一度に？」

「そう。横の会の一〇人。出来たら一緒な所で働きたい。まとまったカネが必要になったから」

「俺の知っているのは鳶の仕事。空の仕事に大人数はいらない。地の仕事なら必要な所があるかもしれない。明日、聞いてみます」

野津はトミに依頼し、トミは社長に相談してくれた。

「篠原さん、あったよ。完成したビルの清掃だ。引き渡しが迫っているのに、受注した清掃会社が倒産したらしい。それで、急きょ、その建設会社でやる事態になり、一五人必要で、三日間の契約だそうだ。集められる？」

> いろんな人がいて　いろいろな考えがある　押しつけはいらない　木刀もいらない　自由を
> そして公正と寛容を
>
> 備大有志・横の会

篠原たちが注文したポスターが完成し、大量の束が部屋に積み上げられた。

一五人が三日間働いて得た報酬で印刷されたポスター。三色刷りのポスターを篠原は和倉たちに見せびらかした。

「いいだろー、な、な」

このポスターを黒服の目を盗んで貼るのだという。自らの存在を明らかにし、不服従の意思を示すために。

どうすればポスターを手早く貼り、立ち去れるか。篠原たちはいろいろと実験を行い、四人一組になって夜な夜な貼りに出かけた。

通りに面した備大の壁に出現したポスターに、人々は驚き、黒服による締め付けがより強まるだろうと噂した。

逃げ回っていた側が初めて起こした行動は、人々に抵抗勢力の存在を知らしめ、抑圧を感じていた一部の人には状況が変わるかもしれないとの希望を抱かせた。

しかし、校内に入れない以上、中には一枚のポスターも貼れず、逆に強固な聖域の存在を印象付ける結果になった。

受け身から転じ、攻撃に出た自の姿に心を躍らせていた備大生たちも、画竜点睛を欠くことに気付き、校内にポスターを貼るにはどうすればよいのかを話し合った。

「校内にポスターが出現したら、黒服たち、驚くだろうなあ」

「責任問題になり、内部分裂を起こすかもしれない」

そう願ってみても、貼る方法が見つからない。

「俺に任せろ。俺が校内に貼ってくる。みんなは顔を知られているから入れない。中に入れるのは俺たち栄大生だけ」

「小池君はやめた方がいい。黒服の中にカメラ小僧と言われている奴がいて、そいつが写真を撮りまくって、横の会のメンバーを特定する顔写真付のリストを作成しているらしい。あの時も、校舎のどこからか、望遠レンズが覗いていたと思わなければ」

「篠原さんの後について中に入り、石を投げた時か？」

「そう、あの時、篠原さんを狙って黒服が現れたということは、すでに篠原さんの顔写真がリストに載っており、門の所にいた黒服から、写真の人物が門を通過したと、黒服のアジトである学友館に連絡が行き、それを受け、黒服が飛び出してきたと考えてよいだろう」

「そうか、写真付きのリストがあって、それを見ながら大門でチェックしていたということか」

「大門でのチェックは機能しており、そこを通過させておいて、中庭に引き込み大人数でたたこうとした。おそらく篠原さん一人なら門の所で対応したのだろう。黒服は四、五人いたのだから。ところが後ろに小池君と野津君がいたために、数的有利を保てないと判断し、そのまま通過させたとみてよいだろう」

皆川の分析に同意せざるを得なくなった小池は、矛先を中井に向けた。

「俺と野津の写真がすでに撮られているのなら、残るのは、お前だけだ」

「私、遠慮する。一人だと怖いし、危険な目には遭いたくないから」

「勇気を出してやってごらん、ヒーローになれるわよ」

高岡は中井の背中をポーンとたたいた。

「ヒロイズムなんて大嫌い。ヒーローこそ否定すべきもの」

「まったく……知帆、私たちでやりましょう。女の方が怪しまれないと思う」

高岡晴香は、篠原と皆川の顔を交互に見つめ、意気込みを披露した。

「ポスターを服の下に隠しておけば、呼び止められたとしても大丈夫。まさか身体検査までしないでしょうから。

ただし、愁子は足手まといになるから留守番よ」

「愁子は、私たちが失敗した時の切り札だから、そのつもりで」

和倉は木谷の肩を抱き、そう伝えた。


二人は大門を入った。

臆すると怪しまれるので、勝手知った場所を歩くような顔つきで中庭を抜け、校舎に入った。

人がいない所を捜してポスターを貼る。

一度に貼る枚数は限られるので、二人は四度、五度と大門を通過した。

銅像の前でチェックする黒服の数が日増しに増え、皆川が言うとおり、全員がファイルブックのようなものを持ち、通り過ぎる人とファイルを見比べている。

二人は慎重かつ大胆に、丁寧かつ素早くと、人がいない場所を見つけるとポスターを貼った。ついには授業中を見計らい、男性用のトイレの鏡にまで貼りつけた。

「女性用には貼らないのがミソよねえ」

糊のついた手を洗いながら、二人は満足げに顔を見合わせた。


黒服が慌てふためき、連日、対策会議を開いているとの情報に、篠原たちは喜んだ。

「二人を、これ以上危険な目に遭わすわけにはいかない。もう十分だ。ありがとう。協力に感謝する。本当にありがとう」

その夜、横の会はパーティを開いた。これまで決して持ち込まなかった酒やビールを買い込み、スーパーの惣菜を並べ、和倉たちを招待しての宴が始まる。

「高岡君、和倉君の勇気に感謝して乾杯。情報をくれた木谷君にも乾杯」

篠原が缶ビールを高々と掲げる。

「外側だけだけど、ポスターを貼りまくった、俺たちにも乾杯」皆川が大声を上げ、次々と乾杯が繰り返される。

どの顔にも一矢を報いたという満足げな笑みがあふれ、声が弾む。沖縄出身らしい三人が、両手をリズミカルに動かし、口笛を鳴らしながら歌い、踊る。見様見真似で踊る人たちの姿が、ロウソクの炎に揺れ、詩趣に富む影絵が壁に浮かんだ。

「こんなの初めてねえ……」

和倉は顔を赤らめながら缶ビールを空にした。

「いいなあ、あの歌、何という歌かしら。うちにも沖縄の人がいればよかったのに」

木谷も両手でリズムをとりながら、こちらでもパーティをやろうと提案した。

「ダメだ。うちには貧乏人が一人いる」

「かわいそうな家出息子か……」小池の駄目だしに、高岡が反応する。

「あいつ、少しは酒を飲む訓練をすればいいのに、本当に進歩がないなあ。でも、鍋パーティならいいかもしれない。あいつに鍋を担当させれば、ゆっくり飲める」

「そう言えば、野津君の姿見えないけど?」

和倉は、ずっと気になっていたことをさらりと口にした。

「あいつは備大の連中に代わって、一人で通用口の見張り番。あいつ、アルコールはダメだから、当番を代わろうと自分から申し出たらしい」

「お人好しねえ……かわいそうだから、私、缶ビールを持って行ってあげる」

教室を出ようとする和倉に、小池が毒づいた。

「酒が飲めない奴に、ビールを持って行ってどうする。お子様にはジュースで十分だ」

7

五号館の通用口で見張り番として一夜を明かした和倉知帆は、午前中に自宅に戻った。忙しい両親はすでに出かけていた。

彼女はシャワーを浴び、パンを焼き、コーヒーを入れた。以前は、こうして一人で食事をするのが寂しくてたまらなかった。それが、今は……彼女は、琥珀色の液体がポタリ、ポタリと落ちるのを見つめながら、笑みを浮かべた。

昨夜、野津と二人で一枚の毛布にくるまり、くっついて座った。みんなは酔って寝込んだらしく、通用口まで来る者はいなかった。

二人は長い間、語り合った。ロウソクの炎の中でのくちづけ。求め、求められたくちづけ。彼にもたれかかったまま、いつの間にか寝入ってしまった。ずっと髪を撫でられていたような気がする。彼は見張りの役目を全うするために、朝まで起きていたらしい……

急に会いたくなった。彼に会いたくてたまらなくなった。先ほど別れたばかりなのに、彼女は会いたいという気持ちを抑えられなくなった。

身支度を整え、電車に飛び乗り、心弾ませ、やって来たのに、野津はアパートにいなかった。昨夜は寝ていないのだから、部屋で眠っているはず。だから来たのに、アパートに人の気配はなかった。

和倉は小池に電話を入れ、野津の居場所を尋ねた。

「徹夜の見張り番をやったのだから、アパートで寝ているはずだ。ここに来るとしたら昼過ぎだろう」

校内にポスターが貼られて以来、黒服は大門を入る人々をランダムに呼び止め、学生証の提示を求めるようになった。

この光景から、他校生の侵入を疑っているのは間違いなく、備大附属病院の診察券と薬袋という通行手形を持つ木谷愁子だけが、中の様子を伝えた。ただ、彼女は念には念を入れ、チェックされる大門からは入らず、病院の正面玄関から入り、コンコースから中庭を抜け、大門からは出るだけにしていた。

今月の検診はすでに終わっていたが、木谷は、自分には情報収集しかできないからと、中庭をゆっくり歩いた。

黒服の一団を横目に、彼女は気持ちの高ぶりを感じた。明らかに黒服たちの様子がおかしい。王者として君臨していた者が、その地位を脅かすかもしれないライバルの出現に、心穏やかになれないと言ったところなのだろう。ビラを貼り、異論を持つ者の存在を明らかにしただけなのに、相手には大きなプレッシャーとなっているようだ。

和倉と高岡によって貼られたポスターは、清掃会社の作業員によってはがされ、一枚も見当たらない。彼女は、今度は自分が貼って回りたい気持ちを抑えながら、大門を後にした。

スクランブル交差点で信号が変わるのを待っていた木谷愁子は、何気なく楽園台駅の方を向いた。青い帽子をかぶった作業員が数人で校舎の外壁に貼られているポスターをはがしている。昨夜、皆川たちが貼ったものだ。外壁なら今夜にも貼り直せるのにと、彼女は無駄な使役に従事する作業員を見つめた。

作業員の一人が野津に似ていた。彼が、このような仕事をするはずはなく、きっと見間違いだろうと、彼女は近寄ってみた。

帽子を目深にかぶり、一点を見つめて黙々とデッキブラシを動かしている男。間違いなく野津、本人だ。

「信じられない」と言いそうになった彼女は、口を押え、スクランブル交差点に戻った。

——あのポスターを貼る意味を熟知している彼が、なぜ、あのような仕事を？　それほどまでにおカネに困っているのか？　そうだとしても仕事は選べるはず……同情よりも怒りが上回る中、それでも彼女は仲間をかばうために、今、目撃したことは内密にしておこうと心に決めた。

しかし、篠原の顔を見た途端、彼女の口は、先ほどの光景を吐露していた。

「許せん！」

周りにいた五、六人が部屋を飛び出し、篠原はその場に座り込んでしまった。

「信じられない。あのポスターをつくるために、仕事先を紹介してくれただけでなく、彼も一緒に働いてくれたのに……」

篠原の落ち込みように木谷は驚いた。黙っていれば問題にはなかったのに、なぜ、しゃべってしまったのだろうと自問しながら、彼女は野津にも悪いことをしてしまったと後悔した。

「壁はまだ水で濡れていたが、作業員はいなかった。駅前通りだけではない、線路沿いも、北通り側にも一枚も残っていなかった、俺たちのポスター」

戻ってきた一人が肩で息をしながら報告した。

次の日、五号館にやって来た野津は、真っ先に篠原たちの部屋へ向い、扉を開けた。

「おはよう。みんな、ちょっと相談が」と言いかけた時、中にいた全員がガバッと立ち上がり、彼を取り囲んだ。一人が胸倉をつかむ。

「野津さんよ、あんた、バイトでポスターはがしをやったって、本当か！」

「ちょっと落ち着け。やっぱり見られたか」

「なぜだ。俺たちを愚弄するつもりか」

「それは誤解だ。みんなも知っていると思うが、かなり前から青い作業服の人たちがポスターをはがしていた。俺は、以前から作業員の人にバイトをしたいからと頼んでいた。誰がやろうが、いずれ作業を請け負った会社がきれいにはがしてしまう。そうだろう」

「あのポスターの持つ意味を熟知しているくせに、わざわざ頼み込むとは、どうかしている」

「いいかい、俺がやらなくても別の作業員がはがす。俺は備大の中に入りたかった。堂々と入れるチャンスは、これしかないと思って頼み込んだ。作業着だと黒服に怪しまれないから」

「そんなの言い訳にならない」

「昨日は外の作業だったが、その前の日は校内をくまなくポスターを捜して、うろついた。ポスターを見つけても、知らぬふりをしたら、清掃会社の主任に『どこに目をつけている』と怒鳴られた。二人が苦労して貼ったポスターをはがすのは結構辛かった。だけど、おかげで校内の位置関係はだいたい把握できた。そこで、忍び込める場所を見つけたから、そこから入って、ポスターを貼ろうと言ったら、やるか？」

「無理だ。備大の出入り口は大門とコンコースしかない。四つある非常口はどれもが施錠され、中央管理室で制御されている。後は、ロッククライミングのように外壁を登るしかない」

「キミらには、そういう先入観があるだろうが、俺にはない。俺が知りたかったのは備大と付属病院との境界がどうなっているかだ。双方をつなぐコンコースには扉はない。しかし、病院側の扉が閉められれば行き止まりになる。病院と備大の境界には倉庫のような建物が並んでいて通り抜けはできない。この建物群の一番奥に大きな煙突のある建物があり、そこだけ周囲が鉄柵で囲まれていた。ちょうどゲートが開いていたので中に入ってみた。

この建物の後ろに回ってみたら、そこは、高さ三メートルほどのコンクリートの塀になっており、電車の音が間近に聞こえた」

「線路沿いの道路に面しているのか？」

「そうだ。後で調べてみたら間違いなかった。そうこうしているうちに白衣を着た人に見つかり、ビラを探していると言ったら、『こんな所にあるはずがない』と叱られた。聞くと、そこは実験動物の焼却施設で、病院でも学校でも使うから中間にあるそうだ。この建物の背後の塀にハシゴを掛ければ乗り越えられる。建物の周囲は鉄柵で囲まれているが、柵もハシゴで乗り越えられる。柵を乗り越え、備大の建物沿いに進むとコンコースに出る。コンコースは二四時間開いている。これを抜けると中庭だ」

「撤退の方法は？」

「同じ場所から撤退する。そのために、アルミのハシゴを三つ買っておいた。ポスターはがしのバイト代で」

「野津君、キミは、私たちが賛成しなかったら一人でやるつもりだったのか？」

「そうだ。それくらいの覚悟がないとポスターはがしの仕事はやれない。しかし一人では、ハシゴを引き上げ、塀の中に下ろせない。キミらが賛成しなかったら、小池と二人でやるつもりだった」

「そうだったのか。誤解して悪かった」篠原は素直に頭を下げた。

「それで、そのハシゴはどこに？」

「ここは監視されている可能性があると思い、附属病院の駐車場の奥に置いてきた。一、二日は大丈夫だろう。だから、やるとしたら今夜か明日の夜。チャンスは一回」

「だろうな。どこから侵入したのかを調べ、警戒するだろうから、忍び込めるのは一回だけ」

「昨日で清掃会社の仕事は完了したから、黒服も満足しているはずだ。明日、登校して、大量のビラが貼られているのを見たら奴ら、驚くぞ。だから、今夜やるべきだ。みんな、やろう」

　野津は取り巻く人々の目を見ながら、行動を促した。

「よし、今夜決行だ。夜中の一時。出来るだけ大人数で、短時間でやってしまおう」

8

「起きろ！　襲撃だ。奴らが来た！」

　興奮した見張り番の声に、飛び起きた野津は通用口へ走った。扉に何かがぶち当たる大きな音が聞こえる。彼は篠原たちの部屋に飛び込んだ。

「篠原さんのところは何人いる？」

「昨夜、ポスター貼りをやった者が全員泊まったから、一三人だ。そっちは？」

「こちらは三人。向こうはどのくらいいるのかな？」

「シートが邪魔して外が見えない。それにしても早いな」

「早すぎるよ」

　時計は午前九時を示していた。昨夜、備大に忍び込み、ポスターを貼って引き上げたのが夜中の三時過ぎ。黒服の素早い反応。それは受けた衝撃の大きさを表すもの。

「みんな、教室から机を運んでほしい。壁から通用口の扉の前まで並べて、扉が開かないようにしたい」

　そういうと、野津は作業を任せ、部屋に戻った。木谷と高岡が青い顔をしている。

「黒服が襲ってきた。扉を壊そうとしている」

「私たち、どうなるの？」

「わからない。二人とも、屋上へ上がって、黒服の動きを見て、報告してほしい。それから電話。小池だ、あいつが一番近い。あいつから順番に、すぐ来いと連絡してくれ」

「今から連絡しても間に合わない。あの人たちが入ってくる。逃げ場はない。私たち、どうなるの？　どうなるのか言ってよ」

　高岡が叫びながら、へたり込む。

「どうなるのか、俺にも判らない。だから、やるだけやってみよう。電話だ、電話を頼む」

「イヤよ、イヤ」

　動こうとしない高岡の身体を抱き上げ、野津は階段を上ろうとした。動く意思のない身体は重く、彼は両脇を抱えて、一歩、二歩と階段を上った。

何度も崩れ落ちそうになる高岡を、ようやく二階まで運んだ野津は、あとに続く木谷に懇願した。

「屋上まで行かなくていいから、ここから電話してくれ。小池に、和倉さんに、中井にも。外の様子を知りたいから、外にいて、こちらに電話で連絡してほしいと伝えてくれ。何人いるのか、どこから攻めようとしているのか、それを知りたい。電話だ、電話」

「お願い、行かないで。ここにいて」

悲鳴に似た高岡の声を振り切り、野津は階段を駆け下りた。

通用口では扉から壁まで整然と机が並べられていた。並べた机は扉を抑える役割を果たすだろう。

「みんな、集まってくれ。メンツをつぶされた黒服の怒りは大きく、本気でここに突入するつもりとみてよいだろう。どのように対処すべきか意見を聞かせてほしい」

篠原は一人一人の意見を求めた。降伏しても、ひどい目にあわされるだろう。それなら、抵抗して、チャンスを伺い、一人でも多く、ここから脱出させよう……硬い表情の彼らが出した結論は抵抗だった。

篠原たちは洗濯物を干すために使っていたポールを手にした。

「狭い所では振り回せないな」

「突くしかない。突いて、引く。突いて、引く」

野津は通用口に戻った。ドーン、バーン、ドーン……木製の扉は大きな音とともに揺れ、並べた机が所々で振動のために浮き上がり、全体のバランスが崩れかけていた。彼は机の上に飛び乗ると、体重をかけて元に戻した。

突然、バリッと音がし、扉の真ん中で何かが光った。斧だ。刃先が抜けると、扉に細い穴が開いた。

「みんな、来てくれ。斧で扉が破られる」

「体当たりという、己の肉体を武器にする美学にこだわっていたのに、もう諦め、道具に頼るのか」

「篠原さん、美学なんてそんなもの」そう言いながら、皆川は硬い表情で叫んだ。

「みんな、もう少し穴が大きくなったら、ポールで突くぞ」

一〇人ほどがポールを構えて並んだ。

「こんな狭い所に大人数では身動きが取れない。そうだ、皆川さんは屋上に行ってほしい。屋上から椅子を投げろ。黒服めがけて落としてくれ」

　野津の注文に、皆川は躊躇した。

「捕まるときはみんな一緒だ。それに少ない戦力を分散させるのはよくない」

「まだ捕まると決まったわけではない。奴らをあきらめさせるために、何でもやってみよう。扉の外で斧を持っている奴の注意を上に向けさせよう。効果はある。会館の時に、空き缶を屋上から落としただけで、下にいた連中は動揺していた。次に何が落ちてくるのかと恐怖を生む。早く行ってくれ。屋上へ」

　苦境なのに野津の心は高揚していた。

「皆川、本田、勝又、屋上へ行ってくれ。扉を破られても抵抗するが、抵抗できなくなったら、私たちも行く」

　篠原に促され、皆川たちが走った。

　すぐに椅子が地面と衝突する音がし、罵声が上がった。

　斧が振り下ろされる回数がガクンと減り、「シートだ、シートを広げろ」と叫ぶ声が響く。

「切り取ったシートを広げ、落ちてくる椅子を防ごうとしているようだ。みんな、いまのうちに扉の前に椅子を積み上げよう」

　扉を破られたとしても、積まれた椅子を盾にしてポールを突き出せば抵抗できる。

「きちんと積まなくていいから、急げ」

　手渡しされた椅子が、扉の前に積み上がる。

「作業をやめろ。静かに……」

　突然、篠原が作業を止めた。斧が扉を砕く音がしなくなった。椅子が落ちる音もしない。ざわめきも消えた。野津は肩で大きく息をしながら、耳を澄まし、外の気配を感じ取ろうとした。

　皆川たちが怪訝な顔つきで屋上から戻ってきた。

「どうした、落とすものがなくなったのか」

「いや、よく判らないが、黒服たちが引き揚げた。全員が北門を出て行った」

「どうなっているのだ？」

「栄大当局が、他校生の暴挙に驚いて、警察を呼んだのかな？」

「それだ、黒服の狙いは。警官隊を呼び込むための陽動作戦だ。警官隊の矛先を俺たちに向けさせるために、予定通り撤退したのだとしたら？」

「今度は機動隊を相手にしなければならないのか」

「早く逃げ出そう。捕まる必要はない」

「よし、机と椅子をどけろ」

　机と椅子が急ぎ教室へ戻される。

「野津君……」

　ふらつきながらやって来た高岡晴香が、野津にガバッと抱きつき、泣き出した。

「高岡さん、どうした？　泣いていては判らない。あ、木谷さん、何があった？」

　遅れてやってきた木谷愁子も半泣きの顔ながら、しっかりとした口調で告げた。

「小池君が備大の黒服のアジトに入った。黒服が大勢でここに来ているのだから、残っている者はいないだろうと、留守を襲った」

　木谷からの連絡で事情を知った小池は、大門の見張りも、黒服のアジトである学友館には誰もいないだろうから、中で暴れていれば、異変に気づいた誰かが黒服に連絡する。そうしたら襲撃を中止して戻らざるを得ないと考え、一人で踏み込んだ。

　そこには望遠レンズを手入れする男が一人残っており、小池はこの男をつかまえると、助けを求める電話を掛けさせた。再び連絡できないように、この男の携帯電話を外に放り投げると、学友館を脱出。スクランブル交差点の向こう側で黒服をやり過ごしてから、ここに来るという。

「ああ疲れた。私、喉がカラカラ」

　歓喜の中、小池達樹は五号館に迎え入れられた。誰もが笑顔で、誰もが彼の行動を讃えた。

「無茶をして……もし、二、三人残っていたら、どうするつもりだった？」笑いながら篠原が尋ねる。

「その時は、カンパしに来ましたと、千円札を五、六枚入れた封筒を渡し、中身を確認している間に逃げ出すつもりだった。その辺はぬかりないよ。それよりも」

小池は上着の間から一冊のクリアブックを取り出した。

「戦利品だ」

「これは！」

一人一人の顔が大きく引き伸ばされた写真。全身像もあり、その横には名前と特徴が記入されている。何の評価かランクまでつけられている。これこそが、黒服が排除対象と決めた人物を網羅したリスト。

「ネガはどこに？」

「ネガかメモリーを出すように言ったが、カメラ小僧は、ここにはないと逃げた。嘘だと思ったが、時間がなかったので、それ以上は追及できなかった」

「篠原さんの写真がたくさんあるなあ」

「小池君、野津君は名前が判らないから、栄の一、二になっている」

「栄大生だと認識していたわけだ」

「中井さんは備大生になっている。名前は正確だ。どうやって調べたのだろう？」

「女性の写真もあるぞ」

「下に名前が書いてある。高岡さんは、貴麻留美子だって」

「あの、歌手のこと？」

「名前まで判らないが、似ているからと、勝手に名前をつけたのだろう。木谷さんは、タレントの高梨亜季になっている」

「和倉さんは、誰になっている？」

「和倉さんの写真は、見当たらない」

「木谷さんと高岡さんはあるのに？」

「ああ、どこにも、ない」

第4章

ハドリング

エンペラーペンギンは極寒の冬になると、抱卵するオスが一〇〇〇羽以上も集まって、大勢でハドリング（身を寄せ合い、くっつき合う）する。これによって体温のロスを五〇パーセント以上減らすことができる。

I

クレーンで吊り上げられた鋼材が所定の位置にピタリと納まる。プシュッ、プシュッとドリルが圧縮音を響かせ、ハンマーが鉄をたたく。防音シートが風に波打つマンションの建設現場。野津諒介は貯えが乏しくなるとトミのところでアルバイトに励んだ。

工具や部材を運ぶ雑用係だが、それでも仕事が終わるとクタクタになる。その後は決まって、風呂に入れてもらうためにトミのアパートに立ち寄っていた。

いつしか、そのまま泊まることも多くなり、五号館での宿泊当番を加えると、自然と廃墟の中のアパートからは足が遠のいていた。

「今の現場は、あと三日で終わりだろう。その後はどこへ?」

「俺の組は西の街へ出張だ。二週間の予定で旅館に泊まり込みになる。その間、この部屋を自由に使え。鍵を渡しておくから」

これ以上甘えるわけにはいかないと、野津は鍵を辞退した。それよりも、慣れた仕事先がなくなる方が痛かった。五号館で使う冬布団は購入でき、寝袋をアパート用に転用していたのだが、あのアパートで冬を越すためには布団が必需品のように思えた。

「いいことを教えてやる。一番手っ取り早く現金を得る方法だ。朝早く、幸橋駅の裏手へ行けば、労働者を求めていろんな車が来る。選り好みはするな。ただし、必ず日当を確認してから乗れ」

「日当の安い所には行くなと?」

「逆もある。あまりにも高い日当は疑った方がいい。危険な場所で作業をさせられる可能性がある。正社員が行きたがらない場所で働かされてみろ、今はいいが、将来、どうなるか判らない」

「高給につられたら、後で、もっと高い代償を支払うことになるのか……」

「そうだ。自分で自分を守るしかない」

「俺みたいな素人に見分けられるかなあ」

「誰だって最初は素人だ。たまには一人で歩いて、自分の目で判断してみろ」

同い年のトミが年長者のような口調で諭し、野津は素直に頷いた。


一番電車に乗り、幸橋駅で降りた野津は、駅を出て通りを一つ曲がった途端、五感がマヒしてしまいそうな不安から駅の中へ逃げ戻ろうとした。

自分の足で歩き、自分の目で判断してみろ……トミに言われなくとも、そのくらいのことは簡単に出来ることを証明してみせなければならない。それよりも、二一歳の身にとって、この先に広がる領域のほとんどが未知なのだから、未体験であるからと、逃げ出していたら、未知は、ずっと未知のまま……彼は深呼吸をし、憂いを吸い込むと、淀んだ空気の中へ足を踏み入れた。

薄靄《うすもや》のかかった街には独特の臭気が沈殿していた。すでにたくさんの人がいる。中高年が多い。かなりの老人もいる。外国語も聞こえる。酒に酔っているのか、空腹のためか、ふらついている人もいる。

それら一人一人は物静かな容貌をしているが、全体の雰囲気は、余所者を容易には寄せつけない厳しさを漂わせていた。

これからどうすればよいのか……野津は仕事にありつく方法が判らず、新参者だと白状して教えを乞うか、知ったかぶりをして成行きに任せようか迷った。

「今朝は冷えるね」

痩せた中年男が話し掛けてきた。

「はい」

「秋深し、だね」

「はい」

「お前さん、初めてか？」

「はい」

「何でこんな所に来た。自暴自棄か？　自暴はいいが自棄はよくない」

「カネが欲しいからです」

「それは違うだろう。欲しいのは食べ物で、カネは食べ物を手に入れる手段でしかない」

目の前にマイクロバスが止まった。ドアが開き、男が叫ぶ。

「ビルの建設現場。近場だ、日当八千円。近場だぞ」

何人もが列をつくり、野津は中年の男の後に続いた。中年男は不採用で、野津は車に乗るよう促された。声をかけてくれた男に悪いような気がし、彼は列から離れようとした。

「若いの、お前は、乗れ」

腕をつかまれ、背中を押され、野津は車に押し込まれた。

満杯となったマイクロバスが動き出す。どこへ行くのか、何をするのか判らず、不安な顔は一つだけで、残りは静かに前を向いていた。

ビルの建設現場でバスを降ろされた一団は、ヘルメットを渡され、足場を組む鉄のパイプの運搬を命じられた。これは楽な仕事の部類だと野津は内心喜んだ。

鉄のパイプを肩に担いで運ぶだけの仕事。楽で単調な繰り返しは、いつしか苦役に変わり、時間は遅々として進まない。

「お前らバカか。一本ずつ運んだら日が暮れてしまうだろうが。二本ずつ運べ」

現場監督が怒鳴るように、パイプは大量にあり、仮設の事務所が邪魔になって車では運べないこと、今日一日限りの仕事であることもはっきりした。

昼食の時間になっても休憩の声が掛からない。トミと一緒の時は早めの昼食をとり、午後からの能率向上にと、鉄骨の上で横になって休めたが、ここは違うようだ。人々は黙々と作業を続ける。

「作業中止！」

携帯電話で話していた現場監督が大声で命じた。これでようやく昼飯にありつける。

「元請からの命令だ。そこに置いてはダメだ。全部、元に戻せ」

野津は肩に担いでいたパイプを地面に放り投げた。

「そこに置くな。元の位置に戻せと言っているのに、今日はなに人だ？」

「今までやった労働はどうなるのですか」

「ロウドウ？　お前、日本語ができるな、他の奴らに通訳しろ、あそこに運んだものを、元の位置に戻せ。きっちり戻せ」

「今までの行為は、すべて無駄だったわけですか」

「そんなこと、お前らには関係ない。お前らは言われとおりにやればよいのだ。つべこべぬかすと日当を払わんぞ」

「それは困ります」

「だったら黙って言うとおりにしろ。お前ら、不満を言える身分か？　どうせ不法滞在だろう。電話してやろうか、即、きょーせーそーかんだ」

　強制送還……野津の脳裏に、突然姿を消したチャルーンの顔が浮かんだ。ぎゅっと握りしめた拳を、横にいた男が押えた。その眼は逆らうなと言っていた。

　何事があったのかと、作業をやめた人々がぞろぞろと集まり来る。ゆっくりと歩み来る人々に、現場監督の腰は引け、後ずさりを始めた。その時、工事中のビルの屋上から鉄骨が落下し、地響きを立てると同時に、切れたワイヤーロープが唸りを上げて人々に襲いかかった。

　ビヒュッー
　一本の鉄のロープは生き物のような俊敏さで野津の鼻先をかすめ、すぐ後ろにいた男のヘルメットを弾き飛ばし、土煙を巻き上げて止まった。ヘルメットをはじかれた男が崩れ、人々が駆け寄る。倒れた男の顔面には大量の血が流れていた。

「救急車だ。早く」

「そんなものは必要ない。お前、さっきから大げさすぎるぞ」

　叫んだ野津を現場監督が威圧する。

「頭を打っている。早く病院へ運ぼう」

「お前ら中国人だろう？　あんな傷、お前らにはかすり傷だ。日本人と違って頑丈にできているからな。放っておけば治ってしまうよ。ちょっとのことでは死にはしない。しぶといからな」

「ちょっと待ってくれ」

　野津は、自分が日本人であることを説明しなければと焦り、口をパクパクさせた。が、すぐに現場監督の言葉が中国人に対するひどい侮蔑だと気づいた。――なのに、そのことを指摘する前に、自分は日本人だと釈明しようとした。そんな人間に、偏見を指摘する資格があるのだろうか……何も言えなくなった野津を見て、場監督が畳み掛ける。

「お前ら、この国でカネを稼がせてもらえるだけでも有り難いと思え。判ったらグダグダ言わず作業を続けろ」

野津は顔を上げ、現場監督の前に立った。

「俺はこれから警察に行く。あの人に何の落ち度もない。ケガの責任は鋼材を落下させた会社にある。その上、あなたは負傷者を放置した。これは未必の故意だ」

現場監督はどこ吹く風と聞き流す。

「警察の次は、人権擁護委員会へ行って差別を告発してくる」

「お叱りなら、いつでも受けるぞ。すみませんでしたーってな」

「それから労基署へ行く。これは労働災害で、現場管理に手落ちが」

「ちょっと待て。労基署だけは勘弁してくれ、仕事がストップしてしまう」

「いや、行く。労基署から先に行く」

「今日は事故ゼロの日と決まっている。明日も事故ゼロの日と決まっている……」

命令口調だった監督が、狼狽えながら携帯電話を取り出した。やがて、人々にこの場にとどまるよう言い、事務所に向かった。

野津の手を押えた男が何やらいう。三人がかりで、倒れた男を水道の蛇口まで運び、傷口を洗うと、タオルを当てた。

「今日はもういい。半日分の日当を出すから、帰ってもよい」

監督は各自に封筒を渡し、ケガをした男には二つ渡された。

「受け取ったな。受け取ったら何もなかったということだ。事故はなかった。ケガ人もいない。判ったな」

野津の手を抑えた男は、人々に早口で何かを言い、ケガ人の頭を別のタオルできつく縛った。すぐにタオルに血がにじんだ。

「あいつはカネで片をつける気だ。救急車は来ない。みんなで病院へ連れて行こう」

男は黙したまま、ケガ人を立ち上がらせた。

「なあキミ、病院だよ、病院。頭を強く打っているのだから精密検査を受けよう」

「病院、ない」別の男がぎこちない日本語でいう。

「日本には病院はたくさんある。過当競争で潰れるくらい」

「人間の病院、ない」

「病院は人間のためにある。ケガや病気の人を分けへだてなく診てくれるのが病院だ。日本の医者は優秀だ。それに高価な機材もそろっている」

何やら話が交わされ、何人かが舌打ちした。

「キミたち、どこの国の人、中国人？」

「そうだ、お前は日本人か」

頷く野津に、手を押えた男が「日本人に用はない。あっちへ行け」と突き放すように言った。

「そういうなよ。あの人を病院に連れて行こう。後遺症が心配だ」

男は応える必要はないという目で野津を一瞥すると、先頭に立ち、駅に向かった。

2

一〇人中、五人が中国人だったようで、ケガをした人を含め、五人は同じ駅で降りると、大通りを渡り、細い路地をいくつも曲がり、木造のアパートに入った。

後をついてきた野津は、ここに来てようやく、自身の存在が病院へ連れて行く圧力にならなかったことを悟った。

引き返そうとしたが、駅の方向が皆目判らない。大通りまで出れば何とかなるだろうと彼は歩いた。

どこまで行っても細い路地と同じような住宅が軒を連ねる。仕方なく引き返した彼は、アパートに入り、中国語らしきやり取りの聞こえる部屋をノックした。

顔を出したのは野津の手を押えた男。

「あの、悪いけど、駅に戻る道を教えてくれないか。目印だけでいいから」

「あの人の出血は止まった？」

野津は、駅まで戻ってくれる好意に報いようと気を遣って話しかけた。男は無言で先へ先へと路地を曲がる。

「みんなであの部屋に住んでいるの？」

「六畳に五人は住めない」

「みんな、出稼ぎなのか？」

「そうだ。キミと同じ」

「俺は違う。俺はまだ学生」

「嘘だ。日本の学生が幸橋駅に来るわけがない」

「ちょっとわけがあって……」

「親が死んだのか？」

「生きているよ」

野津は、今、自分が置かれている立場を説明しても理解してもらえないだろうと、それ以上いうのをやめた。

代わって男がしゃべり始める。

「日本の学生は綺麗な場所でのアルバイトしかしようとしない。見た目や格好ばかり気にしている。だから、きつい肉体労働をする者が学生であるはずがない」

「どうでもいいけど、俺はまだ学生だ。しかし、処分された身だから、授業には出席できない。だから学生のようで、ないようで……」

「処分？　もしかしたら、キミは栄大の五号館の学生か？」

「キミこそ何で五号館を知っているの？」

「私は志大に行っている」

「なんだ、キミも学生か。志大なら同じ楽園台駅を使うから、知っていてもおかしくないなあ」

男は先ほどとは違い、柔らかな口調で続ける。

「日本の学生は自分のことには熱心でも、他人には関わろうとしない。知ろうともしない。自分と、その周りさえよければいいという身勝手な人ばかり。生きる意味を失くした人や、自分の商品価値を高めることだけを目的にしている人が多いのが、その証拠」

以前の野津は、心地好い言葉のみをついばみ、この手の辛辣な批判は頭から拒絶し、聞く耳を持たなかった。いい学校から、いい会社へという道しかないと思い込み、そのためには余所見をせず、前だけ見て走ってきたからだろう。しかし、そのルートから外れてしまった今、指定席に座っていた頃には見えなかったものが少しずつ見えるようになり、批判や忠告は自分を省みるために有益なものと思えるようになっていた。

「そんな学生が多い中で、強制送還された留学生のために闘い、その結果、処分された五号館の学生は、留学生の間では知られた存在だ。キミがホームページを開いている中井君か？」

「いや違う。中井は仲間の一人」

男はリムと名乗った。私費の留学生で、故郷からの仕送りだけでは生活は苦しいので、アルバイトをしなければならないのだという。

それだけでなく、生活費の節約のために六畳一間のアパートに三人で暮らしているために、机すらないという。

「国際学寮があるだろう。あそこはとても安いと聞いたが」

「あそこに住めるのは一年間だけ。新しく来日する人のために一年たったら出なければならない。私は日本に来て五年になる」

大学院へ行くための論文を書いているというリムを野津はまぶしそうに見つめた。

「志大の図書館が私の居場所。だが、最近、パソコンをたたく人がいて、カタカタとうるさい」

静かな所で集中して本を読みたいという彼の言葉に、野津は閃いた。転定荘なら静かすぎるくらい静かだ。

「住所は変更せず、勉強のときだけ使う。別荘みたいに。古くて汚いが、あそこならじっくりと本が読めると思う」

「そんな所があるのか？」

「ある。しかもタダだ。ただし、大家さんの許可が必要」

「外国人だと、それだけで拒否される場合があるが、大丈夫か？」

「外国人というだけで拒否？それって差別だろう」

「はい、入居差別です。日本に住む外国人に人権はない。日本は、おカネを落とす観光客にはやさしい。しかし、住むには厳しいところ。外国人可のアパートは日本人が住みたがらない条件の悪い所が多い」

「俺のアパートも条件は悪い。陸の孤島だ。それに、大家さんはとても変わった人だ」

「でも、静かで、しかもタダというのは魅力です」

大家と会うだけでいいから会わせてほしい。何なら今から会いに行こうというリムの気迫に押され、野津は久しぶりに転定荘に戻った。


大家は何も言わない。野津は話を聞いていなかったのではと、同じ説明を繰り返した。

「外国人はダメですか?」

リムが初めて口を開いた。大家はそれにも答えず、一点を見つめている。気まずい空気の中、古時計が大きな音で時を刻み、三時を告げた。

「あなた、顔つきは日本人とそっくりだし、日本語もとても流暢。だから面白味がない。外国人とは、黒く光る宝石のような肌をしたアフリカの人とか、奥まった眼が悠久の彼方を見つめているアラブの人をいう。野津君、連れてくるのなら、もっと外国人らしい人を連れてきなさい」

「はあ、ダメですか……」

「あの、一つだけ訂正しておきます。野津さんは私のことを中国人と言いましたが、正確には、私はマレーシア人です。マレーシアに住む中国系マレーシア人です」

「マレーシア? 知らないねえ。マンシュウなら知っているけど」

「大家さん、マンシュウは、その昔、日本が侵略してつくった傀儡国家ですよ」

「カイライだか、クグツだか知らないけど、マンシュウにはたくさんの中国人が住んでいた。マレーシアにも中国人がたくさんいるのなら、同じだろ?」

「マレーシアには、マレー系、中国系、インド系の三つの民族と、他に多くの先住少数民族が住んでいます。かつてはイギリスの植民地で、その後、日本軍に侵略されて多くの住民が虐殺されました」

リムはイギリスが植民地経営のために労働力として連れてきた人々が複合して住むようになった、この地域の成り立ちを説明した。

「面白そうな所だねえ。こののっぺりとした島よりもずっと面白そうだ。いいねえ、その話、ゆっくりと聞かせてくれないかい」

「じゃあ、ここに住んでもいいのですか？」

「O・Kよ」


リムは野津の隣の部屋に入り、勉強を始めた。野津は彼の様子が気になり、これまでよりも頻繁にアパートに戻るようになった。


「野津さんは、このアパートにほとんどいないから、つまらないと光子さんが言っていましたよ」

「光子さん？」

「大家さんです。野津さんはバリストで忙しいからと言っていました。バリストとは何ですか？」

「さあ、何だろう。バリ島のガムラン音楽のことかな？　俺、バリ島に行ったことはないけどなあ。あの人、時々、昔の出来事を今のようにいうから」

「ねえ野津さん、私、ここに住もうと思うのですが、どうでしょうか」


リムは、三人で住んでいるアパートを完全に引き払い、生活のすべてをここに移そうと考えていた。今のアパートは、家賃を安く上げるための寝る場所にすぎず、部屋代を分割するための代わりの人はすぐに見つかるという。


「ただ、私は、このアパートに移ることを彼らに言わなかった。言ったら、みんなで押しかけてくる。私は静かな所で勉強がしたい。だから、みんなには時間を節約するために、学校の近くに引っ越すというつもりです」

「わかった。リムさんがそうしたいのなら、すればいい」

「それで、ここの家賃がタダなのはありがたいのですが、自分が使う水道代や電気代は負担した方がいいと思うのですが、どうでしょう」

「そうだね、すべてタダとは、甘えすぎかな。それで、大家さんにはもう話したのか？」

「まだです。同じ住人の同意を得る必要がありますから。電気と水道代の一部を負担したいと言えば、光子さん、納得してくれると思います」


野津は、これまで考えもしなかったことを言われ、耳を赤くした。

「中年を過ぎた日本人は、何でも判ったような顔をしていますが、本当は何も知らない人が多い。光子さんは知らないことは知らないと認め、知ろうとする意欲がある。偉いと思います」

3

「わあー、広い」

「夜になってしまったけど、キミが捜していた草原だ」

闇の中に広がる大地には、樹木や建物のシルエットは一つとして存在せず、ゆったりと湾曲する地平線が、はるか彼方で星が輝く夜空との境界をつくっていた。

「キミが来たがっていた草原だ」

そよ吹く夜風が大地をすり抜ける。

「足もとには確かな大地。頭上には満天の星空。私の頬には微かな風……」

和倉知帆は大きく息を吸い込んだ。

「こんな広い所に、他に人はいないのかしら?」

「人影は見えないし、もの音もしない」

和倉知帆の髪を風がなで、白い額があらわになる。

「暗すぎて、怖くないか?」

「夜がどんなに暗くても、必ず朝が来るから、平気よ」

彼女は靴を脱ぎ、ゆっくりと草原を歩く。裸足の足が草を踏み、跳ねた。

星と月明りの中、白いスカートが風と戯れ、手と足が軽やかに律動する。

「ねえ、見て。ほら、あそこに光の海が広がっている」

「街の明かりだ」

地平線の逆方向に、一部分だけ大きく湾曲した個所があり、そこには無数の光の点が凝縮していた。

「あの光の一つ一つが生活のしるし。今頃、テレビを見ながらミルクティを飲んだり、ケーキを食べたりしているのね」

和倉知帆がそっと身を寄せる。ほのかな香り。これは何の香り? ……花の香り? ……それとも、彼女の内から発せられる神秘の香り……

可憐さと清廉さを合わせたような香りを抱き寄せよう

と前に出た。突然、光が走った。車らしきものが一台、二台、三台。ヘッドライトを右に左に蛇行させながら、こちらに向って来る。

六本の光の帯は何かを探しているかのように地面を舐め、中空を射る線となり、再び地面を舐めた。

「伏せて」

彼女の声で、慌てて草の上に腹ばいになる。むせるような草いきれを嗅ぎながら、光の行方を追う。

「大丈夫だ。向きを変えた。こちらには来ない」

「あれがパトロールの車だとしたら、ここも制限区域になったのかもしれない」

彼女がつぶやいた。

「そんな話、聞いていないなあ」

「もう、自由に走り回れる場所などないのかなあ」

「探せば、あるよ」

「あるかなあ……」

「きっとある。一緒に捜そう」

彼女は、車が去ったのを確認すると仰向けになり、夜空を見つめた。

「たくさんの星。月もきれい……星空って意外と明るいのねえ。こうやって空を見ていると、地球も一つの星なのだなあと思える」

「あの星のどこかに、同じようなことを言っている二人がいるかもしれないね」

「あの星かも！」

「どれ、どの星？」

星は彼女の瞳の中にあった。星にくちづけしようとする。

「ねえ、踊りましょう」

「俺は、キミを見ていたい」

「どこまで走れるか、競争しましょう」

「俺は、キミを見つめていたい」

彼女は微笑み、そっと両手を差し出す。

手を握り、二人は向かい合う。

まばたきしない瞳。

いとおしき唇。

その唇が動く。声を出さずに、ゆっくりと動く……イトシサハ、アイ？　アイハ、ソクバク？　ヌクモリハ、フジュン？　ジョウネツハ、ハメツ？　……高鳴る胸。抑えきれぬ情炎。目の前の弾むような肢体。

「見て、あそこ。あれ、何かしら？」

彼女が指さす先には、周りよりも一段と暗い闇が円を描いていた。

「あの部分だけ、闇が抜け落ちたように暗いなあ。どうしてだろう？」

月と星の光を遮るものは何もないのに、そこだけは地表に穴が開いているかのように大きな暗部が口を開けていた。

「闇の中の闇か……」

「何かに浸食されたのかしら？」

「少しずつ広がっているようだ」

暗黒の領域は周囲を融解し、徐々に拡大しているように見える。

「何か聞こえる」

「地鳴りだ。地震の前触れだ」

「いや、違う……バンザイ、バンザイ……と大勢が叫んでいるみたい」

彼女は裸足のまま、暗部へと歩み始めた。

「あの正体を突き止めるつもり？　相変わらず好奇心旺盛だなあ」

「ほら、やっぱり、バンザイ、バンザイと叫ぶ声が聞こえる。どうしてだろう？」

低い音が湧き出すように続く。

「むやみに近づかないほうがいい」

彼女は進む。

「一人で行くな」

彼女を追う。

「待てよ、待ってくれ」

足に草がからみ、身体が宙に浮いた。

「待って、一緒に行こう。一緒に……」

「野津さん……野津さん」

ドアをノックする音が聞こえたのと、白いスカートが消えたのは同時だった。

「野津さん、朝食をつくったから、一緒に食べませんか？」

「リムさんか……」

　野津は夢の続きを見たかった。それが無理なら、もうしばらく余韻に浸っていたかった。

「野津さん、二人分つくったから一緒に食べましょう」

　昨夜、野津が遅く帰宅した時、彼の部屋にはまだ明かりがついていた。なのに、もう起きて支度をしてくれたのだ。

「わかった、今いく」

　リムの部屋には香辛料の匂いなのか、外国人の体臭なのか、暖気とともに独特の匂いが漂っている。

　小さな台の上にキャベツとキュウリとニンニクを炒めたもの、トマトが沈んだコショウのスープとご飯が並ぶ。

「今日は野菜だけです」

「うまいなあ」

「肉は入っていませんけど」

「それでもうまいよ。それに比べて、俺のつくるものは、どうしてまずいのだろう」

「子どもの頃から手伝わないからです。日本では家族が一緒になって料理を作らないでしょう。父親は台所に近づかないし、母親は子どもが台所に来ると邪魔者扱いする。分業が進んでいますから。もっともマレーシアでも朝から外食ですませる家庭が多いですから大きなことは言えませんが」

　リムは新しいアルバイト先を探していた。今、働いているレストランの昼の部門が暇になり、深夜に回るよう言われているのだが、深夜勤務は次の日の授業に差し障る。新しい仕事先を捜してみたが、求人があるのは不規則な時間帯の仕事ばかり。

　野津は、そろそろトミが出張から帰る頃だと思い電話を掛けてみた。


　トミは昨日帰ったところで、三日間は代休だから会おうと誘う。

　三週間に延びた出張。仕事の内容はどこでも同じだが、旅館では毎晩、酒を飲みながらの長い夕食と所帯話に付き合わなければならず、年少者の役目として夜食の買い出しや、用事を言いつけられて気を休める暇もなかった。とにかく対等に話せる友が必要だった。彼にとって野津諒介は、弱いくせに学校に楯突き、高校中退者を軽蔑するどころか、プロの鳶として畏敬の念さえ抱いている、おかしな奴。

　二人を自宅に招き入れたトミは、すぐに、考えていた特上のプランを切り出した。

「出張手当がたっぷりある。俺がカネを出すから、これから、あそこへ行こう」

「あそこって？」

「いい所」

「どこ、どこ？」

「花林町のソープランド。行ったことないだろう？」

「あるわけがない、まだ学生だぜ」

「学割が利くところだってある。学生様は大歓迎だ」

　野津はエイズや性感染症の怖さを並べたてた。それは以前、受けさせられた性教育講座の受け売りだったが、トミには逃げ口上に聞こえた。

　トミは全てを見通すかのように強調する。女に対する幻想は捨て去れ。カネで買えるのはモノだ。モノから得られるのは刹那の快楽。そこには理屈も感情もない。あとくされもない。必要なのはカネと度胸。結果は全て運次第……それは、旅館で毎晩聞かされた先輩たちの経験則で、男なら誰にも当てはまるものだと彼は思っていた。

「俺は、キミらに楽しい思いをさせてやろうと誘っているのだ。このやさしい気持ちが判らないのか」

「楽しい思いか……それなら、そのおカネで旅行しよう」

「いやだ。俺は長期間の旅行から帰ったばかりだ」

「それは仕事。旅行は自分の意志で行先を決める、楽しい行為」

「旅行なんて嫌だ。どこへも行きたくない」

「海へ行こう。海を見に」

「このクソ寒いのに、海？　海は、夏、女と行くものだ」

　野津は憶えていた。リムが日本に来てから一度も海を触っていないと言っていたのを。車窓から眺めたことはあるが、浜辺に降りてはいないという意味なのだろう。

「ねえ、リムさん。リムさんも海へ行きたいよね」

「海ですか……私は海のそばの町で生まれ、海を見て育ちました。コタバル、知っていますか？　先の戦争でハワイの真珠湾よりも先に日本軍が攻撃を仕掛けた港町です」

「嘘だ。太平洋戦争は真珠湾攻撃から始まった日本とアメリカとの戦争だよな、野津」

「そう習ったような気がするし、中国やアジアを相手にした戦争だったような気もする」

「はっきりしろよ。受験戦争を勝ち抜いてきたエリートだろ、お前」

野津が思い出したのは、偉人の名前や年号を暗記させられた無味乾燥な授業があったことだけだった。

4

三人は電車に乗った。

野津が子どもの頃に両親に連れられて海水浴に行った町で降りると、さらに一番待ち時間の少ないバスで終点まで行った。

山裾が迫る名も知らぬ海岸には、大小の岩が点在し、やせた砂浜が弓状に延びていた。

秋の海は静かで、人の姿はなく、リムは波の音に引き寄せられるように波打ち際まで走り、靴を両手に砂浜を歩き始めた。トミは防波堤の上を歩いている。先端には小さな灯台が見え、カモメが舞っていた。

野津は、緩やかな傾斜で連なるコンクリートの擁壁に腰を下ろし、仰向けになった。やさしい日射しが全身を包み、かすかに風が感じられた。

気持ちよさにどれくらい目をつむっていたのだろう、野津は顔に火照りを感じ、上体を起こした。大きく伸びをし、砂浜に目をやった。リムの姿がない。彼は人影を求めて岩の上に立った。

海の中で黒い点が動いている。まさか……彼は岩から飛び降り、砂浜を走った。

水面から頭だけを出したリムは、泳ぐというよりも沐浴をしているようで、母親の懐に抱かれた赤ん坊が周りを見るような目で微笑んだ。

「大丈夫です。冷たいですが大丈夫です」

その無邪気な顔に、風邪を引くからやめろと言えなくなった野津は、小さく微笑み、波打ち際をゆっくり歩いた。

その日、日帰りのはずの三人は海辺の民宿に泊まった。最終のバスは残っていたが、リムを風呂に入れなければならなかったし、トミの懐は温かかった。

季節外れの民宿には、他に客はおらず、急いで沸かしたぬるい風呂に、野津とトミは文句を言い、逆にリムは喜んだ。

「日本のお風呂はとても熱く、ボイルされてしまいそう。ここはちょうどいい」

次の日、なかなか帰ろうと言わないリムをバスに押し込み、三人がトミのアパートに着いた時は日が落ちていた。

乗り換えの駅で買った駅弁を開き、缶ビールを飲み始めた二人。野津は弁当を平らげると横になった。昨夜、民宿で聞こえていた波の音と砂が崩れるような音が耳の中に甦り、深い眠りへと誘い込んだ。

楽園台駅は惜しげもなく時間を進め、絶え間なく人を吐き出している。

駅舎を出た野津は、階段を下りると植え込みを囲む擬木の柵に腰を掛けた。行き交う人々がセカセカしているように見えるのは、穏やかな海を見てきたせいだろう。

駅を出た人々は、変わらぬ日々の営みを続けるために左右に分かれる。誰もが目的を持ち、行き先があるような顔で歩いている。彼にも五号館という目的地があった。停学の身で、あそこがなかったらどうなっていただろう。ここで頬杖をついたまま、ずっと人の流れを眺めていたかもしれない……

「野津君」

いつ来たのか、目の前に岩本紀夫が立っていた。

「やあ、久しぶり」

彼が五号館に対してよからぬ噂を流しているのを忘れ、野津は笑顔で応えた。

「どうだ、ゼミは。先生と二人だけでやっているのか」

「知らないのか？」

「知っているよ、キミのやっていることは。ところで絵島映美はどうしている？」

「違う。和倉君のことだ」

「彼女とはこれから会うけど、何か用？」

「和倉君がやられた」

「やられた？」

「刺された」

「刺された？」

「そうだ、襲われて、刺されたんだ」

「何で？」

「理由は知らない。重傷だ」

一昨日の夕方、帰宅途中、家の横の路上で、何者かに襲われ、腹部を一突き。重態。

「テレビのニュースよると、出血が多くて危なかったが、何とか持ち直したらしい。野津君、問題は簡単なのだ。キミらが一言謝りさえすれば解決する。くだらない意地は捨てろ。妄想を信じて命を危うくするなんて割に合わないと思わないか」

野津は、我が意を得たようにしゃべる岩本を睨みつけた。

「僕は国のやることに反対しない。だから国は僕を守ってくれる。国に、学校に反抗しているキミらは守られない。当然だろう。だったら、嘘でもいいから謝れ。言葉だけの謝罪でいい。キミだけでも謝れば刺されなくてすむ。意地を張って死ぬ必要はない」

野津は走った。

正門を抜け、五号館の通用口を激しくたたいた。

「イランカラプテ、野津だ。開けてくれ、野津だ」

「あっ、野津さん、どこへ行っていたのですか、和倉さんが」

「病院は、どこだ！」

「中央病院。電車だと広町の次」

事件は一昨日の夕方だという。——昨夜はトミのアパートに泊まった。一昨日は海辺の民宿で魚を食べ、リムが日本の旧態依然とした教育制度を批判し、トミが納得顔で聞いていた。あの時か、彼女が襲われたのは。しかし、どうして彼女が？　犯人は誰だ？　それよりも傷は深いのか。まさか生命まで……

野津は車窓の一点を凝視し、冷静に、冷静になれ……と自らに言い聞かせた。

病院の受付で病室の番号を尋ね、事務員が続けて何か言っているのを後ろにしながら、彼は足早に廊下を移動し、病室を捜した。

〝面会謝絶〟と〝和倉知帆〟のプレート。

嘘ではなかった。間違いではなかった。野津の膝がガクッと折れ、その場にヘタリ込んだ。涙がとめどもなく流れた。

今、病室の中は彼女一人かもしれない……彼は面会謝絶の表示を無視して、病室のドアを開けようとした。だが、そのために病状が悪化したらどうする……彼は、ドアノブから手を離し、廊下をうろつき、再びドアの前に立った。

彼女に会いたかった。どうしても彼女の顔を見たかった。彼がドアノブに手をかけようとした時、ドアが動いた。

目の前に、部屋を出ようとする中年の女性が立っている。

「あなたは？」

「はい、野津と言います。和倉さんとはゼミの友人です。和倉さんに会わせてください。お願いします」

女性は〝野津〟と聞いて、顔色を変えた。

「あなたですか、野津さんは。娘に会わせることなど出来ません。お引き取りください。あの子がこんな目にあったのは、あなたのせいです。出ていきなさい」

ドアがピシャリと閉められた。

野津は唖然としてドアの前に立ち尽くした。

何がどうなっているのか全く理解できず、事態が呑み込めなかった。

——娘には会わせられないと言った。すると、あの人は彼女の母親か。その母親が、彼女が襲われたのは俺のせいだと言った。彼女が襲われた時、俺は海にいた。彼女を守ることができなかった。だから、そういうのか？　献血にも間に合わなかったから怒っているのか？　いや違う。あの冷たくも厳とした拒絶。敵意あふれる眼差し。どうして？　何で？　……

病院を出た野津は方向を確かめることなく、やみくもに歩き始めた。

「あの子がこんな目にあったのは、あなたのせいです」

「出ていきなさい」……敵意あふれる声が繰り返し、繰り返し彼の胸を突き刺す。

彼は歩いた。立ち止まったら泣き出しそうで、歩く以外、身の処し方が判らなかった。

どこをどう歩いたのか川に出た。子犬を散歩させていた少女が、怖いものを見たような目でリードを手繰り寄せる。

どれだけ歩いても、足に痛みが走っても、思考の回路はつながらない。彼は五号館の通用口で、毛布をかぶり、肩を寄せ合い、徹夜の見張り番をした、あの夜の情景を思い出すことで、現実から逃れようとした。しかし、彼女が死線をさまよっているという現実がそれを追いかけ、追い越していった。

辛かった。悲しかった。それよりも彼女に逢いたかった。生きている彼女の姿をこの目で確かめたかった。彼女のそばで、彼女の息遣いを感じたかった。

逢いたい、逢いたいとの思いが募り、「逢いたい……」と口走った時、彼は気づいた。彼女は重傷を負った。だが、生きている。死ななかったのだ。だから、傷が癒えれば、また逢える……

ようやく現実を受け入れられるようになった彼は、まず、何があったのか正確な情報を得なければならないと考えた。そのためには小池だ。中井だ。木谷と高岡にも……野津は公衆電話を捜した。

5

和倉知帆を襲った犯人は捕まらなかった。

夕刻なのに高台の住宅街に人通りはなく、目撃者はいなかった。自宅の監視カメラは家の玄関先は写していたが、玄関手前の角で、いきなり刺されたので、監視カメラには何も映っておらず、本人も犯人の顔を見ていない。

そして、殺人事件ではなく傷害事件となったために、警察の士気は極めて低い。だから犯人を逮捕できないのだと、高岡晴香は分析してみせた。

面会謝絶の札が取れると、和倉知帆は特別個室に移された。

特別個室に通じる廊下には大きな警告板が置かれ、〈これより先、許可のない者の立ち入りを禁止ずる・病院長〉と告げていた。

さらに、警察の要請により病室への男性の立ち入りは禁じられているからと、男はナースステイションで止められた。

そのため、小池、野津、中井は病室に入れず、見舞いの品を木谷と高岡に託し、立ち去るしかなかった。

「圭ちゃんは男じゃないのに、入れてもらえないなんて、おかしい」

「そうよ、圭ちゃんも、私の心は女だから通して、と言ってみればいいのに」

木谷と高岡は、普段と変わらぬ調子を病室に持ち込むことで、少しでも和倉を慰めようと賑やかにふるまった。

和倉の母親は病院に泊まり込んでの看病を続け、警察や病院との対応にあけくれた。その姿を見た二人は、母親に対し、昼間は二人で交互に看病するから家に戻り、用事を済ませ、夜間だけ付き添うよう勧めた。しかし、母親は感謝の言葉を口にしつつ、病室を離れようとしなかった。

また、二人は、野津、小池、中井の三人は特別な友人なのだから、特例として病室に入れるよう懇願したが、母親は「警察の要請だから」と例外を認めようとしなかった。

「院長が、お母様にお話しがあるそうです」

ナースに呼び出された母親が病室を出て行くと、木谷はコンポから流れていたモーツアルトを止め、寝たままの和倉の髪にブラシを入れ始めた。

「ふー、あなたのお母さん、タフねえ。少しもじっとしていない」

「ごめんね、じっくりタイプのあなたには疲れるでしょう」

「あまりしゃべらない方がいい。私が話すから聞くだけにして」

「大丈夫、大きな声を出さない限り」

「それにしても、日本の警察はお粗末よねえ。男女関係のもつれによる犯行だなんて発表して、いったい何を調べたのかしら。それに、この病室に男を入れるなと命じるなんて、犯人があなたを殺そうとして、しつこく狙っていると言っているのと同じじゃない。それなのに警護の警官をつけないなんて、矛盾している」

活けたばかりのカサブランカが濃厚な香りを放つ。

「男女関係のもつれによる犯行なら、狙われるのは晴香の方。あなたに関して、それはない。だとすると犯人はやはり……篠原さんたち、あなたが襲われたのは我々のせいで、我々の犠牲になったのだと苦しんでいた。みんな、落ちこんで、見ていてかわいそうなくらい」

珍しく饒舌な木谷に、和倉は何かしら今までと違う雰囲気を感じたが、それを追及する気にはなれなかった。腹部から背中にかけて繰り返す痛みは、五感を鈍くし、気力をも萎えさせた。鋭利な刃物は彼女の腹部をえぐり、心にまで達していた。

「篠原さん、客観状況を考えたら、犯人は黒服で、政治的なテロだろうと言っていた。ただ、なぜ、あなたが狙われたのか、それが判らないと」

「それは私も知りたいこと……」

「以前、小池君が奪ってきた写真付きのリスト。あれに、あなたの写真だけなかったでしょう。あれは、まだ写真を撮っていなかったのではなく、すでに撮影してあり、あなたを襲うために犯人が持ち歩いていた。そう考えてみても、あなたを狙った理由が釈然としない」

「誰でもよかったのなら、また誰かが狙われる。次は愁子かも」

「やめてよ、だったら、ここにも、学校にも行けなくなる」

「それが狙いかも。次は自分ではないのかと恐怖心を増幅させ、怯えを広める。テロって、そのためにやるもの」

「テロの持つ波及効果か……それって理屈じゃないからね」

黒い髪にゆっくりとブラシが通る。

「テロは誰がやっても暴力なのに、権力を持つ側がやると正義になり、抑圧された側がやると非道な暴力になる。だから、すべての暴力に反対するからとテロを否定してみても、否定したことにはならない。抑圧が続く限り抵抗のテロはなくならないし、それを抑え込むために、権力の側のテロも続くことになる。双方が政治的な有効性を信じる限りテロはなくならない」

「それも篠原さんの受け売り？」

「わかった？」

「何となく……ねえ、野津君はどうしている？」

「彼も落ち込んでいる。それはひどい落ち込みよう。あなたを守れなかったと責任を感じ、自分を責めているみたい。彼、あなたが襲われた日に、トミさんとかいう、あの労働者と一緒に海を見に行っていたらしい。それを悔やんで、泣いたのよ、彼。私たちの前で」

「そんなに自分を責めて……」

「彼、優柔不断な上に泣き虫だったとはねえ……でも、黒服が五号館を襲った時、泣き叫ぶ晴香を抱きかかえて二階に避難させ、私に向かって、怖い顔で、小池に電話しろと命令したのよ。信じられる？　そのおかげで、小池君は活躍でき、ヒーローになったけど。そう言えば、学生会館を出た時、五号館を占拠しようと言い出したのも彼だったわねえ……」

木谷のつぶやきに反応することなく、和倉は目を閉じていた。

野津諒介は、和倉知帆の母親が発した言葉の意味が理解できず、もがき苦しんだ。

——彼女の母親は、彼女が襲われたのは「あなたのせい」だと言った。彼女が襲われる理由をつくったのが俺だとしたら、その理由とは何であり、俺はどのような役割を果たしたのだろう？　まさか、母親は俺を犯人の一味だと疑っているとは思えないが、あの冷たい眼差しは何を意味するのか？　それを知っているのは和倉知帆だけ。その彼女に会おうにも病室に入れてもらえない……

初対面の彼女の母親から発せられた拒絶の言葉。その意味を繰り返し考えても、考えあぐねるだけで、八方ふさがりに陥った彼の足は自然と実家に向かっていた。

細い通りに面した台所の窓に、もう明かりが点いている。窓の下にはヤツデが、変わらず丈夫な葉を広げていた。野津は自宅の前を通り過ぎると、角の家の塀を曲がり、立ち止まった。

――母は夕餉の支度、父はまだ会社だろう。和倉知帆が襲われて重傷を負った。病院に付き添ったのは彼女の両親。いざというとき拠りどころになるのが家族。その家族が、突然、病院に呼び出されて、何が起きたのか理解できずに狼狽えたとしたら、それはあまりにもかわいそう。次は自分かもしれない。だったら少しは事情を説明しておいた方がよいだろう。だが、今、家に入れば、母は泣くだろう。父はもうやめろというだろう。それを振り切って家を飛び出す勇気はない……

彼は家に入ろうか、来た道を戻ろうか迷いながら、塀にもたれた。

彼は、「ワアー」と叫び、すべてを放り投げ、自分の部屋に閉じこもりたかった。社会との関わりを断ち、誰とも会わず、自分だけの世界の中で夢想し、自分だけの時間を刻みたかった。それが心の安らぎを得る唯一の方法のように思えた。

――彼女が襲われる前だったら、それは出来ただろう。彼女が重傷を負った今、あのアパートから逃げ出すように実家に戻れば、病床の彼女はどう思うだろう。きっと、私が傷ついたせいで挫折した。私のせいで、と自分を責めるだろう。彼女のためには、彼女の傷が癒え、再び会えるようになるまで、家に戻ってはならないのだ……彼は、両親に会うのをやめ、駅に戻ろうとした。

玄関先に父の姿があった。チャイムを押し、ドアが開けられるのを待つ姿は、心なしか小さくなったように思えた。しかし、以前と同じような背広を着て、鞄を下げている。きっと同じようにあの会社に勤めているのだろう。彼は救われた気持ちになり、父親が家の中に入るのを見届けた。

一人、納得した野津だったが、今の彼には親の気持ちにまで思いを馳せる余裕はなかった。

自分たちの子どもが、〈問題が片付いたら戻ります。心配しないでください〉との置手紙一枚を残し、突然、家を出てしまった時の、親の驚き、寂しさ。そして、なぜ家を出たのか、その理由を知りたいと願う親の気持ちを推しはることなど出来ない相談だった。

無言の一突き。逆らうとこうなるのだという明確なメッセージ。

五号館に出入りする多くの者が、自分が、ここに出入りする意義と、己の将来とを秤にかけた。自由と公正を求めてやまない気持ちと、それらを抑え込もうとする暴力。漠然とした理想より、増幅するのは現実の恐怖。

「とうとう元に戻ってしまった」

中井圭太が溜め息交じりにつぶやく。玄関を閉じる作業を手伝ってくれた人だけでなく、いろいろな人が五号館にやってきて、ともに語らい、食べ、泊まってもくれた。

興味本位であれ、同情からであれ、正義感であれ、来てくれるだけで嬉しく、アトリエ代わりに絵を描いていた人もいれば、ギターの練習場にしていた人たちもいた。留学生たちがボランティアで語学教室を開き、地域の人に喜ばれていた。そう、時間の経過とともに、当局の隔離政策は綻びつつあり、異界は確実に可視化されようとしていた。その矢先の事件。

「まだ、篠原さんたちがいるわよ」高岡晴香がぎこちなく笑う。

「ねえ、このことは、知帆には黙っていた方がいいと思う。彼女、自分の責任のように考えるから。退院するまでは内緒にした方がいいと思う」

木谷愁子の提案に異論はなく、五号館に出入りしていた栄大生が一人もいなくなった事実は、和倉の耳には入れないことになった。

一つの隠し事が新たな隠し事を生んだ。

学校側はチャンス到来とばかり、素早く動いた。実力行使や策略は不要で、騒動が明るみに出る事態を恐れる必要もなく、たった一枚の紙を貼るだけで事態の収拾を宣言した。

退去勧告

> 五号館を不法に占拠している学生に対し、本年一二月八日までに退去するよう勧告する。これに従わない者は退学処分とし、あわせて器物損壊、業務妨害等で刑事告発するものとする。
>
> 学長

冷たい雨の中、和倉知帆は退院した。

一度、学校へ行ってみたいという彼女を、母親は頭ごなしに叱り付け、父親は、犯人の目星がつくまでは学校に近寄るなと命じた。代わりにと、母親は世話になった木谷と高岡に自ら電話し、自宅での食事会に招いた。

テーブルには高価な食材と手間をかけた料理が並び、モーツアルトが流れている。

「これはすごい。私たちだけでは食べきれない。野津君たちも呼ばなくては」

高岡の驚嘆の声に、台所から皿を運ぼうとしていた母親が手を滑らせ、大きな音を響かせた。

母親は、そそっかしさを謝りながら、割れた皿を片付けるために部屋を後にした。

「これ全部、お母さんが作ったの？」

「私も手伝ったけど、主導権は向こう」

「あの三人も呼べばよかったのに」

「私もそう言ったけど、母が、あなたたち二人には特別お世話になったから、まずは二人にお礼をしたいからと押し切られた」

会話が途切れる。

「あれ以来、三人には全く会っていないのでしょう。何で警察は病室に男性を入れさせなかったのかしら。あの三人が犯人でないのは明白なのに」

「あれは、警察ではなく、母が病院に頼んだみたい」

「何のために？」

「母は『私のためを思ってのこと』としか言わない」

また会話が途切れる。

「どうしたの？　二人とも変よ」

「そう？」

退院したのだから、もう隠す必要はないだろうと、高岡晴香は腹を決めた。

「学校側から期限付きの退去勧告が出され、従うか、拒否するかを話し合った結果、退去が決まり、私たちは五号館から出た。五号館の緑のシートは撤去され、すでに授業が行われている」

「そうか、もう、みんなが集まる場所はないのか……」

もっと驚かれると、なじられると思っていたのに、和倉知帆の淡白な反応に、二人は顔を見合わせた。

「ごめんね、あなたがいない間にこんなことになってしまって」

木谷愁子は、和倉に気遣いながら、説明を続けた。

「暴力に屈しないためには勧告を拒否するのが筋。筋を通して退学になるのも一つの手だけど、それは完全にギブアップを意味する。あなたがこんな目にあったのに、ギブアップするのは悔しいじゃない。だから、ここは一端、逃げ延びて、何かあったらガブリと咬みついてやろうと考え、撤退することにした」

「あと一年は、みんなで、しつこく抵抗を続けるのが、唯一の約束事」

「あと一年？」

「実質、卒業するまで。それまでは、一緒に、あきらめず反撃のチャンスを窺う。いいわね、知帆、あなたも」

そういう高岡の目は敗者の目ではなかった。

「もちろん。ところで、篠原さんたちはどうしたの？」

「キミらの出した結論に従うと、荷物をまとめて出ていった」

「あの人、アパートを引き払ってしまって、行く所がないのでは？」

「……」

「言ってしまいなさいよ」

促す高岡に、木谷は顔を赤らめ、黙った。

「いずれ判ること。だから」

「今、私の部屋に居候しているの、彼」

「へー、そうだったのか……私は、てっきり晴香の方が篠原さんを意識しているのかと思っていた」

「やめてよ。私は変わったの。自分の限界を悟ったから、以前のような軽率な行いはやめにした。だから今の時点で男に束縛されるなんてまっぴら。私には、やりたいことがたくさんある。それより、あなたの方こそ何があったの？　あなたのお母さんに、あなたを野津君から遠ざけるよう頼まれた」

「私も頼まれた」

「母が？　どうして？」

「あなたには絶対にいうなと念を押され、あなたのために必要だからと言われた。しかし、実際のところ、野津君は私にとっても、あなたにとっても大切な仲間。近づけるなと言われても無理な話」

「それで、彼、連絡してこないのか……母との間に何かあったから、困っているのか……」

「私たちも彼の様子がおかしいことに気づいていた。彼は冷たい人間ではない。むしろ、お人好しの部類で、人の気持ちを大切にするほう。なのに、あなたの様子を私たちに質問してこないし、間を取り持つよう依頼もない」

「あなたのお母さんと何かトラブルがあって、会いたくても、その気持ちを抑えているみたい」

「そうだったのか……」

「野津君と小池君は志大で篠原さんたちと会っている。志大の学生食堂がたまり場。私たちは、圭ちゃんの友人がいる、栄大のボランティアサークルの部屋にいる」

「野津君は志大にいるのか……」


和倉知帆は、母親が買い物に出かけたのを確認すると、そっと家を抜け出した。

母に対して、野津のとの間に、どのようなトラブルがあったのかを問い質せば、ケンカになるかもしれない。今回の件で母には大きな心労をかけた。だから争いは避けたかった。野津に会えれば、彼の口からトラブルの原因が聞ける。母を説得するのはそれからでも遅くはない……そう考えた彼女は、初めて志大の門をくぐった。

栄大とは比べものにならない広い空間に校舎が点在し、間には芝生が広がり、芝生をぬうようにつながる通路を人々が三々五々行き交っている。

彼女は案内板で学生食堂を捜した。

日当たりのよい食堂の中を、知った顔を求めてゆっくり歩く。野津の姿はなく、篠原たちもいなかった。

食堂から外に出ると、時計台の周囲のベンチに人々が座って談笑しているのが見えた。彼女はゆっくりと時計台を目指した。背後から人の気配がするたびに身を固くし、立ち止まり、通り過ぎるのを待った。一人でいるのがたまらなく不安だった。だから早く野津に会いたかった。そんな焦る思いとは裏腹に、身体は思うように動いてはくれない。

前方から一〇人ほどの男女が歩道いっぱいに広がり、話しながらやって来る。彼女は道の端に立ち止まり、集団をやり過ごそうとした。

話に夢中の女が「あっ」と言ったのと同時に、和倉にぶつかり、彼女は歩道から弾き出され、芝生に倒れ込んだ。

「大げさねえ、ちょっとぶつかっただけなのに」女はそれだけいうと、仲間に追いつこうと駆け出した。

激痛が走った。背中と腹部とが激しく引っ張り合い、腹の中が焼けるように熱く、全身に脂汗がにじむ。

歩道を歩く人々は芝生に横たわる和倉を不思議そうに見ながら通り過ぎ、一人、二人と声をかけるが、応答がないので行ってしまった。刈り込まれた芝生が彼女の手や頬をチクチクと刺し覚醒を求めた。

校舎側の道路を小型のトラックが一台、通り過ぎ、止まり、バックした。運転席のドアが開き、男が大声で怒鳴る。

「どうした、具合が悪いのか！」

返事はない。男はトラックから飛び降りると芝生の中を走り、うつ伏せの身体を抱き起した。苦痛にゆがむ顔。にじむ汗。

「救急車を呼ぶか、病院へ運ぶか、どっちだ」

「中、央、病院」

「わかった、すぐに連れて行く」

男は彼女を軽々と抱きかかえ、助手席に乗せると車を急発進させた。

病院の受付で、和倉を抱いた男が事情を説明し始めると、居合わせたナースが叫んだ。

「和倉さん！」ナースはすぐに受話器を取った。

「そうです、あの事件の和倉さんです。至急、ストレッチャーを」

6

和倉知帆の傷は完全には癒えていなかった。

縫合した傷口が塞がった段階で、早期退院を求めたのは彼女の母親で、犯人が捕まらない以上は自宅の方が安全だと考えた。

病院側としても、院内で再び襲われる事態になれば、管理責任が問われかねないと、強いて引き留めず、経過観察のための定期通院を条件に退院を承諾した。

そうとは知らない和倉知帆は、退院したのだから一刻も早く、かつての自分を取り戻そうと考え、実行に移した。

ベッドの上で、退院したらあれをしたい、これもしようと思い巡らせていた、その一番目が野津と会うことで、彼女は心を躍らせ外出した。

ところが運悪く、傷の上を殴られたような格好になったのと、倒れるときに身体を捻じった結果、傷口が開いてしまい、また同じ病院に入院する事態になってしまった。

長い療養生活を終え、さあ、これからと行動に出た、その一歩目でのつまずきは、和倉知帆の心を打ち砕き、生きようとする気力をも萎えさせた。

快活さの象徴だった瞳は輝きを失い、唇は愚痴や嘆きすら発しようとしなくなった。悲しみを表現できなくなった彼女は、退化した肉塊をベッドに横たえ、か細い呼吸を繰り返した。

病室のドアの外には、父親の事務所の若い社員が門番のように出入りする者を監視していると知らされても、彼女は反応すら示さなかった。

素直になった娘に満足したのは彼女の母親で、「私に任せなさい。あなたは安心して養生すればいいの」と深い慈愛で包み込んだ。

木谷愁子と高岡晴香は、和倉知帆が一番喜ぶのは野津諒介と会わせることだと考え、その方法を思案した。

どちらか一方の携帯電話を野津に渡して、一方が病室にいて、和倉と話させるのが一番手っ取り早い方法なのだが、病室には常に母親の目があった。

病院の一階にある公衆電話まで彼女を連れて行くのは無理な話で、木谷は、野津に手紙を書かせ、それを密かに病室に運び込んだ。

和倉にはチラっと手紙の存在を示した後、本に挟んで渡すのだが、彼女は読んだとも言わないし、返事を託そうともしなかった。


「こうなったら最後のカードを切らねば。私に、いい考えがあるから任せて」

高岡が自信ありげに胸をたたく。

「大丈夫？」何事にも慎重な木谷は、彼女の軽挙妄動を危うんだ。

高岡晴香には野津に対する妙なわだかまりがあった。彼とは波長が合わないと言ってしまえばそれまでだが、彼女はこれを機会に、このわだかまりを解消しようと考えた。

高岡は志大の学生食堂で篠原たちと一緒にいた野津を見つけ、話があるからと外に連れ出した。

「私、曲りくどい言い方は嫌いだからズバッという。それで気を悪くしたのなら、したと言ってほしい。私、小池君や圭ちゃんには言いたいことをストレートに言えるけど、なぜか、キミには少しだけ遠慮してしまう」

「俺が、鈍感だからかなあ」

「いや、私の方に変なコダワリがあるからだと思う」

「コダワリって何？　俺も、小池のようにやり込められたいけど」

「本当にそう思う？」

「ああ、キミと感情をもろにぶつけ合っている小池を、うらやましく思っていた」

「それなら聞くけど、私、チェルノブイリ暦を使っているでしょう。小池君は紛らわしいからと頭ごなしに否定するけど、キミはしない。どうして？」

「それは簡単には割り切れないから。キミが独自の暦を使ってまで、あの事件を忘れないようにしているのは凄いと思う。一方で、時間の基準として考えるなら、紛らわしいのも事実だ。外国人に天皇歴で平成何年と言っても通じないのと同じ」

「じゃあ、私が環境問題をいうと、小池君はすぐに偽善者だと批判する。ところがキミは批判しない。なぜ？」

「人間は誰もが生活することで環境破壊に加担している。これは事実だ。加担しているくせに、守れというのは偽善だと小池はいうが、それは違う。加担しているのに、加担を認めようとしないのが偽善で、加担していると認め、このままではいけないと考えるのは、まっとうだと思う」

「そうよね、原発でつくった電気を使いながら、原発反対をいうなという論理と同じ」

「黒服も『日本を悪くいう奴は日本から出ていけ』と言っているけど、この国の悪いところは悪いと認め、それを改善していこうとするのがあるべき姿だと思う。ひたすら日本を賛美し、異論を排除してすむ問題ではない」

「異論を排除すれば、議論する必要はなくなるから、思い通りになると考えているのよ」

「そんなの〝独り善がり〟でしかない。ただ、原子力は、まったく違う問題だと思う。放射性廃棄物やプルトニュウムは、放っておけば元に戻るというものではない。だから、強い毒性を無害にできる技術を確立するまで、手を出すべきではないと俺は思う」

「そうよ、私たち話が合うじゃない」

そう言いながら、高岡は彼と波長が合わない原因が判ったような気がした。小池のように、「日本の技術は優れているから大事故は起きない」と言ってくれれば、それは違うと頭から否定できるのに、彼はそう言わないからだ。

「今日、キミを呼び出したのは、キミには借りがあり、それを相殺したいと思ったから」

「俺、何か貸した？」

「いや、その……私が一方的に借りだと思っているだけだから、気にしないで」

高岡にとって、黒服の襲撃に怯え、泣き叫ぶ自身の姿は思い出したくもない醜態だった。

「だから、私の言うとおりにして。悪いようにしないから」

「何をするのか判らないと、ハイとは言えないよ」

「知帆に会わせてあげる」

「本当か！　彼女に会えるのなら何でもする。キミの言うとおりにする」


高岡はレンタルショップで白衣と聴診器を借りてきた。

「日本人が制服に弱いところを衝く。キミは白衣を着てドクターとして堂々と病室に入る。入口にいる見張りの人は交代制だからドクターの顔は知らないはず」

「病室に入れたとして、彼女の母親がいたらどうする？」

「一度会っただけでしょう。キミの平凡な顔など忘れているわよ。それに、白衣を着ていたら疑わない。念のために私と愁子とで母親の気をそらす手はずになっている。だから、ベッドに寝ている彼女に聴診器を当てる仕草ぐらいしなさいよ。ちゃんと胸をはだけて」

「えっ？」

「制服が人を変えるというから、ドクターらしく堂々としなさいということ」

野津は病院のエレベーターの中で白衣に着替え、サンダルに履き替えた。高岡は彼の上着と靴を紙袋に入れ、少し離れて歩いた。監視役の社員は野津の顔を知らないから、白衣を着ていれば医者と思い、堂々と病室に入れるはず。

野津はナースステイションの前で中を確認した。全員が忙しげに書類を書き、パソコンの画面を見ている。特別室は通路の一番奥の部屋。

「野津くーん」

高く伸びる声を廊下中に響かせ、子どもがパタパタ走ってくる。

「やっぱり野津君だ。こんな所で何しているの？」

「金田君か。キミこそ、どうしてここに？」

五号館で、よく将棋をした少年が子犬のようにまといつく。

「お母さんが入院したの。骨折という病気。僕、暇だから病院の中を探検しているんだ。野津君は、お医者さんのアルバイト？」

「そうだよ、じゃあ、またあとでね」

「すごいねえ、野津君は大工さんの他に、お医者さんもやれるのか」

書類を書いていたナースが顔を上げ、野津をまじまじと見た。

「金田君、将棋をやろう、待合室で」

野津は少年の肩に手をかけ、エレベーターに導いた。

エレベーターの扉が閉まると、彼はそっと目頭を拭いた。

「野津君、何か悲しいことがあったの？」少年はそれを見逃さなかった。

「ちょっとね」

「悲しい時は泣きなさいとお母さんが言っていたよ。心が凍っている人は涙が出ないから、涙が出る人はいっぱい泣きなさいって」

それは、ある童話に出てくる話だとは言わず、野津は少年の肩を引き寄せた。

7

一九九九年が暮れようとしている。

日付が変わると同時に、コンピューターの誤作動によって飛行機が墜落し、銀行のオンラインがマヒし、パニックが起きるという。しかし、誰も、そんな騒動が起きるとは思っておらず、それではつまらないと、小さなハプニングが起きるのを期待しながら、新年のカウントダウンを迎えようとしていた。

木谷と篠原から一緒に鍋を囲もうという誘いを断り、野津はアパートに戻った。

五号館という拠りどころを失っただけでなく、大切な人に会うことすらできない人間には、何もない寒々とした部屋が似合っているような気がした。

部屋の蛍光灯を点け、野津は思わずつぶやいた。

「一人、悲劇の主人公を気どってみても何にも始まらない……」

そう考えてみても寂しさは埋まらない。

「野津さん、助けてください」リムが飛び込んできた。

「光子さんが大変です。私の手には負えません」

情けない顔のリムに促され、野津は大家の部屋に入った。コタツの上にカセットコンロが置かれ、すき焼きの鍋が湯気を立てている。大家は日本酒の一升瓶を抱え、手招きした。

「若人よ、帰ってきたか。座れ、座れ」

「大家さん、もう酔っぱらっているのですか。正月は明日ですよ」

「こんなひどい一年の年の瀬に、酒を飲まずにはいられない。お前さんも飲め」

「酒は飲めません」

「じゃあ、食え。たくさん食べてくれ。若者よ、この一九九九年をどう思う」

「大家さん、みんな騒いでいますけど、世紀末は来年で、二一世紀は再来年からです」

「オロカモノ、そんなことは判っている。この一年で起きた変化をどう思うのかと聞いているのだ」

変化……野津にとって、この一年は激変の年だった。五月にチャルーンが強制送還され、六月に学生会館を乗っ取り、九月に退去。無期停学処分を受け、すぐに五号館を占拠したのだが、十二月に和倉知帆が刺され、五号館を明け渡し、居場所を失った。

「若者よ、この国は、もうおしまいだ」

この人も恐怖の大王とやらが下りてくるという予言を信じているのかと野津は思った。

「一九九九年、この年を忘れるな。日本が大転換した年だ。ガイドライン関連法。国会の事後承認で、自衛隊がアメリカ軍と軍事行動ができるようになった。日本は戦争をする国に変わった。盗聴法も成立した。これでジャーナリズムや市民を監視できる」

大家はコップに酒を注ぐと、クイッと飲み干した。

「国旗国歌法。政府は強制しない、個人の意思は尊重すると言っているが、いずれ強制される。国歌を歌わないと非国民にされる」

「少数意見を尊重するのが民主主義です。歌わない自由も尊重されるはずです」

「尊重するのなら、こんな法は必要ない。各自の判断に任せればよい。ところが強制したいからこそ法をつくった。それに、日の丸は侵略の旗だ。大勢の血を吸った旗だ。どうして、そんな旗に敬意を表せる？」

　大家が目にうっすらと涙を浮かべた。野津は驚いた。

「この法は国への忠誠を強要する第一歩となるもの。それから有事の際には、国に従わなければ罰せられる法もできた。名前は国民保護法だが、保護されるのは国家で、国民ではない」

　一升瓶の口の上に両手と顎を乗せ、大家はますます饒舌になる。

「それから住基法、それから、ほら、あまりに多すぎて」

「外国人登録法も変わりました」リムが答える。

「そうだ、それだ。こんな重要な法律がたいした議論もないまま、次々に成立した。どうして？　なぜ？」

　野津とリムは顔を見合わせた。

「この国は戦争の責任を曖昧にし、きちんと反省をしないまま、戦前の体質を持ち越した。それが今になって表に出てきた。二一世紀が目の前に迫っているというのに、未来を語らなければならないのに、この国がやったのは過去に戻ることだ。悲しいねえ、実に悲しい」

　大家は首を下に折ると、フーッと息を吐き、再び顔を上げた。

「おい、若者たちよ、これでいいのか。年寄りは、もうすぐオサラバするが、残されるキミたちは、こんなものを引き受け……」と言いかけ、大家は崩れるように横になり、そのまま小さな鼾をかき始めた。

　コタツの上のすき焼き鍋が汁気を失くしかけている。

「リムさん、食べよう」

「はい。野津さん、私には光子さんの悲しみ、よく判ります。私は、日本には憲法九条があるから、日本は二度と戦争はできないと思っていました。しかし、憲法と矛盾する法律が次々と成立しました。憲法九条は、侵略されたアジアに対して、もうしませんという約束手形だったのです。しかし、この手形は、今年、不渡りになりました」

「そうか、俺たちはアジアの人々に対する背信行為をしているのか……」

「そうです。アジアは日本を疑うようになるでしょう。それより、日本の民主主義と立憲主義は大丈夫ですか？」

「生まれた時から民主主義はあるのだから、ちゃんと根付いていると思うけどなあ……」

「それにしては、十分な議論もなく、重要な法が簡単に成立しましたねえ……私が疑問の思うのは、危機でもないのに、なぜこのような法整備をしたのか、その理由です」

「確かに、危機ではない」

「満州事変というのを知っていますか？　中国軍が日本の鉄道線路を爆破した。日本は被害者だ。中国を懲らしめろという世論が沸騰して戦争に突入しました。実は、爆破したのは日本軍で、自作自演でした。危機は簡単につくり出せます」

「今回の法整備は、危機をつくり出すための準備だと言いたいわけ？　そこまで長期的な政策が日本にあると思う？　リムさん、それは考えすぎ」


二〇〇〇年の元旦。

目を覚ました野津は、和倉知帆に会うために病院に行こうと思い立った。正月だから見張りの事務員は休みだろう。病室の中で家族が新年を祝っていたとしても、その時はその時。彼女の驚いた顔を見るだけでいい……

病院の玄関は閉じられ、張り紙が五日間の休業を告げていた。

がっかりしながら、彼は病院の周囲を歩いた。左側の建物から人が出入りしている。

「ちょっとすみません。ここから中に入ってもいいのですか？」

「そこのテーブルに名前と訪問する病室の番号を書く用紙がある。それに記入すれば入れるよ。正月でも一時帰宅が許されない重病人の家族用だ」

野津はエレベーターに乗った。特別室のフロアに人の気配はなく、ナースステイションも真っ暗で、通路には非常誘導灯の明かりだけが、点々と続いていた。

8

寒さのピークが過ぎ、期末試験が近づくと、楽園台駅は混雑を倍加させる。

普段はサボっていて、試験の前になると授業に出てくる現金な奴らが乗るからだと、電車の混雑に不平をいう人も、混雑する電車しか知らない人も、入ってしまえば、出るのは容易な、この国の優雅な教育システムは当然のものとして受け入れていた。

「順当なら、俺たち四年生になるのか……」

「新しいスーツを買って、すぐにでも就職活動を始めなければならないのにね」

中井圭太は、その姿を誰よりもママに見せたかった。

「みんなと同じ道をヨーイドンで走るだけが人生ではない」

「六年生の篠原さんにそう言われると何も言えないなあ。あ、今度、七年生か」

小池の茶化しに、篠原は笑いながら会社に就職するだけが人生ではないという。

「苦労して起業するよりも、会社なら、しばらくは自分で稼がなくても賃金はもらえる。だが、どのくらいの期間、待ってくれると思う？　すぐに賃金以上の稼ぎを要求される。人間は諸経費の一部に過ぎないのだから」

「待ってくれる期間が長いからこそ、みんな、有名企業に行きたがるのです」

「でもなあ野津君、そういう有名企業が欲しがる人材は、和を尊ぶ人間、文句を言わずに働く人間だ。もうそんなのでは世界に通用しない。必要なのは、自分の頭で考え、自発的に行動できる人間。なのに、選ぶ側は昔と同じ基準で選んでいる。キミらはこうした基準から外れた人間だ。だから序列社会に入る意味はないし、必要もない」

野津は電車に揺られながら、昨日の篠原の言葉を反芻していた。

弱者は顧みられず、強者だけが勝ち進む社会の中で、奴隷制に近い雇用に組み込まれたら、同調圧力にさらされ、空気を読むために汲々とする社員にならざるを得ない。一人一人の仕事は細分化され、個人として、組織のやり方がおかしいと思っても、自分だけではどうしようもないので、あきらめるしかなく、そのうち、おかしいとも思わなくなる。

　そんな組織内で選別された結果、利益を上げるためには、働いている人を不幸にしてもかまわないと考える人や、上向志向の強い人だけが生き残って、やがて責任逃れの上手な管理者、義務を果たさない経営者になっていく。そんなシステムに組み込まれる必要はない。処分を受けたのはハンディではなく、他の道を捜すチャンスだと、ことなげにいう篠原。特別な能力や、特殊な技術を有しているわけでもない人間に、別の道をと言われても、どんな道があるのだろう。組織に入らず、一人で生きる道などあるのだろうか……

「煙だ」

　乗客の声に、野津は我に返った。

「火事だ、火事」

　乗客が一斉に北側の窓を覗き見る。

「あの煙は備大の前のハンバーガーショップ辺りじゃないのか？」

　動く電車の窓からは立ち上る黒煙の火元は判らず、遠くから、近くからサイレンが聞こえてくると車内の人々は浮足立った。

　楽園台駅周辺はごった返し、駅前通りには赤色灯を回した消防車が何台も待機していた。

　スクランブル交差点は交通規制が行われ、備大の大門には警察による規制線が張られており、中を覗こうとする人であふれていた。

　火元は備大の校内で、中庭の一角らしい。「もしや」と思った野津は、北通りを走り、附属病院の表玄関を入った。教職員用通路からコンコースに出る。コンコースには何台ものストレッチャーが並び、白衣の人が指示を出していた。

「負傷者は直接、病院に運んでくれ。まだ負傷者がいる模様だ。ストレッチャーが足りない。集められるだけ集めろ。ここにあるものは早く現場へ」

　野津は一台のストレッチャーを押すと、中庭に向かって走った。

火元は中庭の一角にある三階建の建物。確かあれは黒服の拠点である学友館。

建物の二階の窓から炎が噴出し、炎以上に黒煙が立ち上り、屋上に掲げられている日の丸が黒くなってはためいていた。

中庭には何台もの消防車が入り乱れ、消火活動を行い、片隅では一〇人ほどの黒服が、茫然自失の態で炎と煙を眺めている。

「こいつら、みんな酒臭いぞ。酔いつぶれて、煙にやられたようだ」

ぐったりとした黒服を担ぎ、建物から出てきた消防隊員が報告する。

「ここは坊主の学校か？　ケガ人は、みんなツルツル頭だ。」

「いや、普通の学校のはずだ。きっと坊主に憧れているのだろう。坊さんには定年がないから」

「髪の毛があればこんなに火傷をしなくてもすんだものを。おーい、ストレッチャーを回してくれ」

野津は鎮火を見届けると来た道を戻り、栄大のボランティアサークルの部屋に向かった。

ドアを開けると、篠原が椅子から立ち上がり、叫ぶように言った。

「野津君、まさか」

「まさかって？」

「あの火事は、キミが」

篠原は野宿で焚火をした経験から、野津の衣服にしみ込んだ煙の臭いを嗅ぎ取っていた。

「やめてくださいよ。俺は放火なんてしませんから。放火は卑劣な犯罪です」

「そういうが、大門には規制線が張られていて、中に入れない。だったら最初からあの現場にいたことになるのでは？」

「いいえ、火事を見つけたのは電車の中です。大門からは入れなかったので、附属病院から入りました。木谷さんが通るルートです。消防士は火事の原因はタバコ火の不始末。負傷者は酔っぱらって寝込んで、煙を吸い込んだのと頭部の火傷だそうで、一〇人程が病院に運ばれたみたいです。俺が現場に着いたとき、大きなカメラを抱えている奴がストレッチャーで運ばれてきました」

「カメラ小僧が病院行きか。もしかしたら、あの火事でリストも焼失したかもしれない。よし、確認のために、明日、全員で校内に入ろう」


翌日、篠原たちは警戒しながら大門を入った。黒服の姿はなく、中庭には、まだ焦げた匂いが漂っていた。

掲示板の前で大勢の人が騒いでいる。

「不測の事態の発生につき、期末試験は中止し、レポートの提出をもって単位を与えるものとする。学長……だって」

「校舎は何ともないのに試験は中止？」

あちこちから歓声が上がり、抱き合って喜ぶ者もいる。

「レポートを出すだけで単位がもらえるとはラッキー」

「まじめに授業に出ていた奴らの悔しがる顔が見えるようだ。出席が少なくてもレポートを出せば単位がもらえるのだから、黒服に感謝、感謝」

それからしばらくは、レポートを書くために図書館通いをする姿が見受けられ、入試が始まり、卒業式が終わると、楽園台駅の周辺からは人影が減り、街は次に向けての助走期間に入った。

9

春到来。華やぐ陽光や、やわらかな風よりも、春めく時節を実感させるのは新入生の登場。

黒服の姿が消えた備大の中庭では、新入生を獲得しようとするサークルが色とりどりの看板を掲げ、趣向を凝らし、獲得合戦を繰り広げている。奇抜な仮装をして踊るのは劇団の団員の募集。髪の毛を好みの色に染めた三人組が〈バンド仲間募集〉の紙を貼り、ギターをかき鳴らす。地味なサークルは、そうではないと大声で呼びかける。

篠原たち横の会は、新しい息吹を感じながら、手分けをしてサークルを回り、黒服に対抗する組織作りに着手した。この賑わいは自由があるからで、自由を確かなものにしなければならないとの説得は、人々の実感として受け入れられた。

火を出した学友館は青いシートで覆われ、立ち入りが禁止されていた。

黒服といえども、不始末から火災を起こし、多数の負傷者を出したのだから、学校側は形だけでも処分を行い、黒服もそれに従い、半年間位は活動を自粛するだろう。その間に、自由を求める声を結集できれば、黒服の専横を阻止できる……そう読んだ篠原たちは、風向きが変わりつつあることを感じながら、気持ちを高ぶらせていた。


だが、その期待と読みは二週間で外れた。

中庭に面する教室の窓に、巨大な看板が吊り下げられ、その教室が黒服たちの新たな拠点になったという。

〈国旗国歌法成立万歳！　高らかに君が代を歌い、日の丸を掲げよ・新秩序委員会〉と謳う看板に守られるように、再び姿を現した黒服の一団。

学校当局は失火の責任を問わないばかりか、教室を潰してまで便宜を与えた。当局は、建学の精神を体現するという黒服を必要としており、黒服によってサークルが潰されていることや、何人もの学生が校内に入れないでいる事態は問題にすらしていないことが明らかになり、篠原たちは言葉を失った。

二週間遅れで現れた黒服は、恒例の行事を開始し、ここでの力関係を知らない新入生に、それを周知させようとした。

大門を入ってすぐの銅像の前に、大きな日の丸が掲げられ、両脇を黒服が固める。その前を素通りすると、黒服が後を追いかけ、呼び止める。

「ちょっと待て、お前、新入生だな」

「何ですか」

「そうだったらハイと言え」

無視して立ち去ろうとすると、腕をつかまれ、頬に平手打ちが入った。

「どうして暴力をふるうのですか」

理由はこれだと拳が飛んだ。あからさまな暴力は恐怖を植えつけ、服従を生む。

篠原たちを歓待したサークルも、黒服の姿を見た途端に息を潜め、沈黙を決め込んだ。

例年なら一週間で終わるこの儀式。今年は、不在の間の〝自由〟が影響し、従来からの力関係が新入生に十分周知していないと判断したのか、黒服は次の週も儀式を続けた。

「やめてください。手を離して」

「素通りは許さん。日の丸に敬礼しろ」

「するかしないか、勝手でしょ」

「我が校の伝統は勝手を許さない。それに、新しい法で決まったのだ。法は守れ。さあ、戻って一礼してこい」

「いやよ、離して」

「お前、法を踏みにじろうというのなら、この国から出て行け」

新入生ながら、同好の仲間を求めて〈バンド仲間募集〉の看板を掲げていた茶髪の三人組。彼らも日の丸の前を素通りしたため、茶髪を引っ張られ、殴られた。

「今度、そのチャラチャラした髪で俺たちの前に現れてみろ、タダではすまんぞ」

三人組は黒髪のカツラをかぶり、トランペットをバッグに忍ばせ、門では従順に日の丸に一礼した。教室に入るとカツラをとり、中庭に面する窓を開けると、身を乗り出し、茶髪を見せつけながらトランペットを奏でた。

次の日も、三人組は西、北、南館に分かれ、同時に窓を開け、激しい息遣いの曲を吹き鳴らす。中庭にいた人々が歓声を上げ、拍手が起きる。黒服は三人を捕まえようと教室を捜しまわった。

トランペット三人組を特定できないのは、カツラの使い方が上手いのと、カメラ小僧が入院しているためで、カメラ小僧が退院するまでに状況を変えなければならないと考えたのは篠原だけではなかった。

話し合いは一気に進み、持ち場が決められた。

夜の九時になると大門は閉められ、朝の六時まで開かない。深夜、野津たちは煙突小屋の後ろから備大の校内に入った。段ボール箱を潰した束を持つ野津。ロープを肩にかけたトミ。竹竿の束を担いだ横の会の三人。

段ボールの束を東館の入口の階段下に隠すと、南館に移動し、トミが玄関の庇の上に登り、ロープで竹竿を引き上げた。それを前日に鍵を開けておいた二階の教室に運び入れ、トイレの掃除用具保管庫に隠した。

朝、大門を入った皆川たちは、段ボールを東館に運び入れた。廊下に置いてある消火器を集め、段ボール箱に隠し、黒服の部屋である二〇一教室の上の教室で待機した。

一コマ目の授業の終了直後、人が多い休み時間に、消火器を噴射しながら黒服の部屋に突入する。火事を出した直後だから、黒服はパニックを起こして中庭に逃げ出すだろう。そこで待ち構えるのが篠原たちの主力。

「野津はどこにいる?」

「中庭だ。中井さんや高岡さんと一緒」

「高岡さんか……俺も、そちらに行けばよかったかな」

「もう遅い」

一仕事終えた野津とトミは、中庭で待機し、篠原たちと合流する手筈になっていた。ところがトミは、おもしろそうだからと強引に突入班に加わった。彼がいればこそ、南館のトイレに竹竿を隠すことができたので、希望は叶えられた。

授業が始まり、先生がマイクでしゃべり始める。突入班の五人は消火器を入れたダンボルー箱を隠すために最後列に座った。

「大学の授業って、こんなのか……」トミがつぶやく。

「つまらんなあ」

「そうか? 栄大も同じようなものだろう」

隣に座る皆川は、トミの素性を知らない。

「黙ってマイクの声を聞くだけなのか?」

「そうだ」

「これじゃあ眠くなる……あそこに寝ている奴がいる。あそこにも。高いカネを払っているのに」

「払っているのは親だ」

「俺、こんな奴らにコンプレックスを持っていたのか……」

「コンプレックス?」

「学歴だ、学歴」

「確かに、コンプレックスを持ちたくないから、学卒の資格を得るために来ている奴もいるからなあ」

二人は、かみ合わない会話を交わしながら授業が終わるのを待った。


中庭では、黒服が一人の茶髪の男を捕まえていた。その恰好から、トランペット三人組の一人だと疑っているようで、男は怯えながら人違いであると訴えた。

「うるさい。この髪が何よりの証拠だ」

「助けて……お願いだから」

「何だ、その女みたいなしゃべり方は。男は男らしくしろ」

黒服が茶髪をつかんで振り回す。フラフラになった茶髪が倒れると強引に立たされ、また、振り回された。

足取りがおぼつかなくなった茶髪の男は、人垣の前列にいた高岡晴香の前に倒れ込み、泣きながら彼女の足にしがみついた。

「おい女、手出しするな。手を貸せば俺たちに逆らうことになるぞ」

薄笑いを浮かべた一人の黒服が木刀を突き立てながら、高岡に近づく。

「そうだ。日本の女は従順がとりえなのだ。女は男に従い、家を守り」

「古くさい考え」

「なんだと！　俺たちに逆らうと、どうなるか判っていないようだな」

「おい、こいつ、リストの女じゃないのか？」

「まさか……」

「女は三人しかいなかった。その中の一人だ。俺の好みは貴麻留美子だった。だからよく覚えている」

「本当か？　リストがあれば確認できるのに」

「この顔……間違いない。こいつ、留美子ちゃんだ」

二人の黒服が無言のまま高岡に近づき、彼女の両腕をつかんだ。

「離しなさい。何の権利があって」

「偉そうに。俺たちに逆らったらどうなるのか教えてやる。こいつを本部に連行しろ」

「やめて！」

激しく抵抗する高岡晴香。彼女の両腕を抱える黒服は、薄ら笑いを浮かべながら彼女を引きずり、人垣から離れようとした。野津は、とっさに二人の黒服の背中に飛びついた。

「逃げろ」

衝撃で腕が自由になった高岡は人ごみに逃れた。しかし、野津は二つの首に回した両手をつかまれ、身動きが取れなくなり、もがいた。

二人の黒服に背負われるように引きずられる野津。それを助けようと、中井が彼の腰にしがみつき、引き離そうと力を入れた。

「手を離せ！」そう命じたのは、木刀を突き立てた黒服。

二人の黒服が同時に野津の腕を放した。反動で野津と中井はひっくり返り、重なり合って倒れた。

黒服がぐるりと二人を取り囲む。どの顔も笑っている。格好な獲物が二匹も飛び込んできたのだ。

「こいつらも横の会のメンバーかな？　リストがあれば確かめられるのに」

「ただの野次馬だろう。女の前で格好いいところを見せれば、命の恩人だと感謝され、あの女と交際できるとでも思ったのだろう」

「このモテそうにない顔からすると、そんなところだろう。よし、俺たちに逆らうとどうなるのか、教えてやるか。最近、俺たち、少々甘く見られているから」

「そうだ、久しぶりにあれをやろう」

スキンヘッドが初々しい新人が並ばされた。

「これから度胸をつける訓練を行う」

野津と中井は両腕をつかまれ、並んで立たされた。二人は何をされるのか判らず、キョロキョロと辺りを見渡した。

「最初の的はでかい方にしよう。栄光の一番は、塚本、お前だ」

「はい、塚本、行きます」

一番目が「ウオーッ」と叫びながら走り、勢いのついた拳を中井の腹に入れた。

「ウッ」うめき声とともに中井の身体は海老のように曲がり、膝から崩れた。

「やめろ、やめろ」

「そうだ、そうだ。何様のつもりだ」

周囲から湧きあがる声。黒服たちが木刀を高く掲げ、人々を威嚇する。

「時代遅れ」

「古雑巾」

人々は囃し立てながら移動する。広がる人の渦。渦は自在に変化しながら声を上げる。

「時代錯誤」

「独善者」

「黙れ。黙らんと痛い目を見るぞ」

一人の黒服が、人垣の前列にいた男を捕まえ、「聖義は我にあり」と叫びながら顔面を殴りつけた。

他の黒服も見せしめにする獲物を得ようと人々を追い回し始める。

野津の両腕を押えていた二人の黒服が、悲鳴を上げながら逃げ惑う人々に気をとられ、一瞬、力を緩めた。彼は一気にその手を振り払い、渦の中に逃げ込んだ。

人ごみに紛れた野津は、黒服が追ってこないのを確認すると、中井の姿を捜した。

中井は気を失い、倒れていた。野津は中井の腕を肩に回し、起き上がらせようとした。意識のない大きな身体は重く、動かない。

「早く、この場から逃れましょう」

「高岡さん、いたのか。黒服は？」

「騒ぎを鎮めようとしている。今のうちに、早く」

二人は周囲の人の手を借り、中井の身体を引きずり出し、人ごみから離れた。


中庭の混乱は拡大し、人はどんどん増えていく。

人々は「時代錯誤」「独善者」と囃しながら、黒服の木刀をかわし、ペットボトルを投げ、空き缶を投げつけた。

「うるさい。黙れ！」

黒服が木刀を振り下ろす。悲鳴が上がり、人垣が割れる。

「刃向う奴はつまみ出すぞ」

「つまみ出されるのはお前らだ」

「何でも許されると思ったら大間違いだ」

サークルの勧誘に使っていた机の脚をもった三人が突っ込み、黒服を押し倒した。別の机が突っ込み、木刀が机をたたく。プラカードが舞い、木刀が落とされる。両手両足をつかまれた黒服が引きずられる。それを助けようと木刀がうなる。

トイレに隠しておいた竹竿を取り出し、南館一階の玄関の中で待機する篠原たちは、困惑の面持ちで中庭の混乱を見つめていた。

「かなりヤバイ、出るか」小池は一気呵成を焦った。

「待て。出るのは黒服の本隊が出てきた時だ。この混乱を鎮めようと、皆川たちが突入する前に出てくるかもしれないから、いつでも動けるよう準備を頼む」

篠原の落ち着いた声に、小池は大きく息を吸い込んだ。

中庭の混乱はさらに広がる。

「篠原さん、行こう」

「まだ、まだ」

篠原が制したその時、東館の玄関から木刀を振りかざした黒服の一団が飛び出し、中庭の人々に襲いかかった。

「よし、行くぞ」

竹竿を手にした篠原たちが躍り出る。

中庭から聞こえ来る物音にマイクで話していた先生が、何事かと窓に近づいた。ずっと気になり、そわそわしていた皆川も席を立ち、窓の外を見た。中庭では篠原たちが黒服と激しく渡り合っている。

「失礼します」

一礼した皆川は、四人に合図をし、消火器を抱えて階段を駆け下りた。

五人は、二〇一教室に消火器を噴射しながら飛び込んだ。

「火事だ！」

中にいた数人の黒服が驚いて逃げ出す。

「日の丸を引きずりおろせ。看板を外せ、中の物を放り投げろ」

大量の一升瓶、ビール瓶、空き缶が窓から放り出される。

ガチャン、バン、ブアン、ガシャ……破壊音が中庭に響く。トミが窓から消火器を空に向かって噴射した。音と白煙が中庭の混乱に油を注いだ。

「ウオーッ」

篠原が叫ぶ。

「今だ。今こそ黒服を追い出せ」

大門の外には黒服。中にいるのは篠原たち。門を挟んで両者がにらみ合う。呼吸は整えられたが、胸の高まりは抑えきれず、小池は逆転した構図を何度も確かめた。

「俺たち、勝ったのか?」

「そうみたいだ。俺たちも信じられないが、あいつらはもっと信じられないようだ」

門の外には黒服の一団が茫然と立ち尽くしている。

「よし、門を閉めよう」

人が一人だけ通れる空間を残し、大門が閉じられた。

篠原が机の上に乗った。肩で息をする多勢の人が、目を大きく見開いている。

「みんな、聞いてくれ」

一陣の風が人々の間を吹き抜け、汗をぬぐう。

「黒服が火事を出した時、これで学校側も彼らの無法と悪行を抑制するだろうと思った。しかし、学校側は教室を与えて黒服を復活させた。学校側が何とかしてくれるだろうと考えた私たちが甘かったのだ。そんな私たちは、今、誰の力を借りることなく黒服を追い出した」

人々の荒い息と息が呼応する。

「力による支配は終わりにしよう。一人一人が自由に発言でき、自由に行動できるようにしよう」

篠原は腹に力を入れ、声を高めた。

「今日は彼らを追い出した。しかし、明日の保障はない。いつまでも門を閉めておくわけにはいかない。明日のために何もしなかったら、彼らは戻ってきて報復を繰り返すだろう。暴力から自らを守り、みんなを守るためにはどうしたらよいのか、今、ここで考えてほしい」

「非暴力宣言を出そう」

「宣言だけでは黒服には通用しない。無視されて終わりだ」

「マスコミに取り上げてもらおう。監視効果はある」

「それは一日だけ。次の日にはマスコミは新しい話題を追いかける」

「黒服から逃れられる安全地帯をつくろう」

「安全な場所など、どこにもない」

「ないのなら、つくればよい。栄大では、理不尽な処分に抗議して、たった六人で学生会館を占拠し、次いで五号館を占拠した。今、ここに何人いる？」

「栄大とは規模が違う」

自分の考えを述べ、自由に意見を言える喜び。しかし、それは同時に責任も伴い、自分の発言がもたらす結果を考慮する必要もついて回る。それでも人々は嬉々として考えを述べ、反論を聞き、批判し合いながら結論を導き出そうとした。結論の先送りは許されず、間違った結論は今日の、この勝利を台無しにしてしまうだろう。

「学校側は、いずれまた黒服に教室を与えるはずだ。彼らに対抗するためには、こちらも拠点を持つ必要がある」

篠原の訴えに、皆川が応答する。

「俺もそう思う。拠点が必要だ。黒服によって封印されているサークル館を取り戻して、自由の砦にしよう」

「異議あり。こちらは取り戻したつもりでも、学校側は不法に占拠されたとして警察を導入するだろう。あの学長ならやりかねない。みんな捕まってしまう」

机の上の篠原が腹に力を入れた。

「その時は逃げればよい。捕まる必要はない。そしてまた違う場所を占拠する。これは栄大の諸君の知恵だ。図書館でも、食堂でもいい。どちらを占拠された方が得か当局も考えるだろう。問題は当局がどう出るかではない。私たちが、この熱い思いをいつまで持続できるかだ」

「そうだ。その通りだ」

「拠点を持とう。拠点が必要だ」

賛意の声が沸き上がる。

「みんなが賛成するなら、サークル館を開放しよう。そして、黒服の暴力を容認してきたトップの責任を追及しよう」

体育系クラブの多くは郊外にグランドや立派な合宿所を持っていた。それは学校の知名度を高める必須アイテムであった。しかし、中庭の一角にある文系のサークル館は、役に立たないものとして、すべてのサークルの部室は閉鎖され、建物に対するメインテナンスも放棄されていた。

荒れるにまかされていたサークル館を、篠原たちは掃除し、攻撃に対する防御を整え、その日から寝泊りを開始した。

IO

かつて五号館にいた備大生が中心となり、実力で黒服を追い出し、サークル館を占拠したとの一報を受けた栄大当局は、即座に野津ら六人の停学処分の取り消しを決めた。

送られてきた通知書には、処分を解除し、復学を認めること。この間の単位取得に関して協議したいので、学生課まで出向くよう記されていた。

「備大生と一緒になって、またどこかを占拠されたら、かなわないと考えたのだろう。そうなる前に処分撤回というアメをばらまいたのであり、向こうが非を認め、処分を撤回したわけではない。だから問題は何も解決していない」

小池は、喜ぶ中井をたしなめた。

「でも、処分を撤回させたのよ、私たち、勝ったのよ」

「俺たちの権利は回復したが、チャルーンの問題は何一つ解決していない」

「野津君の言うとおり。ここしばらくは、みんなでじっくり話し合って、一致した行動をとる必要がありそう。学校側の誘いに乗るのか、乗らないのかを含めて」

木谷は冷静な情勢分析を求めた。

五人はそろって学生課に出向いた。

学生課長はにこやかに五人を応接室に招き入れた。

「戻ってくれて嬉しいよ。ここに復学届があるからサインしてほしい。それから、これが履修届。二年分の単位を一年で取ってもらうから忙しくなるよ。それとも、鉛筆をなめて単位をくれとでもいうのかな？　そんなズルは、キミたちなら拒否するだろうなあ」

「ちょっと待ってください。復学するには条件があります」

「この期に及んで、何を言い出すのだ？」

「一つは、学長と話をさせてください。もう一つは、チャルーンが出したという退学届を公表してください」

「そんな難しい話に即答する権限は私にはない。学長に掛け合ってみるから三日待ってほしい」


三日後、課長は上機嫌で五人に告げた。

「学長は喜んで会ってくださるそうだ。誤解があるようだから話し合いたいと。退学届も公表させると明言された。これで気がすんだだろう。復学届にサインを。それから、履修届も六人で話し合って、一週間後に提出してほしい。きちんと単位を取って卒業してくれよ、キミたち」


一週間後、五人は復学届にサインをし、履修届を提出した。その後、課長に面会を求めた。

「学長との会談はいつになりましたか」

「それが、今、学長は出張中だ。だから会談は帰ってきてからにしてほしい。お忙しい方だからしょうがないよね」

「わかりました。出張から戻られるのはいつですか」

「確か、一週間後のはずだ」

「では、一週間後にまた来ます」


「小池、俺たち、騙されたのかもしれない」

「野津よ、それは考えすぎだろ」

「学長はずっと居留守を使い、退学届も見せると言いながら、見せてくれないとしたら、どうなる？」

「そこまで汚い手を使うかな？」

「俺たちを問答無用で処分した学長だ。信用はできない。とにかく今度、課長に会った時にはっきりするだろう。また出張だと言ったら、こちらから揺さぶりをかける必要がある」

「出張だと言ったら、やらざるを得ないだろう」


一週間後、五人は学生課長を訪ねた。

「学長は急に中国に行かねばならなくなった。明日の早朝に出発する。留学生を受け入れるためだ。どこの私学も経営状態は厳しいから、頼りになるのは外国人留学生だ。判ってくれるね」

「わかりました。では、退学届を見せてください。退学届は出張しないでしょうから」

「急に言われても、私はどこに保管されているのか知らない」

「では、担当の人に命じて、用意させておいてください。明日来ますから」

翌日、課長は文科省に呼び出されたとかで、一日不在だという。

「わかりました。明日来ます。見せてくれまで毎日来ますとお伝えください」

次の日、課長は厳しい顔で五人に対した。

「昨日はすまなかった。役所に急に呼び出された。私は逃げたわけではない。えー、退学届の件だが、担当者に持ってくるよう命じたら、担当主任は、どこを探しても見当たらないという。どうも主任が紛失してしまったらしい。責任ある立場の主任が、そんな無責任なことでどうすると叱ったら、責任をとりますと辞表を提出した」

「退学届はないわけですね」

「前途有望な主任が責任を取って辞職したのだから、許してくれないかね」


野津は自分たちの追及によって、一人の人間を退職に追い込んでしまった結果に驚き、落ち込んだ。家族がいたかもしれない主任は、これからどうするのだろう……

「野津君、キミは、私たちが主任を退職に追い込んでしまったと思っているでしょう。キミは無類のお人好しだから」

「事実、そうだろう」

「あれは出来レース。今頃、あの主任、付属高校にでも再就職しているに決まっている」

高岡の断言に、野津は言葉を失った。

「最初から退学届などないのだから、出しようがない。もしもの場合は、紛失したことにして部下に責任を押し付ける。その部下から告発されないよう再就職先を斡旋し、今よりも高い地位を与える。用意周到なトカゲのしつぽ切り」

「高岡君、それはあくまでキミの推測だろう」

なおも食い下がる野津に、中井が付属中学のホームページに、事務課長として主任の名前が出ていることを教えた。

「となると、学長は逃げ回り、会わないだろうし、唯一の証拠となる退学届は存在しないことが明らかになった。強制送還の真実を明らかにし、それを突破口に、廃棄物の陰謀を白日の下にさらすという目的に近づくどころか、遠のいた。さて、これからどうする？」

　小池の分析に異の挟みようはなく、四人は押し黙るしかなかった。

　重苦しい空気の中、野津が静かに口を開いた。

「俺は、まだ完全なギブアップだと思わない。しかし、今、何をしたらよいのか、何をすべきか、そのどちらも思いつかない。だから、次への展望が開けるまで、各自が自由に、好きな道を選んだらどうだろう。単位を取って卒業したければすればよい。したくなければしなくてもよい。みんな一緒という縛りを取り払い、各々が、やりたいことをやったらどうだろう。来年の三月までは、抵抗を続けるという前提で」

「賛成。私たち、やるだけやったのだから胸を張れると思う。完全に勝てなかったけど、まだ完全に負けたわけではない」

「それなら中井、キミは、これからどうしたい？」

「私は、正直いうと卒業したい。私ね、黒服に殴られた時、とても痛くて気絶してしまった。あの後、思ったの、暴力は決して許してはならないと。暴力には暴力ではなく、キーボードで立ち向かいたいから、私、卒業してジャーナリストになりたい」

「高岡さんは、どうする？」

「私も一区切りつけたい。学校に戻り、単位を取り、卒業するつもり」

「小池は？」

「こんな学校で学んで、どんな意味があるのかと思うけど、とりあえずは単位を取るつもりだ」

「木谷さんは？」

「私は……」

木谷はうつむき、黙ってしまった。

「じゃあ、俺の考えを先にいう。俺は、授業には出ない。和倉さんが復帰してくるのを待つ。彼女が復帰したら、その時は彼女と一緒に授業を受ける。それまで待つつもりだ」

「ありがとう、野津君。私、彼女のことが気がかりで……みんな、一緒に復学してしまったら、彼女、一人だけ取り残された気持ちになるのではないかと、それが心配で……」

「俺が待つから、木谷さんは、自分の好きな道を進んでほしい」

「本当に、いいの？」

「ああ、俺は彼女を待つ。待ちたいから、待つ」

第5章

チューニング

エンペラーペンギンの雛がチーチーと鳴く声を背景に、トランペットのかすれたような成鳥の声が氷上に響く。それはまるでオーケストラのチューニングのよう。だが、それぞれの声は親や雛を捜す切実なもの。他のペンギンとは違い、縄張りを持たないエンペラーペンギンは音によってお互いを認識し、呼応し合う。

I

待たせるのは当たり前、でも待つのは大嫌い、なのに待ち人は来ない。あと一〇分だけ待つことにした。物憂い午後の喫茶店。コーヒーの強い匂いが漂い、陰気なクラッシックが流れている。

　絵島映美はグラスの底に残った氷をストローでつついた。ミックスジュースのカスが醜くこびりついていた。何もかもが気に入らなかった。もっと明るい照明にすれば、もっとホップな曲を流せばいいのにと、彼女は苛々しながら携帯電話で時刻を確かめた。

　隣の席に男が三人座った。注文を終えると同時に声高にしゃべり始める。

「玄関に机が積み上げられていて、迷路がつくられていた。人が一人だけ通れる空間があって、そこを通らなければ出入りできない」

「黒服が襲撃してきたら、そこで防ごうというわけか」

「その通り。多勢で一度に攻め込めない。必ず一対一になるから防御しやすい」

「なるほど、よく考えているな」

「だけど人数はサークル館の方が断然多いはずだ。そこまでしなくても十分に戦えるのでは?」

「あいつら防御しか考えていないようだ。いつでも逃げ込める場所を確保したので、満足しているようだ」

「そうすると、サークル館の連中が黒服に取って代わったということではないのか」

「そうなるなあ」

「それなら、サークル館の連中は黒服の報復を恐れてピリピリしているはずだ。そんな所に、関係ないお前がよく入れたなあ」

「友だちに連れて行ってもらったのだが、見張りはいたけど何も言われなかった」

「俺はまた、厳しく検問でもしているのかと思った」

「自由に入れるのなら、明日、行ってみようぜ」

「よせ。黒服に見られたら仲間とみなされる。必ず、カメラ小僧の高性能レンズが見張っているはずだ。黒服がこのまま引き下がるわけがない。奴らには強力なバックがついているから」

「その上、統制がとれているのが黒服の強みだ。対するサークル館の連中は烏合の衆で、リーダーもいないらしい。いつまでもつか判らない」

「あいつらなら何かやってくれそうな気がしたが、無理か……となると、これまで通り黒服に服従していた方が利巧だな」

　しゃべる男たちの視線がチラッ、チラッと短いスカートに注がれる。絵島映美は伝票を取るとレジに向かった。

　待ち人は出会い系サイトで釣り上げた男。中年らしい雰囲気。目印は見栄で持ち歩く英字新聞。タケヨシという名前は多分、偽名。向こうがこの店を指定してきたのに、どうして来ないのか？　中年男なら、デートするだけでたっぷり貢がせることができ、その気があるふりをして、土壇場で逃げ出すというスリルまで味わえるのに。

　絵島映美は暗い喫茶店の自動ドアから一歩外に踏み出し、まぶしい五月の陽光に思わず顔をしかめた瞬間《とき》、足をすくわれ、凄まじい勢いで路上に押し倒された。

　身体の上に何かが覆いかぶさり、胸が圧迫される。一つではない、三つ、四つと折り重なっているようで、悲鳴、呻き声、怒声が聞こえる。彼女は何が何だか判らないまま、身体の上のものをどけようともがいた。

　急に上体の圧迫が消え、彼女は大きく息を吐いた。腕が引かれ、身体が浮く。両脇が抱えられ、足が自由になると耳元で男の声がした。

「大丈夫ですか？」

　身体を支えながら絵島を路地まで運んだ男は、彼女を道端に座らせると行ってしまった。

　ようやく光に順応した眼に黒い服の集団が映った。ここは確か、楽園台駅の南口……絵島は自分が、今、どこにいるのかを頭の中で確認し、周囲を見回した。

　駅舎を出てすぐの商店街の入口付近で、黒服の一団が木刀を振り上げていた。周囲の人々が黒服に向かって空き缶を投げる。怒った黒服が商店街の中まで人々を追いかけ、追われる人々が道行く人を巻き込んで、折り重なって倒れていた。

　黒服の集団が途中で追うのをやめ、元の位置に戻る。

すると路地のあちこちから人が現れ、空き缶を拾い、投げ始める。再び黒服が威嚇の声を上げ、突進する。逃げ惑う人々と通行人がぶつかり、悲鳴が上がった。

　男が老人を抱え、絵島の横に座らせると、同じように「大丈夫ですか？」と尋ねた。

　老人が「カバン、カバン」と繰り返す。男は通りの混乱の中にとって返し、追うように立とうとした老人が彼女の横で崩れた。

「このカバンですか？」

　男が持ってきたカバンを老人は大事そうに抱きかかえた。それを確認すると、男は再び混乱の中に行こうとする。

「ちょっと待って。このお婆さん、立てないみたい。足の骨が折れているのかも」

　男は、目の前のパン屋に入り、救急車を呼ぶよう依頼した。応対した店員は店の外に出ると、騒ぎとは反対方向を指差した。

「あそこに病院の看板が見えるだろう。ほら、南外科クリニック。救急車を呼ぶより、あそこへ運んだ方が早い」

「わかった。俺がこの人を背負うから、キミはカバンを持ってくれ」

　男は路上に足を投げ出していた絵島映美にそういうと、老人を背負った。「冗談じゃない。私には関係ない」と拒絶しようにも、男はもう歩き出していた。

　押し倒された際に擦りむいたらしく、絵島の両膝には血がにじんでいた。彼女は痛みをこらえながら、二人の横を歩いた。

　老人を背負う男の頬に汗が流れている。あの目、あの鼻筋、間違いなく野津諒介だ。

　彼女は、混乱の中から自分を救い出してくれたのが彼であることを忘れ、素知らぬ顔で歩く横顔を睨みつけた。

――私に気づかないなんて、どうかしている。岩本の陰謀から救ってあげた、恩ある私に……

　クリニックの玄関を出ると、シャツの袖で汗を拭きながら彼は尋ねた。

「キミの、その膝も診てもらった方がよかったのかな？」

「かすり傷だから平気」

「そうか……駅の南口は避け、北口へ回った方がいい。北口への道順は知っている？」

　彼女は首を横に振った。

「じゃあ、案内する」

　後ろを歩きながら、じれったくなった絵島映美は、「私よ、私」と名乗り出たい衝動に駆られた。いつもならそうしていただろう。衝動のまま生きるのが、今の彼女の生き方であり、倦怠から逃れる手段だった。しかし、男が野津諒介だと確信すると同時に、少女だった頃の、あの雪の山の出来事が脳裏をよぎり、彼女は名乗るのをやめ、気づいてくれるのを待つことにした。

　しばらくすると彼は立ち止まり、彼女をじっと見つめ、追いつくのを待った。やっと気づいたのかと、彼女はニコッと笑って見せた。なのに、彼は無表情でスカートの前にしゃがみ込むと、無遠慮に膝を覗き込んだ。

「歩くのが遅いから、もしやと思ったら……結構ひどい傷じゃないか。今日は初夏のような暑さだから、消毒しなければ化膿するかもしれない。それに、この破れたストッキング……キミは学生？」

「そうよ」彼女は成行きに任せた。

「どこの？」

　適当な方向に顎を突き出す。

「志大か。志大はよく知らないので、俺の知っている所で傷の手当をしてもらうから、ついておいでよ」

　ゆっくりと歩く彼の髪の毛の先が汗で光っていた。地下道を抜け、駅の北口に出て、まっすぐな通りを歩き、スクランブル交差点を右に曲がった。

　備大と書かれた大きな門をくぐる。

「ちょっと待って、実は、私」

「わかっている。ここは誰でも入れる自由の領域。どこの学生であろうと関係ない」

　何もかもがどうでもよくなった絵島は帰ろうと思った。

「傷の手当てをしたら駅まで送るから心配いらない。信用しろよ」

　信用しろと何人もの男が言った。結果、すべて嘘だった。こんな所で傷の手当てができるはずがないのに、彼の目的も、やはり……机がびっしりと積まれた狭い玄関を抜けると、彼はトイレに導いた。

女性用の表示こそあるが、薄汚れた鏡が並び、暗く、寒々としている。

「その破れたストッキングを脱いでおいでよ。あ、念のために、ここのトイレは使えない。水が出ないから」

初めて入った大学という所は薄暗い上に、掃除が行き届いておらず、床が砂ぼこりでザラザラしていた。

彼は赤い十字のマークの紙が貼ってあるドアを開けた。

「おお、野津君か。黒服が襲ってきたのか?」

「今日は来ないでしょう。全員、南口で遊んでいますから」

「あいつら、酒が切れたらエネルギーがなくなるらしい。酒ビンを並べておびき出せ」

「嫌ですよ、この前みたいに、包帯がなくなって買いに走るのはこりごりです」

白衣を着た男は絵島映美を椅子に座らせると、棚から薬品箱を取り出し、ていねいに治療を施した。

「野津君よ、木谷君はどうしている? 最近、顔を見せなくなったし、お弁当も持ってきてくれない。彼女だからな、私をこんな所に引き込んで、ボランティアをさせたのは」

「木谷さんは二年分の単位を取らなければならないから忙しいのです。川上さんと遊ぶ暇はないそうです」

「それなら、キミでもいいよ。私と一緒に〝国境なき病院船〟に乗らないか?」

「どうしますか?」野津にも尋ねられ、絵島映美は目を大きくしばたたかせた。

約束通り楽園台駅まで送り届けた彼は、券売機の前で「それじゃあ」と言った。

「ちょっと待って、駅まで送ってよ」

「ここが駅だけど?」

困惑の表情を見てとった絵島は、これからは、こちらの番だと考えた。

「私が送ってほしいのは、花林駅。それとも送ると言ったのは嘘だったの？」

　二人は電車に乗り、並んで座った。野津は、この女性が何を目論んでいるのか理解できず、首を傾げた。短い髪が赤く染められていた。目の周りを黒く塗った派手な化粧。揺れる大きなイヤリング。短いスカートから延びる長い脚に、不釣り合いなガーゼ。この人は何者なのだろう……


　花林駅の周辺は夜の街と言われる歓楽街で、いろんな飲食店や娯楽施設がひしめき、夜のとばりが下りる頃から賑わい始める。

　二人が駅を出たのは午後の二時過ぎで、まだ陽は高く、街は閑散としていた。

「中途半端な時間だけど、食事をしない？　ごちそうしてあげる」

「気遣いはいらない」

「固いことを言わないで、私に任せなさい」

「断る。俺は見返りを期待したわけではない」

「そんな真面目なことを言ったら、嫌われるわよ」

「真面目だと、よくないのか？」

「そうよ。面白味がないし、スリルもない。要するに、つまらない人間だということ」

　彼は思った。社会と向き合わず、自分探しをしていた頃は、確かに面白味に欠けていただろう。だが、今は違う。

「じゃあ、つまらない人間には、もう用はないよね。さようなら」

「ちょっと待って」

　彼女は反射的に叫んだ。このまま帰しては沽券に関わるし、納得もいかなかった。

「この辺は昼間でも物騒なの。私のマンションまで送ってよ」

　絵島映美は、岩本の陰謀から救ってやったのに、全く気付かない彼が許せなかった。この豊満な胸、長い脚に興味を示さない男は、これまで一人としていなかった。おそらく、この男は虚勢をはっているのだ。それなら、この男の本性を暴いてやろう。——そうだ、口説いてやろう。部屋に入るよう誘えば、イチコロだろう。ことに及んだ時に「私よ、私」と名前を明かせば、彼は飛び上がって驚くだろう……

細長いマンションの前で彼女は立ち止まった。

「ここよ、寄って行く？」

濃艶なまなざしで誘ったのに、彼は首を横に振った。

「お茶だけでも飲んでいきなさいよ」

「遠慮する」

「こういうときは、素直に受けるものよ。普通は」

「俺は普通じゃないから」

「女が自分の部屋に誘っているのよ。私に恥をかかせる気？」

「恥をかかせる気はないけど、キミが恥だと思うかどうかはキミの勝手だ」

「理屈ばっかり。何もできない弱虫のくせに」

「その通り、俺は弱虫だ」

「意気地なし」

「俺は弱虫だけど、意気地なしではない」

それだけいうと彼は背中を向け、歩き出した。絵島映美は唇をかみしめた。プライドが揺らぎ、怒りが込み上げる。男は、誘えば誰もがついてきた。男たちは歯の浮いた褒め言葉を並べながら部屋に入った。なのに……自分の、この美貌が、肉体の魅力が薄れたから拒絶されたのではないかと、彼女の心の中を恐怖がよぎった。

2

転定荘の玄関を入るとカレーの匂いが鼻を突き、廊下にも強烈な香りが充満していた。

野津は、スパイシーな香気に誘われ、台所を覗いた。リムが鍋をかきまわしている。

「いい匂い……これが多民族の香りか……」

多様な民族が共存し、多彩な食文化が隣り合い、交じり合うというマレーシアを、今一つイメージできなかった野津は、好奇の眼で鍋の中を覗いた。

「カレーはもともとインド系。いろんな香辛料を使う。豚肉を入れないのがマレー系。ムスリムが多いから。マレー系はココナツミルクやチキン、魚などを入れる。それに習って今日はチキンを入れました。チキンも本当はフライドチキンの方がいいが、フライドチキンは高いから、今日は生を入れ、こうして煮込んでいます」

「じゃあ、中国系は？」

「華人は唐辛子をたっぷり入れ、かき回します。さあ、出来上がったから、いくらもらおうかなあ」

「えっ、カネを取るの？」

「もちろんです。それが規則です。この規則を作ったのは、野津さん、あなたです。たくさん作ったから光子さんも呼ぼう。光子さんは女性だからタダね」

「それは差別だ」

「日本では意図しなければ、差別をしてもよいみたいですよ」

「悪意はもちろん、善意であっても差別は差別だ」

「本当ですか？　だとしたら、そんなつもりはなかったと言い逃れはできないし、社会も許すはずがないのに、簡単に差別を許していますよ。不思議ですねえ」

　大家がハアハア言いながらカレーを口に運ぶ。痛辛さが舌の感覚をマヒさせ、汗が全身から吹き出す。リムは牛乳を混ぜると食べやすくなるからと気遣った。彼女はそれを拒絶し、目と鼻を開いて食べ続ける。

「これまで食べたものとはまったく違う。辛いけどおいしいねえ、おかわり」

　差し出された皿に、リムはもじもじしながら小さな電気炊飯器のふたを開けてみせた。カレーはあるが、ご飯がない。ご飯ぐらいはと、大家は自分の部屋に行き、炊飯器を下げて戻ってきた。

「キミたちも食べて、食べて。食欲と意欲がなくなったら人間おしまいだから。しかし、この味は日本にない美味さだね」

「そうです。多様な民族がいて、いろんなものが交流し、その中から新しい文化が生まれるのです」

「いいや、交じり合えるのはカレーだけだ」

　訳知り顔で発した野津の言葉は、言下に否定された。

「人間は無理。言葉が違い、習慣が違い、信じる神も違う。この三つの違いは大きい。その点、日本は昔から一つの民族しかいないから、すっきりしている。だけど、味気ないというか、つまらない」

「大家さん、日本は昔も今も、単一民族ではありませんよ」

「野津さんの言うとおりです。日本人は戦前、アジアの多くの民族を支配して多民族国家をつくり、頂点に立つのは日本民族だと言いました。戦争に負けた途端に、一転して、日本は単一民族の国だと主張し出した。アイヌやオキナワ、コリアンや中国人など多様な民族が住んでいるのに……無視された少数民族はたまらなかったと思います」

「その上、新しく来た外国人を対等な人間と認めようとしないから人権もない。もう、人の移動は止められない時代なのに、移民を認めず鎖国のままだ」

「難民も受け入れていません。国境を開き、多様な人が、国籍の違いを認め合った上で、一緒に生きていける社会を目指してほしいものです」

「リム君、キミはやけに日本をけなすけど、日本もマレーシアのようになれというのかい?」

「いいえ、そんな思い上がりは持っていません。理想のモデルなど、まだありません。マレーシアは多民族国家の一例でしかありません。マレーシアにも矛盾はあります。たとえば、三つの民族のうちマレー系だけが優遇されています。だから、私たち中国系は外国に留学するしかないのです。こんな差別は人権意識が高まればなくなるでしょう。しかし」

「しかし、何だね?」

「人々の不満が高まった時とか、政治が混乱した時、指導者はそれを民族問題にすり替える場合があります。卑劣だが簡単な方法です」

「あれだね、昨日まで同じ町に住んでいた隣人同士が、民族が違うからと殺し合った、何とかいうところ」

「コソボですか、大家さん」野津が確認すると、それに応えるようにリムが言った。

「人は民族の問題になると感情的になり、簡単に宣伝に踊らされます。ユーゴスラビアだけではありません、マレーシアでも過去に暴動が起こされ、中国系が虐殺された事件がありました」

「それは指導者が悪い」

大家は、即座に断言した。

「煽る指導者、煽られる大衆、どちらが悪いのか……お互いの民族性を認め合い、排除も優遇もない公正な社会を、私たちの世代で完成させたいですねえ、野津さん」

それは、野津の思考の領域をはるかに超えた提案で、答えに窮した彼は黙るしかなかった。


口の中にはまだカレーの痛辛さが残り、拭いても、拭いても額や首筋から汗が噴き出してくる。エアコンがないのなら、せめて廊下の冷たい板の上を転がりたいと思いながら、野津は部屋の畳の上で大の字になった。

ノックがし、涼しげな顔のリムが入ってきた。

「野津さん、お願いがあります。私を一度、サークル館に連れて行ってください」

「いつでも案内するけど、あそこには見るものなんて何もないよ」

「この管理社会の中で、学生が支配している建物を一度見てみたいのです。えーと、日本語で〝百聞は一見に如かず〟です。他には類を見ないでしょう、この国で」

「あるかもしれないよ」

「ネットで調べてみてもなかったです」

「ネットの情報が正確とは限らない」


野津は好奇心旺盛なリムにあきれながら、連れだってサークル館の玄関を入った。

「ここが連絡会議の部屋。代表者が集まっていろいろと決める部屋だ。こちらは各サークルが寝泊まりをしている部屋。当番を決め、徹夜の見張りを出している。ここが、俺たち〝栄の会〟の部屋。備大のみんなの好意で、俺たちにも部屋が一つもらえた」

「この部屋には野津さんだけ？」

「ああ、みんな忙しいから週に一度しか集まれない」

机が一つ、椅子が二つ、布団が一組、ペットボトルが数本あるだけの殺風景な部屋。

突然、カンカンカンと金属音が鳴り響き、廊下を走る足音が轟いた。

「リムさん行こう、黒服の襲撃だ」

鉄の檻のような大門は、すでに閉じられていた。門の外にはハシゴと段ボール箱を持った黒服の一団が整然と並び、リーダーの訓示を受けている。

門の内側には机が並べられ、その下には竹竿を持った人々がいる。門は完全に閉められ、出入りできなくなった人々が内と外にたまり始めた。

「ウジ虫ども排除し、真正日本を取り戻せ！」

リーダーの号令一下、門の鉄柵にハシゴがかけられ、黒服が一人、二人、三人と登る。段ボール箱の中の小石が手渡しされ、ハシゴの上の黒服が門の内側に向かって投げる。

机の下で石を避けながら、サークル館の人々が竹竿を繰り出す。突かれた黒服がバランスを崩し、ハシゴから落ちた。石が当たり、血を流した人が運び出される。

野津とリムは銅像の後ろで大門での攻防を見つめた。皆川がやってきた。

「野津さん、遅れてすまない。授業を受けていたもので」

「途中で抜け出してきたのか」

「ああ、先生は何も言わなかった。慣れっこになっているようだ」

野津はリムに皆川を紹介した。

黒服がまた落ちた。新手がハシゴを登り、石を持った手を突き上げ、叫ぶ。

「過去は美しく、聖義は我にあり」

ハシゴの上を鼓舞しようと、後方に整列した黒服が歌い始めた。〈祖先が血で守りし、美しき山河よ、素晴らしきニッポン……〉

「美しき山河か……野津さん、あいつら民族主義を自認しているけど、本物の民族主義者ではないと俺は思う。本当に民族の将来を思うのなら、子どもの身体を蝕む食品添加物や環境ホルモン、それに遺伝子を傷つける放射能を問題にしなければならないのに、あいつら関心すら示さない」

「そうだね、彼らのいう民族は総体であって、その中の一部がどうなろうと、知ったことではないのだろう……それにしても、門の外にはたくさんの野次馬がいるのだから、あの時みたいにやってくれたら、面白いのに」

「やるって、何を？」

「この前、駅の南口で、チマチョゴリを着た中学生くらいの女の子が二人、黒服にからかわれていた。行く手をふさがれて、服を引っ張られたりして。黒服のことだ『ここは日本だ。そんな恰好をしたいのなら国に帰れ』とでも言っていたのだろう。自分の民族性を誇りたいのなら、相手の民族性も尊重しなければならないのに……俺、無性に腹が立って、そばにあった自販機の籠から空き缶を取って、黒服の集団の中に投げつけてやった。そしたら」と、野津は南口での一件を語った。

「それだ。あいつらの後ろに回って空き缶を投げ、野次馬を挑発しよう」

「やるか、二人で。リムさん、ここを動かないで。すぐに戻るから」

「私も行きます」

「ダメだ」

「野津さん、冷たいことを言わず、一緒にやろう。国際連帯だ」

「皆川さん、簡単に国際連帯を口にしないでほしい。彼女は外国人だ。外国人には人権はない。もしも警察沙汰になったら大変なことになる。それに、黒服に捕まったら何をされるか判らない。あいつら、コリアンや中国人を憎悪しているから」

「大丈夫です。私、日本人のふりをしますから」

「頼むから俺の言うことを聞いてくれ。リムさんが邪魔だと言っているのではない。リムさんは常に強制送還される可能性のある立場だと言っているのだ。判ってくれるね」


　野津と皆川は中庭を横切り、コンコースを抜け、附属病院に入り、表玄関から北通りに出た。通りを駆け足で進むと、大門の前にたむろする人々の背後に回る。

　門の外側にいる黒服の全員が、門の方を向いていた。群衆は面白いことが起きるのを今か今かと期待しているようで、これなら二、三個空き缶を投げれば、つられて投げるだろう。手が付けられなくなった黒服は、攻撃をあきらめ、撤退せざるを得なくなるはず。

　二人は空き缶の入った籠を探した。

「野津さん、ここにたくさん空き缶があります」

病院の玄関脇のバス停。その隣に並ぶ自販機の前にリムが立っていた。

「後をつけてきたのか？」

「はい。尾行に気づかないとは、いけませんねえ」

たっぷりと空き缶の入った籠を、三人は人垣の後ろへと運んだ。

目と目で合図し、同時に缶を投げる。

カラン、コロン、カラン
「誰だ！」黒服が木刀を立て、人垣を睨んだ。野津はさらに缶を投げ、皆川が足で籠を蹴倒した。大きな音とともに缶が野次馬の足元に散らばる。

「缶を投げたのはあの三人だ」野次馬の一人が叫んだ。

「あの三人だ。あの三人」

人々から一斉に指を差され、野津は焦った。

「あいつらだ、あいつらを捕まえろ」

缶を投げるはずの人々が追いかけてくる。三人はショップ街の人ごみに紛れようと、スクランブル交差点を斜めに走り抜けた。

3

今日も雨。空は厚い雲で覆われ、雨足は弱まりそうにない。梅雨も今が盛り。野津は窓ガラスを伝う水滴を見ながら、聞こえ来る旋律を耳で追った。合唱サークルの練習のようで、同じフレーズが何度も繰り返される。

和倉知帆がもうすぐ退院するという。——長い間、待った。それがようやく報われるのだ。しばらくは自宅で静養したあと、彼女は学校に戻ってくるだろう。そうしたら一緒に授業を受けよう。その前に、元気になったお祝いに、みんなで、どこかへ旅行しよう。いや、二年分の単位を一年で取らなければならない四人には、同行する余裕はないだろうから、彼女と二人で行こう。すっかり落ち込んでいるという彼女を慰めるためにも、会えなかったこの間の、空白を埋めるためにも、二人だけの旅行は有意義なものになるはず……

「野津君、お昼、まだでしょう。一緒に食べない？」

栄の会の部屋のドアを開け、木谷愁子が微笑んだ。

「ありがとう。雨の中を買いに行くのは面倒だなあと思っていたところ。いくら？」

「買ったものではないから、いらない」

「わあ、手作り弁当か」

二人は机を挟んで向かい合った。

「元気そうね」

「そうでもない。彼女と会えないし……でも、もうすぐ退院するから、今度こそ」

「そうよ、彼女、来週、退院する」

「嬉しいなあ、やっと会える……」

「野津君、知帆のお母さんのことだけど、あの人、あなたをとても嫌っている。嫌っているだけでなく、あなたが知帆を襲った犯人の仲間のように思っている。そう思われる原因というか、心当たりはないの？」

「彼女が襲われた日、俺は友だちと旅行をしていて病院に駆けつけられなかった。二日後、俺は一人で病院に行った。彼女の母親が出てきて、彼女が襲われたのは、あなたのせいだと言った。なぜそのようなことをいうのか、さっぱり判らなかった。だから苦しくて……」

「知帆が襲われたのはキミのせいだと、はっきり言ったのか……何を根拠に、そんなことを言ったのだろう？」

「俺だけ病院へ行くのが遅れたから怒っているのかと考えたが、そんなことで、『襲われたのは、あなたのせい』とは言わないと思う。何か他に理由があるはずだが、それには全く心当たりはない」

「おかしいわねえ。知帆も心当たりはないと言っている。だから野津君が知っているはずだと」

「あれ？　俺は彼女に対し、理由を教えてほしいと何度も手紙に書いて、キミに託したから、俺が理由を知らないことは、彼女も判っているはずだけど」

「野津君からの手紙は全部、母親に見つからないように知帆に渡してある。彼女、読んでいないのかしら？」

「俺は、読んでくれているものと、意思の疎通は出来ているものと思っていたのに」

「いや、読んでいないのかもしれない。彼女、以前とは違うから」

「それ、どういう意味？」

「以前は、快活で何事にも積極的だった彼女だけど、今は、その面影はまったくない。暗いし、口数も少ない。反応が鈍い上に、よく脈絡のない話をする時がある」

「そんなに変わってしまったのか」

「しょうがない面もある。二度も入院させられ、隔離されれば、誰でも参るし、変わるもの。精神的な苦痛はものすごく大きかったと思う。この前、キミのアパートの大家さんの電話番号を書いた紙を渡したけど、黙って受け取るだけ。掛けるとも掛けないとも言わなかった。電話、掛かってきた？」

「いや、まだない」

「やっぱり……キミのことだけじゃない、彼女、圭ちゃんや小池君の名前も口にしなくなった。一緒に苦労した仲間なのに……」

　二人が食事を終えた頃、小池と中井がやって来た。遅れて入ってきた高岡は、挨拶もせずに、まくしたてる。

「野津君、もうお手上げ。知帆の母親、知帆が再入院しなければならなくなったのは、キミに呼び出されて出かけたからで、キミは退院してすぐの、まだ完治していない病人を呼び出すような非情な人間で、何をしでかすか判らない危険人物だという。私が事実と違うと説明しても聞き入れようとしない」

「野津のせいにして、ここに来させないようにしているのだろう。野津はスケープゴートだ」小池は哀れな友人をかばおうとした。

「篠原さんたちと私たちとが一緒になって、このサークル館を占拠した。それが、知帆ちゃんの復帰を妨げているわけね」

　中井も慈愛のまなざしで野津を見つめた。

「知帆の父親は客観的な目で事件を見ている。彼女が刺されたのはテロかもしれないと認識しているし、黒服—学長—官僚—財界—政治家のつながりも知っている。日本の社会に深く根を下ろした黒い地下水脈に逆らっても勝ち目はない。だから、サークル館に娘を近づけたら、また危険な目に遭うかもしれないと考えている。母親の方は、相変わらず男女関係のもつれ。だから犯人が捕まらない限り、つきまとわれて、また襲われるかもしれない。今度、襲われたら殺されると、必死で娘を守ろうとしている。あの事件は、彼女だけでなく両親も深く傷つけてしまったようね」

　木谷は憂いを含んだ表情でそういうと、野津の方を向いた。

「昨日、彼女の母親から直接聞いた話だけど、彼女の両親は彼女を、退学させるつもりらしい」

「本当か？」

「ええ、両親は彼女をこの学校を辞めさせ、外国へ留学させようとしている」


　和倉知帆が退院した。

　木谷愁子から知らせを受け、野津諒介は彼女に逢うために、今、何をしなければならないのかを考えた。彼女がサークル館に来ることはないだろう。家に行っても取り次いではもらえない。こんな状況で何ができ、何をしなければならないのか……

　三日後、木谷がサークル館にやって来て、今から学生会館の屋上に行こうと野津を誘った。

「懐かしいなあ……ここで六人が生活したのは遠い昔のような気がする」

「野津君、今日はキミにプレゼントがある。知帆の復帰を待っていてくれたキミへのプレゼント」

　そういうと木谷は携帯電話を取り出した。

「昨日、知帆に、こっそりとプリペイド式の携帯電話を渡してきた。今日の午後三時に彼女から、ここに電話する約束になっている。だから思う存分、話して」

「彼女の声が聴けるのか……嬉しいなあ。ありがとう」

「彼女、以前のような元気はないけど、キミと話せば、きっと刺激になるはず。アメリカに留学させようとしている母親に対抗するパワーが生まれると思う」

　約束の時間の前なのに、木谷の携帯電話が鳴った。待ちきれなかった野津は、顔をほころばせた。

「はい、もしもし知帆。えっ？　はい、そうですが……」

　それっきり木谷は黙ってしまった。野津に携帯電話を渡すことなく、長い間、携帯を耳に当てていた彼女は、電話を切ると大きく息を吐いた。

「彼女のお母さんからだった。携帯電話を見つけられて、私が渡したのかと問い詰められた。私、大きなミスを犯してしまったみたい」

「ミス？」

「お母さんは、私と晴香だけは信用していたのに、隠れて携帯電話を渡したのは、信頼を裏切るもので、もう信用できない。二人とも、今後、家への出入りは禁止だと言われた」

「……」

「私、何と言ってよいのか判らず、黙って母親から罵られるのを聞くしかなかった。どうしよう、彼女、一人ぼっちになってしまう」


　授業が終わり、教室を出ようとした中井圭太は学生課長からの電話で、至急、事務棟に来るよう求められた。単位不足を指摘されるのだろうと思っていた中井に対して、学生課長は以前とは打って変わり、高圧的な態度で切り出した。

「和倉君から退学届が送られてきた。大変結構なことである。残りの五人も、単位を取るのが厳しいのなら退学届を持ってきなさい。特に、野津諒介、彼は授業に出席していないだけでなく、レポートも提出していない。退学届も出していない。こういう中途半端は一番困る。早急に退学するのか、授業を受けるのか回答するように伝えなさい」

　話を聞いた小池は、自身の置かれている位置を知り、「しまった」と口走った。単位を取るために汲々としている者らは、学校側の手の平でもがいているだけの存在。当局にとって怖いのは、この仕組みに入ろうとしない野津だけ。


　和倉知帆が退学届を提出した。

野津は、彼女の復帰を待つ自身の行為が報われなかったことよりも、彼女の本当の気持ちが知りたかった。きっと自分の意志ではなく、両親に押し切られたのだろう。しかし、こんな重要な事柄を自らの意志で決められないのだとしたら、彼女は自分というものを喪失してしまったことになる。

――まさか、あの瀟洒なレストランで、「処分を撤回させたら、こちらから退学届をたたきつけるつもり」と言ったのを本当に実行したのだろうか。いや、あれは先行きが見通せない中での願望であり、勝算があっての話しではなかった。彼女は今、何を思い、何を考えているのか……いたたまれなくなった彼は電車に飛び乗り、彼女の家に向かった。

和倉知帆の家には一度だけ行ったことがあった。学生会館で寝泊まりを始めた頃、家の風呂に入ろうと連れて来られたのだが、家の前まで来て、尻込みし、野津は中に入ろうとしなかった。

——あの時、何を怖がったのだろう。彼女の家の大きさか。両親と顔を合わせる場面を想定してか。それとも、風呂に入った後のことを考え躊躇したのか？　今になって、彼女の言葉に従っておけばよかったと後悔しても、後の祭り……

外から大声で名前を叫んだとしても届きそうにない広い屋敷には、人を寄せつけない高い塀がめぐらされ、中が一切見えない大きな門が立ち塞がっている。それは外からの侵入を防ぐと同時に、家からの逃亡を防ぐもの。今の彼女には自分の意志で外に出る自由はない。

彼はインターホンのボタンを押し、彼女が出るかもしれないとの淡い期待を胸に、セキュリティカメラのレンズに顔をさらした。誰かがチェックしているはずなのに、四角い箱は何の反応も示さない。

あの時、風呂に入ろうと家の前まで行ったのに尻込みした時、和倉知帆は少しも嫌な顔をせず「少し歩きましょう」と促した。

二人はすっかり暗くなった住宅街を並んで歩いた。物音が外に漏れることのない広い敷地の家々。等間隔に並ぶ洒落た街灯。ひときわ大きな屋敷の塀が途切れた所で高台は終わり、突端には半円型の公園があった。

眼下には光の海が広がっていた。彼女は涼しげな瞳で海を見つめた。

「私……」一陣の風が彼女の言葉を遮り、髪をなびかせた。

「私、小さい頃から、好きな人ができたら、ここに連れてようと決めていた……」

彼は高鳴る鼓動と、飛び跳ねたい気持ちを懸命に抑えた。

彼女は夢を語った。もっと英語を勉強して、国連に入り、紛争解決の最前線に立ちたいと。

語るべき夢を持ち合わせていなかった彼は慌ててしまい、ずっと言葉に出来ないでいたことを口にした。

「俺はキミが好きだ。しかし、キミを幸せにする自信がない」

「幸せって、何?」

彼女は笑った。ちっぽけな存在のすべて包み込むように微笑んだ。

しばらく門の前にたたずんでいた野津は、我に返ると、あの公園に行ってみようと思い立った。あそこなら、あの時の彼女の微笑を鮮明に思い出せそうな気がした。

静かな住宅街を彼は一人、歩いた。

無機質な塀が続き、時折、犬の鳴き声が聞こえる。人影のない通りを赤い郵便回収車が走り抜けた。そろそろ現れるはずの、ひときわ大きな屋敷の塀には行き当たらず、通りはどんどん下っている。

彼女に会えないばかりか、あの公園にすらたどり着けないのか……悲嘆は、戻ろうという気力を消し去り、彼は前のめりになりながら長い坂道を下り続けた。

4

坂が終わると街の様相が一変した。平坦な道路の両脇には小さな家々が軒を連ね、かつては商店だったのだろう、シャッターの下りた家屋が点在している。

野津は何も考えず、考えられず、知らない街を歩き続けた。車がやっとすれ違える幅の通りを進むと廃屋が広がっていた。廃業したショッピングセンターらしく、駐車場と通りとの間にはチェーンが渡され、〝立ち入り禁止〟の札が下がっていた。

チェーンの片側で、痩せたヒゲ面の中年男が腕組みをし、道行く人を見つめている。

男は野津を見つけると手招きした。寂しさに負けそうになっていた彼は、吸い寄せられるように近づいた。

「キミ、今、暇か？」

「はい」

「それなら付き合ってくれ」

「どこへ？」

「この廃屋の中だ。キミは何もしなくていい。私の友人のような顔で立っているだけでいい。後は私が何とかする」

ヒゲの男は、野津が頷いたのを確認するとチェーンをくぐり、駐輪場のフェンスに身を隠した。

駐輪場の中では、中高校生らしき五人が輪になり、横たわる無抵抗の人を順番に蹴っていた。己を何に見立てているのか、蹴るたびに、口から「シューッ」という音を出し、両手を大きく突き立てる。

ヒゲは二人の背後に躍り出ると、二人の髪の毛をつかみ、頭と頭をぶつけて鈍い音をさせ、振り向いたもう一人の腹に拳を入れた。

うめき声をあげて転がる三人。残る二人が、ポケットからナイフを取り出した。

「汚いぞ。素手で来い」

そう言いながら、ヒゲは野津の前に立った。かばわれているのだと思うと野津は悲しくなった。

「俺に気を遣わないでください。一対一になりましょう」

野津は、ヒゲの横に出て、ナイフの一方と向き合った。

「それなら任せる。間合いを詰めて急所を狙え。足で急所を蹴り上げろ。手より足の方が長い」

相手に聞こえるような大声でそう言いながら、ヒゲはナイフに向かって一歩踏み出した。

野津も進んだ。同じような背丈の少年がナイフを突き出している。彼はナイフの少年に少しの怖さも感じなかった。木刀を振り上げる黒服の目とは違い、少年の目には怯えがあった。

二歩、三歩と間合いを詰める。ナイフが光った。とっさに左手が動く。なおも無言で迫る野津の姿に恐怖した少年は、サッと身をひるがえし、ヒゲと対峙していたもう一人も、それを見て逃げ出した。

「仲間を置いて逃げるとは薄情な奴らだ。おい、お前らも早く行け。それとも、この人が味わったのと同じ痛みを味わいたいのか？」

ヒゲにそう言われ、倒れていた三人は無言で立ち去った。

ヒゲは蹴られていた中年の男を抱き起し、意識の有無を確認した。

「大丈夫か？　どこを蹴られた？　ここか」

横たわる男は胸のあたりを触られると顔をしかめた。

「ろっ骨が折れているようだ。今、救急車を呼ぶからな」

そう言いながら野津を見上げたヒゲは、野津の左の腕からポタリポタリと血が落ちているのを見つけた。

上着の左袖が口を開け、赤い筋が一本のび、指先を伝って血がしたたっている。

「ハンカチを出せ。止血しておこう……ないのか。しょうがない」

ヒゲは下着のシャツを脱ぐと、歯で切り裂き、野津の腕をきつく縛った。

「家はどこだ？　歩いて行けるのか？　片町？　電車か……電車に乗った時に、血のついた服を着ていたら、あらぬ嫌疑をかけられるかもしれない。携帯電話で簡単に警察に通報する奴もいるだろう……どうする？　よし、私についておいで、傷の消毒も必要だ」

ヒゲは蹴られていた男を駐輪場のフェンスの外まで運び、携帯電話で救急車を呼ぶと、到着を待つことなく歩き出した。

この人は携帯電話を持っていながら、なぜ警察に通報し、警官の到着を待たなかったのだろう……野津の疑問は、ズッキン、ズッキンと繰り返す腕の痛みが増すとともに、どうでもよくなり、彼は男の背中を見ながら黙って歩いた。

さびれた商店街の途中から枝分かれした路地を曲がると、おでん、焼き鳥、酒、一品料理、バーなど大小さまざまな看板が並ぶ横丁に出た。その横丁の中程にある小さな店の扉を開け、ヒゲは野津を中に導いた。

カウンターだけの酒場のようで、細長い店内には酒ビンが並び、大型のスピーカーが二台置かれていた。

ヒゲは店の突き当りのドアを開け、階段を昇ると、薬箱と上着を持って降りてきた。

「とりあえず消毒して、止血のために強めに包帯をしておくから、化膿したら病院へ行けよ。それから、この上着に着替えろ。血のついたのは紙袋に入れて、電車に乗った方がいいだろう」

「はい」

「ビール、飲むか？」

「いりません」

「遠慮するな」

「酒は飲めないのです」

「それならトマトジュースにするか、気休めに」

　ヒゲはコップに氷を入れ、赤い液体を注ぐと、野津の前に置き、自らはビールの栓を抜いて、うまそうに飲み干した。

「この上着、いつ返しに来ればいいですか」

「返す気があれば、気の向いた時でいい。邪魔くさかったら返さなくてもいい」

「返しに来ます」

「そうか」

「お手数をおかけし、すみません」

「キミが謝る必要はない。三人を倒した後に、残った二人に、二人で向かえば、尻尾を巻いて逃げ出すだろうとシュミレーションした私の読みが甘かった。ナイフを想定しなかった責任は私にある。痛い思いをさせてすまなかった」

「いえ、自分の判断で前に出たのですから、気になさらないでください」

　店を出た野津は、この店の名前を知ろうと看板を捜した。扉の横の壁に薄汚れた木の板が打ち付けられており、よく見ると、〝ネギをうえた人〟の七文字が彫り込まれていた。


　和倉知帆の退学で、絶望した野津の心が壊れてしまうのではないかと小池は心配した。

　小池にとっての憂さ晴らしは、酒を飲むのが一番手っ取り早い方法で、嫌なことを忘れたい時は無理に深酒をしていた。それが出来ない野津は、きっと心の中に愁いをため込んでいるだろうと、その暴発を危うんだ。

　彼は、和倉の件を忘れ去るために一緒に飲もうと野津を誘った。しかし、野津は「酒は飲めない。忘れることもできない」と、即座に断っていた。

　なのに、知っている店があるから、そこなら付き合ってもよいという。酒を飲めない奴が知っている酒場とは、どのような所なのか？　もしかしたら、役人が好きだという、下着をつけない女性にしゃぶしゃぶを食べさせてもらう店のようなところでは？　小池は想像を膨らませながら、野津の後に従った。


　立ち込める煙と香ばしい香り。漏れ聞こえるカラオケの音。大きな笑い声や嬌声があちこちから聞こえ、夜の横丁は活気にあふれていた。

「汚い所だなあ」

　狭い通りを行き来する酔っ払い。飛び出した提灯や看板。それらをよけながら、二人は〝ネギをうえた人〟の扉を開けた。

「いらっしゃい……おお、キミか。傷の具合はどうだ？」

「はい、化膿はしませんでした」

「それはよかった」

「あの、これ、お借りした上着です。ありがとうございました」

「別に、よかったのに」

「今日は客として来ました。彼は友人の小池と言います。酒は飲めますし、カネも持っています。女性から好かれ、スポーツは万能。話術も巧みで、ないのは夢だけという素晴らしい奴です」

「夢だけで生きている野津の友人の小池です。今日は、酒の飲めない彼に、無理にでも飲ませようとついてきました。ビールをお願いします」

　小池は野津のコップにビールを注いだ。

「さあ、飲め。飲んで忘れろ」

「いらない。お前のやっているのは善意の押し売り、自分の価値観の押しつけだ」

「社会に出た時のために、少しは訓練した方がいい。こんなおいしいものの味を知らないなんて、つまらないと思わないか？」

「嗜好の問題ではなく、体質の違い。俺はアルコールを分解する酵素を持っていないだけの話」

　二人のやり取りを聞いていたヒゲは、晩飯はまだかと尋ね、それならとカウンターの中でフライパンを振り始めた。

　黒胡椒がたっぷりとかかったスパゲッティが出来上がり、ヒゲはそれを三つに分け、二人に食べるよう促すと、自らもカウンターの中で食べ始めた。

　低音が腹まで響くような大きなスピーカーからは、切ない歌声が流れていた。

「この歌、寂しい歌ですね」

「ビリー・ホリデー。寂しい時は寂しい歌が一番」

　二人は黒い大きなレコード盤が回るのを初めて見た。それはとてもゆったりしており、原始的な動きに思えた。

　ところがヒゲは、これがアナログの響きで、デジタルでは人間に聞こえない音域はカットされるが、アナログは入っているので心地よさを生み出すのだと、音へのこだわりを語った。

「マスター、この店の名前、どういう意味ですか？　俺が思うに、マスターは農業に憧れ、自給自足の生活が夢だった。そんなところですかね」

　小池はカウンターの上に置かれていたマッチを手にし、書かれていた店名〝ジャズ&酒・ネギをうえた人〟の由来を尋ねた。

「その質問、久しぶりだなあ」

「ということは、古い常連ばかりで、新規の客はいないということになりますよ」

「そのとおりだ」ヒゲは笑いながら、自分のグラスにウイスキーを注いだ。

「人間がまだネギを食べることを知らなかった頃の話だ。その頃は、人間が人間を食べていたらしい」

「秘境の食人習俗の話ですか？」

「いや、かつて密林で行われていた奇習の話ではない。牛が牛を食べたら狂牛病になるように、人が人を食べることによって病んでいた頃の話だ」

　野津は、先の戦争による兵士の死の大部分が、戦闘によるものではなく、餓死によるもので、それは人命を軽視し、補給を軽んじた日本軍の構造的欠陥が原因だったと書く本を読んだのを思い出した。そこには飢えた兵士が人肉を食べたという話も出ていた。

「その頃の人間は、人間と牛のみさかいがつかなかったらしい。ある人が、自分の弟を牛と間違えて食べてしまった。食べてから気づいたが後の祭り。その人は、自分のあさましさに嫌気がさして、旅に出た。どこかに、きっと人間が人間に見える所があるはずだと。しかし、どこへ行っても人間どうし食べ合いをしていた。その人は、年をとっても、あきらめずに旅を続けた。その人がようやくたどり着いた土地では、昔は人間を食べていたが、今は食べないという。ネギを食べるようになってからは、人間と牛の見境がつくようになった。そう教えてもらったその人は、そのネギとやらを食べさせてもらい、種を分けてもらって故郷に帰った。そして、真っ先にネギの種を畑に蒔いた。蒔き終ると、懐かしい友人を訪ねた。友だちはその人を捕まえると、その日のうちに食べてしまった。しばらくすると畑から見たこともない青いものが生えてきた。よい匂いがするからと食べてみた人は、人間と牛を見分けられるようになり、みんなが食べるようになって、ようやく人間を食べることがなくなったという話」

「今だって、見境のつかない人がいます」野津が口先を尖がらせる。

「これは朝鮮の民話だ。金素雲という人が日本語の本にした。本国ではあまり評価されていないが、私はこの人のおかげで、この話を知ることができた」

「他国で認められても、本国で評価されなかったら意味ないなあ」

つぶやく小池に、野津が食ってかかる。

「違う。他国で認められる方がすごいことだ。出自とか、権威とか、派閥とか、既存の価値観に囚われず、作品の内容と質だけで評価されるのだから」

勢いよく扉が開き、真っ赤なドレスの女性が飛び込んで来た。

「ヒゲさん」と言った女は、客がいないと思っていたのか、カウンターに座る二人を見て、バツが悪そうに黙った。

「どうした?」

「また、あいつらが……」

そういうと女は恨めしげな眼で二人を見た。その眼は、客がいたら店主は軽々と店を空けられないと言っていたのだが、二人は少し焦点のずれた艶めいた視線に生唾を飲み込んだ。

「キミたち、悪いが、留守番を頼む。すぐに戻る」


ヒゲは女と一緒に外に出た。背中には、いつの間に差したのか、一メートルほどの細い棒がベルトの間に挟まっていた。二人は顔を見合わせ、後を追った。
四、五軒離れたスナックのドアを開けたヒゲは、店内には入らず、入り口で叫んだ。
「おい、チンピラ、表へ出ろ」

飛び出してきたのは三人の男。一人が叫ぶ。

「兄貴、こいつです。このヒゲ面です」

兄貴と呼ばれた男が短刀を抜いた。話し合いなど必要なく、威嚇だけではなさそうで、ヒゲは背中から、ゆっくりと棒を取り出した。

店の中から聞こえていたカラオケの音がやみ、男がスーッと前に出る。短刀が光り、棒がヒュと動き、短刀がポトリと落ちた。右手を抑えた男が顔をしかめる。

「二度とこの横丁に来るなと言っただろ。ここは誰のシマでもない。帰ったら社長に伝えろ。みみっちい脅しはやめろと。やるのなら、もっとデッカイことをやれ。ホコリが出る企業をたたけ、国家をゆすれ」


ヒゲが一撃で短刀をたたき落とした技に、小池は感心し、あれは役に立つ、ぜひ教えてもらおうと盛んに〝ネギをうえた人〟に通うようになった。

ヒゲは、たいしたことではないと取り合わず、いつも小池や野津が語る不平不満や理屈の聞き役になり、時には疑問符をつけながら楽しそうに相手をしていた。

店は相当古そうで、あらゆるものに時が堆積し、間接照明がさらに店全体をくすんだものにしていた。二台のスピーカーが大きく場所を取り、木製の棚には大量のレコード盤が並び、洋酒のビンは肩身が狭そうだった。タバコの焼け焦げ跡がいっぱいついたカウンターは黒光りし、木製の椅子も艶が出ていた。

煤けた木の壁には一つだけ油絵がかけられており、額の中では両手を合わせた南国風の少女が一人、微笑んでいた。客はその絵を背にして座るので、絵の中の少女は、いつもカウンターの中のヒゲに微笑みかけていた。

5

〝ネギをうえた人〟は、客こそ多くはなかったが、横丁の人が入れ代わり立ち代わりやってきて、酒を飲みながら、ヒゲを相手に愚痴をこぼし、悩み事を相談していた。

家主から急に家賃の値上げを言われた。立ち退きを求められ、どうすればよいのか。夫婦で協力して店を切り盛りしてきたのに、軌道に乗った途端、浮気を始めた……カウンターの隅で聞き耳を立てる野津と小池にとって、そのどれもが現実の出来事とは思えず、後日、その話の顛末を確かめるために、ヒゲのもとを訪れた。

「おでん屋のおかみさんがバイトの学生と駆け落ちした話、どうなりました？　バイトの学生って俺たちと同い歳でしょう」

「ちょうどいいところに来てくれた。今日は珍しく忙しくて、ツマミを切らしてしまった。ちょっと買い出しに行ってくるから、留守番をしてくれないか」

カウンターに座るなり、切り出した小池の話には乗らず、ヒゲは二人に留守番を頼むと出て行った。

留守番を引き受けたのはいいものの、二人は何をしようかと顔を見合わせた。この店には視覚に訴えるもの、テレビやカラオケ装置、マンガや週刊誌の類は一切置いてなく、二人はすぐにヒマを持て余し始めた。たくさんあるレコード盤に興味はわかず、どのように扱ってよいのかも判らない。

「洗いものでもするか」野津は腕まくりをしながらカウンターの中に入った。

「俺たちが頼まれたのは留守番だ」

「留守番の、ついでだ」

「ついでに落として皿を割るなよ」

「心配するな。俺は、お前と違い、慎重派だ」

扉が乱暴に開き、小太りの中年男が入ってきた。男は狭い店内を大げさに見回す。

「あれ、新城は？　マスターはどこへ？」

「買い物に行きました。すぐに戻るそうです」

「そうか……」

男はカウンターに入ると、勝手に冷蔵庫を開け、ビール瓶を取り出し、野津が洗ったグラスでうまそうに飲み始めた。

何者？　という二人の視線を気にする素振りも見せず、逆に男は二人を交互に見比べた。

「珍しいなあ、この店に若者がいるなんて。嵐が来るぞ。ハリケーンがやって来るぞ」

野津は洗い物を全部片付けようと急いだ。

「待てよ、アルバイトを雇えるカネがあるのなら、俺が貸したカネも返してもらえることになるなあ」

「あの、俺、バイトではありません」

「バイトでなかったら、何だ？」

「客のようで、客ではないようで……」

「サクラです。枯れ木も山のにぎわいというでしょう」

小池は作り笑いをしながら説明した。

「コップを洗う枯れ木の桜か……まあ、何でもいいよ。こんな色気もなければ活気もない、時代遅れの店に来るとは、キミらも変わっているなあ」

「そうですね」

「まあ、暇を持て余している学生と言ったところだろうが、他にやることがないのかね。俺などは日本経済をけん引するために分刻みで働いているというのに」

「ご苦労様です」

「今どきの学生は恵まれていて羨ましいよ。俺たちの頃ときたら、それはもう大変だった。まさに激動という言葉がぴったりの学生時代だった」

小池の皮肉を聞き流し、中年男は仰々しい身振りを交え、声高に語り出す。

「俺が学生だった頃の日本は貧しかった。矛盾に満ち溢れていた。だから、既成のあらゆるものに反逆し、果敢に闘った。闘い、闘いの連続で、すべてを否定し、一切の妥協を排し、徹底して闘った。ゲバルト棒を持つ、色とりどりのヘルメットの隊列は美しく、時代は俺たちを中心に動いていた」

「お前、来ていたのか」

買い物袋を下げたヒゲは、明らかに客に対してではない、ぞんざいな口調で言った。

「新城、今、この若者たちに、俺たちの栄光の物語を聞かせていたところだ」

「お前に、昔を語る資格があるのか？」

「相変わらず融通が利かない奴だなあ。酒を飲んだ時ぐらい語らせろ。酒はすべてを許し、すべてを解放してくれるのだ」

扉が静かに開き、和服の女性がにっこり笑った。

「ヒゲさん、昨日はどうもありがとう。これ食べて」

「たいしたことはしていないのに」

「ほんの気持ちだから。でも四人もいるとは思わなかった。ちょっと待って」

小皿を置くと、焼鳥屋のおかみらしき女性は出て行った。

「おい、キミたち、この焼鳥、三人で分けて食べたまえ」

「吉竹、お前も食べろ」

「俺は、あとから届く焼き立てをいただく。俺には食う権利がある。債権者としての権利がある。そうだよな、新城」

6

夕暮れ時の廃墟を歩きながら、野津は和倉知帆に会いたいと思った。しかし、その方法が見つからない。ないのならつくればよいのだが、彼女は完全に隔離されてしまっている。木谷や高岡との交流も途絶えた。

――彼女は一人、何を思い、何を考えているのだろう。

彼女の傷が癒えたら、一緒に復学しようと考えていた。しかし、彼女は退学してしまい、それは不可能になった。待つ意味がなくなったのだから復学するべきか？　復学したら、学びたいことがたくさんある。世の中の仕組みを知りたい。埋もれた歴史、隠された歴史を掘り起こしてみたい。しかし、それらを教える気骨ある先生は見当たらない。それよりも、あの醜悪な組織の中で、自己保身に汲々とする先生たちから成績を評価されるのは耐えられない。色あせたキャンパス。砕け散った偶像に魅力はない。自分の居場所が定まらない。だから、何をすべきか判らない……

　考えがまとまらないまま野津は転定荘の玄関を入った。リムが廊下を掃除している。

「あれ、こんな時間にいるなんて、バイトはどうしたの？」

「暇だからクビになりました」

　不幸を告げながら彼の眼は子どものように笑っている。

「光子さん、今日は友だちの所で泊まるそうです」

「珍しいね」

「さきほど、野津さんに女の人から電話がありました」

「本当か！」

「はい。私が電話を受けました。野津さんに女の人から電話があったのは初めてです。誰からか知りたいですか？」

「和倉さんか？　和倉知帆という人」

「いいえ、絵島さんという人です」

　急に落ち込んだ野津の顔を不思議そうに見ながら、リムは柔和な笑顔で続ける。

「どんなに遅くなってもいいから、必ず電話してほしいそうです。電話番号を聞いておきました。これです。早く掛けてあげてください」

　野津は大家の部屋に入り、紙に書かれた番号に電話した。

　すぐに出た絵島映美は、相談したいことがあるから会ってほしいと懇願する。どうせカネの無心だろうと彼は思った。無い袖は振れないのだからどうしようもなく、声の響きに軽さがなかったので、彼は明日の夜に会う約束をした。


　花林駅前の円形噴水に、絵島映美は時間ちょうどに現れた。彼女は長い髪を手櫛でかきあげ、小さく笑った。

「久しぶり」

「憶えていてくれたのね」

　そう言いながら彼女は、以前、傷の手当てをしてもらった後、マンションに誘い、断られた一件は言わないでおこうと決めた。誰だか判らないままでいるのなら、その方が都合よかった。長い黒髪のカツラを被り、化粧を控えめにしてきたのは正解だった。

「相談したいことって何？」

「ここではまずいから、私の職場に来ない？　すぐ近くだから」彼女は有無を言わせぬ素早さで彼の腕を取り、歩き始めた。

　ラーメン店やレストラン、居酒屋などがひしめく通りを抜けると、けばけばしい看板やネオンサインがきらめく一帯に出る。通りにせり出した看板には、たくさんの女性の写真が並んでいる。何人もの男女がカードのようなものを配り、呼び込みをしている。

「おや、ナオミちゃんではないですか、何ですか、その髪型は」

　呼び込みの男が親しげに話し掛けたのを無視し、彼女は野津を細長いビルの中に引き入れた。入口には〈癒しの個室・究極のマッサージ〉という派手な看板が光っている。

「ちょっと待ってくれ」

　彼は手を振りほどいた。

「こんな所に連れ込んで、何の相談をしようというのだ？」

「こんな所で悪かったわね。ここが私の職場」

　彼女は、再び彼の手首をつかむと階段を上り、フロントが不在なのを確認し、〝ナオミ〟と書かれた部屋に入った。

「軽蔑した？」

　笑おうとした彼女の口元が歪んだ。

「それよりも、びっくりした。キミにはタレントになる夢が……」

　細長いベッドが一つあるだけの殺伐とした空間に強い芳香剤の匂いが漂っている。

「そんな昔の話をまだ憶えていたの？　子どもの頃の夢なんてシャボン玉みたいなもの」

「キミなら、なれるかもしれないと思っていた」

「お世辞を言わないで。この仕事も結構カネになるのよ。手でするだけで男は大喜び。慈善事業みたいなもの。何ならしてあげようか……あなたとなら最後まで行ってもいいわよ」

「よしてくれ。俺の思い出を壊さないでくれ。たった一つの淡い思い出なのに」

「私が初恋の人になるわけ？　笑わせないで」

「勝手に笑えばいい。それより、相談って何？　岩本のこと？」

「それもある。岩本のマンションで、あなたと会ったでしょう。あの時、私、スナックに勤めていた。彼は常連客で、カネで口説かれたというわけ。あれからすぐに彼とは別れた。上から目線で、暴力をふるう男なんて最低だから。別れるときには手切れ金を貰うのが当然でしょう。だから彼の財布から五万円だけいただいて、マンションを出た。そしたら窃盗で訴えられた。でも、彼は優しいから訴えを取り下げてくれた」

「取り下げるくらいなら、最初から訴えなければいいのに」

「彼は優しいのよ。警察まで来てくれて、釈放してくれた」

「あいつなら、しつこく追及しそうなのに、少しは変わったのかなあ」

「あなたも、彼の陰謀を教えてあげた私に、感謝している？」

「ああ、感謝している」

「感謝しているのなら、私の言うとおりにしなさい。服を脱いで」

「嫌だ」

「感謝しているなんて嘘ね。あなたは嘘つき。これから、私は、嘘つきのあなたを試すから、どこまで耐えられるか、自分と闘ってみなさい」

　そういうと絵島映美は自ら上着を脱ぎ、短いスカートも脱いだ。

「やめろよ。キミはいったい何を考えているのだ」

　彼女は黙って下着を取り、全裸になった。

「俺、帰る」

　ドアに向う野津の前に、彼女は立ちふさがり、両肩をつかむと彼をベッドに押し倒した。鬼気迫る顔が覆い被さる。

「本当に聞いてほしいのは父のこと」

組み伏せる手に力がこもる。

「父は、あなたのお父さんたちに命を助けてもらったのに、とても悪く言っていた。父は、あの時、命より大事なカメラを失くしたから捜してほしいと頼んだ。でも、あの人たちは、一緒に来るのか来ないのか決めろと、カメラを捜してはくれなかった」

「日没が迫っていたからしょうがないだろう。二重遭難になる」

そういうと彼はつばをゴクリと飲み込んだ。目の前で乳房が揺れている。

「それなのに、父はフィルムを失くしたから大きな借金ができてしまったと恨み言ばかり。借金苦から親子心中しようと、私の首を絞めたこともあった。私は寝たふりをしていたので助かったけど……今でも父の、あの冷たい手の感触を思い出す」

「あの後、キミはそんな目に……」

「私は、父から逃げようと何度も家出を繰り返した」

「お母さんの所へ？」

「いいえ。お母さんにも子どもができて、私は邪魔者。でも、あれから父は二度と山や植物の写真は撮らなくなって、いまは女が専門。落ち目のタレントを口説いて、写真集を出して大儲けしている。家にはモデルだという女を住まわせて、毎晩、乱痴気騒ぎ」

「それじゃあ、キミの居場所が……」

彼女は彼のズボンに手をやると、下着と一緒に素早く脱がせた。

「ハハハ、父のことなんか、どうでもいい。あんな奴、大嫌い。私を殺そうとしたくせに、私に命令し、縛り付けようとする。あんな奴、早く死ねばいい」

「キミは、何をしようと……」

「ほら、ほら、私の勝ちね。昔のことばかり言い、誠実そうな顔をして、何でも判っているようにいうくせして、その辺の男と変わらないじゃない。こんなに大きくして」

意志とは関係なく反応する局部を彼は呪った。

「男はみんな同じ。自分勝手でスケベで偽善者。したいのなら素直に言いなさい。お願いしますと」

「……」

「さあ、言いなさい。お願いしますと。させてください
と」

「キミは言ったよね。人生は有名になるためにあると」

「そうよ、有名になれない人生なんてカスよ。運がなかったからカスをつかんでしまった。カスが何をしようと、カスが何をしようと」

　突然、ドアが開き、フラッシュが光った。何人もの男が乱入し、一人が紙を広げた。

「警察だ。判っているな。売防法違反。これが令状。速く服を着ろ。二人ともだ」

「ちょっと待ってください、俺はこの人の知人で、相談があるからと連れて来られ」

「裸で何を相談するのか知らないが、その話はゆっくりと署で聞かせてもらうから、速く服を着ろ」

　野津は動転した。事実を正確に伝えようと頭の中で反芻しているうちに連行され、彼女とは別の警察車両に乗せられた。


「住所と名前」

　野津は正直に答えた。

「素直でよろしい。あの店はノーマークだったが、タレ込み通りに売春が行われていたとは驚いた。お前さんも運が悪かったとあきらめ、やったことを素直に認めろ」

「俺は何もしていません」

「そうか、する前だったか。残念だったな。まあ、摘発の対象はあの店なのだから、キミはすぐに帰れるよ」

　そう説明した二人の警官が呼び出され、取調室を出て行った。

　野津は殺風景な部屋で、長い間待たされた。先ほどの二人とは別の三人が慌ただしく入ってきた。

「野津君よ、正直に話してくれたら、すぐにでも帰れるが、そうでなかったら、ここに泊まることになる」

「ちゃんと説明します。俺も、彼女も何もしていません。彼女の父親の件で相談に乗っていただけです」

「信じるよ。キミがあのような所に出入りするはずがない。あのような卑猥な場所で恥ずかしいことをするはずがない。誤解を解くためにはキミの誠意を見せてほしい」

「見せますから、早く帰してください」

「キミはなぜ授業に出席しないのだ？　せっかく処分が解けたのに」

「はい、まだ迷っているからです。学びたいことは幾つかあります。ですが、その方法が見つからなくて」

「篠原とは仲がいいようだが、彼はこれから何をしようとしているのだ？」

「えっ？」

「篠原の右腕のような奴がいるだろう。彼の名前は？」

野津の耳が熱くなった。彼はぐっと唇をかみしめ、黙った。

「キミが、いかがわしい行為の最中に、警察に踏み込まれて、逮捕されたことがサークル館の連中に知れたら、恥ずかしいだろうなあ。みんなに顔を向けられるかな？証拠の写真はある。言い逃れはできない」

「……」

「こちらの質問に正直に応えてくれたら黙っていよう。秘密は守る」

野津の身体の中を風が吹き抜けた。——まさか、彼女が警察と結託して、俺を陥れたのか？　そんなはずはない。彼女は岩本の陰謀を事前に教えてくれた人だ。それに、警察が、俺と彼女の幼い頃の出会いを知っているはずがない。だから偶然だろう。偶然を利用してサークル館の実態を聞き出そうとしているのだ。しかし、彼女の態度は不自然だった。急に呼び出して、頼みもしないのに自分から裸になり、時間を稼ぐかのように父親の話をして……野津の心の中で、彼女を信じようとする気持ちと不信感とがせめぎ合っていた。

「おい、話を聞いているのか！」

「……」

——彼女は、どうして俺のアパートの電話番号を知っていたのだろう。岩本に聞いたとしても、彼は実家の電話番号しか知らないはずだ。そうか、彼女と岩本と警察がグルだったとしたら簡単にストリーはつくれる。岩本は彼女を窃盗で告訴した。しかし、それを取り下げた。取り下げる条件が俺を呼び出すことで、彼女がその取引に応じたとしたのなら……

語気の荒い刑事と、やんわりと諭す刑事が交互に攻め始める。

「サークル館を占拠している学生が、風俗店での買春で捕まったことが週刊誌に面白おかしく書かれたら、一生残るぞ。それだけではない。サークル館の男が全員、同じことをしていると思われ、女が寄り付かなくなるだろう。最近の女は、男女共同参画で強くなったからな。サークル館の構成を教えてくれたら、黙っていよう。サークル名と代表者の名前、そして人数だ」

狙いはそれかと野津は思った。これで、絵島映美が警察の意のままに動いたことがはっきりした。

「いかがわしい所で、いかがわしい行為の最中に、いかがわしい行為をした相手と一緒にキミは逮捕された。この事実は、どこまでもついて回る。一生の汚点になる」

「だが、消そうと思えば消せる。素直に話してくれるのなら、全部消してあげよう」

「俺は何もしていません。事実は曲げられません」

「事実？　彼女は素直に認めている。キミからカネを受け取り、ことに及んだと全部認めている」

「嘘です。カネなど渡してはいません」

「じゃあ、この写真はどう説明する」

写真には野津の顔と局部がはっきりと映っていた。

「サークル館で寝泊まりしているサークルの数は？　代表者会議に出てくる奴の名前は？」

「……」

「何とか言ったらどうかね。キミなら物事を冷静に判断できる人物だと見込んだのに……キミが協力したことは外には絶対に洩らさない。何なら、今後とも協力者になってくれないか。お礼はするよ。情報に対する対価は支払う。国のカネだ。正当なものだ。カネに困っているキミにとって、継続的な収入源になると思うけどなあ」

「……」

「そうそう、確か、和倉知帆君が刺された日のアリバイがないのは、キミらの中では、野津諒介、お前だけだったよな」

電流に触れたような衝撃が走った。彼女の名前を出されただけでも驚きなのに、彼女を襲った容疑者になっている事実を知らされ、動揺するより怒りがこみ上げ、彼はクワッと目を見開いて相手を睨んだ。

次の日の朝。あわただしく写真を撮られ、指紋を採られた野津は、再び刑事の前に座らされた。

「小池君も中井君も学校に戻って、一生懸命勉強をしているのに、キミだけは何をやろうとしているのだ？　まだ党派のメンバーになっていないようだが、キミみたいなのが一番困る。組織にも属さず、何をしでかすか判らない人間が」

「……」

「栄大の学長がお困りになっていたぞ。キミが他校生を引っ張り込んでかき回していると。あの学長は大物だ。政府の審議会の委員もされている。お前らの相手になるようなお方ではない」

「……」

「ここを出たかったら、聞かれたことに正直に答えろ。ここで話した内容は誰にも言わない。キミの立場は守ってやる」

和倉知帆を刺した容疑者の一人になっている事実を知った野津は、二度と口を開かなかった。

長い取り調べが終わり、留置場へ戻された彼は、怒りに震え、鉄格子を握りしめた。

――なぜ、俺が、大切な人を刺さなければならないのだ。動機は何だ。俺は何を得た。失っただけ……

留置場の向かい側の房に一人の男が連行されてきた。

「どうした、何をして捕まった？」

新参者は、自分が後から入ってきたにもかかわらず、場馴れした様子で話しかける。その馴れ馴れしさを拒むように、野津は男を睨みつけた。

「その眼は泥棒やかっぱらいではないな。詐欺師には見えないし、ケンカをして勝てるようなタイプではない。だとすると女がらみの事件か……」

当たっているような気がし、野津は黙った。

「そうでもないか……だとしたら公安関係だ。図星だろう。何とか言えよ。革命家は下衆な大衆とは話せないとでもいうのか？　待てよ、公安が所轄までやってくるのは、どうしてだ？　公安と所轄の合同捜査となると、お前さん、何をやらかした？」

野津は警察の汚いやり方を訴えたかった。しかし、相手は留置場に入れられるような人間だ。

「おやおや、私はこういう所に入れられるような人間ではありません。同列に扱わないでほしいと顔に書いてあるぞ。そのプライド、失うなよ」

見透かされ、野津は床に座り込み、顔を膝で隠した。

「信念に基づいて行動したのなら、その行動に誇りを持て。顔を上げて堂々としろ」

涙がこぼれそうになった。信念に従って行動したのならまだいい。騙されて風俗店に連れ込まれ、買春で警察に連行され、スパイを強要され、これ以上の屈辱があるだろうか……野津は絞り出すように言った。

「そんなのではない。俺は何もしていない。全部でっち上げだ」

「そうそう、そうやって話してくれるときっかけができる。こういう所ではお互いを知らなければ気疲れするだけだ。俺だって、人の心を傷つけたり、信頼を裏切ったりしたことはない。その意味では無実だ」

「あなたも……」

自由を奪われた隔離空間で、同じ境遇の人に出会えたのかと思うと、急にこの男に親しみを感じた野津は、なぜ、ここに入れられたのかを聞くのが礼儀のように思えた。

「俺か、俺の罪名は公園の遊具を壊した器物損壊。もっとも、俺は壊したりはしていない。遊具が腐食していないか調べていただけだ。調べ終わったら元に戻しておくつもりだったのに、お節介な奴が途中で通報するから、元に戻す前に現行犯で連行された」

男は小さな町工場を営んでいるという。車を運転中に公園の横を通りかかると、どうしても遊具に目が行き、古い遊具だと腐食していないかを調べなければ気がすまなかった。役所から頼まれたわけでなく、逆に、役所がメンテナンスを怠っているからやっているのに、逮捕されること十数回。起訴されたのは四回。

「この前は、滑り台に昇る螺旋階段を支える鉄パイプが腐食しているのではないかと思い、一つ一つ分解してみた。案の定、軸の溶接部分に亀裂が入っていた。この場合、元のように組み立てたら危険だろう。だから、ヒビが見えるように部材を並べて帰った。役所はメンツが潰されたと考え、器物損壊で告訴した。警察は指紋を採取し、前科のある俺を割り出し、逮捕しに来た」

「役所は感謝すべきなのに、おかしいです」

「下々は御上に従えということさ。決められた更新期間があるから、期間内に壊してはならないそうだ」

「期間内でも遊具が壊れたら子どもがケガをします」

「それよりも、メンツの方が大切らしい。だから、裁判所に提出された証拠写真には、ヒビが入ったパイプがなかった。ひどい話だろう。俺は、まだ使える遊具を壊したとして有罪になった」

「俺も、相談があるからと知人に呼び出されて、行っただけなのに……」

　野津は、かいつまんで絵島映美との経緯を説明し、警察の目的を話した。

「そうか、汚い手を使うなあ。俺は一晩泊められるだけで、調書ができたら出られるけど、キミはどうだろう。誰かに差し入れを持ってくるように伝えようか。何も持ってないのだろう」

「いや、いいです」

　野津は言下に拒否した。こんな惨めな姿を誰にも見られたくなかった。

　その夜、野津と男は遅くまで語り合った。それは学生会館や五号館で、みんなと語り明かした頃を思い出させるもので、彼の心はすっかり軽くなっていた。

　翌朝、男は言葉通り、呼ばれて出て行ったきり戻っては来なかった。

　夕方、取り調べを終え留置場に戻った野津は膝を抱え、時をやり過ごした。一人だけの空間。冷たい鉄格子。人恋しさと寂しさが倍加し、サークル館に関する情報を何もかもしゃべり、早く帰してもらおうか……そんな考えが浮かぶようになっていた。

　次の日。野津の方から口を開いた。

「いつまで拘束するつもりですか？　拘束する理由を教えてください」

「買春の現行犯だ。証拠はそろっている。すぐにでも送検できる」

――それならサークル館のことは話す必要はない。こんな無駄な取り調べをする暇があるのなら、和倉知帆を刺した犯人を捜せ、捕まえてみろ……彼は心の中で繰り返した。

取り調べが終わり、留置場に戻ると制服の警官が入ってきた。

「キミに差し入れが届いている」

新品の下着が三セットと靴下が紙袋に入っていた。

「キミは、あの男と知り合いなのか？」

「あの男？」

「何という名前だったかなあ……公園の遊具を壊して回る常習者だ。あんなろくでもない奴には関わらない方がいい。キミは学生だろう。キミには将来がある。転向して社会に出て、偉くなった人はたくさんいる。あの下衆野郎は、どこまでいっても下衆だ」

野津の目から大粒の涙があふれ出た。悲しいのか、嬉しいのか、ただただ涙があふれ出てくる。彼はそれを拭こうともせず、紙袋を抱きしめた。

新しい下着に着替えた野津は、「さあ来い、何日でも耐えてやる」と、誰もいない房に向かって宣言した。

7

六日目、野津は釈放された。

この間、絵島映美との関係はほとんど聞かれなかった。だから、サークル館の実情を把握したい公安は、わざわざ恥ずかしい場面をつくり、連行し、十分に追い込んでから、情報を聞き出そうとしたのだと野津は考えた。

彼は警察署を出るとサークル館に向かった。何もしゃべらなかったのだから、また誰かが狙われる可能性があり、篠原たちに用心するよう伝えなければならない。だが、どこからどこまでを話せば伝わるのだろう……

「篠原さん、ちょっと相談が」

篠原は、野津の姿を見た途端、驚きの声を上げた。

「野津君、いったいどこへ行っていたのだ？　昨夜は、みんなでキミを探し回って、大騒ぎしたのだから」

どうして警察に留置されていたことが知れてしまったのか……彼は驚き、何も言えなくなった。

「中井君も、突然言われたから困っていたけどね」

昨夜、中井の母親のクラブで予約されていたパーティが急にキャンセルになり、ならば、かねてからの約束を果たそうと、処分撤回祝賀パーティを開くことになり、六人に無料ご招待の連絡をしてきた。しかし、野津の所在が判らず、みんなでアパートへ行き、実家にも電話してみたという。

「和倉君の家にも電話したが、学校関係者の取次はできないと切られたらしい」

「そうですか……」

「あんな高級な店は初めてだと木谷君が言っていた。身体の弱い彼女ですら高価なワインだからと飲んでみたらしい。小池君はかなり酔っぱらって、店の女性たちと盛り上がっていたみたいだ」

きらびやかな高級クラブと何もない留置場。みんなで闘った結果の撤回だから一緒に祝いたかった。酒は飲めなくても、みんなと一緒に苦労を分かち合いたかった……野津は、言いようのない寂寞感から、いたたまれなくなり、サークル館を飛び出した。

飛び出してみたものの行くあてはなく、野津は電車に乗り、アパートに向かった。

まだ陽は高いのに何もする気が起きない。陽光が入らない部屋は電灯さえ消せばいつでも薄暗くなる。彼は留置場で熟睡できなかった分まで眠ろうと布団を敷いた。

次の日、野津は空腹で目を覚ました。カップラーメンを食べ、再び布団に入った。出かける気にならず、誰かに会いたいとも思わず、すべてが面倒臭く、誰もいないはずのアパートに人の気配を感じたが、確かめようという気すら起きなかった。

次の日もやる気が出ず、空腹を感じると布団を抜け出し、駅前のコンビニへ弁当を買いに出かけた。食べて、寝て、排泄をして、また寝る。完全なるひきこもり……と自覚できても、それに打ち勝とうという気力は湧いてこない。

――どうして俺だけが不幸な目に遭うのだろう。小池や中井は楽しそうにやっているのに、篠原さんや皆川さんは堂々と生きているのに、俺だけが虐げられ、バカを見ている。このまま一生、不運のままで終わりそうだ。こんな惨めな人間に生きる価値があるのだろうか？　生き続ける意味があるのだろうか……

　息苦しい密室。ねちねちと繰り出される言葉。長い、長い忍耐の時間……脳裏に蘇るのは取調室での光景。

――崩れそうになる人格を維持できたのは、でっち上げに負けてなるものかという気持ちだけ。今は、そんな気力も枯渇した。死ねば楽になれるはずだが、寝ているだけでは死ねない。否、寝ているだけでも死ねる。餓死だ。しかし、餓死するには空腹に勝たなければならない。死ぬのにも勝ち負けがついて回るのか……

　布団にこもって何日経ったのか。曜日の感覚はなく、時間も気にならない。布団の中の身体は浮腫み、さらなる倦怠が積み重なる。喜びも、驚きも、怒りもなく、悲しみすらどこかへ行ってしまった。ところが、食欲だけはなくならず、周期的に空腹感が襲ってくる。

　彼は空腹に勝てず、弁当を買いに行こうと部屋を出た。

「あれ？　野津さん、いたのですか。長い間、見かけなかったので心配していました」

　廊下にいたリムが驚いた顔をする。

「バイトがあったから」

「そうですか。野津さんのいない間に、このアパートに新しい人が入りました。ちょっと待ってください、連れてきますから」


「紹介します、新しい住人のパクさんです。コリアからの留学生です」

　二人は挨拶を交わし、握手した。それが終わるとパクは、リムの隣の部屋に入り、戸を閉めた。

「あのね、野津さん。彼はものすごいお金持ちの息子らしい」リムは、最初にそのことを報告した。

「パクさんは、日本に来て、ずっと親戚の家に住んでいたのですが、ケンカをして、その家を飛び出してしまった。その後の三ヶ月間、ホテルで生活していた。ホテルから学校に通っていたわけです。お金持ちですから。ところが、親戚の人がそのことを国のお父さんに知らせた。すると、お父さんは彼のカードを使えなくした。彼はホテルを出され、行く所がないから、学校の時計台の下で寝泊まりしていました。とうとうおカネもなくなって、食べることも出来なくなった。彼は一度も働いた経験がない。だから、働くにはどうすればよいのか知らない。私は、一緒に働くことを条件に、ここに連れてきた。光子さんが、かわいそうにと食事をさせ、しばらく、ここにいなさいと言ってくれました」

同じ外国人の仲間ができたのが嬉しいのか、リムの声は弾んでいた。

「それで、あの……夏休みに、私は野津さんと一緒にトミさんの所で働く予定になっていますよね。トミさんは学生を軽蔑するが、外国人を差別しない。だから……」

「いいよ。リムさんとパクさんは一緒にトミさんの所で働けばいい。俺なら何とかなる」

「本当に？」

「アルバイトなら求人誌で探せば、今からでもある。外国人だと、それだけで断られるから、今から探すのは俺の方がいいだろう」

「ありがとう。パクさんも喜びます。だって、いきなり幸橋駅に連れて行くのはかわいそうですから」

リムは初めて野津と出会った、あの建設現場を思い浮かべながら言った。

「お金持ちが幸橋駅へ行ったら、ショックで死んでしまいます。即死です」

次の日から、野津は求人誌を片手に電話をかけまくった。もう夏休みに入っている学校もあり、どこも既に決まっていると断られた。――貧乏は恐ろしい。ひきこもりも許してくれない。餌は与えられるものではなく、自分で獲るものと決めた以上、自の力でカネを稼ぎ、食を確保しなければならない。鬱々と寝ている余裕などないのだ……

〝ネギをうえた人〟のカウンターには客が一人座っており、スピーカーからは軽快なピアノ曲が流れていた。

「すみません。今日はお客ではありません。ヒゲさん、この横丁で、アルバイトを捜している店を知りませんか？」

「おう野津君、久しぶりだね、元気だった？」

「はい、何とか……」

「キミは以前、夏休みは鳶のバイトをすると言っていなかった？」

「はい、その仕事は、どうしてもやりたいという友人に譲りました」

「人がいいねえ、キミは……そうだ、ヤスさんの工場でアルバイトはいらないのかね。彼は野津君と言って、自力で生きている若者だ」

両手を顎に当て、静かに音楽を聴いていた客が顔を横に向けた。

「あっ、あなたは！」

同じ留置場にいた遊具破壊の常習者。下着を差し入れしてくれた、あの人。

「あの時は、ありがとうございました。お礼を言おうにも、名前も連絡先もわからず、どうしようかと思っていました。あの差し入れは本当に助かりました」

「こんなところで再会するなんて、奇遇としか言いようがないね……結局、何日、泊まらされた？」

「五日間です」

男と野津は、交互に警察署での出来事をヒゲに説明した。

「すると不当に逮捕された上に、サークル館とやらの情報をしゃべるように強要されたわけか。野津君、情報を得るのが第一の目的だが、もう一つ目的がある。それはキミを消耗させることだ。キミのやる気を喪失させ、脱落させるために」

野津は、この間のウツ状態の原因は、それかと思った。危うく警察の思惑に乗せられ、無気力な日々を続けるところだった。

「お二人は、古くからのお知り合いですか？」

「彼はヤスさんと言って、うちの常連さんだ。ジャズが好きで、うちに通い始めて何年になる？」

「さあ、数えたことはありませんから」

「あのう、アルバイトの件は？」

「仕事はきついし、汚いけど、それでもいいのか？」

「かまいません」

ヤスは、一人で営むという機械の解体工場の地図を書いた。

「よく来た」

ヤスはそれだけいうと、鉄の部品類を仕分けし、棚に並べるよう指示した。

野津は渡された安全靴と皮の手袋をはめ、無言で働いた。それは思ったよりも重労働だったが、自分のペースでやれ、心地好い疲労をもたらした。

夕方、このまま帰るという野津をヤスは引き留めた。

「鏡を見てみろ。鼻の周りには油、額には錆がついている。油が他の人についたら迷惑だろう。ここでは仕事が終わったら、ひと風呂浴びる。それが礼儀だ」

順番に風呂を終えると、ヤスは食事に誘った。

「今日は初日だから、特別にご馳走しよう。というよりも一杯付き合ってくれ」

「俺、酒は飲めません」

「そうか。それなら好きなものを食べればいい」

工場の隣の〝焼肉・めし〟のノレンを二人はくぐった。

「おばさん、飯、食えるかな?」

「ここは飯屋だ。人は食えんが、飯は食えるよ」

中年の女性が大きな声で応対し、注文を受ける前からビールの栓を抜いた。

「ヤスさん、また世話焼き病が始まったのかい。留置場に入るたびに、そこで知り合ったろくでもない奴を連れてくるけど……留置場仲間の世話をするのもいいが、自分の方はどうするのかね。もう三〇は過ぎただろうに」

「俺の恋人は鉄の機械だ」

「また、そんな味気ないことを言って。私のような柔肌の女を早く見つけなさい」

よくしゃべる店主の話を聞きながらヤスはビールを飲み、野津はチャーハンと野菜炒めを食べた。

「かなり仕事はきついだろう」

「はい、思っていたよりは」

「バテないために、二日働いて一日休みというパターンで夏休み中、働くというのはどうだろう」

「はい、助かります」

「キミも、いろいろとやることがあるだろうから」

「えっ? そんなに忙しくはありませんよ」

「ところで、尾行はついていないのか?」

何を言われたのか理解できず、野津はポカンと口を開けた。

「いや、気がつかないのならそれでいい。公安は一般の警察と違って、なかなか離してくれない。過激派と決めつけたのなら、なおさらだ」

「俺は過激派ではありません。すべてはでっち上げです」

大きな声に、店主は驚いたように二人を見つめ、ヤスは落ち着くよう促した。

店のテレビの中では、激しい銃撃戦の末に犯人を逮捕した刑事が満足そうに笑っていた。

8

今日は二日働いた後の休みの日。朝から蒸し暑く、野津は筋肉痛の身体を横たえたまま、腹の上に乗せたバスタオルで額の汗を拭いた。

アパートの廊下を大家が歌いながら掃除をしている。

貧しい町ではよくある話　一羽の鳥をみんなで絞め
羽根をむしって　椅子に飾ったとさ
そこに町長がやってきて　椅子に座って言ったとさ
鳥肉食べたい　スープ飲みたい　昼寝をしたい　添い寝もほしい
貧しい町ではよくある話　みんなで町長を絞め　油を搾って　フライパンに塗り　鳥肉焼いて食べたとさ

あの人は、本当に、この世の人なのだろうか……野津は、そんなことを考えながら、聞くとはなしに、大家の奇妙な歌を聞いていた。

大家の歌声が消え、電話の呼び出し音が聞こえる。

――あの人かもしれない。いや、そんなはずはない。あの人は、俺のことなど忘れてしまっている。電話をしようと思えば、親の目を盗んで掛けられるはずなのに、電話は掛かってこない。また、電話が鳴った。早く出なければ、彼女かもしれないから……

よく通る声で目を覚ました野津は、額から落ちる汗を拭きながら聞き耳を立てた。

初めて聞く女性の声。このアパートに若い女性が来るのは珍しく、彼はそっとドアを開けてみた。玄関で大家が見知らぬ女性と話している。

「あっ、野津君、この方、パク君の親戚の方だって。彼、今どこで仕事をしているか知らない？」

「広町のホテルの建設現場ですけど、詳しい場所までは聞いてないです」

「それじゃあ、今夜、戻ったら詳しい場所を聞いておくから、明日にでも電話をしてね。心配はいらないよ、彼、元気でやっているから」

大家の言葉に、女性は流暢な日本語で礼をいい、野津にも目礼して玄関を出て行った。

「ほらほら、鼻の下が伸びきって元に戻らなくなるよ。私は、キミが女性には関心がないのではないかと心配していた。だけど、その目つき、やっぱり男だった……」

「パク君の親戚なら、あの人も外国人ですかねえ」

「多分そうだろう。さわやかな感じの人だ」

「大家さん、仕事は？」

「今日はスーパーの定休日。キミは？」

「今日は休みで、明日からまた仕事です」

「大変ねえとは言わないから。苦労は若いうちにしておくもの。それが後々の栄養になるのだから」

「大家さんも若い時に苦労したわけですね」

「姉に任せきりで私は何もしなかった。だから、こんなになっちゃったのよ」

次の休みの日、野津は久しぶりにサークル館に向かった。夏休み中の館内は閑散としていた。

篠原が窓に布団を干している。

「全部干すのですか？　手伝いますよ」

「すまんな、天気がいいからみんなの分もと思って。今日、バイトは休み？」

「はい、二勤一休の休みの日です。篠原さんは、バイトをしなくても、やっていけるのですか？」

「やっているよ。せっせと旅行記を書いている。旅雑誌に頼まれている原稿を」

「それって、おカネになる仕事ですか？」

「なるものもあれば、ならないものもある。両方とも、こなさなければならないのが辛いところ」

暑い、暑いとボヤキながら小池達樹が現れた。

「久しぶり、というより、こんな所で油を売っていてもいいのか、小池」

「ああ、今月中にレポートを五本提出しなければならない。時々、俺、何でこんなことをやっているのだろうと思う時がある。それより、篠原さん、このサークル館に志大の連中を入れたという話は本当ですか？」

「革改派のこと？」

「あいつら党派ですよ」

「そうだけど、五人しかいないし、志大での主導権争いに敗れて、追い出され、行く所がないというから受け入れることにした。私たちも、以前、キミたちに助けられたから、今度は助ける番だ」

「甘いと思うけどなあ。党派というのは確信者の集団だ。特に幹部連中はプロだから、俺たちが太刀打ちできる相手ではない」

「心配いらない。革命をめざしている党の幹部が、こんな所に来る暇などないよ」

篠原は屈託なく笑った。

「それに、誰もが組織の持つデタラメさを、かつての歴史から学んでいるから、心配いらないと思う」

「かつての歴史？　どんな歴史があったのですか？」

「野津君は知らないのか……小池君は？」

「本で読んだことはあるが、イメージが出来ないというか、よく理解できなかった」

「もちろん、私も直接経験したわけではないが、旅先で出会った人や父親の世代の人から、激しかった労働運動や学生運動の話を聞いたことがある。自滅の物語を」

「自滅、ですか……」

「それぞれの考えや立つ位置が違っていても、お互いを認め、協力するところは協力しなければならないのに、変革しようとする者同士が敵対し、孤立し、自滅してしまった」

「革改派というのは、その名残なのですか？」

そう言いながら野津は、いつの時代の話なのだろうと思った。

「私に言わせれば、自分たちだけが正しいと信じて、人々を正しい方向に指導しようという組織、唯一、絶対の党など、思い上がりでしかない」

「俺もそう思う。自分たちが正しいのだから、他の考えは間違いになり、排除の対象となる。こんな考えを持つ以上、サークル館にいる多様な考えの人たちとは相容れないような気がするけど、篠原さん」

　小池は、かなり歴史の本を読んでいるようで、野津は、感心しながら二人の会話を聞き比べた。

「たとえ党派であっても排除してはならず、違う考えを持つグループとして受け入れなければならないと思う。でもなあ、小池君。今の党派に、どれだけのエネルギーがあると思う？　やることは全部、オフム新教にやられてしまった。その上、去年の、あの歴史的な大転換においても何も出来なかった。もう組織の命令で動く時代ではないよ」

「確かに個の時代ですが、個がバラバラでは何もできない。いずれ個をまとめる組織が必要になるのでは？」

「あれ？　小池君は党派に反対していたのではなかった？」

「独善的な党派には反対です。だが、世の中を変えようとすれば、大きな力が必要となります」

「そうかな？　一人の人間を説得して仲間に引き入れ、組織を拡大する。こんなやり方は古いと思う。個々人が、自らの判断でやろうと思ったらやる。たった一人でも出来ることをやり通す。そんな人と人が対等につながる時代になりつつあると思わないか？」

「しかし、それでは大きな力にはならない」

「大きな力とは何かな？　世の中を変える力のこと？　それとも権力のことかな？　ファシズムだって大きな力だよ」

　小池が黙ったのを見て、篠原は話題を変えた。

「ところで野津君、和倉君が襲われる前に、五号館で放火事件があっただろう。あの時、犯人と鉢合わせしたのが彼女だ。犯人は顔を見られたと思い、彼女の口を封じようとしたとは考えられないだろうか」

「彼女は、懐中電灯の光が目に入って、相手の顔を見ていないと言っていました」

「放火犯は懐中電灯を照らして彼女の顔を確実に見た。彼女の方は犯人の顔を見なかった。しかし、放火犯は見られたと思い込み、口封じのために襲ったとしたら？」

「すると、あれはテロではないと？」

「いや、間違いなくテロだ。最も効果のある人物として、彼女に狙いを定めたテロだ。内部の見方は別にして、外から見れば、彼女がリーダーに見えたのだと思う」

「確かに、最初に学生会館を乗っ取ろうと言い出したのは彼女です。未知なる海に飛び込んだ第一号は彼女でした」

「黒服は序列社会を重んじている。だから、敵のリーダーを倒せば、その組織はガタガタになると考えた。その上、彼女は放火事件の唯一の目撃者だと思い込んだ」

「だとすれば、俺でもない、小池でもない、篠原さんでもない、彼女が狙われた理由の説明がつきますね」

「以前、ある新聞社の記者が射殺される事件があった。殺されたのは記者個人だが、狙われたのは新聞社で、無言の圧力をかけるためだ。犯人は捕まらなかった」

「テロの犯人は捕まらないということか……」

「彼女を襲った犯人も捕まらないとなると、野津君、キミもつらいね」

9

夏休みが終わった。楽園台駅は混雑を取り戻し、サークル館も賑わっていた。一時の熱気が冷め、夏休み中の静けさが続くのではないかと心配していた野津は胸をなでおろした。

笑いや話し声が廊下にまで響く他の部屋に比べ、栄の会の部屋だけは静かで、空き部屋に近い。

傷の癒えた和倉知帆を迎えるために必要だった部屋だが、彼女は退学してしまい、ここに来ることはないだろう。だとしたら、この部屋は不要になる。

野津は、みんなと相談の上、この部屋を篠原たちに返そうと考え、栄大に向かった。

授業中の栄大は静かで、校内を歩く人も少ない。中井たちが溜まり場にしているボランティアサークルの部屋は鍵が掛かっていた。

野津は学生食堂に向かった。ピークを過ぎた食堂に喧騒はなく、大きなテーブルに一人、二人と座り、気怠そうに箸を動かしている。彼は食事をすませてから、もう一度、あの部屋を訪ねてみることにした。

席はたくさん空いているのに隣に女性が座った。トレイを持たず、飲み物も持たず、カバンを大事そうに抱える女は、じっと彼の箸の動きを追いかけている。

「俺に、何か用？」

その言葉を待っていたかのように女の口が開く。

「少しお話をしてもいいですか」

「何を？」

「大切な話です。あなたは神を信じますか、神の助けを必要としていませんか」

神の餌食になるほど寂しげな顔をしていたのかと、野津は驚いた。女の口が滑らかに動き、独特の口調で言葉が繰り出される。その生気のない顔は能面のよう。

頼むから静かに食事をさせてほしい……彼はそう言おうとしたが、相手の気持ちを忖度する気などない女は、連続して単語を吐き出し続ける。

「頼むから、あっちへ行ってくれないか」

懇願は無視され、女は本当の終末は、もっと後にやってくると説く。

「うるさい、あっちへ行け」

彼は片手で追い払う仕草をした。女の表情が強張る。女は携帯電話を取り出し、「学食、説破」と言った。女は、鼻から荒い息を出しながら野津を睨みつけ、小さな声で呪文のようなものを唱え始める。気味が悪くなった野津は席を立とうとした。

いつの間にか、背後に三人の男がいた。

「教導」と女がいう。男たちは野津の両腕をつかみ、一人は背後からズボンのベルトを握り、逃げられないようにしてから、「歩け」と命じた。

食堂から連れ出され、着いた部屋には〝ユートピア研究会〟の表示があった。

四人は、野津を部屋に引きずり込むと、周りを取り囲んだ。

「お前は神を冒涜した」

「どんな神かは知らないが、俺は冒涜などしていない。ただ、一人にさせてほしいとお願いしただけだ」

「お願いした？　お前は、私を犬や猫のように追い払おうとした。決して許される行為ではない。絶対に許してはならない」

「それは、キミがあまりにしつこいからだ」

「追い払おうとした事実は認めるのだな」

「認めるよ」

少しでも非を認めると、畳み掛けるような追及が始まる。

「お前が愚弄した支部長は、神のシモベだ」「支部長を愚弄したお前は、神をも愚弄したのだ」「そうだ。支部長を愚弄すれば、神も愚弄される。お前は許されない大罪を犯した」

「その理屈、どこかで聞いたような気がする……そうだ、かつての日本軍と同じだ。上官の命令は天皇の命令だからと、部下に絶対服従を命じた日本軍の上官と同じだ」

「違う。神は天皇よりも上だ。神は人間には理解不能な世界のすべてを把握する唯一、絶対の存在だ」

「そんなの虚構だ」

「折檻」と女が叫ぶ。

一人の男が野津を後ろから羽交い絞めにし、もう一人が拳を繰り出した。顔に激痛が走り、口の中に生温かいものが広がる。

いきなり殴られた野津は、怒りに任せて両腕に力を入れた。羽交い絞めがほどけ、彼は殴った男の顔に拳を突き立てた。男は「グエッ」という声を発し、倒れた。

振り向きざまに、羽交い絞めをしていた男の胸倉をつかみ、力を入れた。男が宙に浮く。野津は、自分のどこにこんな力があったのだろうと驚き、思わず手を離した。宙に浮いていた男は床に転がり、それを見たもう一人の男も腰を抜かした。女が口をパクパクさせていた。


部屋を出た野津は、手洗い場で口の中にたまっているものを吐き出した。真っ赤な血と唾が混ざり、唇の周囲がズキズキと痛む。右手の拳には、気絶した男の皮膚の感触がまだ残っていた。

——生まれて初めて人を殴ってしまった。怒りに任せて相手を打ちのめしてしまった。自分でも驚くような力で。そうか、夏休み中、ヤスさんの工場で重い鉄や機械を運んでいたから筋力がついたのだ。それを自覚せずに、相手を傷つけてしまった……

野津は以前、不動産屋に腹部を殴られ、畳にうずくまった、あの時の痛みを思い出し、不動産屋と同じになってしまったのかと自己嫌悪に陥った。

——しかし、四人に囲まれ、無抵抗で、されるがまま殴られていたら殺されていたかもしれない。集団リンチは閉ざされた空間の中ではよくある話。集団だと抑制がきかなくなるから。だとしたら、早い段階で抵抗して、抜け出したのは正しい判断になる。それに、先に殴ってきたのは向こうだ。俺は、これ以上傷つかないために反撃したのであり、これは正当防衛だ。だが、相手を傷つけてしまったのは消しようのない事実……彼は後味の悪さを引きずりながら、来た目的を忘れ、学校を後にした。

10

青く腫れた頬を手で押さえ、電車に乗り、アパートにたどり着いた野津は、すぐに布団を敷いた。ぐっすり眠れば、頬の痛みと手に残る皮膚の感触を忘れられそうな気がした。

ウトウトしていると女性の声が聞こえてきた。澄んだ声が、男の低い声と交互して、大きくなり、小さくなる。それは日本語のようであり、外国語のようでもあり、まるで映画館でうたた寝をしながらセリフだけを聞いているよう……女の声は、この前、大家と話していた人に違いなく、その声が一段と大きくなり、返すパクの声がはっきりと聞こえ、なぜがリムの声も入り、やがてリムが野津の部屋に駆け込んできた。

「彼女は、ユンさんと言って、パクさんが以前住んでいた家の娘さんです。パクさんのフィアンセらしいです。彼女は家に戻るように説得しているが、パクさんは戻らないと言っている。私なら、すぐに戻ってあげるのに」

「パクさんは婚約していたのか。どおりで大人っぽいと思った」

「私は、今までパクさんに同情していました。お父さんの命令に従うだけの人生は、自分の人生ではない。いくらお金持ちでも自分の人生を送れないのはかわいそうです。でも、同情はやめにします。あんなフィアンセがいるなんて許せません」

　リムは布団から半分だけ顔を出した野津にそう説明すると、部屋を出て行った。


　今度は穏やかに話し合いが進んでいるようで、言葉としては聞き取れず、野津は音として聞くとはなしに聞いていた。

「野津さん、みんなで食事に行くことになりました。野津さんもどうです？」

「リムさん、俺、ちょっと調子が悪いから、こうして早めに寝ている。次は付き合うからとパクさんに伝えてくれないか」

　野津は、布団の端で顔の半分を隠し、そう懇願した。


　野津は猛烈な空腹を感じ、目を開けた。

　昼飯を半分しか食べていないのに連行されたのだから当然だろう。彼は台所でお湯を沸かし、カップラーメンに注いだ。

　食べようにも思うように口が開かない。洗面所へ行き、鏡を見ると、唇の半分とその周囲が青黒く腫れていた。

　長い時間をかけて一杯のカップラーメンを流し込むと、彼は再び布団に入った。

　先ほどの喧騒が嘘のように静まりかえるアパート。顔の半分がズキズキうずく。胸にも棘が刺さっていて痛い。反射的に殴ってしまったのだが、気絶した、あの男はどうなったのだろう……

　車の止まる音がした。珍しく大家がタクシーで帰ってきたようだ。

「さあ、どうぞ、どうぞ、気をつけて」

　客を伴っているようで、二つの足音がゆっくりと大家の部屋に消えた。

「野津君、おいしいお菓子があるから食べに来ない？」

大家がドアを開ける。

「いりません」

「おやまあ、どうしたの？」

「いりませんから出ていってください」

「何をそんなにカリカリしているの？」

大家はズカズカと部屋に入り、布団をまくった。

「その顔が原因か……私の部屋に来なさい。手当てをしてあげるから」

「けっこうです」

「腫れを抑えなければ外に出られないよ。自然に治るまで何日も、ここで寝ている気？」

彼は渋々、大家に従った。

大家の部屋には、白髪を短く刈りそろえた小柄な女性がチョコンと座っていた。

「こちら古波礼子さん、名前ぐらいは知っているでしょう」

「いや、その……」

「勉強不足ねえ、読んだことないの？　あの有名な」

「やめてください。肩書など人間にとって無用なものの一つ」

「それは、ある人のセリフで、ない者にとって肩書は憧れよ。カネはいらないけど肩書は欲しいわ。そうそう、こちらは野津君。現役の活動家。今どき珍しいでしょう。絶滅寸前の希少種。ほら、今日もこんなに顔を腫らしている。これが現役である何よりの証拠」

「違います。俺はそんなのではありません」

「隠してもダメ。今日は外ゲバ、内ゲバ、どっち？」

「何ですかそれ？」

「機動隊と外でぶつかるパワーはないから、きっと内ゲバの方ね」

大家は薬箱から湿布薬を取り出し、野津の頬にあて、テープでとめた。

「内ゲバとは、あるグループ内で意見の対立が起きるとするでしょう。最初は口で争い、お互いが正当性を主張し合う。ところが、収拾がつかなくなると、一方が一方を力で抑えようとする。一方も力で対抗する。それがエスカレートすると、相手を排除してしまわないと自分の安全は保たれないと考えるようになる。そして、自分を守り、組織を守るためには相手を抹殺しなければならなくなり、そのためには何でも許されるようになる」

大家の説明を受け、古波礼子が静かな口調で語り始めた。

「愚かです。そのような事態は相手を認めないから起きるのです。自分を認めてもらうためには、相手も認めればならないのにねえ。きっと自分を認めてもらう必要がないのでしょう。自分だけが正しく、絶対だから」

古波礼子は野津に微笑みかけた。その笑みは童女のようにあどけなく思え、常に一点を見つめている眼は、今まで見たこともない色をしていた。

「あなた、不思議な匂いがする。躍動する汗の匂い、夏の草むらが抱え込んだ匂い。そして血の匂いも……ごめんなさい、気を悪くした？　私、ほとんど目が見えないの。だけど、その分、臭覚の調子がいい。今の若い人は何も匂わない人が多いから、あなたのような匂いに出会うとうれしくなる」

大家よりも、さらに年上に見える白髪の女性。その小さな身体から醸し出される森閑とした雰囲気。虚飾とは無縁なしぐさ。静かな語り口とその言葉……野津は急激に、この女性に惹かれていく自分を意識した。

「礼子さん、去年の九月に、あなたの町で臨界事故が起きた時、どうして逃げてこなかったの。原子力の事故で初めての死人が出たというのに……あなたの家、半径一〇キロの屋内退避区域に入っていたのだから、まだ放射能は残っているはず。今からでも遅くない、ここに避難してきたら？」

「放射能が怖いのは、三〇年、五〇年先に起きる事態。だから逃げる必要があるのは子どもを産む可能性のある女性。それに赤ん坊と子ども。私は年寄りだから逃げる必要はないし、逃げたいとも思わない。私には、あの会社を受け入れてしまった責任がある」

「あれほど反対運動をしたのに？」

「私は無知だった。反対したのは近くに飛行場があり、施設に飛行機が落ちる可能性があるから危ないという理由で、原子力そのものへの反対ではなかった。去年、放射能がまきちらされ、技術の未熟さと原子力の本当の怖さを知った」

「あなたが無知なら、私はどうなるのよ」

二人は昔の話をし始め、野津は黙って聞いた。古波礼子は、以前、このアパートに住んでいた人たちと交流があったようで、何人もの名前が出て、懐かしそうに当時の様子が語られた。

夜が更け、泊まるよう勧める大家に、

「それがダメなの。出版社の人が予約してくれたホテルで、明日の朝から打ち合わせがある。私の場合、校正原稿を読み上げてもらう必要があるから手間がかかるのよ……だから、ごめんなさい。あなたの元気な声が聞けたし、久しぶりに芝垣さんたちの名前も聞けたから、それだけで十分」

大家は電話でタクシーを呼ぼうとした。どこの会社も出払っているという。

「この地域は商売にならないと見捨てられたみたい。いいわ、駅まで行けばタクシーがいるから、駅まで送る。電車はダメよ、危ないから」

「あの、俺が送ります。送らせてください。女性だと途中が危険ですから」

「そうなのよ、この辺、人目がないから、ひったくりが多くてね。狙われるのは女ばかり。弱者しか狙えない弱者のくせに、弱者を襲うなんて最低」

野津は玄関で、古波礼子の靴をそろえた。

「ありがとう、手を持ってくださらない」

「はい」

柔らかい手を握り、彼はゆっくり歩いた。

「あの、古波さんは、どこにお住まいなのですか」

「天の川が流れ込む海のそばの小さな町です」

「海のそばですか……海は嫌いです」

穏やかな海岸線と和倉知帆の母親の厳とした言葉が彼の脳裏を駆け巡る。

「私も嫌いになったことがあります。でも、嫌いになり切れなかった……」

野津は歩きながら、この人とは、ずいぶん前からの知り合いだったような気がした。握った手から何かが伝わりくるよう……これは何だろうと彼は心の中でつぶやいた。

「ここも静かな所ですねえ。車の音はしないし、風も匂わない」

「この辺りは、大きな駐車場を備えたショッピングセンターをつくるために地上げされたそうです。住民は追われるように移転したのに、バブルがはじけて計画は中止になり、土地は放置されました。駅からは遠いですし、地域社会が破壊したので何をするにも不便になり、新たに住もうという人はいません」

「おカネが人間の幸せの度合いを測る基準だった頃の話ですね。人間関係のすべてがおカネに置きかえられようとした頃の」

　後ろから一台の自転車が通り過ぎ、野津は反射的に身構えた。

「筋肉が強張っています。そんなに力んだら、かえって動けなくなりますよ」

「すみません。ひったくりかと思い、つい緊張して」

「謝る必要はありません。私をかばってくれたのですから」

「いや、その……俺、今日、生まれて初めて人を殴ってしまいました。向こうが先に殴ってきたので反撃しました。だから正当防衛になります。ですが、人を殴ったことには違いなく、いまだに後味の悪さを引きずっています」

「その気持ちを忘れないでください。暴力を繰り返すとその気持ちを失います。マヒするのです」

「はい、忘れません」

「言葉が未発達な幼児は、自分の思いを伝えられなくて暴れてみたり、みさかいなく殴ったりします。これは一つの表現手段ですが、逆に、言葉を持っている大人が暴力をふるう場合は言葉を殺すことになります」

「コミュニケーションを不能にするからですね」

「でも、抵抗は否定しないでください。人類の歴史は、圧政や抑圧に対する抵抗の繰り返しだったのですから。たとえば、他国の軍隊に支配されてしまったら、支配された人々は自由を求めて立ち上がるでしょう」

「はい」

「まず、人々は言論で闘います。そういう人はすぐに逮捕されてしまい、それを見た人たちは、秘かに武器を手にして抵抗を始めます。あなたは、これを暴力はいけないからと否定しますか？」

「しません。だって、支配された人々の抵抗を否定したら、喜ぶのは支配した側ですから。支配は永続的に続くことになります」

「そうです。かつて日本は多くの地域を軍事支配しました。支配された人々は命がけで日本の支配と闘い、独立を勝ちとりました。そんな歴史を忘れて、支配された側の抵抗を暴力だと否定する人がいます。それはおかしいです。暴力を否定したいのなら、まず、支配した側の最初の暴力を否定しなければなりません」

「すると、支配されるのを拒否した俺の抵抗は正しかったと言えるわけですね」

「はい。抵抗は人間の権利です。人間としての尊厳を守り、隷属しないためには抵抗しなければならない時は、すべきです」

　その言葉の凛とした響きに、彼は思わず頷いた。

「とは言っても、力だけが抵抗の方法ではありません。時代によって抵抗の仕方は変わります。もう力の時代は終わりにしなければならないと思います」

　力に力で対抗しても気が晴れないと感じていた彼は、その言葉に、また頷いた。

「野津さん、あなたは長生きしたいですか？」

「別段、したいとは思いません」

「お願いだから、生には執着してください。生きたくても生きられない人がたくさんいますから」

　彼は何と答えてよいのか判らず、黙った。

「それとも、私たちの世代がたくさんのものを、あなたたちの世代にツケとして残してしまったから、長生きする意味などないのかしら？」

「大変なツケですが、私たちの世代が仕組みを変えることができれば、返済できると思います」

「お願いします。私はもう歳です。責任を自覚していても、責任を放棄せざるを得ないのです。無責任な話ですが事実です。ですが、あなたには時間が与えられています。若さが一つの武器として与えられているのです」

「武器ですか……若さを武器だと意識したことはありま

せん。それに、生に対する執着もあまりありません。生きているというリアリティがないのです」

「あら、光子さんの話だと、あなたはこの鬱々とした時代に、果敢にも学校を占拠して、生の緊張を味わっている珍しい人だと」

「社会性を持てずに、自分をもてあまして悶々としていた頃より、占拠していた時は、生きているという実感がありました。自分は当事者として生きているのだと思いました。敵だらけの中で、仲間の一人一人がかけがえのない存在でした。でも、終わったら元の木阿弥。また戯れの世界に戻ってしまった。結局、隔離された井戸の中で飛び跳ねていただけだったようです」

「隔離されたユートピアが理想の存在ではないことが判っただけでも、よかったですね」

「はい。その結果、見つけたのが寂しさです」

「いいものを見つけましたね。寂しさは、誰もが持つ透明のスタートラインです。そこから出発して、〝さみしさ〟を、少しだけ〝せつなさ〟に変えてみたらいかが」

「せつなさ、ですか？」

「せつなさは、さみしさだけでなく、悲しさ、恋しさ、やさしさ、むずがゆさや痛みなどを伴う素敵な感覚です。そしてそれは、人に対して、社会に対して関心を持たなければ生まれないものです」

「人にも社会にも関心はあるにはあるのですが……」

「関心の対象は人それぞれで、千差万別です。だから世の中、面白いので、誰もが同じものにしか関心を示さない社会はつまらない。問題は対象ではなく、強度です。関心には強度が必要です。それは、生まれとか、才能だとか、学歴、経験などと一切関係ない、その人が持つ力です。関心の強度が、その人独自の力になるのです」

　野津は、自分に足りないものは、これだったのかと思い、大きく目を見開いた。

「車の音が聞こえるようになりました」

「はい、駅が近づいてきましたから」

「あら、もう。残念ねえ、久しぶりに男の人と二人きりで歩いて、心が弾んでいたのに」

「俺も、です」

「本当ですか？」

安らぎを感じていた。

「はい」

「嬉しい。歳を重ねるとなかなか心がときめかなくなるから、ときめいてくると、ときめく自分に嬉しくなる。その上、あなたまで一緒にときめいてくれたなんて、こんな幸せはないわ」

「俺は、あの、私は、私の心の中で渦巻いていた憎しみと自己嫌悪の塊のようなものが消え、とても穏やかな気持ちになれました。感謝します」

「じゃあ、お別れに、ハグしてくださらない？」

「ここで、ですか？」

「そう、今、この時が大切」

駅前の小さな広場に客待ちのタクシーの姿はなく、仕事を終えて帰る人、これから夜勤に向かう人、塾から帰る子どもらが行き交っていた。

野津は雑踏の中で、白い髪の女性を両手でいたわるように、そっと抱きしめた。小さな痩せた身体が、彼の胸のあたりに顔を埋め、動かなかった。

抱いているのに、抱かれているような気がした。照れはなく、恥ずかしさの欠片もなく、彼はただただ静謐な

第6章　ブリザード

冬場になると、エンペラーペンギンのコロニーは、気温マイナス五〇度以下となり、風速一五〇メートルのブリザードが吹き荒れる。このため、孵化した雛の四分の三は、巣立つ前に死んでしまう。

I

本人の知らぬ間に、親が退学届を提出した。「あなたのためを思って」と母は言い、「お前を守るためだ」と父はいう。

以前の和倉知帆なら、親の勝手な行動に強く反発しただろう。だが、再入院で希望を失い、仲間とのつながりを断たれ結果の孤独な心に抵抗する力は残っていなかった。

彼女は暴漢に刺された時の恐怖と、長い入院生活の苦い記憶から懸命に逃れようとした。しかし、それらはフラッシュバックのように甦り、彼女を苦しめていた。

この苦しみから逃れるためには、過去を消し去るしかない……彼女は、あの恐怖体験を忘れるために、仲間とともに何を求め、何をしたのかという記憶までも、同時に封印しようとした。

それは、仲間との接触を完全に断たれた時期でもあったので、過去の封印は、ごく自然に行われ、彼女自身、自分の心の変容を意識することなく、目の前の現実だけを受け入れることで、心穏やかな日々を得ようとしていた。

病院から傷は完治したとの御墨付をもらい、自宅に戻った和倉知帆は、母親から当分の間、家から出ないよう厳命された。

「あなたの身体のため。そして再び襲われないよう、念のために」という母親。当初は、その言葉に親の慈愛を感じ、素直に従っていた彼女だったが、時間とともに、それを鬱陶しい束縛と思うようになっていた。

子どもじゃないのに……彼女は家から出て、太陽を浴び、風を感じたかった。花屋に行き、季節の花をいっぱい買い求めたかった。しかし、一人で人混みに入れば、恐怖で身体が硬直してしまい、動けなくなるかもしれなかった。

彼女は、自分がどうなるのかを人混みの中で試してみようと思った。たったそれだけのことなのに、これまで忘れていた〝意欲〟のようなものが滲み出るのを感じ、彼女は久しぶりに思考を働かせ、ある方法を思いついた。

彼女が志大の芝生の上で倒れていたところを病院へ運んでくれたトラック。運転していた人は名前を告げずに立ち去ったのだが、病院の守衛が、そのトラックのドアに書かれていた〝安井なんとか工業〟の文字を憶えていた。

この話を手掛かりに、電話帳を調べると、圧搾工業、解体工業、設備工業、電器工業、鈑金工業の五社が該当した。

和倉知帆は、助けてくれた人を捜し出して、一言お礼をいう必要があるのではと母親に提案してみた。

「外出はまだ早い。確認なら電話で済む。私が掛けるから、リストを渡しなさい」

母親は最初の圧搾工業に電話した。事情を説明し、この日、志大へ行った従業員の有無を尋ねる。調べてみるからと、相手は電話口から離れた。

「何を手間取っているのかしら？　どうせ従業員数の少ない中小企業だろうに……」

長時間待たされた挙句、現時点では判らないので、後日、こちらから電話をするからと電話は切れた。三日たっても、この会社から連絡はなかった。

「ママ、こういう場合は、直接出向いて確かめなければ、誠意を見せたことにはならないのと違う？」

「誠意ねえ……あ、一人で外出するつもりでしょう。それはダメ。私の車で一緒に回る。そうしましょう。あなたにも久しぶりに外の空気を吸わせてあげる」

次の日、二人は一番近い安井設備工業へ車を走らせた。

現場に出ている従業員が戻らないと判らないからと、二人は事務所で待つよう促され、三々五々、帰社した従業員に該当者はいなかった。

半日近く時間を無駄にした母親は完全にやる気をなくしたようで、知帆は一人で外出するチャンスと考えた。

「ママも忙しいだろうから、あとの三つは私に回らせて」

「それはダメ。一人で出歩いて、また襲われでもしたら、取り返しがつかなくなる」

「でも、礼節を尽くしなさいと、いつも言っているのはママよ。ここで確認をやめたら礼節が」

「だから、私と一緒に車で回ると言っているでしょう」

「ママ、少なくともあと二回はイライラする可能性がある。お茶だけで、長い時間待たされかもしれないのに、二人で待つなんて、無駄だと思わない？」

「確かに……」

「守衛さんの見間違いだったら、三回とも無駄になる可能性もある。一人で行かせてくれたら、留学案内に目を通して、願書を出す学校を決めてもいいけどなあ」

「本当？　ちゃんと考えてくれる？　犯人から逃れるには、留学が最善の方法なのだから」

「ママの気持ち、判っている」

「いい子ねえ……そうだ、留学先はイギリスに決めたから」

「アメリカの西海岸ではなかったの？」

「アメリカは銃社会だから危険。イギリスは伝統があるから安心。もっとも、最近ではアジア系が増えたから治安が悪化しているらしいけど、アメリカよりもましでしょう。何で、アジア系を簡単に入れるのかしら？」

「ちょっと、アジア系を悪くいうけど、私もママもアジア系よ」

「えっ、そうだった？」

　残りの三社を回るだけという約束で、知帆は退院後、初めて、一人での外出を許された。

　久しぶりの駅。その雑踏に足を踏み入れた途端、彼女は身体を硬直させ、立ちすくんでしまった。後ろから何者かが襲ってきそうな気がし、振り向いた。女性が驚いたように立ち止まる。知帆は小さく会釈をし、女性は足早に去って行った。

　そうした硬直は一回だけで、彼女は、すぐに人の流れに合わせて歩けるようになり、電車にも乗れた。

　知帆は、コピーした住宅地図を手に、安井解体工業を捜した。道路の片側には人の背丈よりも高いコンクリートの堤防が延々と続いていた。反対側は平たんな土地で、町工場や住宅、錆びたトタン屋根の倉庫、カーテンが閉まったままの商店が混在している。

　小さな食堂の隣に、細長い工場があり、その前に、一台のトラックが止まっていた。ドアには〝安井解体工業〃の文字。

あの時、彼女は、痛みをこらえることすら限界で、気を失いつつあり、どのような人に担がれ、どんなトラックに乗せられたのか全く記憶がなかった。

薄暗い工場を覗くと、作業服の男が一人、無言で立っている。

「あの、すみません。ちょっとお尋ねしたいのですが……」

何度呼びかけても、男は工場の奥を向いたまま、動こうとしない。チャイムや呼び鈴も見当たらない。

山のように積み上げられた鉄の機械、鉄板や鉄屑。光り輝く金属類はほんの一部で、ほとんどが茶褐色をしており、空気までも錆びついていた。

自身の生活圏では目にしない色調と、うらさびれた光景に困惑した彼女は辺りを見回した。

隣に〝焼肉・めし〃のノレンが出ていた。

「ちょっとお伺いしたいのですが」

「いらっしゃい。何します」

「すみません。お客じゃありません。お隣の安井さんですが、姿は見えるのに、何度お呼びしても返事がないもので……」

「あいつか、ちょっと待って」

中年の女性がタオルで手を拭きながら出てきた。

「あいつは今、恋人と話をしているから、ちょっとやそっとのことで振り向かない」

女は棚から細い鉄の棒を取り出すと、ドラム缶の一つをガンガンと叩いた。

「これでいい。ヤスさん、お客だよ。私の若い頃みたいな人が訪ねてきたよ」

「あの、実は私……」

油で汚れた作業服を着た男は、彼女の話を黙って聞いた。

「ああ、確かに志大へボイラーの撤去に行ったことがある。芝生に倒れていた人を病院まで運んだこともある。中央病院だった。でも、あなただったかなあ？　もっと小柄な人だったような気がするけど」

「私です。おかげさまで退院することが出来ました。今日は、あの時のお礼に」

　彼女は持参の菓子箱を差し出した。

「悪いね、気を遣わせて」

「いえ、ほんの気持ちですから、お受け取りください」

「わかった。キミ、ヒマかい？　よかったら一緒に食べよう。もらい物だがね」

2

　三回は外出できるはずが、一回目で該当者に当たってしまい、和倉知帆は再び自宅軟禁に戻された。

　一人で人混みの中に入るというチャレンジと、その結果に満足した彼女は、親との約束通り、留学先を決め、願書を送付した。後は、英語の勉強に集中すればよいのだが、何かが物足りなかった。何かが欠けているように思えた。

　午前中は訳文、午後からはリスニングに集中しようとしても、時として、たまらない寂しさに襲われ、彼女は勉強を投げ出し、家を飛び出した。驚いた母親が後を追い、近所の公園でぼんやりしている彼女を見つけ、連れ戻した。

　そうした行為が四度、五度と続くと、母親はもう追おうとしなくなった。

　それからは、高台の公園に通うのが彼女の日課となり、眼下に広がる街並みを一人、見つめていた。

　ある日、公園でぼんやりしていた彼女の脳裏に、「一緒に食べよう、もらい物だが」と言った、安井の笑顔が浮かんだ。一人で外出した記念すべき日の出会い、いや再会だった。

　あの日、長居したことを詫び、謝辞を言おうとしたとき、彼は言った。

「身体の調子がよかったら、いつでもおいで。今度は私がご馳走するから」

　通常なら、これは単なる社交辞令と受け取るもの。だが、孤独な心の奥底で、響き合うものを求めていた彼女にとって、それは投げ返されたボールであり、交歓のシグナルに思えた。

あの言葉に応えなければ……彼女は引き寄せられるように電車に乗り、鉄橋を渡った。

　和倉知帆は堤防沿いの道をゆっくりと歩いた。歩きながら不安になった。工場の場所はうろ覚えだったし、堤防と並行する道路はカーブを描きながら、どこまでも、どこまでも続き、終わりがないように思えた。

——この道は、どこまで歩いても、どこにもたどりつけないのだとしたら、私はどうなってしまうのだろう……不安は徐々に恐怖へと変わり、彼女は今にも誰かが襲ってきそうな気配を感じ、傷痕を押え、道端にうずくまった。

　そこへ偶然、というより幹線道路は堤防沿いに一本しかなかったので、仕事の向う安井のトラックが通りかかり、うずくまる彼女を見つけた。

「大丈夫か！」安井は、あの時のように彼女を軽々と抱え、トラックに乗せた。

「中央病院だな」

　車を出そうとする安井に対して、彼女は首を横に振りながら涙した。

　安井は車をUターンさせ、工場に戻ると、彼女を椅子に座らせた。

「見ていてごらん」

　彼は、クレーンで機械を吊り上げ、次から次へと分解してみせた。

「すごい。まるで手品みたい」

「手品だったら消えてなくなるけど、分解した部品はなくならない。この小さな部品を組み立てれば、また元のようになる。世の中には壊れて消えてしまうものもあれば、再生するものもある」

　彼は、作業台の上に大きさや形の違う歯車やボルト類を並べた。

「このボルトは、このモーターの中に組み込まれていたもの。ボルトが一つ欠けてもモーターは正常に動かない。モーターという全体を分解すれば、一つ一つの部品になる。逆に、一つ一つを組み立てれば全体になる。人間も一人では生きられない。社会がなければ、他者がいなければ生きられない」

「でも、私はひとりぼっち」

「いいじゃないか。人間、社会がないと生きられない。しかし、時としてその社会から距離を置いて、一人になる必要もあると私は思う」

「今がその時だと?」

「そう。一人になって、今まで持っていた理想とか、夢とか、名誉とか、プライド、義務などから離れて、こだわりだとか、しがらみを一つ一つ外してみたらどうなるかな?」

「消えてしまいそう」

「そうかな？　キミも私も社会の中の小さな歯車にすぎない。しかし、キミは、誰でもないキミだ。一人の人間としてちゃんと生きている。キミがキミである限り消えてなくなりはしない」

「私が、私である限り……」

「特にキミの場合、瀕死の重傷を負ったが死ななかった。死なずに生き延びた、それがキミの起点になるのではないかなあ。これからの起点に」

　彼は決して「ガンバレ」と言わなかった。ただ、「人と人はつながりあえるし、一人にもなれる。病人だったキミは、そのどちらも選べなかった。これからは違う。自分で選べる。好きに選べる。選ぶのはキミだ」と、彼女の心をやんわりと包み込んだ。

3

　コンクリートの堤防の上に並んだカラスが風を受け、羽を逆立てている。堤防の頂上までは二メートルほどあり、道路側からは川面は見えない。この堤防の上に登り、風を感じられたら、流れを眺められたら……和倉知帆は、羨ましげにカラスを見つめた。

　彼女は、堤防沿いの道を歩きながら、「また、来てしまった」とつぶやいた。手にする菓子は、休憩の時に安井と二人で食べるもの。彼は何でもおいしそうに食べてくれた。

　彼女は工場に入ると椅子に座り、安井が作業をするのを黙って見つめた。

ボルトを一本外すだけで二つに分かれる機械。鉄を焼き切るガスの炎。飛び散る火花。

ここには時計がなかった。モノをつくる〝業〟は時間との競争だが、壊す〝なりわい〟には時間は無碍に漂っていた。ガンガンガンとドラム缶が鳴りさえしなければ。

「ヤスさん、晩飯、何にする？　いいホルモンが手に入ったから、おや、あんた、この前のお嬢さん」

「こんにちは」

「こんにちはじゃないわよ、あんたみたいなお嬢さんが、こんな所へ来てはいけない。あんたにふさわしい場所は川の向こう側。こんな吹き溜まりのような所で、ろくでもない奴にかかわり合うと、ひどい目にあうよ」

皮の手袋を脱ぎながら笑う安井に対し、焼肉屋のおかみは眉間に深いしわをつくってみせた。

「ヤス、あんた自分が何者であるのか忘れたらいけない。前科が三つもあるのを」

「去年、もう一つ増えた」

「あんた、増えて喜んでいる場合か。前科者を世間がどう見ているのか知らないのか」

「前科一犯でも日陰者なのに、四犯はモグラみたいに地下に潜っていろと？」

「そうだ。その汚い面を地上に出すと、世間中から追いかけ回され、踏みつけられ、目玉をひん剥かれる」

「あの、お邪魔なら、私、失礼します」

「そうしなさい。ここに長居すると、よからぬ奴がやってくるよ。スリや詐欺師ならまだいいけど、最近は過激派まで姿を見せるようになった。過激派って、世の中の何もかもを一度にひっくり返そうとする輩だ。いっぺんにひっくり返ってくれればいいよ。そんなことが出来るわけがないのに、出来そうにいう嘘つきどもだ。この男、留置場にぶち込まれるたびに、そこで知り合った奴を連れてくるけど、それがおかしな連中ばかり。お嬢さん、ここにいると、そんな連中がやって来て、ひどい目に遭わされるから、早く帰った、帰った」

おかみは、首にまいていたタオルで彼女を工場の外に追い立てた。

4

その夜、吉竹はどこかで飲んできたらしく、かなり酔った様子で〝ネギをうえた人〟に現れた。

カウンターに座っていた野津と小池の後ろから二人の肩に手を回し、「よお、恵まれた学生諸君、今日もいるな」と酒臭い息を吹きかける。

「おい、新城、ウイスキーだ。この店で最高のやつを出せ、と言ってもこの店は大衆が飲むやつしか置いていない、しけた店なのだ」

ヒゲは黙って氷とグラスを出し、ウイスキーを瓶ごと出した。

「つまみも出せよ。食べなくても飾りとして出すものだ」

ピアノとベースが寄り添い語り合うような曲が流れる。

「新城さんよ、俺のカネ、いつ返してくれるんだ?」

「この前も言ったように、もう少し待ってくれ」

「いいよ、俺は太っ腹だ。いつまでも待つよ、いつまでも……」そう言いながら、吉竹はカウンターに顔を伏せ、静かになった。

ヒゲがレコード盤を裏返す。

「野津君、ヤスさんはどうしている? 最近ちっとも顔を見せないけど」

「今、大きな船のエンジンを解体するのに夢中になっています。話しかけてもろくに返事もしてくれません。だからバイトに行けないのです」

「小池君の方は、順調?」

そう問われ、小池は言葉を濁した。これまでレポートを提出すると、どの先生も細かいところにクレームをつけて、何度も書き直しを命じた。それは学校に逆らった四人に対する嫌がらせだろうと彼は考えた。ところが、和倉知帆が退学届を出してからは、方針を転換したようで、レポートを出すと、読みもせずに合格点をつけ、単位をくれるようになった。目障りな四人を卒業という形で追い出そうとしているのは明白で、そうなると、読んでもくれないレポートを書くのは無駄な作業に思え、彼がレポートを書くスピードは極端に遅くなっていた。

吉竹がガバッと顔を上げ、唐突に「おい、遥子はどうしている？」とヒゲに尋ねた。

「しつこいぞ、お前」

ヒゲは素っ気なく質問を遮ろうとする。

「こいつはなあ、昔、結婚していた。遥子という女と。遥子は俺たちの仲間だった。それで二人はくっついたというわけだ。ところが、こいつ、逃げられてしまった。かわいそうな話だろう。悲しい、悲しい悲恋のラブストーリーだ。他人の不幸は蜜の味というが、仲間の不幸は酸っぱいレモンのクエン酸……そうだ、確か、あの時、彼女のお腹には子どもがいたはずだ。あの子が生まれたとしたら幾つになる？　小池君や野津君ぐらいの歳になるのと違うか？　そうか、お前はこの二人に自分の子どもの面影を見ているのか……」

「勝手に決めつけるな。お前の悪い癖だ。いつも独り合点して、自分だけ納得して、恥ずかしいと思わないのか」

「新城よ、俺は常に冷静に状況を分析している。だから一流企業でもやっていけるのだ。社会の下層に沈んでいるお前とは違う。その辺をわきまえろ」

「なら、お前こそ、何で結婚しない？」

「女なんて出世の邪魔だ」

「そんなの寂しすぎませんか」小池がたまらず口をはさんだ。

「キミらは若い。幻想にあふれている。女の怖さ、薄情さ、計算高さを知らない。こんなヒゲ面のいい男を捨ててしまうのが女の実態。俺は結婚なんてまっぴらだね。気を遣わずに、好き時に、好きなものを食べ、飲み、一人で自由に生きる」

ヒゲは黙したまま、アイスピックで氷を砕き、グラスに入れた。

「遥子ちゃん、遥子ちゃん、なぜ逃げた……おい、新城。もしかして、お宝は遥子が持って行ったのではないだろうな」

吉竹は急に真剣な顔つきになり、ヒゲを見つめた。

「まだそんなことを言っているのか。お宝などない」

「嘘つけ。他の奴らは騙せても、この俺は騙されないぞ。お前が教えないのなら、遥子を捜し出して問い質してやる。必ずお宝のありかを白状させてやる」

「たわごとはやめろ。しつこいぞ」

「お宝の在り処を教えないかぎり、やめない。俺には貰う権利がある。一人占めは絶対に許さない」

「許さないからと、無断で人の家を家探ししてもいいのか？」

「俺が不法侵入したとでも？」

「二階の部屋を荒らしたのはお前だろ」

「地位も名誉もある俺が、そんなことをするわけがないだろう。それとも証拠でもあるのか？　俺の指紋が出たとでもいうのか？　俺はなあ、お前と違い、逮捕歴がない。昔はそれが負い目だったが、今は違う。俺の指紋はきれいだ。お前のように汚れてはいない」


　野津は風俗店から警察に連行され、写真を撮られ、全部の指の指紋を採取された、あの時を思い出し、じっと指を見つめた。それは身体の一部が剥ぎとられるような屈辱だった。

　小池の頭から〝ようこ〟という名前が離れなかった。

　以前、中井の母親の経営するクラブで、処分撤回の祝賀パーティが開かれた時、ホステスたちは中井の母親を「ヨウコママ」と呼んでいた。中井圭太は父親の顔を知らない。生まれてすぐに交通事故で死んだと聞かされているらしいが、そんな話はいくらでも創作できる。ヒゲが遥子という女性と別れた時、彼女は妊娠していたという。順調に生まれていれば中井圭太と同じ歳になる。遥子という名前の女性は五万といるだろう。しかし、子どもをめぐる状況が一致するのは少ないはず。ヒゲは中井の父親ではないか？　……そう考えた小池は、どうしても二人の血縁関係を確かめずにいられなくなった。

　もし、ヒゲの相手だった遥子の姓が中井だったら、中井圭太をヒゲの店に連れて行き、紹介しただけでヒゲは何らかの反応を示すはず。きっと母親の名前、容姿を聞き出そうとするだろう……


　秋の夜。賑わう横丁の中を、忙しいからと渋る中井をなだめながら、小池は〝ネギをうえた人〟の扉を開けた。

「ヒゲさん、紹介します。彼は中井圭太と言って、仲間の一人です」

ヒゲは、「よろしく」と小さな会釈を返した。

「野津君はどうした？」

「あいつ、鉄工所へは行かなくなったようで、今度はビルの建設現場です」

「そうか、またきつい仕事をやっているのか。この横丁の居酒屋でアルバイトを募集しているが、彼に声を掛けてみようか？」

「あいつは肉体労働が専門。笑顔が大切な客商売は無理です」

酒を飲みに来たのに、とても飲む気になれないと中井はため息をつき、肩を落とす。

温和な中井を苛立たせているのは就職問題。どうにか卒業の目途はついたのに、就職活動は完全に出遅れ、厳しい状況に追い込まれていた。一人取り残されたような不安。自分の人生を自分で決められないもどかしさ。中井は絶望しそうになる自分をなんとかコントロールし、この国の硬直した雇用システムの不条理さに目を向けようとしていた。

「中井よ」

小池はわざと一呼吸置き、ヒゲの顔を見た。

「お前にはコネがあるだろう。ママに頼めば何とでもなるのでは？　お前のママがやっている高級クラブには大企業の社長クラスがたくさん来ているのだから」

「そうよ、ママに頼めば何とかなるはず。でもね、自分が働く所は、自分の力で入るつもり」

「そうか……お前、成長したなあ」

小池は男か女か判らない中井圭太を無意識のうちに見下していた自分に気づき、改めて、その横顔をまじまじと見つめた。

「私、黒服に両腕をつかまれて、お腹を殴られたでしょう。あれって、黒服に服従しなければこうなるぞという見せしめだと思う。歴史の本を読むと、戦争中、日本軍は中国で、あれと同じことをやったらしい。そこに住んでいた中国人を捕まえ、並ばせて銃剣で突き刺した」

「俺も読んだことがある。目的は、日本軍の兵士になったばかりの新人に度胸をつけさせるためと、周りの中国人に日本に逆らったらどうなるかを教えるため」

「黒服もそれを知っていて、真似したのだと思う」

「そうかな？　偶然じゃないのか」

「いいや、私たちにとっては恥ずべき歴史でも、黒服には誇るべき出来事なのよ。そんな時代錯誤に陥った連中が堂々と活動できるのは、社会がきちんと過去を反省していないからだと思う」

「そうだよな。社会が黒服を時代錯誤だと否定すれば、黒服は存在意義を失う」

「それだけでなく、社会の一部も、黒服と同じように自分に都合のよい、心地好い情報だけを信じるようになってきた」

「中井、お前にだけいうけど、俺も以前は、信じたい情報だけを選んで満足している人間だった。こうだと決めつけ、何でも判ったつもりになっていた」

「小池君はそれを自覚できたのだから、素晴らしいわ」

「みんなとたくさん話したおかげだ」

「私ね、この国の歴史観はおかしいと思うの。被害の面だけを強調して、酷い加害の面には目を向けようとしない。歴史には両面があり、その上に今があることを知らせるために、私は、どうしてもジャーナリストになりたい」

「マスコミの世界は狭き門だぞ」

「わかっている。私、殴られた時、嫌なことを嫌だと言えない社会にしてはならないと思ったの」

「そういう考えはマスコミ業界では受け入れられない。大衆受けが第一、儲けが第二、言論の自由を求めて権力に逆らったら会社の存続が危うくなる」

「確かに……でも、物言えぬ社会にならないよう、誰かがブレーキをかけなければいけないと思うの」

「だから、その役割をマスコミに求めるのは無理だ。マスコミ幻想は捨てろ」

「幻想かなあ……」

「大本営発表というのを知っているだろう。その伝統から抜け出せないのが日本のマスコミだ。権力をチェックするのがマスコミの役目なのに、それをしようとはせず、横並びの報道で満足している」

「だったら私が変えてみせる」

「無理、無理。個人の力なんてたかが知れている」

「あら、小池君は個人の力の素晴らしさを学ばなかったの？　五号館で」

「学生会館も五号館も、学生だから出来たこと。社会人になれば別だ。それに、就職戦線は、もう終焉を迎えている」

「それは認める……ほとんどが内定を出しているから、もう手遅れかもしれない。だけど、私はあきらめない。チャルーンの件を追及し続けるためには、マスコミに身を置くことが最も有効だと思うから」

小池は、「処分が撤回されても、チャルーンの問題は解決していない」と自分で言っておきながら、今では頭の隅にも残っていないのに気づいた。ところが中井は、きちんと授業を受け、就職活動を行いつつも原点を忘れないでいる。もしかしたら、知らぬ間に追い越されてしまったのでは……小池は、一人、ビールをあおった。

「有害廃棄物の越境移動はバーゼル条約で禁止されているはずなのに、どういうカラクリで行おうとしているのか知りたいなあ」

「中井、カラクリを解明したとしても、それを公表したら黒服に狙われるぞ。『日本に都合の悪いことは隠すのが国益なのに、世界に恥をさらすとは、それでもお前は日本人か』って、和倉みたいに刺されるぞ」

「隠すこと、それが最もいけないことなのに……」

5

鉄橋を渡ると風景はくすんだ水彩画のように変わる。堤防で守られているようで、それでいて隔離されているような安井の住む街。

当初、自分が住む閑静な住宅街とは正反対の、雑然とした街の様相に驚いていた和倉知帆だったが、見慣れてくると不思議なもので、衒いのない状景に、安らぎを感じるようになっていた。

ただ、いつまでたっても延々と続く堤防だけは邪魔で、視界を遮り、風をとめ、想像力を遮断していた。

どこから上ったのか子どもが三人、堤防の上を歩いて来る。

「キミたち、危ないわよ、落ちないでね」

「平気さ」

「何が見える？」

「教えない」

「どこから上れるの？」

「秘密」

子どもたちは大人には関わりたくないという顔で、威風堂々去って行った。

工場では、いつものように安井が機械に語りかけている。この時間帯なら、隣のおかみは仕込みで忙しく、外には出てこない。

和倉は椅子に座り、安井の作業を見つめた。静けさの中、ゆったりとした時間が流れ、心落ち着くひとときだった。

そのうち彼女は何か手伝えないだろうかと考え、試しに棚の中の小さな機械を持ち上げてみた。

何に使われていたのか想像もできない機械は、見た目よりも重く、彼女の手をすり抜け、床に落ちた。

「大丈夫か、足だ、足」

音に驚いた安井が駆け寄り、彼女の足元にしゃがみ込む。

「びっくりした……靴の上に鉄の塊が落ちたら、足の指を切断してしまう。ここでは万が一を考えて、つま先を補強した安全靴を履かなければならない。履いてみるかい？」

「履きます」

彼は、傷は大丈夫かとは問わなかった。

「手伝わせてください。身体を動かして何でも出来るようになりたい。だけど、入院生活だけは、もう二度と……」

彼女は身体を動かしたいという欲求と、その結果、また傷口が開くのではないかという不安の間で揺れていた。腹部の傷はもう痛まなかったが、同じように傷ついた心は完全に癒えることはなく、彼女は無意識のうちに傷痕に手をやり、その状態を確かめる行為をやめようとしなかった。

「よーし、それならまず、台の上でこの機械を分解してごらん。どこまで小さくなるかチャレンジしてみよう。

時間の制限はないから、気のすむまでやってごらん。工具は、まず使ってみて、違っていたら使い方を教えるから」

6

自らの力で管理・運営し、学校側の介入を寄せ付けないサークル館には、自由を謳歌する声があふれていた。

当初は、当局が強制排除に出るかもしれないという緊張感に包まれていたサークル館も、時間とともにそれは薄れ、余裕も生まれ、人々は内部のネットワークを確立しつつ、外に向かって情報を発信しようとしていた。

また、度重なる黒服の襲撃を協力して跳ね返している事実が、住人一人一人の自信を生み、同時にサークルの垣根を越えた人間関係も生まれていた。

「玄関に野津さんに会いたいと、ヘンな人が来ているらしい。入れてもいいかと見張り番が連絡してきた。どうする?」

栄の会の部屋に入ってきた皆川が、携帯電話のストラップを回しながら尋ねた。

「俺に? 誰だろう……ヘンな人なら入れない方がいい。俺が玄関に行くよ」

玄関にはスーツ姿の吉竹が、腕組みをして立っていた。

「どうだ、俺の姿、ここの教授ぐらいに見えないか?」

大学教授という職業は社会的な地位があり、尊敬される存在だと、吉竹はいまだに考えているようだ。

「どんなふうになっているのか、この中を見せてくれないか」

野津は吉竹を案内して玄関の迷路を抜け、栄の会の部屋に導いた。

「思ったよりきれいだ。俺たちの頃は、ゴミとクソだらけだったのに……いいか、一つ忠告する。玄関はあれでいいが、一階の窓は侵入されないよう板でふさがなければならない。あんな無防備でどうする、襲撃を受けたらおしまいだ」

「中まで入られたら逃げます」

「逃げる? 拠点を失ったらどうしようもないだろうが。

拠点はあくまでも死守すべきだ」

「ここを占拠したのは学長の退陣を求める手段であって、目的ではありませんから」

「そうか、昔と違って軽いなあ……軽いのは女のせいではないのか？　廊下を歩いていて、聞こえるのは女の声ばかりだ。女はダメだ。戦力にならん」

「ここにいるのは、女と男、半々です」

「力と力のぶつかり合いに女は足手まといになるだけだ」

「そうでもないですよ」

「情けないなあ。それは男がだらしないという意味だ」

「そうかもしれません。新しいアイデアを出すのは女性の方が多いですから」

「頼りないなあ。俺たちの頃のバリストはなあ、もっと強固で」

「ちょっと待ってください。いまバリストって言いましたよね。それ何のことですか？　バリ島のどこかで？」

「違う。バリケードを構築して立てこもるストライキ。略してバリスト。何にも知らないのだなあ、近頃の若い奴は」

「すみません」

「全学バリストに突入した時、学校中の玄関をふさぐだけでなく、侵入されそうな窓という窓を板でふさぎ、完璧な砦にした。あの頃、バリケードの中は解放区だった。好き勝手に生活し、いろんなイベントをやったものだ。ストリーのない芝居を劇団の連中が延々と演じたり、エレキバンドが大音量でわめいたりして、これまでにない新しいカルチャーを生み出そうとしたものだ」

「そうですか……俺たちに、そんな余裕はないなあ」

「当局の弾圧は？」

「ありません。ここの学長は有力政治家とつながっていますから、メンツにかけて強制排除してくると思ったのですが、何も仕掛けてきません。あの人は天下国家には強いようですが、足もとには弱いようです。憲法を変えろと叫ぶ政治家が、社会保障をどうするのか言えないのと同じです。それに、学校のイメージが悪くなるのを極度に怖がっているようです。あの学校は危険だと噂になるだけで受験生が来なくなる」

「張り合いがないなあ」

「学長に対しては、誰も何も言えないらしいです。ワンマン学長が決断するのを周囲が待っているという話です。トップダウン型の組織の典型です。ところで、吉竹さんは、懐かしさを味わうために、ここに？」

「そうじゃない。小池君の話によると、彼よりもキミの方が新城との付き合いは長いそうだな」

　吉竹は、野津とヒゲが知り合ったきっかけを知りたがり、酒が飲めないのにあの店に出入りする理由を尋ねた。野津は正直に出会いの場面を話した。

「あいつから、何か預からなかったか？」

「一度、上着を借りました。すぐに返しましたが」

「そうか……実をいうと、あいつ、俺に渡すようにと預かった品物を失くしてしまったらしい」

「ヒゲさんって、そんないい加減な人だったのですか？」

「ああ、カネだってそうだ。あいつは、そのうちに返すからと言いながら、返そうとしない。そんな男だ、新城は」

　野津には信じがたい物言いだった。

「あっ、そうだ。今日、俺がここに来たと新城にいうなよ。いいな」

「はい」

　小池達樹は、ヒゲと中井圭太との血の繋がりを証明する作業をあきらめなかった。証明できれば、一つの家族が再編されるかもしれなかったし、その作業は意味のないレポートを書く苦痛から目を逸らす、格好の手立てになるような気がした。

　ヒゲの店に中井を連れて行った時は、ヒゲは何の反応も示さなかった。それはヒゲの演技が上手かったせい……そう考えた小池は、吉竹から〝遥子〟の情報を聞き出そうと、以前、教えてもらった番号に掛けてみた。

「はい、信日商事原子力事業部原子力一課です」

　早口かつ明瞭な女性の声に小池は絶句した。栄大理事長の会社。処分問題の元凶。陰謀の中心となっている巨大商社……

「もしもし、もしもし」

「あっ、すみません。小池と申しますが、吉竹さんはいらっしゃいますか」

「どちらの小池様でしょうか」

「えっ、あ、小池製作所の小池です」彼は思わず、父親の会社の名前を口にした。

「吉竹ですが、どちら様？　えっ？　何だ、キミか。酒でも飲ませてほしいのか」

　高飛車な言い方に小池はムッとしたが、すぐに本題に入った。

「ちょっと教えてほしいのです。遥子さんの件です」

「遥子のことなら新城に聞け。俺は忙しいのだ」

「すぐ済みます。遥子さんの旧姓、結婚する前の姓を知りたいのです」

「なんだ、そんなことか。彼女の旧姓は中井だ。中井遥子」

「やっぱり……」

「おい、彼女のことを知っているのか？　彼女、今どこにいる？　電話ではなんだ。すぐに来ないか。いや、ちょっと待ってくれ。えーと、広町駅の地下に〝タイム〟という喫茶店がある。そこで会おう。六時だ」

7

　少し遅れて現れた吉竹は、テーブルの上にこれ見よがしに〝信日商事株式会社〟と印刷された社用封筒を置いた。

「吉竹さん、信日商事にお勤めだったのですねえ」

「まだ名刺を渡していなかったか？　ほれ、とっておけ。わが社は世界に冠たる総合商社で、ラーメンからミサイルまで何でも扱っている」

「原子力一課というのは、何をする部署ですか？」

「一課は原子炉を扱うエリート部署だ。世間では原発と原爆を混同している浅はかな連中がいるが、原発は平和利用だ。原発がなければこの世は暗闇になり、原始の生活に逆戻りする」

「でも、事故の危険性が」

「事故は絶対に起きない。日本の技術は優秀だ。それに、日本人そのものが優秀だから、小さなミスでも絶対に見逃さない。大雑把なアメリカ人とは違う」

「では、核廃棄物はどうするので？」

「学生のくせに、廃棄物のことまで知っているのか。危険な廃棄物は地下三〇〇メートルに埋めてしまうから安全だ。最初から最後まで安全なのが日本の原発だ。ただし」

「何か問題が？」

「電力の仕事は儲けが大きい。どれだけ費用がかかっても電気料金に積み上げればよいのだから、経費削減などとケチなことは言わない。だから我が社の利益にも大いに貢献している。うちだけではない、ぶら下がっている多くの会社が運命共同体ならぬ利益共同体だ。しかしこれは、人民の側にすれば高い電気料金を支払わされる結果になる」

「吉竹さんは人民の側に立つわけですね」

「バカ言え。日本に人民などいない。羊ばかりだ。羊は何をされても文句は言わない。ところで、遥子の件だが、彼女は、今、どこで、何をしている？」

「違っているかもしれないが」と前置きし、小池は中井の母親について、かいつまんで説明した。

「そうか、同姓同名で、しかもシングルで、キミと同学年の子どもがいるのか……本人である可能性は極めて高いな」

「はい」

「遥子と新城は一緒にあの店を始めた。しばらくして、遥子の父親が危篤だという連絡が来て、彼女は急いで帰省した。それは嘘だった。彼女の両親にすれば、水商売をやるような男のところへ嫁にやれないということで、彼女が戻れないように実家に軟禁してしまった。あの頃、夜の飲食業は水商売と言われ蔑視されていた。まっとうな者がやる仕事ではないとされていた。今では、我が社でさえ居酒屋をチェーン展開しているというのに」

「証券会社の人も、ギャンブラーのように見られた時代があったと言っていました。その頃ですね」

「ああ、確かバクチ打ちと言われていたなあ。まだみんな、貧しかった頃の話だ。だから、新城が、あの店を閉め、サラリーマンになって、彼女を迎えに行けば結婚を許すと言われた。だが、あいつは店を閉めようとしなかった」

「どうして？」

「あの店を開くために、多くの友人から少しずつカネを集めたからだ。順番に返す約束で。店を閉めたら返済できなくなるだろう。でもなあ、あんな借金なんぞ踏み倒せたし、彼女の父親に泣きついて清算することもできた。でも、あいつは、そのどちらも選択せず、黙々と店を続けた」

「そして、他の人の返済は終わったのに、吉竹さんの分だけが残ったということですか」

「いや、俺の出資分も、とっくの昔に返してもらった。あの借金は最近の話だ。近所の誰やらの連帯保証人になったのはいいが、当人が自殺したらしい。金融筋の催促があいつの所に来て、店を差し押さえられそうになったので、俺が立て替えてやった」

「担保があるから、吉竹さんはカネを貸したのですね」

「担保？」

「この前、お宝がどうのこうのと言っていたじゃないですか」

「聞いていたのか……お宝の件は、法に触れるヤバイ話だ。キミは秘密が守れるか？」

「大丈夫です」

「あいつは、一六世紀にインドシナ半島で栄え、ジャングルに消えた文明の遺跡から発掘された黄金の仏像を持っている。発掘された後、泥がついたまま日本に密輸されたシロモノで純金製だ。店に飾ってある絵と一緒に送られてきた。あいつは絵だけ見せて、仏像は隠した」

「それを守るために、ヒゲさんは遥子さんを迎えに行かなかったのか……」

「いや、迎えに行かなかった理由は男のメンツだ。あいつは遥子の両親に頭を下げるのを拒んだ。家と家が結婚するのではない、個人と個人の問題だと言って。彼女の方に家を捨てるよう求めた。そんな男よ、あいつは。社会に適応できない哀れな男さ。遥子とはそれっきり会っていないはずだ。俺も会っていない。同姓同名の場合もあるから、顔を拝んで、確かめてくるか」

「お願いします」

「高級クラブなら、役人や電力を接待するのにちょうどいい。しかし、もし当人だったら皮肉だなあ。水商売を反対されて連れ戻された女が、水商売をやっているとは。それも、新城より成功して、豪勢にやっているとは笑ってしまうよ」

小池は乞われるままに中井の母親の店の地図を書いた。

「よし、この情報のお礼に飲みに連れて行ってやる」

「いいですよ、そんなつもりで来たのではありませんから。ただ、結果だけは教えてください」

「情報に対価を払うのは社会の常識だ。いいからついてこい。新城の店のような時代遅れな店ではない。時代の先端を行く優雅な場所だ」

深々としたソファに座ると、華やかに着飾った女性が両側からすり寄ってくる。

この店に、こんな若い男性が来るのは珍しいと、小池の隣に座ったホステスが彼の顔や手を触りだす。「スポンサーは俺だ」と、吉竹がホステスを引き寄せ、ブランデーをあおった。

豪華な装飾と明るい照明の中を華やかな女性たちが行き交う会員制のクラブ。小池は、ホステスにオードブルを口まで運んでもらい、幼児のように満足げな吉竹を見て、軽い嫌悪感を抱いた。

「おい、若者よ。もっと飲め。俺が若かりし頃は、大いに飲んで、大いに暴れたものだ。広町事件、知っているか？」

「いいえ」

「最近の若い奴はダメだ。何にも知らないし、何も出来ない。俺が若かりし頃は、すごかったぞ。広町駅に乱入して、電車を止めた。都市機能はマヒし、街は完全に俺たちのものになった」

「なんで、そんなことを？」

「世の中のあらゆるものに反抗するためだ。青春の特権、若さゆえの行動よ。『友よ、夜明けは近い』と歌いながら、夜はもう明けてしまっているのに、それに気づかず暴れまわったものだ」

「ヒゲさんも一緒だったのですか？」

「ああ、俺たちはいつも一緒だった。新城は強かった。剣道なんてやったこともないくせに、棒を持つとやたら強かった。あいつ、山国育ちで、子どもの頃から棒を持って山に入って、木の実を落としたり、蛇を捕まえたりしていたらしい。だから、党派の連中が襲ってきても、あいつは先頭に立って向かっていった。数で劣っていてもひるまずに……俺が、この話をすると、あいつは怒る。褒めているのに怒る。あいつは自分を否定するだけのネガティブ人間だ。俺たちは歴史をつくった。確実に一時代を築いた。それなのに、あいつときたら、俺たちのやったことが荒野をつくり、オフム新教がその上に除草剤をまいたから、新しい芽が育たないのだとほざく」

目が座り、吉竹はますます能弁になる。

「新城は敗者だ。あんな汚い所で、貧乏人相手に儲からない商売をして、カネもなければ地位もない。名誉もなければ権威もない。敗者は敗者らしくすればいいのに、いつまでも負けを認めようとしない。どうしようもない奴だ、あいつは」

「横丁の人には結構、人望があるみたいですよ」

「そんなものが何になる？　一銭にもならない。いいか、あいつがいかに世間知らずか教えてやろうか。昔、あいつは集会で演説し、大恥をかいたことがある。何千人もの前で……」

吉竹は両脇のホステスの露出した肩に手を回した。

「あいつ、大群衆を前にして、南ではたくさんの人が飢えて死に、北ではたくさんの人が肥満で悩んでいる。このアンバランスは一方が他方の分まで横取りしているから起きる。横取りしているのは誰か。北の俺たちだ。俺たちは、この横取りをやめなければならない。横取りをやめたら、俺たちはどうなるのか？　当然、今よりも貧しくなる。それでいいのだ。そうならなければならないのだ。いまこそ俺たちは、貧しくなるための革命を始めなければならない……と演説した。いいか、あらゆる政党が、より良い未来を約束し、もっと快適に、もっと豊かになろうと訴えているのに、今よりも貧乏になろうと訴えて、誰が支持する？〈日本を変えよう、飽食を拒否して貧乏になろう〉……パロディじゃあない、あいつは本気でそう考えていた」

吉竹は女の肩から手を降ろすと、ブランデーを飲み干し、グラスをホステスに突き出した。

「そりゃあ、どう考えようと自由だ。貧乏になりたければなればいい。飢餓なんて、家畜の餌にしている飼料を人間の食用に回せば解決する統計上の簡単な問題だ。目くじらを立てるような話しではない。それよりも俺が気に食わないのは、あいつはナショナリズムを否定すると称して、日本的なものを受け入れないことだ。決して神社に参拝しないし、日の丸や君が代を否定する。そんなに日本が嫌なら他の国へ亡命すればいいのだ、あいつみたいに……」

8

〝ネギをうえた人〟の扉を開けようとした小池と野津は、店の中から激しく言い争う声を耳にし、立ちすくんだ。

声の主は吉竹のようで、興奮した様子が外まで伝わりくる。

「お前が独り占めしようとしているのが許せないのだ」

「そんなものはない。ないものをどうやって独り占めする?」

ヒゲも、いつもの落ち着いた声ではなかった。

「そうやってシラを切るから、大声を出さざるを得なくなるのだ。いい加減に白状したらどうだ。俺は遥子を捜し出した。あの女を見つけたのだ。お前と違って高級クラブのママになって大儲けしていた。彼女に聞いたら、彼女はお宝を持っていないと言っていた。だから、お宝があるとしたらここだ。ここしかない。どこに隠した? 言えよ。隠し場所を教えろ」

〝遥子〟という名を聞き、小池は狼狽えた。

「ハッタリはやめろ。お前の悪い癖だ。ビジネスでは通用するかもしれないが、俺には通じない。遥子は死んだ。くも膜下出血だ」

小池は唾を飲み込んだ。

「とにかく……とにかくだな、望月は向こうで発掘された黄金の仏像を手に入れた。それを秘密裡にお前宛に送った。お前はそれを隠した」

「隠したりしていない」

「じゃあ、なぜ俺に見せない? 独り占めするためだろう」

　黙ってしまったのか、ヒゲの声は聞こえない。

「お前が、お宝を隠そうとする気持ちは判る。奴のために残しておこうと思っているのだろ？　奴が帰ってきても浦島太郎だ、大きく変化した日本の社会に溶け込めない。だから、お前は奴の生活の面倒を見ようと考えている。それくらいは俺も考えたよ。だけど奴からの連絡が途絶えて何年になる？　あの頃生まれた子どもが大学生になっているのに、まだ待つ気か？　奴は死んだ。あそこで死んだのだ」

「死んだという証拠はない」

「生きていたら連絡があるはずだ。しかし、連絡はない。なぜだ？　死んだからだ。死んだあいつの供養のためにも黄金の仏像をカネにかえよう。美術品として売ることができないのなら溶かせばいい。金は溶かしても金だ」

「お前、なあ……」ヒゲの喘ぐような声。

「新城、奴から二〇年以上も音沙汰がないのは事実だ。事実から目をそらすな」

「お前、どうして、そう簡単に割り切れるのだ？　お前も仲間だったのに……」

「とにかく、死んだ人間を、まだ生きていると思いたくて二〇年以上も待つなんて、よほどのお人好しか、どうしようもない間抜けかどちらかだ」

「みんなが小利口になっていく中で、一人くらい、間抜けな人間がいてもいいのでは？　奴を送り出した責任を忘れない人間がいてもいいのではないのか」

「気に障るなあ、その言い方……まあ、いい。新城よ、はっきりさせておくが、奴は俺のために黄金の仏像を送ってくれた。宛先はお前でも、受取人は俺だ」

「だから、それは向こうの税関で没収されて、日本には届いていない」

「嘘だ。そんな作り話、信じられるか」

「信じられないのは、お前と、あいつの間にコミュニケーションが成立していなかったからだ。吉竹、お前、あいつに何度手鍵を送った？」

「何度も書いたよ。当たり前だろう。俺も、奴を送り出した一人だ。旅費の一部も負担した。その後も何度か生活費を送金した」

「何度、送金したのか言ってみろ」

「それは、その……昔のことだから忘れた」

「あいつを棄民にしたのは、俺であり、お前だ。みんなと意思疎通ができていたら、あいつは孤立しなかった。だけど途中から誰も手紙を書かなくなった」

「だったら連帯責任だ」

「なんだと！　お前、あいつに何回手紙を書いたのか思い出してみろ。あいつからの最後の手紙に何て書いてあったのか、言ってみろ」

　コトリとも音がしなくなった。

「新城、お前が、奴からの手紙の窓口になっていたから、俺は遠慮して多くは書かなかったことは認める……まあいい。すべては、もう時効だ。俺たちの責任は消えた。帰らない奴を待つ必要はない。お宝を残す必要もない。密輸品だから表に出せないのなら、俺が処分してやる。俺には処分するルートがある。俺を信用しろ。処分できたら俺とお前で折半しよう」

「だから、そんなものは初めから、ない」

「お前なあ、俺から借金していることを忘れるな。お宝を処分して、返済に充てるくらいの誠意を見せろ。何なら、この店を差し押さえてやろうか」

　吉竹は扉を乱暴に開け、外にいた二人をチラッと見て、何も言わずに立ち去った。

「すみません。入ろうとしたら声が聞こえて、入りそびれました」

　野津は正直に釈明した。

「そうか、聞いていたのか……あいつは地位もあり、収入もあるのに、これ以上何がほしいのだろう」

「欲望なんて際限のないものですよ。もっと、もっとって」

「キミたちもそうなのか？　小池君、必要以上は持つな。自分が自分でなくなるから」

「でも、ヒゲさんにも欲しいものがあるでしょう」

「酒があって、音楽があって、少ないけれど語り合える友がいて、他に何がいる？　カネを持つとカネに縛られる。時間を盗られる。だから必要以上は持たなくていい」

「そうですか？　では、ヒゲさんの夢は何ですか？」

夢を叶える手段はカネではないかと、小池は含みを持たせて問いかけた。

「私の夢か……私は、人さらいになるのが夢だった」

「本気ですか？　ヒゲさんは人身売買をやりたかったのですか？」

驚く野津に、ヒゲは可笑しそうに笑いかける。

「売買はしない。さらうだけだ。泣く子も黙る天下の人さらいだ」

「さらって、どうするのですか？」

「戦地で両親を亡くした赤ん坊や、飢餓地帯で骨と皮になった子どもを、さらえるだけさらってくる。その子らは食べ、遊び、学校に通うと同時に母国語も学ぶ。大きくなったら母国へ戻るために」

「ヒゲさん、それをやるには多額の費用がかかります」

小池は、それみたことかと口角を上げながら言った。

「そうだ。二〇年、三〇年と長期にわたる資金が必要となる。だから夢物語でしかない」

「いい話のようですが、厳密に言えば、それって違法行為ですよ」

「小池君、厳密に言わなくても違法だ。しかし、やろうとする行為そのものは間違っているだろうか？」

「もし、明日には死んでしまうのなら、今日、さらうべきです」野津は、きっぱりと言い切った。

「だろう。しかし、間違っていないことをやろうとすれば法にふれる。こういう場合、キミたちなら、どうする？」

ヒゲは、二人の顔を覗き込むように見つめた。

9

また堤防の横で飛び跳ねた。傷はもう痛まないのに、堤防が大きくカーブした所に来ると飛び跳ねてしまう。

和倉知帆は、そんな自分がおかしいと笑った。笑えるようになったのが嬉しかった。見上げる空は青く、秋の日射しが斜めから差し込んでいる。

遠くで同じように飛び跳ねる人影が見え、彼女は日射しに手をかざした。

人影は堤防をよじ登ろうとしてコンクリートにへばりついた。頂上に手が届いたとしても、足を掛けるような突起はないのだから、あれでは無理。

　人影は堤防から離れ、助走をつけて飛びつこうとする。届かない。彼女は遠くの人影に、自身の姿をだぶらせ、微笑んだ。頂上へのジャンプは彼女も一度やってみたかった挑戦。だが、傷痕が心配で、まだチャレンジはできていない。

　やがて人影は飛びつくのをやめ、向こうへと歩き出した。もうあきらめたらしい。

　飄々と歩いていた人影が立ち止まった。人影は道端で木片のようなものを拾い、それをいくつも堤防に立て掛けた。順に足を乗せ、ふらつきながらも頂上に手をかけ、這い上がるのに成功した。

「やった」

　和倉は自分のことのように喜んだ。堤防の上に立つ人は、バランスを保つためか、川風に抗するためか、両手を飛行機のように広げ、歩いている。

「気持ちよさそう……」

　しばらくすると、人影は堤防の上に腰を下ろした。彼女はゆっくりと歩き、その下まで行った。

　その人は河側を向いて座っていた。彼女は動かない背中を見上げ、声を掛けてみた。

「何が見えますか？」

「向こう岸が見えます。ビルやマンションが並んでいます」

　無視されると思ったのに、背中を丸めた人は律儀に応じた。男の声だ。

「流れはありますか？」

「ゆったりと流れているようですが、淀んでいるようにも見えます」

「じゃあ、せせらぎはありませんね」

「せせらぎどころか、ゴミが」

　背中が動いた。

「ひょっとして、その声……」

　堤防の上は逆光になっており、振り向いた男の顔は光の中にあった。

　声の主が陽光の中をふわりと飛び降りた。

「野津君！」

和倉知帆は大きく目を見開いた。

「野津君なの？　本当に野津君なの？」

「そうだよ、俺だよ。キミとこんな所で逢えるなんて」

「私も、信じられない……」

「傷は何ともないの？　もう病院へは通わなくていいのか？　後遺症はないのか？」

「そんなにいっぺんに聞かないで。野津君こそ、こんな所で何しているの？」

「友人の家に行く途中」

「私も、この先に友だちの家がある」

「奇遇だね」「会いたかったね」と同じ言葉を繰り返す二人。野津は募る思いを一気に吐き出すように語り始めた。

事件の日のこと。病院での出来事。五号館からの撤退。再入院に驚き、黒服を追い出し、サークル館を占拠したこと……

その声で、その言葉で、和倉知帆の胸には、封印されていた記憶がにじみ出て、堰からあふれ出るように広がり始めた。

――仲間がいたのだ。ともに悩み、揺らぎながら行動し、決断し、一緒に歩んだ仲間がいたのだ。いたわり、ぶつかり合いながら生活をともにした人たちがいた。思いを寄せた人が、寄せてくれる人がいたのだ。逢いたくて、逢いたくてたまらなかった人がいたのだ。なのに、なぜか、それらの記憶はことごとく消えてしまっていた。なぜ？　どうして？　……

彼女は自分という人間が二人いるような気がした。今、こうして野津諒介と向き合っている自分は、どちらの自分なのか……

彼女は混乱した目で彼を見つめ、その声を聞いていた。

二人は同時に安井の工場の前で足を止めた。

「あれ？　キミらは知り合いだったのか？」

トラックから降りた安井が不思議そうな目で二人を見た。

二人は、お互いの関係を説明した。安井は驚き、これまで二人がかち合わなかったのを不思議がった。

「二人の関係を知っていたら、私がもっと早く引き合わせたのに……久しぶりなんだろう。じっくり話してこいよ」

安井は笑いながら二人の背中を押し、近くの公園に向かわせた。

「さあ、行った、行った。あのカーブを曲がった先だ」

「ねえ、憶えている？　はじめて学生会館に泊まった日のことを」

細長い公園の小さな花壇には小菊が咲き、コスモスが種をつけている。

「ああ、めちゃくちゃ緊張した夜だった。これから何が起こるか判らなかったし、裏口はキミと二人だったから」

「私も。朝、目が覚めたら目の前に野津君の顔があった。私、野津君があまりにも静かだから、息をしていないのではと心配になって、顔を近づけた。そうしたら、規則正しい息をしていたので安心し、私、そっとくちづけをした。野津君は眠ったままで……」

その言葉で、野津は彼女と会えなかった長い空白期間が急速に埋まっていくような気がした。和倉もまた、堰き止められていた記憶が洪水のようにあふれ出てくるのに驚き、気持ちを高ぶらせた。

「楽しかったなあ、あの頃。学生会館に泊まり込んでいた時、愁子が、あの美しい声で歌い始めて、ロウソクの灯が揺れて、そのうち彼女が、夜は長いのだから、みんなで合唱をしようと言い出して、ビートルズの、〝イマジン〟だった。私と圭ちゃんはすぐに歌えたけど、野津君の音程が合わなくて、とうとう彼女、怒りだした。あなた、私のところに逃げてきて、どこが違うのか教えてほしいと、二人で何度も歌った。私、嬉しかった、あなたに頼りにされて……だって、あなたは、小池君のマンションに行くことになった時も、アパートに引っ越す際も、私を頼ってはくれなかった。私は待っていたのに」

待っていてくれたのか……と、彼は、彼女の気持ちを知り、さらに愛おしくなり、改めてその姿を見つめ直した。

「キミに迷惑を掛けたくなかったから」

「それは迷惑ではなく、あなたの役に立てるという喜び。でも、相手を思うがために遠慮してしまうのが、あなたらしいところ」

「俺は臆病だった……」

「いいえ、あなたは私の話をよく聞いてくれた。私は嬉しかった。あなたとなら思いを共有できそうな気がしていた」

　プラタナスの木の下にベンチが二つ並んでいた。

「傷は大丈夫？　あそこに座ろうか？」

「平気。もう痛まないから」

「再入院は辛かっただろう」

「ええ、私は何も考えなくなり、母のいうとおり動く人形になった。だから病院での細かい記憶がない。憶えているのは苦痛だったという苦い記憶だけ」

「俺たちが、そばにいたら寂しい思いをさせなかったのに」

「……」

　彼女は黙った。辛い記憶を思い起こさせてしまったのだと彼は思った。ダンプカーが地響きを立てて通りすぎる。

「みんな、卒業できそう？」

「えっ、手紙、読んでないのか？　俺からの手紙」

「手紙？　手紙なんて一度ももらっていない」

「やっぱり渡っていなかったのか……想いを伝えようと何通も書いて、木谷さんに渡したのに」

「そうだったの……」

「木谷さんや高岡さんから、その後のことを聞いていないの？」

「ええ……そう言えば、二人とも、家に来なくなった。どうしてだろう」

「処分が撤回された時、これからはみんな一緒ではなく、各自の判断で、自分の進む方向を決めることにした。小池たちは学校に戻って単位を取り始めた。俺は戻らなかった」

「どうして？」

「……」

「あっ、ひょっとして、私のために？　私が戻った時に、一人ぼっちにならないよう、私を待ってくれていたの？」

待つと約束したわけではなかった。彼女のために出来ることは、これしかないと考え、勝手に待とうと決めたのだから、報われるはずのない行為だった。

「なのに、私は退学してしまい、あなたは戻るに戻れなくなってしまった。ああ、私はなんてことを……」

「負担に感じなくていいよ。俺は、そうしたかったから、しただけ」

「あなたは、まだ仲間が一人いるのを、身をもって示そうとした。傷ついた私を一人にさせないために……」

——こんな日は永遠に来ないと思っていた。なのに、偶然にも再会でき、募る思いを話し始めて、すぐに彼女は俺の気持ちを理解してくれた。心は通じたのだ。すべては無駄ではなかったのだ……彼は、飛び上がりたい衝動を抑え、天を仰いだ。

「外国へ留学するって、本当？」

彼女は返事をせず、地面を見つめ、靴先で土を撫で始めた。

しばらく同じ動作を繰り返していた彼女は、「私、留学しない」と小さな声を発した。

「じゃあ、これからも、ずっと日本に？」

「私は、あなたが好きだった。あなたの控え目で、それでいて厳とした愛を感じ、深い思いやりを感じ、私は幸せだった。あなたは決して希望を失わなかった。学生会館を退去した時も、どんな苦境になっても前を向き、私を包み込んでくれた。それなのに、私は……」

沈んだ眼差し。嗚咽に似た声。

「私は……」

苦悩の瞳。震えて消え入るような語尾。

「時間のせいではない。もちろんあなたのせいでもない。私の心が、いつの間にか……せっかく会えたばかりだというのに、私は、あなたの希望を打ち砕きたくない。だけど、それ以上に、あなたに隠し事をしたくない。あなたには正直でありたい……私は、私は……正直にいう。私、結婚しようと思っている」

「結婚？」

「そう、結婚したい人がいる」

「まさか！」

「その、まさかなの……」

野津は混乱した。あれほど会いたかったのに、やっと会えたのに、会った途端に、こんな話になるなんて……

「いつの頃からか、私は学校や、みんなのこと、あなたのことも記憶から消し去っていた。今から思うと、襲われた瞬間を思い出さないように、無意識のうちに、それ以前の人間関係を封印してしまったのかもしれない。寂しかった。その寂しさの原因が判らず苦しかった。みんなで挑んだ頃の出来事は少しも思い出さず、心に浮かぶのは無力感だけ。悲嘆に暮れた私は、気がつくとヤスさんのところに行っていた。ヤスさんは何も言わなかった。お前は特別たいした人間じゃないけど、まんざら捨てたものでもないと認めてくれ、受け入れてくれた。ヤスさんは、自信がつけばやればいい、自信がなければやらなくてもよいと、決して押しつけず、待ってくれた。こんな私でも、自分で選択しながら生きていけるのだと思えるようになった」

頷こうとした野津の首は動かなかった。

「不正を嫌い、正義を求めた頃、夢を追いかけた頃、何でも出来ると思った頃があった。確かにあった。それなのに、長い入院生活の孤独が、それらを消し去ってしまい、私は、いま、ここで。安らぎを見つけた。肩肘を張らずに自然体で生きていける、私の居場所を見つけた」

空白の期間、彼女は彼女の時間を生きていたのだ。そして、目の前にいる彼女は、以前の彼女ではない……それは、彼にとっては悲しい発見だった。

「私は、あなたが心配だった。父親のために家を出て、親におカネを無心できず、どこかで野垂れ死するのではないかと気が気ではなかった。でも、あなたは自力で、自由に生きた。今では羨ましいくらい。私も遅かれ早かれ家を出るようになると思う。結婚の形なんてどうでもいいけど、両親は絶対反対する。だってヤスさん、前科があるし、それにここは」

野津は虚ろな目でコンクリートの堤防を眺めた。

「二一世紀は地球という単位で考えなければならないのに、世間は狭く、古く、偏見や因習に満ち溢れている。

川のこちら側は、被差別部落があり、在日外国人が多く住む所。ここに住むとなると、両親は縁を切ると脅すと思う、脅されても構わない。人間に差別があると思う方がおかしいし、偏見を持ち、差別する人間こそが、人間として悲しい存在であることを考えてもらう、いい機会だと思う。そうでしょう、かわいそうなのは差別される人ではなく、人間に差別があると思い込んでいる人の方なのだから」

　カラスが飛来し、堤防の上にとまった。

「私は、ヤスさんの所に通ううちに、だんだんとここが好きになった。ここには、小さな家と小さな工場と、小さな商店街しかないけれど、子どもがいて、老人がいて、障がい者がいて、外国人がいる。少々不潔だけど、それなりに賑わっていて、私は一人でも安心して歩ける。それに、ヤスさん、ヘンな人でしょう。正義だとか、悪とかの基準が違うし、やりたいことを、やりたいようにやる一匹狼だけど、いろんな人が集まってくる。人と人の関係を信じていないようで、信じているようで、決して突き放さないけど、べったりもせず、黙って包み込むだけ。ヤスさんに包み込まれていると、私も、私のやり方で包み込んであげたいなあと思う」

　キーン、キーンと電動のこぎりが木材を切断する音が響いた。

「父は弁護士だから人権問題には詳しい。だけど、自分の娘になると話は別。頭で判っていても納得はしない。母はもっとダメ。こんな相手では世間体が悪い。ご近所に、友だちに、親せきに恥ずかしいと反対する。人を評価する場合、いろんな見方があるはずなのに、母の尺度は世間一般の基準だけ。その基準には、ヤスさん、一つも当てはまらない」

　堤防の上のカラスの羽根が風で逆立っている。彼は無性に風がほしかった。

「私は、いつまでも親の従属物ではないし、親の財産もいらない。私の生き方は自分で決めたいだけ。だけど、今回の事件で、両親には随分と心配をかけたから、あなたみたいに急激にはやらないつもり。時間をかけて説得して、理解してもらうのは無理だと判断した時、私は家を出る」

この人は、いつか言っていた、嘘や見栄とは無縁な場所を見つけたのだと彼は思った。

「ごめんね、あなたの気持ちを知りながら、突然、こんな話をして……」

　和倉知帆は言葉を詰まらせ、うつむいた。混乱した野津諒介も、気持ちの整理がつかないまま、口を強く結んで下を向いた。

　このわずかな沈黙の間に、再び起動した彼女の記憶の回路は次から次へと繋がり、重大な事柄を思い出させていた。

　二度目の退院の後、彼女を自宅に監禁した母親が、毎晩、部屋にやって来て、ベッドの横に座り、まるで赤子をあやすように語り掛けた諸々の話。あの時は、何も考えもせず、母の言葉をただ聞いていた。それが今、ジグソーパズルのピースが次々と埋まるように話の前後が結びつく。

――あなたの気持ちを知りながら、私は何を言おうとしているのだろう。話すべきか、言わぬまま心にしまっておくべきか……彼女は迷いながら、顔を上げた。

　彼も弾かれたように顔を上げ、目と目が合った。その瞬間、彼女は決めた。隠し事はしないでおこうと決めた。

「野津君に、もう一つ謝らなければならないことがある。私の母は、あなたと私を必死で離そうとして、あなたに酷い仕打ちをしたでしょう」

「……」

「母はね、私を刺した犯人は、私に片思いしていて、何とか振り向かせようとした。しかし、私が振り向かなかったから、絶望して、刺したという」

　彼女の口元がキッと締まった。

「母がいうには、私が振り向かないのは、私が野津君に夢中になっていたからで、夢中になっていなかったなら、私は余裕をもって犯人をあしらい、あきらめさせた。ところが、私が野津君に夢中であったために、犯人は殺意を抱いた。野津君さえいなかったら、犯人は嫉妬せず、事件も起きなかった。振り向かなかった自分の娘は悪くなくて、悪いのは野津君の存在……ヘンな理屈でしょう。どうしようもない親のエゴ。だから、犯人が捕まらず、その上、私のそばに野津君がいるとなると、必ず同じことが起きると心配し、母は、あなたを私から遠ざけた」

　彼の脳裏に、病室の入口で発せられた冷たくも厳とした、あの言葉が甦った。

「あなたを私から遠ざけていれば、犯人は嫉妬せず、襲ってこないという確信を持った母は、あなたを遠ざけるために何でもした。母が、何で、そのような確信を持ったのかというと、事件の夜、病院で緊急手術を受け、私がまだ意識を回復していない時に、私は、うわごとで『野津君、助けて……野津君、助けて……』と何度も何度も繰り返した。母が、母だけが、それをベッドの横で聞いていて、野津君を遠ざけなければならないと考え、実行した」

　彼女の瞳に透明なものがあふれた。

「母は私を守るためと言いながら、実は、自分から離さないために、あなたを悪者に仕立て上げ、私から遠ざけた。そうすれば、ずっと私が母のそばにいると思って……」

　彼女の瞳から透明な滴がツーッと流れた。彼女はそれをぬぐおうともせず、彼を見つめた。


　その姿は、凛として気高く、彼は圧倒された。圧倒されながらも、あふれ出た透明な滴を、自分の、この指で、そっと受けとめなければと思った。しかし、どうしても手は動いてくれず、彼は、ただ立ち尽くすしかなかった。

　一陣の風がプラタナスの葉を揺らし、カラスが一声鳴いて飛び去った。

第7章

プレッシャーリッジ

コロニーから平坦な氷原を通り、海に近づくにつれて、プレッシャーリッジ（風や氷の圧力で隆起した氷原）が出現し、行く手を阻む。エンペラーペンギンは、この危険地帯を安全なルートを探しながら進む。

I

煙が舞うカウンター内の調理場。

その狭い空間で、店主が串に刺した鶏肉を焼き、魚をさばく。連れ合いのおかみが皿を並べ、てきぱきと盛り付けし、客に出す。すれ違うのがやっとの空間でも、決してぶつかることのない二人の流れるような動き。それを奥の洗い場から眺める野津は、長い間に培われた技だと感心した。

「ありがとうございます」の声を合図に、洗い場を飛び出し、テーブルやカウンターの上のグラスや皿を運び、洗うのが野津の仕事。

安井の工場でのアルバイトは辞めたので、新しい仕事先を紹介してほしいと頼んだ時、ヒゲは辞めた理由を尋ねることなく、焼鳥屋に電話をしてくれた。聞かれたら、どのように説明しようかと思案していた野津には、ありがたい心遣いだった。

焼鳥屋での仕事を終えると、野津はヒゲの店の扉を開け、「今、仕事、終わりましたので帰ります」と挨拶するのを日課とした。

小池がいる場合は、店に入って話し、二人で一緒に帰った。そうしたのは二度だけで、最近、小池は姿を見せていない。

きっとレポートが溜まり、身動きが取れないのだろうと思いつつも、二週間近くも顔を見せないとなると、さすがに心配になり、野津は電話を入れてみた。

「旅先にいる。帰ったら電話する」それだけで電話は切れた。

仕事を終え、野津は〝ネギをうえた人〟の扉を開けた。カウンターは満杯で、全員が女性だった。

「ぼくちゃん、入りなさい。私の膝の上が空いているわよ」

「いえ、結構です。ヒゲさん、今、仕事が終わりましたので帰ります。それから、小池は旅行だそうです。どうも一人ではないようで、どこにいるのかも教えてくれません」

「それなら、そっとしておいてあげた方がいいみたいだね」

「わかりました。失礼します」


次の日、ヒゲの店の扉を開けると、ドラムとベースがお互いを愁いあうような曲が流れていた。客はおらず、ヒゲはカウンターの客席側で頬杖をついていた。

「やあ、野津君、早いね。仕事は？」

「今日はバイト代の支給日で、早く帰ってもいいと言われました」

「小池君はまだ旅行中か」

「はい。電話をしてもつながりませんし、帰ったとの連絡もありません」

「長期間の旅行か……羨ましいよ。この商売をやっていて、旅行に行けないのが一番つらい。店を閉めると、少ないお客が、ますます減ってしまうからね」

顎の髭を撫でながらヒゲは小さく笑った。

「あの、今日はお客さんさせてください。バイト代が入ったのでビールください。コップ一杯は飲みますから、残りはヒゲさんが飲んでください」

ヒゲはカウンターの中に戻り、微笑みながらビール瓶を取り出した。それを愛しそうに野津に注ぎ、自分のコップに入れた。

「よし、乾杯しよう。キミの未来のために」

「俺に未来なんてあるのかなあ」

「若者よ、キミたちには無限の可能性がある……というのは嘘だ。機会不均等な日本において、これは若者に幻想を与えるための方便にすぎない。しかし、残された時間の量は、私よりもキミの方が確実に多い」

「わかりませんよ、俺の方が先に事故に巻き込まれるかもしれないし、量だけあっても持て余すかもしれません。このところ迷ってばかりで、自分が揺らいでいるようで、何か確実なもの、確かな手ごたえみたいなものが、たまらなく欲しいです」

ヒゲはソーセージをボイルし始めた。

「キミはいつか言っていたはずだ。〝絶対〟という言葉は嫌いだと。私も同じだ。キミが欲しがっているのは、その〝絶対〟ではないのかな？」

「そうかなあ……」

「絶対だと言われているものを疑うことから始めなければならない。本当にそうなのか、ただ人間を縛り付けているだけのものではないか、一度、立ち止まり、客観的に見つめなければならないと話していたのは、キミたちだろう」

「思い出しました。今、話している言葉も、それで表現される主義主張も、もろもろの価値や、歴史だって、近い将来、女性たちによって全て書き換えられるかもしれない。男性が一方的に発想したものにすぎないからと。だから今あるものは、どれもが不確かで、絶対と言えるものなどない……あれは小池と俺の口論に対して、ヒゲさんが出した結論でした」

　ベースの音が大きくなり、ピアノが登場し、二つは寄り添うように語り始める。

「それならヒゲさん、純粋なものなら欲してもいいのでは？　純粋な理念のようなものがあったらいいと思いませんか」

「純粋か……純粋なものを求めるには、純粋ではないもの、不純とされるものを次々とそぎ落とさなければならない。その結果、純粋なものが生まれる」

「排除した後に残るものか……」

「そんなものに意味はない。民族浄化がその例だ。ある民族が純粋性を求めたら、他の民族を不純なものとみなし、排斥しなければならなくなる」

「排斥するのは多数派で、されるのは少数派ですよね。俺も排除される側になって、初めて世の中の少数派の気持ちを考えられるようになりました」

「異質な者と出会い、違いに驚き、違いを認め合い、共に生きようとする。そこから、今までにない新しいものが生まれる。それが人類の歴史だ」

　いつだったか、リムが「異質であり、違うのだから当然、摩擦は起きる。摩擦は混乱にもなり、エネルギーにもなる」と言っていたのを野津は思い出した。

　シンクにお湯が捨てられ、湯気が絵島の顔を隠す。熱々のソーセージが出てきた。ゆでたジャガイモとたっぷりのマスタードが添えられていた。

「どうした？　やはりビールは苦いか」

　コップに半分以上残っているビールを見ながらヒゲは笑う。

「キミは異議を唱えることによって学校から排除された人間だ。そんな人間が純粋性という言葉に惑わされてはいけない。キミは不純な存在であり、立派な異端者だ。そして、名誉ある少数派だ。異質な者と向かい合える資質を持った、これからの時代の人間だ」

「俺が、これからの時代の人間？」

「そうだ。自分の思いと他者の思いは違うかもしれないのに、自分の考えだけを絶対視する人間が増えているだろう。こんな人が外国に行ったらどうなる？」

「自分の考えを押し通すだけでは、コミュニケーションは成り立たない」

「かつて、この国は技術や政治制度の導入のために、多くのエリートを欧米に留学させた。彼らの多くは現地で孤立し、自意識だけを肥大化させ、日本に帰ると〝日本大好き人間〃に変身した。そして他者を否定し、日本は最高だ、日本だけが正しいと戦争を推進していった」

「それは戦前の話でしょう」

「いいや、情報が瞬時に世界をめぐる現代においても、物事を客観視できない人間が多すぎる。独善的な価値を至上のものとし、自尊心を膨らませ、他者を見下す人間が大手を振って歩いている。こうした連中には責任観念というものがない」

　ビールを飲み干したヒゲは、空瓶を振りながら、「どうだ、もう一本飲むか？　今度は私のおごりだ」と提案した。

　ヒゲは、満面の笑みを浮かべながら野津のコップにビールをつぎ足し、自分のおコップにも入れ、グイと飲み干した。

「人間の言動には常に責任が伴うはずだ。しかし、責任を考えない人間は簡単に大口をたたけるし、嘘もつける。簡単な道を選ぶ連中が多すぎると思わないか？」

　野津の脳裏に「嘘とは無縁に生きたい」と言った和倉知帆の顔が浮かんだ。

「こうした連中を中心に、過去を賛美する復古主義が叫ばれ、国益を第一とする国家主義と結合して、新しいナショナリズムが台頭してきている。このナショナリズムが求めるのは〝国民意識の統合〟という排除のシステムをつくることだ」

「みんな一緒になれなんて、息苦しくて嫌ですよ」

「息苦しく感じるか、快く感じるか……快く感じる人の方が多いのと違うか？」

「俺たちの世代は、前の世代が残した多額の借金を背負わされ、その上、もっと息苦しくなるというのなら、こんな国に住む必要はない。さっさとオサラバしますよ、こんな国から」

「うらやましいなあ、身軽で……私には国境は遠い」

「ヒゲさんはこんな国に、まだ未練があるのですか？」

「未練か……」と言いながらヒゲは笑った。笑った顔が歪み、腕組みしていた腕が解け、沈み込むようにシンクにもたれると激しく嘔吐した。

「大丈夫ですか？　まだ酒に弱くなるような歳ではないでしょう、ヒゲさんは」と言った野津の顔が強張った。

「血だ！」

カウンターの下のシンクに、どす黒い血が繰り返し、繰り返し流れ、背中は波打つように痙攣していた。

「ヒゲさん！」

救急車の音が近づき、止まったのに驚いた横丁の人々は、怪訝な顔を店々からのぞかせ、何事が起きたのかと〝ネギをうえた人〟に集まってきた。

「かなりの血を吐いたのなら輸血が必要かもしれない。とりあえず、あなた一緒に病院へ行ってちょうだい。もっと輸血が必要になったら私たちも行くから、ここに連絡して」

焼鳥屋のおかみはエプロンのポケットから店のマッチを取り出し、野津の手に握らせた。

真夜中の病院。物音もしない肌寒い廊下で、野津は手術の終わるのを待った。

深夜、一命をとりとめたと医者から告げられ野津は、焼鳥屋のおかみに連絡し、待合室で一夜を明かした。

翌朝。野津はナースに導かれ、集中治療室に入った。カーテンに囲まれたベッドの横で機器類を見ていたドクターは、胃に潰瘍があり、それが深くなり胃壁を破った。縫合は成功したから心配はいらないと説明した。

血の気の失せた新城の顔は老人のようで、髪も髭も随分と白くなっていた。

野津は自分を責めた。——酒が飲めないくせに、生意気にビールを注文して、ほとんどをヒゲさんに飲ませてしまった。あのビールがいけなかったのだ。いや、あれだけでは足りず、ヒゲさんは自分でもう一本出して、うまそうに飲んでいた。実にうまそうに……

午後になると、新城は集中治療室の隣の部屋に移された。

いつ麻酔から醒めるのかナースに聞きに行こうとした時、息が漏れるようなか細い音が聞こえ、野津はベッドを覗き込んだ。

「ここは？」

新城には血を吐いた後の記憶はないようだ。

「手術したのか……胃か」

「手術は成功しました。しばらく養生すれば治るそうです。早く元気になって店を開けてください」

「やれるといいが……何だか頭の中が真っ白で、自分が自分でないような気がする」

野津は励まさなければと思い、「ヒゲさん、現代医学の力を信じましょう。科学の力を信じましょう」と神仏にすがるような言葉を口走った。

昼過ぎ、廊下の長椅子で待機していた野津を、ナースが呼びに来た。新城が目をさまし、呼んでいるという。

「野津君」

「はい。ここにいます」

「キミには迷惑をかけてしまって……すまない。本当に申し訳ない」

「そんなことより、洗面用具や替えの下着が必要だそうです。俺、取ってきますから、二階を勝手に捜しもいいですね」

「ああ、手間を取らせて……」

「入院の書類に押す印鑑もいるそうです。印鑑はどこに？」

「カウンターの下のレジに入っている」

「おカネも必要になると思いますので持ってきます。他にいるものはありませんか」

「別にない」

「横丁の人たちに、意識を回復したと伝えてきます」

「伝えなくていい。商売の邪魔になる」

「わかりました。じゃあ、行ってきます」

「そうだ、頼みがある。店のカウンターの中にスピーカーがあるだろう。大きなのが二つ。左側のスピーカーを前に引きずり出すと、奥にカバンが置いてある。小さな皮のカバンだ。悪いが、それを持ってきてほしい」

2

〝ネギをうえた人〟の鍵を開け、野津は電灯のスイッチを探した。

洗面道具や下着など必要なものを紙袋に入れ、言われたとおり、カウンター内の大きなスピーカーを手前に引き出した。奥にカバンのようなものが見えた。

ホコリをかぶった四角いカバンは、しっかりした作りの革製で、持つと拍子抜けするくらい軽いものだった。


「ヒゲさん、これですね」

野津は枕元に皮カバンを置いた。

「ああ、ありがとう……キミに頼みがある。もし、私が死んだら、キミがこれを処分してくれ」

「急にそんなことを言われても困ります」

これこそ、吉竹がサークル館にまで来て、「新城から預かっているものはないか？」と言っていたもの。店で「独り占めは許さない。どこにあるのか教えろ！」と激しく迫っていたものに違いなく、野津はどうしたものかと迷った。

「これは吉竹には必要ないものだ」

「でも、あの人が必死になって探していたものでは？」

「そうだ。あいつが欲しがっていた黄金だ」

黄金……黄金など手にしたことはないが、こんなにも軽いものなのかと野津は思った。新城は弱々しい声で続ける。

「もし、私が死んだら、あいつは黙っていても店の権利を売るだろう。たいした額にはならないが、あいつにはそれで十分。これは必要ない」

「おかしなことを言わないでください。手術は成功しました。しばらく養生すれば治ります。そしたら、また店をやれます。そうだ、こうしましょう。ヒゲさんが病院にいる間は、俺がこのカバンを預かります。ですが、退院したらすぐに返しますから」

「ああ、それでいい」

「横丁の人たちのためにも、俺たちのためにも店を再開してもらわないと困ります」

「やれたらいいが……」

「やれます。まだ一〇年はやれます」

「そうだよな……私はまだ死ぬわけにはいかない。あいつが帰って来るまでは……私が死んだら、あいつの帰りを待つ者がいなくなってしまう」

「そうですよ」と相槌を打ちながら野津は、新城には死んだ遥子という人とは別に、思いを寄せる女性がいて、店に現われるのを長い間待っているのではないかと想像した。

「そのカバン、開けてくれないか」

カバンの留め金には錆がきていた。留め金を何度も上下させ、ようやく開いたカバンの中には、びっしりと手紙が詰まっていた。

そのすべてが航空書簡で、何通かごとにきちんと綴じられたエアーメールは、カビの匂いを漂わせていた。

「南の風……」と新城がつぶやいた。

「ああ、手が動かない。すまんが読んでくれないか。あいつに会いたい……」

野津は一番上の手紙の束を手にした。

「上から順番に読めばいいのですね」

平らな大地。どこまでも続く水田。それらに陰影を刻むように運河が掘られ、幾筋もの水路が枝分かれしている。

その水路の一つで、褐色の肌を太陽にさらした老人が腰まで水につかって投網を打っている。スイレンの葉の群生の間に空いた水面をめがけて。

身体をひねり、網が投げられる。ゆっくりと手繰り寄せられる網の中に魚影はない。もし魚が入っていたら、この強烈な太陽に照らされてキラキラ光るだろう……今日の夕食を得ようとしている老人だろうが、ただ網を投げるのを楽しんでいるかのように見える。

細い畦道。竹藪。枝の先にだけ葉をつけたヒョロヒョロの大木。雲ひとつない空。視界の中で動くものは数艘の小舟と、水鳥と、あの投網の老人。

穏やかだ。時は刻むのを忘れ、目の前の風景を静止させている……心配は無用。私は、目的を忘れたわけではない。苦しい生活の中からカネを出し合い、旅費を工面し、送り出してくれたことを忘れてはいない。私がここにいるのは、みんなのおかげだ。コップクン（ありがとう）。

今、辞書を片手に小学一年の社会の教科書を訳している。覚えたての単語を子どもたち相手に使ってみる。笑われてばかりだが、いい勉強になる。ここの子どもたちの表情は実に豊かだ。よく動く瞳。はにかみと、照れと、素直さが入り混じった微笑……これこそ本物の笑顔だ。日本人が高度成長とともに失ってしまったもの。Mより

私は旅行者でも放浪者でもない。私には目的があり、目的のためにここにいる。その目的を共有する仲間がおり、仲間の代表として私はこの地に降り立った。だから情報を共有するために私はせっせと手紙を書く。その代り、キミたちの情報も欲しい。何でもいいから知らせてほしい。ここには日本の情報はほとんどない。だから、連帯を確認できる手紙を待っている。Mより

私が、みんなに出した手紙に対する返信の第一号はキミからでした。

一人でいるのが寂しいのは当たり前で、異邦人が孤独であるのは当然だと強がっていても、連帯を確認できる手紙は、この上なく嬉しいものです。

運河を行き交う小舟のように、ゆったりとした時間に揺られているこの街で、目的を成し遂げられるかどうか

は判らないが、みんなの期待に応えられるよう、やってみるつもりです。そのためには、持続する志と、何よりも強い連帯が必要です。Mより

キミからの質問にあった反日運動は確かに起きている。「今月は日本製品を一切買わないでおこう」とアピールしながら、日の丸に×印をしたポスターを掲げた学生たちが日系デパートの前にいる。盛り上がりはなく、アメリカのように日本製品をハンマーで破壊するような激しさもない。

ここの学生の反日運動は、日本資本を経済侵略だとして全否定しようとしているのか、それとも、日系企業のあまりにも劣悪な労働条件を何とかしようとしているのか、正直、反日の中身が私にはよく判らない。

ここでは朝になると、家の前に食べ物を抱えた人々が立ち、鉢を持ったお坊さんがやってくると、食べ物を鉢に入れる。あげるのではない、貰っていただくのだそうだ。これは功徳を積むための宗教儀式だが、根底には、少ないものを分け合うことで、お互いが満足するという価値観（足るを知る）がなければ成立しない。

しかし、このまま日本の資本と大量生産されたモノが流入したら、このような損得以前の関係が、おカネやモノを媒介したものに変わるのは時間の問題だろう。人はそれを近代化だという。

ここの学生は近代化を否定はしない。むしろ近代化の担い手になろうとしている。なのに、反日運動を続けているのはなぜなのか？　私は、この答を見つけるつもりだ。Mより

この夕日の美しい街には多くの日本人がたむろしている。日系企業の社員と家族。団体ツアーの観光客。そして目立つのが元ヒッピーたち。

ヒッピーたちは息の詰まる日本を抜け出して、すぐにこの地に来たのではない。本来の目的地はヨーロッパ。白い肌の女。背の高い男。洒落た街並み。薫り高い文化と自由な気風……そのヨーロッパで、ヒッピーたちは、今までに考えもしなかったこと、自分自身がアジア人である事実を思い知らされ、愕然とする。女も男も自らが

有色であると自覚させられ、平等に扱われていないことに気づく。もちろん気がつかない鈍感な日本人もいるが。

鈍感ではない人々は、似通った差別を体験し、ヨーロッパを離れ、途中、この地に立ち寄る。そして、ここで日本に遭遇する。日本の車、家電、デパート、食品など、この地にあふれる日本製品と、見慣れたロゴの看板に感動し、日本の力を知り、日本とともにあってこそ惨めな被差別者にならずにすむと、捨てたはずの日本に回帰する。

日本に回帰することで自信を回復したヒッピーたちは、すぐに優越者となって、ここの「貧乏で、未開で、不潔で、非効率な」人々を軽蔑し、熱烈な日本擁護者に変身する。

この地の反日運動に敏感に反応し、取り締まらない政府の弱腰を非難する。日本にいた頃は〝反権力〟〝フリーダム〟を口にし、アウトローであったはずの彼ら彼女らは、この地で「同じ日本人じゃないか、言わなくても判るだろう」と近寄ってくる。

かつて日本では、同じであることを嫌い、日本的なものを古いと批判し、新しい文化の担い手だと持ち上げられていたヒッピー。なのに、この地では、同じ民族であることが、何ものにも代えがたいと言い、日本人の同質性を賛美する。その賛美の裏にあるのが、この地の人たちに対する侮蔑のまなざし。M

遥子より第二信と送金を受け取った。

それには、今度の正月にキミと一緒に旅行すると書かれていた。とうとうやったか、おめでとう。私は、二人が一緒になるのは自然の成り行きのように思っていた。しかし、彼女はそうでもなかったようで、手紙は嬉しさであふれていた。「おカネをためて、新城と二人で、そちらに激励に行くつもりです」と書いてあった。

こちらは、まだ生活基盤を確立していないし、街を案内する知識もない。行くのならインドネシアの芝垣の方がいいだろう。私よりも半年早く出発しているし、留学生という身分があり、実家からの仕送りがある彼の方が地に足がついているはずだ。

私はまだ右往左往しており、地図の一枚も手に入れていない。焦らず、ここの人たちのようにゆったりと歩むつもりだ。M

小学生の頃、もうすぐ二学期が終わろうとする冬。学校へ通う道筋に、一人の男がオモチャの露店を出した。あの頃、工場が倒産して、賃金も退職金ももらえず、作っていた製品を持ち出して売り歩く労働者がいたから、そんな人だろう。

民家の軒先に置いた小さな台の上に、オモチャの自転車が並んでいた。鉛でできた車輪に、コマの要領で紐を巻きつけ、紐を引くと車輪が回る。それを台の上に置くと、おもちゃの自転車は円形のお盆の中をくるくる回った。

その日から私は学校の帰りに必ず露店の前に立ち止まって、オモチャが回るのを見つめた。あの頃は、みんな貧しかった。私の家も貧しく、父も母も工場に働きに出ていた。終業式の日、露店はなくなっていた。あのオモチャが全部売れたから店をたたんだのだと思った。私には買えないものだと判っていたが、残念な気がして仕方がなかった。

この街では、多くの少女が露店を出し、花飾りを売っている。白い蘭の花びらに糸を通した簡単な花飾りだ。せっせと作って洗面器に山のように並べている。仏像にでも供えるものなのだろう。しゃがんで、いくらかと聞くと驚くほど安い。こんな安さで、少女の取り分はあるのだろうか？

もし、私が一番端に座る少女の花飾りを全部買ってあげたら、少女は、きっと白い歯を見せて微笑むだろう。でも、私は根っからの貧乏育ちで、花飾りを一つだけ買った。少女はおカネを受け取ると、うつむいて作業を続けた。

ホテルに戻り、ベッドのパイプに花飾りを掛けた。微かに香りがした。私は、あの花飾りを全部買ってあげた方がよかったのだろうか……そんなことを考えながら、異国での年の瀬を迎えている。よい年を。そして、彼女と楽しい旅を。M

新年おめでとう、なんて呑気な挨拶どころではなくなった。

地元の英字新聞が大々的に伝えるところによると、外国人職業規制法が制定されるという。観光ビザで入国した者は職に就けなくなり、不法就労者は、逮捕、収監、強制送還になるという。とても不安だ。このままだと目的を達成するどころか、滞在すら危うくなってしまう。何とかして就労ビザを取りたいのだが、役人に賄賂を払うカネはない。隣国から大量に流入している労働者を締め出すのが目的のようだが、国家の庇護を受けない私も、流入労働者の一人だ。

申し訳ないが臨時に送金してほしい。この日本人だらけの安ホテルから抜け出すためだ。

三日前に隣の部屋に入った中年の日本人が、毎日、幼い少女を連れ込み、大声を上げさせている。あの声は悲鳴だ。

廊下で中年男と顔を合わせたとき、「児童買春は犯罪だぞ」と忠告してやった。「だから、わざわざこの地に来てやっているのさ」と中年男は言い、「考えられないくらい安いぞ」と笑った。こいつ、何週間も滞在するという。

ここにいたら、あの腐った日本人と同じに見られる。だから逃げ出すしかない。アパートを借りたいので、至急、送金してほしい。さもないと、あの男を殴り殺してしまいそうだ。

新城、遥子、吉竹、実可子、広田よりの送金受領。感謝。

みんなのおかげで安ホテルを出て、アパートを借りた。家賃は安い方だが、それでも外国人値段だ。新しい住所は裏に書いてある通りだから、間違わないように。

手紙をどんどんよこしてほしい。熱き連帯を確認するために。

一週間待ったが、新しい住所に手紙が届いたのはキミからだけ。おカネだけ送られても、義務的に送ったように感じられ、悲しい。

私の方も、同じ内容の手紙を何通も書くのは苦痛だから、これからはキミ宛に書くことにする。キミの方から、みんなに回覧してほしい。宛先はキミだが、中身は全員で共有してほしい。

目的を達成するために、カネを出し合って、私を送り出した以上、みんなには読む義務があるはずだ。願わくは三回に一回でいいから返事が欲しいと伝えてくれ。つながりを確認したいから。

「日本人は、日本のスタイルを持ち込み、完璧なまでに我らに、そのスタイルに従わせようとする」「彼ら日本人はカネにものを言わせて、商売の裏街道を走り、汚職をこれほどまでひどくした」

タイの学生が出したパンフレットは、この地で日本人がいかに嫌われているかをとくとくと綴る。

〝彼ら日本人〟の一人として、私は、この地でどのように振る舞い、どう生きなければならないのだろう。

先に、私が送ったパンフに、キミが食いついてきた。その気持ちはよく判る。しかし、アジアの実情を知らせるために〝アジア通信〟の類を出す計画には反対する。私はジャーナリストがやらないからと、それを補完する作業などしたくない。

そんなことよりも七人との連帯を再確認したい。私が、タイの学生が非難する日本人の一人として、ここにいながら、なお存在に意味があるのはキミらとのつながりがあり、目的があるからだ。

私は日本に回帰した元ヒッピーたちのような流民になりたくはない。戦前の〝満州浪人〟のように侵略の先兵になりたくはない。

だから私を一人にしないでほしい。かつての七人の濃密な人間関係を再確認し、我らの目的が単なる思いつきではなく、我らの共通認識から導き出された方針であることを再度、確認してほしい。

私はイラつき、焦っている。至急、全員からの返信を待つ。

私が苛立ちと不安から、キミらとの関係を再確認しようとしていた時、キミらに危機が迫っていると知らされ、驚いている。

私たちは、自身が矛盾だらけの人間であることを前提とし、抑圧すること、されること。差別すること、されること。指導すること、されることを拒否した。組織の言葉で語るのではなく、自分の言葉で考えを述べ、自分の判断で行動するよう求めた。だから共闘会議の方針や力関係に関係なく、やりたい時に、やりたいように動いた。

そんな私たちをセクトは、「無責任、無原則のノンセクト」と批判した。

一方、私たちは、「無責任なのはお互いさまで、セクトの原理原則こそが人を抑圧するもの」と反論した。お互い、批判し合いながらも共に行動したあの頃は、過去になってしまったのか？　セクトは共に闘うことより、主導権を握るために、セクトに従うのか否かを選ぶよう迫っていると、遥子が手紙に書いてきた。

新城、驕るセクトとの対決など疲れるだけだ。無駄な争いは避けろ、と言っても対話が成り立たない相手だから、最終的にはやらざるを得ないだろう。

コメがものすごいスピードで値上がりしている。今までの稼ぎでは半分の量しか買えない。倍の稼ぎはできないから食べる分を減らすしかない。だから貧しい層には深刻な問題となっている。

原因は、地方の干ばつを見越した買い占めと、密輸によるコメ不足。国境には隣国へコメを運ぶ自転車が蟻の列のように続いているという。隣国へ持って行った方が高く売れるからと、にわか闇屋の列だ。自転車に米袋を積み、汗びっしょりになって利ざやを稼ごうとする人々。片や倉庫ごとコメを買占め、鍵をかけてしまった日本の商社。この倉庫のコメは日本へは行かない。日本人はタイ米を食べない。

買い占め……それは商社にとって当然の商行為なのだろう。だが、私は人々を飢えさせる、その行為を憎む。飢えへの不安は人々をどのような行動に駆り立てるのか……米騒動（日本）――三一独立運動（朝鮮）――五四運動（中国）、かつてアジアの民衆史は確実に連関していたことを忘れないでおこう。

来週、ビザ切れのためタイを一度出国し、再入国する。よい機会だと思い、芝垣のところに行くつもりで連絡してみた。ところが彼は、戦時下のベトナムを見たいというので、彼とはサイゴンで会うことにした。


火炎樹におおわれたサイゴンの街は美しい。この街の郊外では激しい戦車戦が行われているというのに、街中は落ち着いており、人々はゆったりしている。ただ、街角に立つ兵士の数がやたらと多いということだけが戦争を意識させ、民衆を信じていない政府の苦しさを物語っている。

崩壊寸前の南ベトナム。その首都サイゴンには、二〇Ｐで豆料理を食べる民衆がいて、豪華なフランス料理を食べる欧米人がいて、一〇〇Ｐのてんぷらを安い安いと食べる日本人がいる。

平和監視軍のハンガリー軍人と、米軍撤退後もアドバイザーと称して残留しているアメリカ軍人とが、ホテルのロビーで激しく言い争い、終わると部屋に女性と消えた。アメリカ軍人が減少した分、夜の女性が余っているという。外出禁止令の出る夜の一一時近くになると、メインストリートに女性たちがひしめき、三〇〇ＰでＯＫのサインを送っている。

今日は約束の日なのに、芝垣は来なかった。ホテルにはちゃんと予約が入っており、キャンセルの連絡はないという。もう一日、待つことにする。（ベトナムからの第一信）

昼のサイゴンには、仕事にあふれたコリアンやフィリピーナたちが、うまい話を求めてうろつき、何を見るために来たのか、ここにも日本人の団体ツアー客がいて、乞食がいて、靴磨きがいて、モノ売りがいる。

この国はいつ崩壊するのだろう？　政府軍が確保しているのは都市部だけで、米軍が去った今、反撃に出る力はない。周辺地域を制圧した解放戦線がじわりと都市を包囲しているはずなのだが、旅行者の目には何も見えない。


見えるのは、戦時下、雑踏をつくり、モノを売り買いし、笑い、はしゃぐエネルギッシュな民衆の姿。そして、火炎樹の下で無邪気に遊ぶ子どもたちの姿。

だが、私が立つこの地の下にも、解放戦線の地下トンネルが延びているのかと思うと、ぞくぞくするものを感じる。心の中で叫ぼう、「米軍に負けなかったあなた方に敬意を表し、熱く連帯したい」と。

今日も芝垣は現れなかった。伝言もない。どうしたのだろう。おカネがもったいないので明日の飛行機でバンコクに戻る。（ベトナムからの第二信）

ベトナムから戻り、キミと芝垣からの手紙を見て驚いた。

芝垣がインドネシアのＪ大から退学処分を受け、国外追放になり、すでに日本に帰っているとは思いもしなかった。

確かに、マラヤやシンガポールの大学でもタイの学生に呼応して、学生運動を始めようという機運があるので、インドネシアでも同様の動きは考えられ、当局も神経質になっていたと思われる。

芝垣がどのような嫌疑をかけられたのかは知らないが、治安警察に取り調べられたにもかかわらず、収監されず、国外追放になったのは幸運だったのだろう。

しかし、芝垣の走り書きの短い手紙によると、集めたマラッカ海峡の地図を、逮捕直前に、私宛に送ったというが、届いていない。

芝垣から長い手紙が届いた。彼が治安警察に逮捕されるまでの経緯が判った。私も十分気をつけなければならない。

芝垣がキミらのところに戻り、キミもセクトとの対応がやりやすくなっただろうと思いきや、そうでもないらしい。

芝垣は、セクトは政治状況を発展させるよりも、組織防衛に汲々としており、「もう末期的症状だ」と書いてきた。キミの手紙にはない言葉だ。私には隠し事はしないでほしい。心配をかけないようにという配慮は無用だ。

芝垣が私に送ったというマラッカ海峡の地図は、まだ届かない。おそらくインドネシア当局に押収されたのだと思う。

セクトの好き勝手にはさせないと、実力で闘ってみたものの、他からの動員を得たセクトには多勢に無勢で、学園から追い出されてしまったと、遥子からの手紙は悔しさに溢れていた。

新城、これからどうするつもりだ？

何よりもまず、自分が変わらなければならなかった。その次に、社会が変わるよう私たちは望んだ。自己変革を遂げた個人が増えれば、社会の意識も変わる。この二つの意識変革は武力で強引に行えるものではない……それが私たちの共通認識だった。

なのに、どうしてこんな不可解な事件の共犯として、芝垣が指名手配され、逃げ回らなければならないのだ？

爆弾事件の記事、こちらの新聞にも小さく載っていた。芝垣には、事件当日、キミらと一緒にいた確固たるアリバイがある。しかし、一緒に手配された主犯格のSとも付き合いがあった。とにかく関係者を一網打尽にして、関連を調べようというのが公安の狙いだろう。

でも、真の狙いは別で、彼がインドネシアで何をしようとしていたのかを知るための手配かもしれない。キミはどう思う？

芝垣は元気ですか？

多くの仲間に支えられて逃亡を続けることが運動の広がりになるとキミはいうが、私はそうは思わない。彼は無実なのだから出頭して潔白を主張するのも一つの手だと思う。

最近、私への送金はキミと遥子からだけになってしまった。しかし、それも今回で終わりにしてほしい。次回からの送金は全部、芝垣の逃走資金として使ってほしい。

私は大丈夫だ。この街にもだいぶ慣れたので、仕事を捜せるようになった。チャイナタウンの食堂で働いた。倉庫番もした。ここの人と同じ賃金でいいからというと、驚いた顔で雇ってくれる「お前、本当にジャパニーズか？」と。でも、港の荷役は一日でクビになった。米袋があまりにも重かったから。

ホテルの食堂で働いていた時、マネージャーから現地資本の小さな旅行社の社長を紹介され、そこでスタッフとして働くことになった。日本の旅行会社の下請けで、主な仕事は現地ガイドと売春斡旋だ。軽蔑してもいい。私自身は決してカネで女性は買わない。それが私の決めた一線だ。

心配してくれるのはありがたいが、私は大丈夫だ。自分の力で生活するのは当たり前だろう。いつまでもキミらに負担をかけたくない。私は自活する能力を得た。言葉も少しはしゃべれるようになり、地理も覚えた。

ただ、生活のためとはいえ、ガイドの仕事は苦痛だ。

ここには竜宮城があるのを知っているか？　竜宮城にはガラスで仕切られた水族館のような大きな部屋があり、中には魚ではなく、多くの女性が入れられている。彼女たちには名前がない。胸に付けた番号で呼ばれる商品だ。ここに日本人の団体客がどやどやと入ってくると、ガラス越しに女性を品定めし、番号を叫ぶ。早い者勝ちだから争奪戦も起きる。マイクで番号を呼ばれた女性は後ろのドアから消え、個室に向かう。

竜宮城のタイ人従業員（男）たちは、日本人団体客を〝日本軍〟と呼ぶ。指揮官（旅行会社の添乗員）に導かれて一斉に入って、一斉に出ていく。帰りのバスに乗る際には必ず点呼を取る。だから軍隊だと。だとすると、ガラスの中の女性たちは現代の従軍慰安婦になる。

この日本軍の指揮官は、日本の大手旅行会社の下請けだ。そのまた下請が私の会社。元請である有名大手旅行会社は決して手を汚すことなく、コミッションだけ受け取る。これが大きな利益を生んでいる。そして、この竜宮城のオーナーは日本人のヤクザだ。

近い将来、私は凶暴な破壊主義者となって、竜宮城のガラスを粉々にし、日本人ヤクザを叩きのめし、大手旅行会社の醜悪さを白日の下にさらすだろう。

ある日本企業の支社長夫人が誘拐され、身代金を要求された。

タイの警察はあてにならないし、犯人側に内通している警官もいる。それに、会社の名前を出したくなかったのだろう、日本企業は軍の高官にカネを渡して捜査させた。

私は、私の勤める会社のタイ人社長の命令で、捜査に加わった。タイ陸軍の退役軍人がボスでドライバー。その助手に若い学生。私は夫人を発見した時の通訳。

私たち三人の班はスラムを担当した。おかげでバンコクの裏側を知ることができた。ドブの上に渡された板を飛び越えながら、退役軍人は薄暗い小屋の中に入るたびにタバコを一箱渡し、写真を見せていた。私は迷子にならないようついて行くのが精いっぱいだった。

スラム……どのような形容をしたらよいか、人間の尊厳なんて辞書の中の言葉にすぎない。

一週間、三人で行動したが、無口な軍人とは最後まで打ち解けず、逆に若い学生とはすっかり仲良くなった。名前はタンモイ。なかなかのしっかり者で、軍人の言いなりではなく、よく議論していた。

支社長夫人はスラムとは反対方向の郊外に置き去りにされているのが発見された。カネを払って解決したのだろう。新聞は何も報道しなかった。

もし、支社長夫人が殺されていたらどうなっただろう。キミなら、中国で、日本軍が日本人を殺させて、危機をつくり出し、戦争にまで発展させた上海事変あたりから説き起こすのだろう。だが、今の私には歴史をひも解く余裕はない。

また、住所を変更した。友だちになったタンモイ君の紹介で、安いアパートに引っ越した。今までの半値だ。これでかなり生活が楽になる。下町でごみごみしているが私は気に入っている。

タンモイ君は一七歳の専門学校生。タイでは小学校七年、中学三年、専門学校二年、大学四年となっており、大学進学率は三パーセントと極めて低く、大学生は超エリートになるらしい。

今の私に、語りかける相手はキミしかいない。他の誰からも手紙が来なくなった。

逃亡中の芝垣は仕方がないとしても、広田や吉竹や実可子は何を忙しがっているのだ？　手紙を書く時間もないというのか？　私がたった一人の存在に耐えられるのも〝目的〟があるからだ。それを、七人で追い求めているからだ。

　相互理解とは、相手を理解しようとすると同時に、自分を理解してもらおうと努力することではないのか？　三人は、そのどちらもしようとしていない。

　自らの腐肉を切り開くための自己検証をサボるな。

　外国人職業規制法が取りやめになった。この法にひっかかる外国人があまりにも多すぎて、規制するのは不可能と判断されたから。規制される職業の中に観光ガイドも含まれていたから本当に助かった。

　これで強制送還の恐怖から、日々の何とも言えない圧迫感から解放されたのだが、日本の入管行政に翻弄されている在日コリアンの苦痛が、少しだけ判ったような気がした。

　一刻も早く恣意的な入管行政をやめさせ、大村収容所を解体せよ。それが法治国である日本に住む日本人の義務だ。

　私がバンコクにいる意義、それは七人を呼ぶための拠点をつくるためで、拠点は〝目的〟を実現する足掛かりとなるはずであった。

　もう一つの拠点は、マラッカ海峡に面しているインドネシア。ここに足場をつくろうとしていた芝垣は当地を追放され、そして、日本の警察からも追われていた。

　芝垣の逮捕、冷静になろうとしているが、なれない。彼が無実の罪で追われ、多くの友人に助けられながらも結局、捕まってしまった。実可子は精神に異常をきたして入院し、広田はR軍派に加わり、吉竹は授業に復帰し、要領よく卒業するという。

　キミと遥子は、学校側に尻尾を振るのを拒否し、退学の道を選び、一緒にスナックを開くという。借金をして店を開くのだから、当分の間、こちらに来て、私と合流することはできない。

　我らは敗北したのか？　キミらとのつながりが切れたら、私は棄民になってしまう。だから、日本に帰らなければならない。

私は日本に戻り、芝垣の裁判を手伝うつもりだ。だが、目的の地、クラ地峡を見ることなく、大運河計画の概要すらつかめない段階で帰るのは、自分で自分が許せない。だから、キミとのつながりがある限り、もうしばらくここで試行錯誤してみるつもりだ。とりあえずは、ビザが切れる寸前までこの地にとどまる。

なお、別便にてスナックの〝開店祝い〟を送った。額に入った油絵だ。店の壁にでも飾ってほしい。無愛想なキミだけなら、店はすぐに潰れるだろうが、遥子が一緒なら、きっと上手くいくはずだ。

多くの仲間を警察に売り渡した学校当局に、最後まで帰順しなかったキミと遥子に敬意を表したい。私も、このまま授業料を払わなければ退学になるだろう。それが敵対した当局に対する私の〝けじめ〟だ。

「ああ、喉が渇いた……冷たい、ビール、飲みたいなあ」

新城が唐突に口を開いた。手紙を読んでいた野津も喉の渇きを覚えたが、それよりも、酒を飲みたいという願望の中に、生きる気力のようなものが溢れているのを感じ、野津は顔をほころばせた。

「ビールは退院してからです。今は、この点滴で我慢してください」

点滴袋から薄茶色の薬液が規則正しく落ちていた。

「ヒゲさん、これ、いつの手紙ですか？　日付が全くありません」

「いつだったか……つい昨日のような気もするが……」

「額に入った油絵とは、店の壁に掛かっている、あの絵ですか？」

「そうだ。いつも私に笑いかけている、あの少女だ」

「ここに出てくる芝垣という人の名前、どこかで聞いたような気がします」

「新聞で読んだのだろう。あいつは長い間、裁判をやって、ようやく無罪を勝ち取った。あいつの青春は裁判で消え、これから人生をやり直そうという時に白血病になり、死んでしまった」

「芝垣さんという人、当時、どこに住んでいましたか？」

「あいつのアパートは、駅でいうと片町駅だった」

「今、俺が住んでいるアパートも片町駅で降ります。駅からかなり歩きます。名前は〝てんち荘〟です」

「あいつのアパートには何度も行ったけど、そんな名前ではなかったなあ。一昔前によくあった木造二階建てのアパートで、隣の部屋の声が筒抜けの六畳一間だった。もう、壊されているよ、あんな古い建物」

「そうですか……」

「確か、大家さんは女の人で、みんな、親しそうにしていたなあ」

「大家さんの名前は、光子さんでは？」

「いや違う、そんな名前ではなかった……ああ、喉が渇いた」

「すみません、無理にしゃべらせてしまって」

「キミのせいではない。身体の中を風が吹き抜けていて、妙に乾いて……」

「風、ですか？」

「あいつが運んでくる風だ。熱い風。苦悩する風。孤独だとあえぐ風。躍動する風……あいつが運んでくる風の向きが変われば、私も、何か違ったことにチャレンジしてみようという気になったものだ」

新城の肩がピクッと動いた。それは、シーツの中から両手を出して、風をつかもうとしたかのように思え、野津はもっと元気になってもらおうと、次の手紙の束を手にした。

「続きを読みますよ」


キミはアジアのカオスを知っているか？

アジアの匂いを失った日本。欧米的なものを崇拝する日本に住んでいては、カオスの魅力は味わえないだろう。

市場こそカオスだ。多彩な品。入り混じる匂い。飛び交う罵声、笑い声。売る方も買う方もとにかく元気だ。市場では値段の駆け引きは娯楽で、生活の一部。

数ある市場の中でも、私はウイークエンドマーケットが好きだ。この市場には食品、衣類、陶器、雑貨から動物までも売っている。ここの喧騒を求めて私は週末になると足を運んだ。

この市場には、ジャングルの寺院遺跡から発掘された仏像や壺を売る店がいくつもあり、まだ泥がついたままの盗掘品が並んでいる。

その中の一つの店に、一体だけ笑い顔の仏像があった。もちろん、この店には金色に輝く仏像から、泥がこびりついたものまで並んでいるのだが、隅の方に一体、破顔一笑といった感じで笑う仏像があった。そのユーモラスな表情が気に入ったのだが、美術品は高い。私には手が出せないだろうと諦めていた。

笑い仏は売れることなく、私に微笑み続けた。週給が入った日、私は半分買う気で店員に声をかけ、値段の交渉に入ろうとした。

すると、「ここにあるものは全て偽物。買わない方が利巧だ」と日本語が返ってきた。

色浅黒く、目は大きく、この地の人と見間違えるような男。彼は日本人で、雇われ店長だという。彼は私が日本人だと、前から気づいていたが、日本人は嫌いだから声はかけなかったのだという。

このような所で働いているというか、働くことが出来る日本人は極めて珍しいので、思わず彼と話し込んでしまった。長い髪を後ろで束ね、痩せてひ弱そうに見える男は、奥田と名乗った。

今日、奥田と昼食をともにした。

彼の店の仏像は〈一六世紀に滅亡した王朝の遺跡から発掘された年代物〉で、ジャングルの中の秘密の場所から掘り出され、バンコクに運んできたものというふれこみだが、実は郊外の町工場で作られ、一定期間、土に埋め、わざわざ土をつけたまま、さも盗掘品であるかのようにみせて売られているのだそうだ。本物は持ち出せないが、偽物であるがゆえに合法的な商品だという。

奥田は同世代の人間で、親の期待通りに学校を卒業して、有名企業に就職するつもりでいたが、デモとバイトと淡い恋しかなかった学生生活を二年で切り上げ、ぶらりと放浪の旅に出かけた。

旅立つ時の、たった一つの目標みたいなものが、隠し立てのないポルノ映画を見ることだったそうだ。世界で初めてハードコアポルノを合法化したデンマークでそれを実現させると、その後は目的のない旅となり、ベルリンでは夜な夜な壁を蹴りに行き、イスラエルのギブツで

「アラブゲリラを支持する」と叫んで国外追放になり、そのアラブで強盗団に遭遇して素っ裸にされ、インドの混沌に深く絶望し、ここにたどり着いて、居ついてしまった。

　昨年、日本に帰ったが、日本はもう住む所ではなくなっていたので、またこの地に戻り、あの店で働いているのだという。

　私には目的があるが、もし、目的がなかったら、彼と同じように流浪していただろう。


　吉竹から大手商社に入社し、研修を受けているという喜びの手紙が届いた。

　人間とはこんなに簡単に変わってしまうものなのだろうか……自分がこれまで何をし、何を主張してきたのか、きれいさっぱり忘れたような文面に、しばらく怒りが治まらなかった。私は長文の糾弾の手紙を書いた。送ろうとして、破り捨てた。今の彼に何を言っても無駄なような気がしたからだ。

　それでも腹の虫が治まらないので、一六世紀の遺跡から発掘された黄金の仏像を密かに手に入れたので、就職祝いとして送るからと短い手紙を書いて送った。私からの精一杯の皮肉のつもりだ。

　今日、奥田の店で一番安い仏像を、キミ宛に送ったので、届いたら彼に渡してほしい。金ピカに輝くメッキの仏像を見て、吉竹なら大喜びするだろう。


「ここの人たちと同じ生活ができれば、それでいい」と奥田はいう。彼はカネには執着がない。「もし、反日暴動が起きたら、一緒に日本企業を襲おう」と、国家にも民族にも執着していない。

　そんな彼が結婚する。友人として結婚式に出席してほしいという。彼のフィアンセは一七歳の少女で、売春ブローカーから逃げてきたところを彼がかくまい、一緒に生活を始めた。一人になれば、また昔に戻らざるを得ない彼女を、彼は愛おしいという。

　しかし、どのような結婚式を挙げるにしろ、一応、国際結婚となると手続きが大変だろうと尋ねたら、彼は、いとも簡単に「パスポートは破り捨てた。俺にはもう後ろ盾となる国家はない。だけど、〝菊の紋〟から解き放たれたし、〝円〟も用がなくなったのでせいせいした」と語った。私は喜んで式に出席させてもらうことにした。

どこまでも伸びる運河。水路を行き交う小舟。まぶしい陽射し。原色の花々。水牛と水鳥と竹藪。

点在する村々を遠くに、軒を並べる商店を近くに見ながらバスは行く。宝石屋の並ぶ町。ドリアンの集積地。確実に違って見える人々の顔つき。こんなウキウキした気分はここに来て初めて。中央平原から北部高原へと変わる際の景色は実に素晴らしいものだった。キミにも見せたいと思った。

高原地帯に入ると荒野が続く。荒野に農業はない。あるのは米軍基地と戦略村らしきものだけ。

国境沿いの町についた。田舎はいい。裸足の子どもたちが走り回っている。夕暮を告げる寺院の鐘の音が響き、家々から煙が立ち上る。心が和む風景に見とれているうちに道に迷い、町の人にホテルの方角を尋ねた。どこから来たのかと聞かれ、日本からだと言ったら驚いていた。暗くなるとゲリラが現れるからホテルに戻りなさいと忠告された。

今、小さなホテルで、今日最後の水浴びをしてきた。まだ身体が火照っている。遠くで不思議な音がする。あれが砲声か？　国境の向こうは戦場だ。

彼女のお姉さんがこの町に住んでいるので、ここで式を挙げるのだと、奥田は説明する。

ここでは親子関係よりも兄弟姉妹関係の方が重要な意味を持つらしいのだが、日本の〝家〟の概念にとらわれている私にはよく理解できない。

お姉さん夫妻は二階建てのアパートの一室で生活している。風呂とトイレは共同で、一、二階ともに広い廊下があり、二階の廊下にゴザを敷いて仏像を置き、お坊さんを八人も呼んで経をあげ、終わると一階の廊下に並べられた料理を食べ、記念写真を撮った。あまりにも質素な式で、人々の笑顔だけがたくさんあった。

それにしても、ここの人たちが余所者に寛大なのは驚きだ。結婚の相手が外国人であっても、ごく自然に受け入れている。拒否反応もなければ、逆に羨望の眼差しもない。

　親戚の人なのだろう、若い二人の娘が私の横の席で食事をしていた。私がタイ字新聞の見出しを読んだら驚かれた。彼女らは農民の子で、子守や農作業で学校に行けず、文字を読めない。仕事もない。昔は職がなくても生きていけた。今は生きていけない。だからもうすぐ職を求めてバンコクに行くという。

　読み書きができない彼女らが都会に出て、どんな仕事に就けるのか？　竜宮城のガラスの中に入るしかないのだ。そして、耐えられなくなったら奥田の彼女みたいに、ブローカーから逃げ回るしかなくなるのだ。彼女らも判っているのだろう。判っていても行かなければならないのだ、口減らしのために。

　無力なり、無力なり……今すぐ世界を変える力を、我に与えよ。

　奥田の結婚式から戻ってから、何もする気が起きない。この暑い街が余計暑く感じ、脱力感と倦怠感が交互に襲ってくる。干からびた心は潤いを求めて彷徨している。

　キミは裸足の子どもたちを不幸だと思うか。それとも自由だと思うか。靴がなければ歩けない私たちこそ不自由で……私は何を書かんとしているのだろう。気が滅入っているのは暑さのせいばかりではない、吉竹だ。

　彼からの三通目の手紙。私は何通手紙を書いていると思う？　それなのに彼からの応答は、たったの三回。彼は風化しつつある。今の彼と私とは何一つ共有するものはない。会社でチームリーダーになった？　原子力は儲かる？　黄金の仏像はまだか……とぼけたことをいう奴に返事は書かない。

　我らが一緒になってつくり上げたものは、一緒に壊さなければならない。それを、あいつは一人で勝手に壊している。転向するのはかまわない。するのなら自覚して転向せよ。

　私が送ったメッキの仏像が届かないのは、タイ側の税関で止められているからだ。箱の大きさに比べて重たいから、箱を開けられ、中身を確認した後、再包装が面倒だから、そのままになるのだと奥田はいう。本物なら役人は横流しする。しかし、あれはマガイ物だから、問い合わせれば戻ってくると奥田はいうので、そこまでする必要はないと断った。

吉竹には、冗談で偽物を送ったが、それすら没収されたと、事実を伝えておいてほしい。私には、彼に手紙を書く気力はない。

吉竹から、黄金の仏像はまだかとの督促状が届いた。彼には皮肉が通用しないようなので、キミほ方から、黄金ではなくマガイ物であること、それすら当局に没収されたという事実を伝えてほしい。その上で、私が「無自覚に体制迎合した奴との関係は断つ」と言っていたと伝えてくれ。

疲れた。身体がだるい。電話が鳴っただけで手が震える。平衡感覚がおかしく、歩くとふらふらする。あちこちに鈍痛がある。

いつまで生きられるのか？　いつまで生きなければならないのか？　何かに怯え、何かを恐れているのだが、それが何か判らない……

かつて、バリケードの中にはいろんな人がいた。雑多な人の群れの中にいながら、時として、一人になりたくて学校を抜け出した。古本屋のカビの臭いを嗅ぎ、夜の屋台を覗き、公園で夜空を眺めた。悲観と楽観。量と質。傲慢と謙虚。敵対と連帯……相対するはずのものが不思議なバランスを保っていたバリケードの中は、孤独すら心地よさを漂わせていた。

ここにある孤独は壮絶だ。あと何日で気が狂う。あと何時間で、何分で……

狂ったほうが楽なのか？　狂えば日本人でなくなるのか？

威張りくさった日本人。反吐が出そうな日本人社会。鏡の中の自分を殺してしまいそうだから、鏡は見ない。

一人で何が出来るのか？

私たちの計画が無謀だったのか？　それとも私に能力がないのか？

ここは、やはり異郷であり、私は、やはり異邦人であり、外には焼きつける太陽があり、その中をたくさんの人が蠢いている。

その中のちっぽけな私。

孤絶した魂。

愛のない干からびた手。

怒りを忘れた、虚ろな瞳。

ただ生きるだけでなく、よりよく生きなければならないのに、ただ生きることさえままならなくなるとは……

糸の切れた凧は天空をグルグル回転し、いずれ大地に激突するだろう。

「一つの理念に向って進まなければならないという考えを捨てたために、試行錯誤するしかなくなり」「迷いながら自分で考え、決断した」「自己決定をしながら、立ち止まっていたら意味はなく」「行動こそが自己実現への道」だった。

だが、「自分は行動しているのだと思った瞬間から驕りと自己肯定が始まり」、逆に「自分はこれ以上、行動できないと思った時から自己満足が始まる」とキミはいう。

私はこの暑い街で、一人として心を許せる人間がいなくても、キミとの連帯があれば生きていけると考えていた。これこそ堕落でしかなく、つながりが消えかかったら、もう何も出来ないと絶望しかかっていた。

私は一人になるのが、いや、一人であることを確認するのが怖かったのかもしれない。

しかしながら、もとより人間は一人なのだ。私は何者でもない私なのだ。数々の能力と、それと同じくらいの欠点を合わせ持った一個の人間なのだ。

この地の日本人たちが、酒、ゴルフ、金もうけ、セックスを逃げ場としていても、私には、それを批判する資格などないのだ。これらの人たちと同じ地平で生きていて、私はそれをしないだけ。

「他者の痛みを受けとめる能力を失っていない限り、キミは大丈夫」というキミの言葉、嬉しかった。ありがとう、私は大丈夫だ。

芝垣の裁判資料を受領した。支援運動が広がらないのはどうしてだ？

それに、最近、遥子からの手紙が来なくなったが、店の方は順調か？　まだ、子どもができないのなら、私がいる間に、二人で遊びに来ないか。

我ら七人の目的は、今や、キミと私だけの目的になってしまったのだが、それでも目的が消滅したわけではない。二人でも、一人になっても問題を世界に発信できる。

もし、キミたちが来るとしたら、三人でクラ地峡へ行ってみないか？　南部は治安が悪く、少々危険だが、運河の予定地をこの目で見ておく必要がある。

新婚旅行はしていないのだろう？　結婚式は無意味だが、旅行はした方がいい。


朝からうだるような暑さで、夜になっても暑かった。明日の仕事の打ち合わせのために、私は元請の添乗員が待つホテルに入った。

ロビーで騒ぎが起きていた。日本人の男が「俺を誰だと思っている！」と何度も叫んでいる。日本でどれだけ地位があろうが、カネがあろうが、ここでは日本語は通じない。

フロントに何事かと尋ねたら、あの日本人が女子大生を売春婦と間違えて、部屋に連れ込もうとしたので、女子大生の仲間が騒いでいるのだという。やがて警官が現れると、男は急におとなしくなった。弱い者には強く、権威にはめっぽう弱い典型的な日本人。こうも極端に態度を変えられると、おかしさよりも哀れさが先立つ。

「その警官に三〇〇〇バーツ握らせろ」と、私は日本語で言ってしまった。

最初は、きょとんとしていた男だったが、意味を理解したらしく財布を取り出し、警官におサツを握らせた。警官は「誤解だ」と、女子学生たちをロビーの外に追い立てた。

男は私に「日本人に会えてよかった。何でもカネで解決できるとは、ここはとてもいい所だ。お礼に一杯やろう。カネならある」と誘った。

私は「あなたのような人間が一番嫌いだ」と、断った。

次の日、ツアー客を送り出した後、ホテルのフロントに、昨夜の騒ぎの女子大生はどこの学校なのか聞いてみた。白いブラウスの全員がT大だという。

あの日本人の男に、この国のしきたりを教えただけなのだが、被害者である彼女らに悪いことをしたのは事実だ。だから、彼女らを捜し出して謝ろうという気までは起きなかったが、これも何かの縁だと思い、私は反日運動の拠点と言われているT大に行ってみることにした。

T大のキャンパスは広い。門を入ってしばらく歩くと、一〇〇人ほどの人が座り込んでいた。木製の台を並べた演壇にはビーチパラソルが一本立っていた。その傘がつくる日陰に入ろうともせず、一人の女性がハンドマイクで演説している。

その女性は、昨夜、ホテルのロビーで最も激しく男と言い争っていた人物のように見えた。「エコノミックアニマル」「セックスアニマル」と彼女の日本批判が延々と続く。

あまりにも演説が長いので、私は後方の人垣を抜け、木立の中を歩いた。広いグランドが目に入った時、木の根に足を取られ、前を歩いていた女性にぶつかってしまった。私は必死で謝罪した。

「あなたはコリアン？」それがぶつかった相手の最初の言葉だった。ここの人たちにはコリアンとジャパニーズの区別はつかない。だから、「イエス」と言って、この場を逃れてもよかったのだが、私は正直に日本人だと言った。

「あなたは、あの集会が何の集会か知っているのか？」

「日本の経済侵略を非難する集会だ」

「日本人がここにいるのは、よくない」

彼女はそう言って、私を外に連れ出した。歩きながら彼女は私に次々と質問を浴びせてきた。私は丁寧に応じた。誠実さが認められたのか、あるいは私を留学生と間違えたのか、彼女は明日も会いましょうと提案してきた。もちろん私は承諾した。

褐色の肌。黒い瞳。長い髪。小柄な割には細く長い指。彼女の名前はトワ。これは自称（ニックネームのようなもの）で、小さな豆という意味か？　実際に小柄だ。

この地の女性たちは色白に憧れている。私は反対だ。褐色は美しい。ここの太陽にぴったりの色だ。「日本人は色が白いし、髪も柔らかい」と色黒をコンプレックスのようにいう彼女。色の黒さに魅力を感じる私。

面白いすれ違いだが、それ以上のすれ違いは、彼女は自分の国に関心がないことだ。歴史も知らないし、今の学生の動きについても興味がないという。

「なぜ、あなたは、この国の政治に詳しいの？　ひょっとして、スパイ？」と無邪気に言われてびっくりした。ここでは「コミュニストには気をつけよう」というキャンペーンが常時展開されている。スパイとはコミュニストのこと。

そんな彼女だが、アメリカは嫌いだという。アジアの人々を平気で殺すアメリカは怖い。そのアメリカに追随してベトナムに派兵しているコリアも嫌いだが、日本は好きだという。日本は平和で美しいと。

彼女は、アメリカに基地を提供し、軍需物資の製造と運搬で儲けている日本の裏面を知らない。アジアへの忌まわしい侵略の歴史も知らない。彼女にとって日本は成長著しいバラ色の国に見えるようだ。

彼女に、何気なく「反日運動をやっている学生を知らないか」と尋ねたら、従兄がやっているというので紹介してもらった。

彼は学生センターの活動家で、日本人というだけでとても警戒され、会話は成立しなかった。学生センターとは、タイで唯一の全国組織で、約二〇万人の加盟者がおり、反日運動の司令塔と言われている。

一度目、従兄には、日本の経済侵略に反対する日本人もいると、私の考えを説明した。

二度目も三人で会った。私は南部に行きたいのだが、どのような方法があるのか尋ねた。すると、南部はモスリムが多く、マラヤからゲリラが入って来ているので行かない方がいいと言われた。クラ地峡の運河計画についても、たいした知識はなく、工事に小型原子爆弾を使用する話も知らないと言った。そもそも放射能の恐ろしさの認識がないようだ。

しかし、彼は学生センターには大きな計画があると、その概要を教えてくれた。

センターは、アジア各国から学生の代表を集めて〝アジア学生会議〟を開くという。今、タイの学生にとっての課題は、軍事独裁体制、アメリカ軍基地、日本の経済侵略の三つ。今回は政治問題を回避して、経済問題のみに焦点を絞るらしい。そうなると日本批判がメインテーマになる。

もし、日本を批判するアジアレベルの会議が実現したら、面白いと思わないか？

従兄から呼び出され、彼の仲間を紹介された。タイ語を話せる日本人は便利だと思われたらしい。

仲間から、日本批判を主題とする会議に、日本の学生が来るだろうかと問われ、招待予定団体のリストを見せられた。どこで調べたのか、リストの多くは右翼団体だった。戦前、日本の右翼は反欧米の立場からアジアの独立運動を支援した。もちろん大東亜共栄圏へ引き込むためだが、その人脈がいまだに生き延びているのだろうか？

私は、「このリストの多くはナショナリストの団体だから来ないだろう」と答えた。

「では、今、日本で最も有名な学生団体は？」と問われ、

「日本ではラジカル運動という学生運動が広く行われていて、そこには明確な司令塔はない。この運動の主流はノンセクトの学生で、個別の課題を掲げ、それぞれの場所で闘っている。もちろん、この運動の中にはセクトも入っている。しかし、セクトは権力の奪取という政治目標を掲げているから、その方法を巡り、分裂、敵対している」

「センターはないのか？」

「ない。二度、つくろうとして失敗した。それに、八派以上あるセクトの、どれもが先進工業国の革命が主題で、農民を主体とするアジア革命に関心はない」と説明したら、まったく理解できないという顔をされた。

タイの学生に、日本のセクトはアジアを無視していると説明しても始まらない。だから、そちらで何かグループを立ち上げて、その代表としてキミと遥子が来て、私と三人で会議に出席するのが手っ取り早いと思う。

日本人自身の手で、日本の経済援助の実態を告発し、日本の公害輸出を暴こう。経済援助とは、リスクは国民（税金）が負担し、儲けは商社やメーカーに行く制度だ。これが現地の独裁政権を太らせる元凶になっている。

我らの目的とは関係ないが、面白そうだとは思わないか？　ビザが切れそうになって、わくわくする話に巡り合えた。

タンモイ君がアパートに遊びに来たのでアジア学生会議の話をした。

彼は、その話は学生センターの一部のグループが推進しているもので、興味はないと素っ気ない。

それよりも明後日にデモを行うという。「治安法で五人以上の集会が禁止されている国で、どのような意思表示ができる？」と聞くと、「デモはデモだ。デモを行うために時間をかけて反日運動をやってきたのだ」と、彼は自信ありげに語った。

先月のこと、ある市民グループが軍部のスキャンダルを暴いた本を出版した。この本が検閲に引っかかり、発禁処分を受け、グループの全員が逮捕されてしまった。これまでだったらこれで終わり。しかし、今回は真相の究明と逮捕者の釈放を求めて学生が立ち上がるという。

この本が指摘したスキャンダルに対して軍部は、極秘任務中の事故だと釈明した。情報統制された国では噂が重要な武器になる。噂では、ヘロインを密輸中の軍のヘリコプターがジャングルに墜落したらしい。独裁的な権力を持つ軍は必ず腐る。〝満州事変〟を起こした関東軍の資金源もアヘンだった。

トワからの電話で、今日から一週間、すべての大学校が休校になったので会おうと言われ、一緒に屋台で昼食を食べた。

次に映画に行こうというので、私はT大へ行こうと提案した。

「学校は閉鎖されている」と彼女は怪訝な顔をした。

「明日、デモが行われるから、集会をしているはずだ」

「デモをさせないために、政府は先手を打って学校を閉鎖した。だから校内には入れない」と彼女は断言する。

仕方なく、映画に付き合った。映画代一人一〇〇バーツ。路上で焼きバナナを売るお婆さんの売り上げは一日一〇〇バーツにもならない。

スクリーンに国王が映し出され、全員が起立した。このまま座っていて不敬罪で逮捕されてしまおうかと思ったが、明日、行われるかもしれないデモが見られなくなるので、立ち上がった。


朝、電話をくれる約束のタンモイ君から、かかってこない。やはり政府の圧力によりデモは中止させられ、格好悪くて電話できないのだろうと思い、アパートから一番近いK大に行ってみた。

驚いたことに、K大の門の前で集会が開かれていた。禁止されている五人以上の集会が堂々と行われている。

ハンドマイクで演説する学生。その前に五〇〇人ほどが座っている。それを遠巻きにする新聞社のカメラマン。私服刑事とおぼしき人たち。

演説する女性の興奮気味の声。早口で単語しか聞き取れない。民主主義、憲法、自由、と繰り返される。久しぶりに緊張した雰囲気に身震いする。これは反日集会ではない。最も禁じられている反政府集会だ。

ストライキを宣言した全学集会。講堂を埋め尽くした人々の熱気。興奮。自分自身を、そして社会を根底から変えなければならないという意欲。変えられそうな予感。変革の担い手となった自覚と高ぶり……バリストに突入した、あの頃の情景を思い出していたら、集団が動き出した。

「政府に抗議しよう。T大と合流しよう」と口々に叫びながら人々はバスに乗り込む。

到着したT大の門は開いており、講堂にはこれまたたくさんの人が集まっていた。

「K大が来た。さあ、出発だ」

キャンパスを出たデモの先頭は、釈放を求める横断幕を掲げ、あの発禁本を手にした女性の一団が続く。汗が美しく光り、白いブラウスがまぶしい。歩道と車道の間に大勢の制服警官が並ぶ。帽子を目深にかぶり、腰のピストルがやたら大きく見える。

大きな交差点でC大の長い列と合流し、中央大通りでデモ行進は止まった。

ここで集会が始まった。逮捕された人々が釈放されるまで、ここを動かないという。夜になっても集会を続けるらしい。無期限だというが本当だろうか？

雨が降ってきた。私は雨と疲労を理由にアパートに帰った。

私は異邦人でしかなかった。夜、なかなか眠れずにこれを書いている。人々は雨の中で集会を続け、道路を占拠している。本気で釈放を勝ち取るつもりなのだ。

形だけのお付き合い、連帯のためのポーズではないのだ。決められたスケジュールでデモをやって、終われば喫茶店でおしゃべりをし、時には機動隊と乱闘して「闘ったぞ！」と満足する、かつての私たちのやり方。私は、心の中で、この地の学生運動を低く見ていた。それは見せかけの戦闘性に目を奪われていたからだ。

見せかけは不要。ポーズも無意味。私は、今、ここで、本物に遭遇しようとしているのかもしれない。

新聞は、〈史上最大のデモ、市の中心部に押しかける〉と伝える。結局、人々は雨の中、濡れネズミになりながら、あそこで夜を明かし、政府が秩序の回復のために逮捕者を釈放すると発表するまで動かなかった。

タンモイ君によると、学生センターには二つのグループが存在し、主流派はアジア学生会議をやろうとし、反主流派は、そのようなイベントには反対し、民主憲法を制定させるのが目標で、その手始めとして、今回のデモを企画、実行した。

反日キャンペーンなら政府は弾圧してこない。だから主流派は、その組織力で日本製品不買運動を全国規模で展開し、大衆の支持を得た。ようするに〝反日〟は官許だったのだ。

確かに、アジア全域から代表を呼んで会議を開くためには政府の協力が必要で、政府としても政権批判されるより、外に目を向けてくれた方が助かるのだろう。

主流派は民衆の反日感情に根差した反日運動はするが、政府とは敵対しない。一方、反主流派は反日運動に相乗りしながらも、反政府姿勢を鮮明にして、軍事独裁政権に挑み、民主化を勝ち取ろうとしている。

私は悩んでいる。反日運動は大歓迎だ。アジア学生会議という反日会議も賛成だ。でも、それをやろうとしている人たちは、独裁政権には反対しようとしない。必要なのは日本の経済侵略の阻止と政治の民主化の両方だ。

　私はビザ切れ寸前に日本に帰ろうと思っていたが、隣のラオスに出国して、再入国し、ビザを更新することにした。だから、帰りの飛行機代としてキミから送られたおカネは、それに使いたい。

　私は、ここでの二つの運動の流れを異邦人として客観的に見つめるつもりだ。キミには申しわけなく思っている。

　アジア学生会議が具体化した。

日本の組織にもすでに招請状が送付されたという。日本で一番有名なセクトだからR軍派に送ったとのこと。

　R軍派が招請に応じるかどうかは知らないが、会議が独裁政権の公認であり、会議に参加すれば、独裁政権打倒を進める反主流派に対する利敵行為になるとは、思いもつかないだろう。

　トワにデモの話をしたら、何をやってもこの国は変わらないと言われた。

「世界を変えるのは民衆の力だ。歴史をつくるのは民衆だ」

「そうであっても、あなたは外国人なのだから、関わってはならない」

「たとえ外国人であっても、圧政と闘う人々を支持し、連帯できるはずだ。私はタイの学生の闘いを支持し、闘いの列に加わりたい。いまどき王政が存続していること自体がおかしいし、軍部独裁もおかしい。だから民主化が必要だ」

「あなたの国にも王政はあるでしょう。あなたは自分の国の王政を倒せばいい」

　私は絶句した。確かにそうだ。私は何を求めているのだろう……今となってみれば、日本での運動が行き詰ったから、外国に活路を求めたのと同じになってしまった。

「私も気付かなかった。これは重大なこと。だが、外にいるからこそ、発見できた視点」と、キミは慰めてくれ、少しだけ気が楽になった。今後、〈タイのために、共に闘う〉との思い上がりは捨てる。

かつて、〝満州浪人〟と言われた人々がいた。〈アジア解放〉を叫んだ彼らは、己の主観だけで生き、アジアを利用し、アジアを裏切り、殺戮した。私は、彼らと同じ存在にはならない。

口先だけでない、真の連帯とは何か？　私はどうあるべきか？　どうあらねばならないのか……

アジア学生会議を進める主流派の動きを無視して、反主流派は民主憲法制定を求める集会を各学校で始めた。

政府はキャンパスに市民が入るのを禁止した。キャンパスは学生のもので、一般市民は入ってはならないという。学生市民は反発し、集会の続行を決めた。

さらに学生たちは、「日本の政府や企業から賄賂を受け取っている官僚や軍人は、国に損害を与えている」として賄賂禁止法を提起した。

ここでの汚職は構造化されており、「リベートもコストのうち、汚職は文化」だと、日本企業はカネを渡すだけでなく、軍人や官僚を株主やアドバイザーにして報酬を払い、取り込みを図っている。

将来、この特権の構造に入る地位を約束された学生たちが、それを拒否し、〝公正〟を求めている。そう、政治的自由には社会的な公正も担保されなければならないのだ。

既得権を失う可能性が出てきた官僚と軍人はどう出るか？　日本企業は高みの見物か……

民衆の動きを押えたい政府は、自由と人権を求めるパンフレットを作成しようとしたとして、一三人を逮捕した。いわゆる予防拘束だ。そして定石通り、「逮捕した一三人の家宅捜索で、コミュニズム文書が発見され、政府転覆の陰謀が明らかになった」と発表した。

以前だったら、この種の声明は絶大なる効果をもたらした。しかし、今は、そんなことにはお構いなしに学生市民は動いている。情報統制下で成し遂げられた、民衆の素晴らしき意識変革。

一〇月八日の夕方から、テストの始まったT大に人々が集まり、逮捕された一三人の釈放を求める集会を始めた。

以来、人々は集会を続け、T大の講堂を占拠し続けている。人はどんどん増えている。夜を明かし、二日目の夜を迎えようとしている今も。

逮捕者全員が釈放されるまで動かないというのは単純明快な方針。それを実際に続けているのは凄いこと。

政府は集会の解散命令を出すとともに、テストを中止させ、キャンパスへの立ち入りを禁止した。この命令に反発した他校が、授業をボイコットして、ここT大に集まってくるという。

首相は会見で、国家転覆を図るコミュニストたちの釈放はありえないと語り、加えて裁判手続きなしで死刑を宣告できる〃無制限権力法〃を行使すると宣言した。

一〇月一〇日、集会はまだ続いている。

「弾圧に抗議しよう」「圧政にさよならを」と各地から続々と人が集まって来ており、授業をボイコットした専門学校生や中学生も合流している。

校門の前では、「立ち止まらないでください。立ち止まると集会を開いたとして逮捕されますよ」と学生たちが、市民を校内に導いている。

人で埋まった講堂で大きな歓声が上がった。獄中の人々が集会の続行に感謝してハンストに入ったと伝えられたからだ。

とにかく、すさまじい熱気だ。地表の暑さに人々の体熱が加わり、まさに酷熱。息ができなくなって外に出た。講堂の周囲やグランドにもたくさんの人がおり、あちらこちらから聞こえるラジオの声は、「軍は武力行使をしない」「T大付近は交通渋滞がひどいので近づくな」と政府発表を繰り返している。しかし、バスの運転手たちは、行き先を勝手に変更して、T大へ行きたい人だけを乗せて運んでいるという。「俺たちは俺たちのやり方で闘う」と運転手が言っていたと人々が話している。

キャンパスからあふれ出た、おびただしい数の人、人、人……文字通りあふれ出てしまったから、集会の場所は中央通りに移った。

普段は車が行き交う大通り。そこを占拠した人の波が、延々と続く。

大群衆を集めて一〇〇時間以上も続けられている集会。思い通りに政治を動かす軍部。甘い汁を吸う政治家、軍人、企業経営者。弱者に横暴な警官。名前の通り全てが秘密の秘密警察。その手先として肩で風を切る右翼とギャング。人々の怒りの矛先は、それらの頂点に立つ軍事独裁政権。

仕事も遊びも楽しくなくてはと考えるこの地の人々は、集会さえも楽しんでいる。賑やかに、陽気に自らを表現し、盛り上げている。

若者だけでない、中年もいる、子どもや、お婆さん、お爺さんまでもが、大声で話し、笑い、時には怒鳴り合い、不思議なテンポの歌を歌い、踊り出す。突然、一人が演説を始め、ヤジが飛んで、笑いが起こり、スローガンが叫ばれる「独裁反対」「等しく自由を」

おとなしい、従順だと言われ続けてきたタイの民衆。それは為政者たちの願望にすぎなかったのだ。

人々は自の意志でここに集まり、やりたいように行動している。小さな集団はそれぞれが独自の動きをしながら、それでいて全体が大きな塊となって動いている。

水、食料、交通整理、救護、清掃などの係りがいて、何となく機能しているようだ。屋台やモノ売りは忙しそう。

ここには整然、秩序、統一など日本人好みのものは一切ない。あるのは、それらとは正反対のカオス。人の波がつくり出す茫洋たるざわめき。

この世の中で最も美しいもの、それは自由と公正とを求めて立ち上がった民衆の姿。圧政と抑圧を跳ね返そうと行動する人々の顔。

幸せにも私は、その真っただ中にいる。自らの手で未来を切り開こうとする人々の中にいる。軍隊と警察に支配されているにもかかわらず、情報が統制されているにもかかわらず、恐怖に打ち勝ち、〝独裁反対〟の意思を明らかにした勇気ある人々の中にいる。

周りの人は誰も私の存在を気に留めない。異邦人であることを片時も忘れなかった、この私が、いま、それを忘れた。

再び日が落ちた。私は屋台で空腹を満たすと、タンモイ君を捜した。昨日も一緒だったのに途中ではぐれ、今日はまだ見つからない。私は専門学校生の集団を求めて歩き回った。

道路を占拠した人々が延々と続く中、専門学校生は前の方にいた。

道路に座り込む専門学校生の集団の前で演説する少年。その横にタンモイ君が立っていた。

私は彼の前に腰を下ろした。彼はビニール袋に入ったジュースと焼き菓子をくれた。差し入れなのだろう、周囲の人々もそれを手にしている。

タンモイ君は、前回のデモでは、雨に濡れた服を着替える場所やトイレがなかった反省から、今回はテントと移動トイレを用意したので何日でも闘えるという。

「こちらの方が数は多いのだから、警官隊が来ても恐れる必要はない」と、隣に座る専門学校生が盛んに話しかけてくる。その顔には怯えが見える。日本では高校生にあたるのだが、中学生ぐらいにしか見えない。あまりにも真剣な表情で同意を求めてくるので、私は何度も頷いてあげた。

しばらく姿が見えなかったタンモイ君が戻り、鉄パイプを配り出した。聞くと、セスンの指示で市民を守る行動隊を組織したのだという。警官隊がデモを襲撃した場合、女性、子ども、老人を守るために、行動隊が間に割って入るのだという。

タンモイ君の話によると、この集会を動かしているのは学生センターから完全に離れた、セスンたちのグループで、先ほどからたびたびワゴン車の上に乗って、マイクを握り、演説している人物がセスンだという。

がっしりとした体の上に、だぶだぶのズボンをはき、緑色のシャツをだらしなく着た、この男は何とＴ大生だという。

ここの大学生はエリートを自認し、それを示すために、男は細身のズボンに白いシャツをきちんと着て、女は白いブラウスの上に誇らしげに校章のバッジをつけている。

彼は初めて見る例外だ。

「学生センターは信用できないが、セスンは信用できる」と、タンモイ君ら専門学校生の信頼を得ている彼は、些細なトラブルが原因で、学校間で対立し、ケンカを繰り返していた専門学校生の中に入り、「くだらないことで争う考えの狭さ」を指摘し、「民主主義のために共に闘う」よう求め、専門学校生を結集させた。

そして、反日はいうが独裁政権と闘おうとしない学生センターから離れ、独自のグループを結成し、一三人の釈放を求める集会を呼びかけたのだ。

夜が更けても、タンモイ君ら行動隊は忙しく動き回り、情報を集めている。

夜遅く、セスンがワゴン車の上に昇りマイクを握った。

「警官隊が迫っている。王宮前まで進もう。他に道はない」セスンがそう呼びかけると、集団は中央大通りから王宮前に移動した。

セスンのワゴン車を先頭に、人々は王宮前の広場に座り込んだ。先ほどまでは少し遠かったセスンの姿が、目の前にあったので、集団の先頭に出たことになる。しかし、後方がどうなっているのか、闇と人の波で全く判らない。

しばらくすると人々が路上で横になり始めた。時間は夜中の一二時を示していた。タンモイ君が戻ってきて、「明日に備え、少し寝ておこう」というので、私も彼と一緒に路上で横になった。

朝、目が覚めると目の前に警官がずらりと並んでいた。まだ五時だった。何かの間違いでは？　と思ったが、制服の列は現実で、朝日の中に人形が並んでいるように見えた。

すると一人の男がワゴン車の上に乗り、マイクを握り、早口で「コミュニスト、コミュニスト……」と叫び始めた。この男、セスンはコミュニストだから騙されるなと言っている。

セスンが車に昇り、男からマイクを奪った。だが、すぐにその場にうずくまってしまった。並んでいた警官の中から三人が車に昇り、抱きかかえるようにセスンを降ろした。

ついに逮捕かと思いきや、彼は仲間に引き渡された。セスンは仲間に両脇を抱えられ、車から離れて行った。

叫んだあの男が学生センターの議長だという。だとすると、今頃になって出てきた学生センターに、セスンたちは集会の主導権を奪われたのか？　だが、タンモイ君は怒りもせず、「一二三人が釈放された。目的は達成したのだから集会は解散する。眠いから家に帰ろう」という。

あっけない幕切れ。勝利感よりも、どっと押し寄せる疲労感。

私たち先頭部分が散り始めると、その動きは、ゆっくりと後方集団にも伝わった。

私とタンモイ君は王宮の横の交差点に出ようとした。しかし、その道は警官隊が封鎖していて、追い返された。仕方なく王宮前に戻り、反対側の寺院の門が開いていたので、そこから街に出ようとした。

突然、後方でポン、パンという乾いた音がした。振り向くと警官隊と行動隊が入り乱れている。発射されるガス弾。立ち込める白煙。加勢に駆けつける行動隊。行動隊の方が断然多い。警官隊が逃げ出し、パトカーがひっくり返されて煙を上げる。

三つ四つ、五つと立ち上る黒煙。煙の向こうから軍服が現れた。国軍だ。兵士がこんなに近くにいたのだ。血の気が引き、足が震える。逃げなくては、逃げなくては……

寺院の門をめがけて走った。背後で乾いた、はじけるような音が連続して響く。

タンモイ君とはどこではぐれたのか、一人になり街をさまよう。

誰もが右往左往している。何が起きたのか判らず、不安げな表情で情報を求めている。突如、通りに兵士の一団が現れ、銃を構えた。人々がワッーと逃げる。一斉射撃。逃げ遅れた人が道路に伏せている。私はビルの壁にへばりついた。弾丸があちこちから飛んでくる。建物の屋上にも兵士がいる。向こうに女の子が倒れている。腹から血を流して倒れている。路上に伏せていた男が兵士に引きずられ、とどめを刺された。

素手の民衆に軍が発砲している。「恐怖に打ち勝て。震えを止めろ」私は自分に言い聞かせながら走った。幾つもの黒煙の筋が見える。政府機関の建物に火が放たれたと人々が話している。

ひときわ大きな治安警察本部の建物が炎上している。その周囲を学生センターの学生たちだろう、たくさんの白シャツが食い入るように見つめている。

聞くと、消防車を奪った一団が、ホースでガソリンを建物に流し込み、火炎瓶を投げ入れたのだという。

大通りにバスが何台も並べられている。バスのバリケードが道路を封鎖し、軍の移動を止めようとしている。

どよめきが上がる。戦車だ。キャタピラーがしなり、戦車がうなる。戦車は道路を封鎖していたバスの列に突っ込み、バスを押しのけると、長い砲身を旋回させ、こちらに向かってくる。とてつもない威圧感。恐怖。

戦車めがけてダンプカーが突っ込んだ。運転手が撃たれ、ダンプカーが横転する。戦車は無言なのに、どうして？　戦車の陰に歩兵がいた。戦車の砲弾は人間など相手にしないのだ。

戦車は歩兵の歩みに合せてゆっくりと前進する。人々は歩兵の視界から遠ざかろうと散った。

午後、市街戦は拡大し、非常事態が宣言された。

喉が痛い。水が欲しい。唾も出ない。腰が痛く、足は限界に近い。

水路をまたぐ橋の向こうで、負傷した子どもの手当てする白衣の三人がいた。背後から戦車が迫る。戦車に気付かないのか、三人は逃げようともせず手当てを続けている。戦車の機銃が火を噴いた。あの三人が何をしたという。傷ついた子どもを治療していただけ。なのに、なぜ殺した。同じ人間なのになぜ殺す。

涙を拭いて、走った。すぐに息が切れる。自分の意志で動いているはずなのに、人波に流されるように戦車と兵士から逃げ回っている。ふがいない。

人の波はT大に向かっている。確かに、ずっと集会を続けていたあそこなら安全だ。学園にまで軍は入って来ない。私は人の波に乗りT大に向かった。

校門を入り、グランドを横切ろうとした時、黒い塊が動いた。戦車だ。ここはすでに軍に制圧されていたのだ。人々は戦車と逆方向へ走っている。あの先は河で行き止まり。ヘリコプターが旋回してきて、急に大きくなった。機銃が火を噴く。無差別射撃。

恐怖に駆られて走った。走りに走った。躊躇なく河に飛び込んだ。大きく息をすると、また涙があふれてきた。現実を見つめなければと河の水で顔を洗った。機銃掃射が続いている。乾いた連続音がグランドにいる人々を殺している。

たくさんの小舟が寄ってきて、人々を引き上げている。私も引き上げてもらい、対岸まで運んでもらった。

内閣が総辞職したとの噂が流れ、独裁者が国外へ逃亡したという噂も流れている。

日没近く、人々が勝利を叫びながら走り回っている。本当に独裁者が逃亡したのだ。

銃撃で、すべての窓ガラスを割られたバスが、クラクションを鳴らしながらヨタヨタとやってきた。

バスの中は人がいっぱいで、屋根の上にも人が乗り、勝利を叫んでいる。それを迎える沿道の人々も両手を上げ、拍手し、喜びを身体全体で表している。

同封のもの、今日、人々の手から手へと回されたビラだ。「これを読んだら、あなたの友人へ回してください」と書かれている。私は日本の友人にこれを回す。

国軍は一六式自動小銃を使って学生、市民、子どもたちを虐殺している。

花を掲げてデモをしていた女性は、花を持ったまま戦車に轢き殺された。

国軍の狙撃とヘリコプターからの銃撃で、これまで二〇〇〇人以上の友人を失った。

救護班には数えきれないほどの人が運び込まれている。

政府の管理下にある放送局は学生市民が暴力をふるい、暴れまわっているとだけ伝えているが、草花を折り、魚を殺すような虐殺を行っているのは国軍と警察なのです。

いま、国軍の暴力と闘っているのは、学生、市民、児童、すなわち、あなたの子どもであり、兄弟姉妹なのです。

私たちは、いつまでも奴隷の生活が続くのは嫌なのです。腐敗はもうたくさん。賄賂やイカサマもうんざり。

でも、奴隷の生活を続けても仕方がないと思っている人は仕事を続けるとよいでしょう。そうでない人は、いますぐ外に出て闘ってください。どんな方法でも構いません。

市民の皆さんは道路にバリケードを。

労働者の皆さんはストライキを。

公務員、兵士、警察官の皆さんはサボタージュを。

あらゆる場所で独裁者を倒す戦いを！

出来ることを、今すぐに！

これを読んだら、あなたの友人に回してください。

一〇・一五行動する学生市民の会

一〇月一六日。タンモイ君の家に電話した。誰も出ない。じっとしていられなくて街に出た。あれだけ警官と軍人が目立ったこの街に、その姿がない。素晴らしい光景だ。白シャツの学生が焼け落ちた交番に立ち、交通整理をしている。学生市民は本当に勝ったのだ。

タンモイ君の家に行った。彼は帰っていなかった。母親が彼を捜しに行っていると妹が泣いていた。あの日、襲撃があった二〇分前まで一緒に王宮前で寝ていたとは言えなかった。

なじみの食堂では、一五日の戦闘で二人死んだという。コックと顔見知りのウエーターで、残りの従業員は目を真っ赤にして働いている。

多くの死者を出した軍と市民の戦闘。軍隊は国民を守るために存在すると信じる日本人は多い。先の戦争で、日本軍は国民に一億特攻、一億玉砕を命じた。軍部が、国民の命を犠牲にしてまで守ろうとしたのは天皇制。なのに、私の心のどこかに、軍隊は国民を守るためにあり、同じ日本人に銃を向けるはずがないとの思いがあった。今、そんな甘い考えは粉々に消えた。軍隊とは、どこの国であれ、体制維持のために国民に銃を向ける存在なのだ。

もし、タイが民主化されないまま、秩序が回復されたのなら、内閣の顔ぶれが変更し、独裁者が日本からの賄賂で貯めたカネを持って外国旅行に出かけただけになってしまう。

民主主義の夜明けとするためには、あのむき出しの暴力装置である軍隊を解体しなければならない。だが、どうしたら金持ちのいうことしか聞かない警官と、殺戮を楽しんだ国軍を解体できるのだろうか?

再び警官が街に姿を現した。そして交番から白シャツの学生の姿が消え、英雄としてマスコミに登場した。学生センターは何もしなかった。なのに、あの集会を指導し、独裁者を追放した英雄だという。

街で、行方不明の息子を捜す母親が泣き叫んでいた。

「なぜ、専門学校生ばかり殺されて、大学生は殺されなかったのか!」

この言葉が実際の出来事を如実に物語っている。学生センターは、「国王のお言葉に従い、平和と秩序を回復することで合意した」と終結を宣言した。これに反発する集会がT大で開かれた。

私はタンモイ君の姿を求めて、T大の講堂やその周辺を回った。同じように人を捜す目がたくさんあった。

集会では、負傷者と死者の遺族へのカンパの要請の後、セスンが壇上に上がった。彼は生きていた。

「逮捕された一三人の中に学生センターの指導部のメンバーもいた。私は残りの指導部に釈放を求めるデモを提案したが、指導部はさらなる逮捕者が出るのを恐れて反対した。仕方なく私はT大に戻り、仲間と夜を徹しての集会を開き、ことの重大性を訴えた。専門学校生が合流し、市民もたくさん集まった。他の大学も合流したので中央大通りに進んだ。そのうち警官隊が迫っているとの情報で、より安全な場所は王宮前だと考え、移動した。真夜中、私と学生センター議長の二人が国王と接見した。国王は、一三人を釈放させたから速やかに家に帰るよう求めた。私は集会を解散するよう告げた。しかし、みんなは眠っていた。夜が明けると、学生センターの議長が突然、私の批判を始めた。私は腹が立ってマイクを奪おうとした。だが、ずっと寝ていなかったので意識が朦朧となってしまった。仲間に担がれて王宮前を離れた。そのあと、すさまじい虐殺が行われた。あの時、王宮前なら発砲しないだろうと判断した私たちは大きな間違いを犯したことになる」

タンモイ君の姿はなかった。あの時、私は寺院の門をめがけて走ったが、彼は王宮前に取って返したのだろう。行動隊の一人として。

私は、彼の母親に会って、朝まで一緒にいた、あの時の様子を伝えようと思う。

二〇〇〇人を超える行方不明者の届け出が寄せられている。

隣の町の広場に死体が山のように積まれており、そこからジャングルに運ばれ、今でも死体が焼かれているとの噂が流れている。

虐殺を実行したのはKの部隊で、Kは部下に「デモ隊の二パーセントを殺せ」と命令したと伝えられており、彼自身がヘリコプターに乗り、機銃掃射した。後に軍部は、命令は「殺せ」ではなく「逮捕せよ」であったと訂正した。訂正されても殺された人は生き返らない。

タイ字紙にビルマ学生運動から届いたメッセージが掲載された。

「自由のための闘いの中で犠牲となった人々に慰めの言葉を掛けずにいられない。タイ学生の闘いは、我らの誇りでもある。闘いで死んだすべての死者に、このような非人間的行為を絶滅し、自由と平等、公正な社会をつくることを共に誓おう」

自己顕示のためではなく、痛みを分かち合おうとするメッセージを発信できない日本の学生運動。その閉鎖性と独善性は私自身の中にもある。

いつになったら私たちは、これらを払拭し、アジアの人々と同じ地平に立てるのだろう。

あの日以来、人々は沈黙をやめ、行動するようになった。

労働者のストが自然発生的に続発している。労働組合などなくてもストはできる。私が仕事で使うホテルでは、あの日の戦闘に参加した接客係の男性が一人でストを呼びかけた。要求は法の順守と賃上げ。女性たちが参加し、しばらくするとフロント係も参加して、玄関の鍵を閉めた。男性のつたない演説はだんだんと上手になり、参加する人も自信に満ちた顔に変化した。

知識人たちもタブーに挑戦し始めた。タブーとは王制のことだ。

「国王は常に、学生は頭を使うもので、足を使うものではないと、学生にエリート意識を持たせようとしてきた」

「学生市民が集まった時、国軍は出動した。このことを国王は知っていた。虐殺が開始され、逃れた人々が王宮に向かうと、王宮の中から近衛兵が発砲した。王宮の前では兵と兵の挟み撃ちにあい、多くの血が流れた。国王は門を開けなかっただけでなく、国王に忠誠を誓う兵士に、虐殺をやめるよう命令を出さなかった」

「軍の最高司令官である国王は、虐殺が終了してから、やおら登場し、学生市民に同情を装い、平静を呼びかけた。この国王こそ、国民に対する反逆の罪に問われなければならない」

今なお天皇制を引きずっている日本人として、大きなことは言えないが、やっと出た国王の責任追及だ。しかし、この記事を載せた新聞社が、「不敬記事は許さない」と叫ぶ専門学校生の一団に取り囲まれている。

多くに仲間を国王の軍隊によって殺された専門学校生が、なぜ？

専門学校生による独自の組織ができた。専門学校生は大学生との差別を改め、公平に扱われるよう求めている。これに対して大学生は冷淡だ。

大学生から一段低く見られながら、あの日、果敢に闘い、多くの死者を出した専門学校生は、英雄となった大学生に不満を抱きながら彷徨っている。このまま専門学校生が被害者意識を募らせれば、戦線は分断されるだろう。すでに「国王を守れ」と伝統に回帰しようとするグループが出現している。今、専門学校生が闘わなければならないのは君主制であり、その下での差別構造なのに。

アジア学生会議が開かれた。

一時期、名前に惹かれ、参加しようと考えた会議。そして、今や繕いの場となった会議。

民衆が特権階級の腐敗に怒り、自由を求めて立ち上がった今、求められるのは体制の変革だ。なのに、学生センターは再び反日に逃げた。反日は内から外に目をそらしてくれるもので、政府にとってもありがたいもの。

こんな会議に出席しなくてよかったと思う。何も知らずに「アジアとの連帯を求めて」と参加するのは犯罪行為になる。

それよりも嬉しいのは、人々は自らを表現しようとして、いろいろな組織を自発的に生み出していることだ。「権利と自由のための市民連合」「環境問題のための会議」「民主主義のための学生市民組織」「労働者の権利を擁護する運動」「農村に民主主義を広める運動」等々……人々は、民主主義の基層を自らの手でつくり出そうとしている。

「弾圧対策市民の会」は、あの日、帰ってこない人々の、残された家族の生活を支援しようという市民グループ。「英雄」であり、豊富な資金を持つ学生センターが犠牲者に冷淡な証拠だ。

約束を反故にするとキミの顔が潰れると思い、指定されたホテルに出向いた。

日本から来た活動家の二人は、いいホテルに泊まっていた。現地の人が入れないような豪華なホテルから、アジアを眺めて何を知ろうというのだろう。まあ、これは便宜上仕方ないとして、問題は彼ら自身の理解力だ。

〝事件〟と〝会議〟の話をした。彼らの予備知識と、私が話す内容があまりにもかけ離れていたせいで、話が通じなかったようだ。

二人の目的は、あのデモと集会を主催し、アジア学生会議までも開いた、有名な学生センターの代表と会談し、その情報を持ち帰って、日本で広めること。

あの日の戦闘では、学生センターは何もしなかったし、反日会議は官許だと、何度も説明した。しかし、権威筋（冷房の効いたオフィスから出ようとしない日本人特派員の伝聞報道）の情報を鵜呑みにしている彼らには通じなかった。

それよりも腹が立ったのは、この地で日本人の家に雇用されているメイドがいかに差別されているか。日本企業のタイ人労働者しかり。大手旅行会社とヤクザが共存する買春のシステム。性奴隷として幼い少年少女が人身売買されている現実に、二人はまったく興味を示さなかったことだ。これは日本と日本人の問題なのに。

それほど政局の話が好きなのなら、来月、日本の首相がタイを訪問するので、それまでここにいるように勧めた。だが、予定が詰まっていると帰ってしまった。カネはあるがヒマはないらしい。

セスンは、あらゆる組織から離れ、T大に居座るようにして、週末にティーチインを主催していると聞き、出かけた。

夜のティーチインは学生や市民であふれていた。終わった後に私は面会を申し込んだ。

私は、あの日、王宮前で夜を明かし、一緒にいた友人が行方不明であることを話し、

「日本の首相が来た時に、あなたと会談するとの噂があるが本当か？」と尋ねた。

「頼まれても日本の首相とは会わないし、話す必要もない」

「一部のグループが、日本の首相をデモで迎えようと言っているが、どう思うか」

「悪政と闘うには、デモでは闘えなくなっている。新たな方法を考えなくてはならない」と語った。彼の横にいた男が言った。

「私たちがここにいられるのも、犠牲となって死んでいった仲間のおかげだ。武器を持たない人々が、機銃や戦車とどのように闘ったのかをキミはよく知っている。だが、戦車で押しつぶし、ヘリコプターから機銃掃射をして、不特定多数の人を殺すやり方は第一段階に過ぎず、第二段階は、郊外に待機させていた部隊を突入させ、至

近距離から確実に学生市民を射殺する手筈になっていた。そうなっていたら、私もキミも命はなかっただろう」

「なぜ、郊外にいた部隊は突入してこなかったのか？」

と訊く私に、

「独裁政権は学生市民をどのように処理するかについて計画を立てていた。それに基づき第一段階の〈デモ参加者の二パーセントを殺す〉を実行した。ところが、無抵抗で逃げ回ると思われていた学生市民が抵抗し、次々に政府の建物に火を放った。想定以上に混乱が拡大したためにトップが責任を取らされ、亡命させられた。そのため、第二段階〈特定人物の殺害〉への移行は中止になった。それは中止されただけで、計画が破棄されたわけではない」

　道路にたくさんの血が流れ、何が変わったのだろう。

　ジャングルからの地下放送が闘いの継続を呼びかけている。地主を倒し、軍部と結びついた特権階級を打倒せよという紋切り型の非合法放送だ。ようするに権力の奪取がない限り、何も変わらないというわけだ。

　独裁政権は崩壊して新政権が誕生した。しかし、軍はそのままで、秘密警察も解体されていない。

「悪政と闘うにはデモでは闘えなくなった」と語ったセスンは、非武装の市民が武装した兵士に殺されていく姿を見て、限界を感じ、ジャングルを視野に入れ始めている。

　ジャングルには「雨をしのぐビニールさえあれば生き延びて戦う」と言われるゲリラがいる。

　あの「大デモを指導した学生センターの代表」は、タイを訪れる日本の首相と会談して、近代化のための更なる開発援助を求めるという。

　セスンたちが、こんな茶番に関心を示さないのは当然だが、この地にいる日本人として、虐殺に遭遇したおそらく唯一の日本人として、行動を起こさなくてはならないだろう。そうしなければ、私がここにいる意味がなくなる。

　私はテロリストになりたい。テロリストになって、日本の首相に一撃を加え、捕まればそれまでだが、運が良ければジャングルに逃げ込めるかもしれない。

テロはやめろ……それは対岸で見物している者の言い分だ。

一〇月一五日のような国家によるテロ。どさくさに紛れて多くの文化人を行方不明にした秘密警察によるテロ。これらを不問にして、なぜ、民衆の側の抵抗をテロ＝暴力＝悪、として切り捨てるのだ？

民衆とは常に虐殺の対象であり、悲劇の主人公でしかないのか？

私は、民衆には悪政と闘う義務があり、抵抗する権利があると思う。民衆の抵抗が歴史を切り開いてきたと考える。

だが、ここではっきりさせておかなければならないのは、私がやろうとしている行為は、テロに値するほどの価値を持たないということだ。日本の首相の命を狙うどころか、傷さえつけられないだろう。

私のやろうとしているのは、あの日、多くの民衆を殺した独裁者を肥太らせたのは誰か。それは日本の援助であり、日本企業である事実を、日本人に知らしめるために、ちょっとした騒動を起こすだけで、問題提起の一つにすぎない。

最も効果的な方法、それは日本の首相と学生センターの議長が会談する会場に入り込み、会談を妨害すること。多分、警戒が厳重で中には入れないだろう。そうなれば、沿道の最前列から首相を襲撃するしかない。

私は何も持たずに出発する。生活の道具は処分した。本も捨てた。

カネもなければ、武器もない。打算もなければ展望もない。確かなのは闇があるだけ。

私は、この間、何をしてきたのだろう。確実なものは何一つ獲得していない。

だから、心底思う。地べたに這いつくばっても生きていける力と、世界中の人々と連帯できる人格を持ちたいと。

常に先を読み、結果を予測しながら動いてきた私だが、今、はじめて結果を考えずに行動する。あれほど大切だと思っていた人間関係。仲間とのつながり。目的の共有。そんなものは、もうどうでもいい。

やりたいことをやるために旅立とう。どうなるかわからないが、闇に入らなければ闇は抜けられない。

もう、キミに理解してもらおうとは思わない。だから支援など不要だ。

今まで通り一人で行く。襲撃に成功したら逮捕されるだろう。未遂に終われば、セスンと、その仲間たちと一緒にジャングルへ行く。ジャングルには貧しい農民に勇気を与えてきた地下放送がある。政府軍と対決してきた司令部がある。口先だけで革命を叫んでいる日本のセクトとは違う、解放区を持ち、武器を持ち、農民の支持を得ている人たちだ。

確かにジャングルにあるのはコミニュズムの党だ。私は、キミと同じように〝党〟は嫌いだった。前衛だというエリート意識と、それに付随した排他性とがたまらなく嫌いだった。

だが、あの虐殺を二度と繰り返さないためには、こちらにも武器が必要だ。武器を持ったら強力な司令部がなければ戦えない。

市民の諸権利が一応確立している社会と、意志表示をしたら殺される社会とを同じにしてはならない。両者で抵抗のあり方が違ってくるのは当然ではないか。

権力がむき出しの暴力を行使する社会では、一票は紙くずで、素手では殺され、石や棒では太刀打ちできないのだ。

キミは、後生大事に党とナショナリズムを忌避し続けてほしい。ノンセクトであることを誇り、〝個〟を大切にし続けてほしい。ぬるい露天風呂の中から頭だけを出して、インターナショナルでも歌い続けてくれ。

何度も同じことを繰り返すのはやめにしよう。だから、私は、ここで〝我らの目的〟を放棄することを宣言する。日本のアジアへの経済侵略を阻止するために、日本人自身の手によって、日本経済の息の根を止めなければならない。その最も効果的な方法は石油を止めること。石油を止めるには、マラッカ海峡の浅瀬でタンカーを一隻沈めれば可能だ。海上封鎖は容易にできる。しかし、マラッカ海峡の迂回路となるクラ地峡運河が完成すれば、マラッカ海峡を封鎖しても意味はなくなる。双方を封鎖する準備のために、今からインドネシアとタイに我らの拠点をつくる。そのために現地に赴いたのが芝垣と私……こんな〝我らの目的〟は、夢想でしかなかったのだ。

考えてみろ。主要な目的地であるマラッカ海峡を調査していた芝垣は、国外追放となり、今は拘置所の中だ。後に続く者はいるのか？

タイのクラ地峡運河はまだ計画段階で、現地を調べようにも行くことすらできない。私の存在も、私がやってきた事柄も、すべては無駄だったのだ。

我らの目的は自己破産した。我らは、日本経済がアジアを搾取し、ますます肥大化する姿を呆然と眺めるしかないのだ。

ところが、ここにきて状況が変わった。私がタイにいること、それ自体が大きな意味を持ってしまった。多くの学生市民を殺した虐殺者を援助してきた日本のトップが、この地に来るのだ。ここで何もしなかったら、私は〝日本人観光客〟の一人になってしまう。

これは私に舞い降りた最後のチャンスなのだ。

違いを認め合うことから出発しようとキミはいう。だが、もう時間がない。

頼むから、日本で通用している主義主張をちょっと横に置いて、風を感じてほしい。

困苦を語ると殺される
闘いを語ると虐殺される
正義を望むと悪党にされる
人権を求めるとコミュニストだとがめられる

これは、学生たちが絶望の中で歌っている歌だ。そう、殺されるから、とがめられるから、もうジャングルを目指すしか方法は残されていない。

自分が生きているこの時代を、自分が住んでいるこの場所を、自らの手で変革しようとする人々は諦めてはいない。新たな根拠地からの闘いを続けようとしている。

そんな人々の息吹を全身で受けとめてほしい。感性を共振させてみてほしい。そうすれば聞こえてこないか？ジャングルに潜むゲリラの静かな吐息が……

果てしない日常の中で、キミは何を求め、何をしようとしているのか？

キミが惰性の中でもがいているのだとしたら、私は萎えようとする気持ちを奮い立たせようともがいている。もがくのをやめたら二人ともおしまいだ。

だから、日本との唯一のパイプである、キミと私の関係を再確認したいのは、私とて同じこと。

キミがここに来るというのであれば、来ればよい。私は拒まない。明日にでも飛行機に乗れば会える。ただ、私は随分と長い間待ったような気がする。だから、いつまで待てるか私にも判らない。判っているのは決行の日だけ。

ここにきてのズレに、キミは驚いているようだが、私に驚きはない。キミとは住む世界も、考え方も違ってしまったことは、前から気づいていた。

「われわれは、どう生きるかを問題にし、何を達成するかは問題にしなかったはず」とキミはいう。こんな持論を、いまだに展開するキミには呆れる。

私は結果が欲しい。あの日、銃弾に倒れ、戦車に轢き殺された人々の死を、無駄にしないために。

確かに、私は、ここの人にはなれない。あくまでも外国人だ。その上、組織も肩書もない一個の人間にすぎない。

それに、私には帰る所がある。飛行機に乗りさえすれば、この血なまぐさい街からサヨナラして、ヒューマニズムの満ち溢れた国に戻ることができよう。

そして、偶然、事件に出くわした旅人、あるいは新進気鋭のジャーナリスト気取りで、薬味のように少しだけ日本批判を織り交ぜ、あの〝事件〟を語り、何がしかの報酬を得られるだろう。そう、これこそ私が持つ特権であり、この地の人々と私を厳然と分ける一線だ。

私は、この特権を放棄する。

私は決して飛行機には乗らない。雲の上から訳知り顔で、この地を見下ろすことなどできない。

日本の平穏も、怠惰も、偽善も、寛容もいらない。私は私自身に決着をつけるために、特権を捨てる。

闇の、その奥を覗いた者に帰る場所などない。


キミにはキミの生き方があり、私には私の生き方がある。

キミはキミの考えていることを実現しなければならないし、私は私の考えを実行する。

考えが、夢であり、予定であり、想像であり、願望である限り、何にもならない。

納得できる生き方をしたい。

同時に、納得できる死に方をしたい。

死に方を考えないキミは強い。

キミは、たとえ一人になっても、どこへ行こうとも、その場その場で、それなりの闘いをつくり、キミ自身と、その周りを変えようとするだろう。

私は弱い。

だから全世界を獲得したいのだ。


キミは蒼生に根をおろせ。

私は飛び立つ。


「ヒゲさん、これで全部です」

新城は目をつむり、何の反応も示さない。

「ヒゲさん、読み終わりましたよ」

そう言いながら、野津はカバンの底から一通のパスポートを見つけた。青い色のパスポートは新城の名前で、写真は若く、りりしい顔つきをしていた。中に黄色い紙がはさまれており、見ると予防接種の証明書だった。当時の入国条件として、これが必要とされていたのだろう。

しかし、出入国のスタンプは一つも押されていない。新城はこの人に会いに行こうとした。だが、行かなかったのか……

「長い間、すまなかった。ありがとう」

「ヒゲさん、この人どうなりましたか?」

「わからない」

「生きているかどうかも?」

「ああ、日本の首相が襲撃されたとは報道されなかった。

報道規制されたとも考えられるが、未遂に終わった可能性の方が高い。その後はどうなったのか……連絡は途絶えた。あいつは先を急ぎすぎた。戦車が市民を轢き殺すのを見たら、そうなってしまうかもしれないが……」

「ジャングルへ行ったのなら、連絡の取りようがないわけですね」

「そういうことだ……あの事件はタイ民衆の闘いの起点となるものだった。だからタイでは、民主主義への第一歩の日だと歴史に刻まれている。だが、あの事件は民衆の血が流される始まりの日でもあった」

「また繰り返されたのですか？」

「三年後、亡命していた独裁者が帰国した。再び学生市民が立ち上がり、抗議集会を開いた。そこを襲撃したのは、右翼となった一部の専門学校生だった。爆弾を投げ、逃げる人々を斧で襲った。やりたい放題やれたのは、軍がバックにいたからだ。これに乗じて軍が出動し、クーデターを決行。再び軍の思い通りに動く政府が出現した。前回以上に多くの民衆が殺され、難を逃れた人々は森に逃げ込んだ」

「逃げ込める所があっていいですね。日本にジャングルはない」

「そうでもなかった。森へ逃れた人々も、やがて街に戻らざるを得なくなった。森にあったのは党のための党でしかなかった」

「党のための党？」

「おそらく、党が絶対の組織だったのだろう。党の決定には逆らえず、党に忠誠を尽くさなかったら排除される。そんな党に自由と公正を求めても無駄だと悟った多くの学生市民が街に逃げ戻った」

「この人も、戻ったかもしれませんよ」

「さあ、どうだろう……一切連絡がないから、判断のしようがない。今では、その党も消滅してしまった」

「それでも、この人が日本に帰って来ると信じているのですね、ヒゲさんは」

「彼は、万人の幸福を獲得しない限り、自分も幸せになれないと考えた。こんな思い込みができる人間、私は好きだなあ……だから、私は彼を忘れない。彼も、一人でも忘れないでいる人間が存在していれば、喜ぶのではないかなあ……」

新城は遠くを見るような目で、問わず語りに話し始めた。

「私には責任がある。自分がやったことの結果に責任を負わなければならない。忘却は責任の放棄になる」

「記憶し続けていれば、この人は消滅したことにはならないわけですね」

「そう、記憶と記録だ。記憶するだけでなく、私が彼のことを語り続けなければならないのだが……」

「この手紙があるじゃないですか」

「そうだね。この手紙を読んだ人間が一人増え、二人になった」

野津は、この手紙を吉竹にも見せ、新城が仏像を隠したりしていないことを明らかにすればよいのにと思った。だが、吉竹がこの手紙を読んだら確実に気を悪くするだろう。だから、手紙を見せないのは新城の心遣いであり、自身が悪者になることで、吉竹の中にMの記憶を留めておこうとしたのではないか……

「私たちは、かつて、この国の民主主義がおかしい、民主主義を、より確固なものにするためには、自らが声を上げなければならないと考え、行動を起こした。そこに、権力を得なければ何も変わらいと考える人々が合流してきて、権力など不要とする私たちと対立した。結果、私たちは駆逐されてしまった」

野津にとって民主主義とは空気みたいなもので、生まれた時から存在し、ちゃんと機能しているように思えた。それを新城は、まるで砂上の楼閣のようにいう。

――そう言えば、アパートの大家も、一升瓶を抱えて、民主主義が死につつあると言っていた。民主主義とは、そんなに簡単に崩壊、消滅するものなのだろうか……

「私たちの世代は、タイの民衆よりも先に民主主義への起点をつくったつもりだった。しかし、日本では、かつて私たちがやったことは何も残っていない。それどころか後の世代から批判され、否定されている。私たちは多くの間違いを犯した。しかし、今までとは違う、新しい生き方を提示したはずだった。それが語り継がれないのは、提示したものの底が浅かったからだろう」

「新しい生き方ですか……」

「権力を求めず、個を大切にしながら自由に生きる。不正に怒り、公正を求め、差別を否定する。それを日々の生活の中で実現する」

「わかります。それを生活のスタイルとすべきで、非日常として表現してもダメだということですね」

「そう、キミなら……」笑おうとしたのか新城の口角が小さく動いた。

「キミらは、私たちの世代を大いに批判し、乗り越え、心置きなく新しいものをつくり出してほしい」

　新城は喉を絞り出すようにいうと、静かに目を閉じた。

　野津は手紙をきれいに揃え、革のカバンに収め、留め金をパチンと閉めた。


　夕刻、部屋のドアが開き、焼鳥、おでん、魚、香水の匂いが雪崩れ込んできた。

「ヒゲさん、まだ生きているの?」

「こんなシャバに、まだ未練があるなんて笑っちゃうよ」

「残念ねえ、ヒゲさんの店にたまったツケ、チャラになると思って喜んでいたのに」

　繰り言や毒づきを嬉しそうに聞きながら、新城は心配を口にした。

「みんな、店の仕込みは大丈夫なのか?」

「帰ってからやる。心配するな。それより、ヒゲさんの店、誰かに頼んでやってもらうのか?」居酒屋のマスターが尋ねる。

「いや、当分、閉めるしかないだろう」

「そうか、じゃあ、ゆっくりと養生しろ。全治二カ月。二カ月なんてすぐだ」

　居酒屋は、隅の方に追いやられた野津に向かって命令するように言った。

「おい、そこの学生。ヒゲさんの店に戻って、冷蔵庫の中を整理しろ。消費期限があるものを、お前の胃袋に処分しろ」

「何をしているのですか、あなたたちは。こんなに大勢で、ここを何処だと思っているのですか」

　貫録のあるナースが入って来るなり大声で怒鳴った。

「ここは処置室です。明日には病室に移れますから、お見舞いは、それからにしてください」

横丁の人々と一緒に追われるように部屋を出た野津は、〃ネギをうえた人〃に戻った。

主のいない店は寒々としていた。いつも音楽が流れていた空間は静まりかえり、間接照明が異様に暗かった。野津は冷蔵庫の中を覗いた。

「さてと……腐らないものはこちらへ移し、ハムや肉は全部一緒にフライパンに入れて炒めるか」

静かに扉が開き、焼鳥屋のおかみが入ってきた。

「やっかいをかけてしまって、すまなかったねえ。これ食べてちょうだい」

次いで、居酒屋のマスターがおでんを運んできた。

「おいおい、こんなに食べきれないよ」


野津はカウンターに座り、食事をしながら、二か月間、この店をやってみようかと考えた。——ビールを出すぐらいはできる。ツマミは何が作れるか？　そうだ、焼鳥屋と居酒屋から分けてもらえば何とかなる。それなら、客は直接、焼鳥屋へ行った方が早いだろう。商売は見た目より難しそう……

炒め物と貰い物をすべて平らげ、野津はフライパンと食器を洗った。

次いで、カウンターの上に椅子をさかさまに乗せ、床を掃いた。新城が戻ってきても、すぐに商売を始められるようにと、彼はていねいにホウキを動かした。電話が鳴った。

「はい、ええ、そうです新城さんの店です……ああ、病院の方ですか。何か必要なものでも？　私ですか。知り合いというか……はい、そうです。昨夜、手術に付き添った者です。お世話になり……えっ、亡くなった？　誰が？」

第8章

パックアイス

パックアイス（浮氷）は、上からは風の影響を受けて動き、下からは海流によって流される。初夏になるとパックアイスが溶け始め、南極大陸の海岸に近い部分に細長い氷の裂け目が生じる。エンペラーペンギンは、この裂け目を通って冬よりも容易にコロニーと開氷域を行き来できるようになる。

I

新城は白い布に包まれて〝ネギをうえた人〟に戻ってきた。

横丁の人々が帰った後、しばらくして心筋梗塞を起こし、彼の心臓は停止した。蘇生が試みられたが鼓動は戻らなかった。ドクターは以前からあった血栓が大量出血の影響で動き、心臓付近の血管を完全にふさいだものと診断した。

つい先ほど会話を交わし、冗談を言い合った人間の突然の死。横丁の人々は無言で棺を店の中に安置した。

夜が更け、店々の営業が終わると通夜が行われた。新城の両親はすでに他界しているらしく、横丁の人たちが棺の周りを花で埋めた。

「みんなでカネを出しあって、葬祭会館を借りて、明日は立派な本葬を出してやろう」

「それはダメ。葬式はここでやりましょう。ちょっと狭いけど、ここはヒゲさんが生きたところ。一番愛着がある場所。格好なんてつけなくていい。信じていない神仏なんて関係ない。ヒゲさんにお世話になった感謝の気持ちを、みんなで表せれば、ヒゲさんも喜ぶと思う」

居酒屋のマスターの提案を、焼鳥屋のおかみが遮った。

「しかしなあ、最後ぐらいはきちんと送ってやらないと」

「みんな忘れたの？　ヒゲさんのおかげで信頼関係が生まれたのを。誰もがバラバラに商売をやっていて、自分さえ儲かればいいと思っていた頃、誰かの店が潰れたりすれば商売敵が減ったと喜んでいた。そんな時、ヒゲさんが『足の引っ張り合いはやめよう、この横丁を安心してハシゴができる所にすれば、みんなが儲かる』と言い出した。最初は誰も相手にしなかったけど、ヒゲさんが声をかけて飲み会をやるようになり、お互いを知るようになってからは、ヒゲさんのいうように、利幅を少なくして、ちゃんとした料理を出して、お客さんに喜んでもらうというのがこの横丁の共通認識になった。そうしたら商売が楽しくなり、不思議と常連さんもつくようになった。いい、ヒゲさんが教えてくれたのは、形ではなく中身だということ。だから、ここで、みんなで、ヒゲさんに、ありがとうと、さようならを言おう」

大きなスピーカーから小さな音でジャズが流れる中、横丁の人々が弔問に訪れる。棺に語りかける人。ため息をつく人。涙を流す人たちを野津はカウンターに座り、ぼんやりと眺めた。

「学生さん、昨夜はよく寝ていないのだから二階で横になったら」焼鳥屋のおかみにそう言われても、野津はカウンターから動こうとしなかった。

骨壺になった新城は、壁際に設置された白い台の上に安置された。そこは微笑む少女の絵の真下で、少女はカウンターの中のヒゲの姿を捜しているように思えた。

「もう、いないよ、あの人」

野津は、そう教えると、少女に別れを告げ、〝ネギをうえた人〟を後にした。

店にいたら吉竹と顔を合わせそうな気がした。吉竹に何か言われたら、自分の感情をコントロールする自信がなかった野津は、皮のカバンを抱え、トミのアパートに向かった。

「週末を狙ってやって来たな。さあ入れ。新しいゲームソフトを買ったから、一緒にやろう」

月曜日。野津は無理を言って、トミの仕事場に同行した。重い工具を運んで身体を痛めつけることで、全身が浮腫んでいるような感覚を汗とともに流してしまいたかった。

建設中のビルの最上階には強い風が吹き、防音シートが音を立ててはためいていた。吹き迷う風は鋼材の間をすり抜け、変化に富んだ風音をつくり、その強弱が時として新城の低い声のように聞こえた。

野津はその都度、呼び止められたような気がし、立ち止まった。目の前での吐血。南からの手紙を読んであげたら喜んでいたのに、突然の死。早すぎる死。人は身近な人の死をどのように受け入れ、どう納得するのだろう……

「おい、野津。集中できないのなら帰れ。足を踏み外したらケガだけですまんぞ」

この言葉……高校を退学になり、ふてくされながら仕事をしていた頃、毎日のように親方から発せられた叱責の言葉。トミは、あの時の自分のように刺々しい視線を返されるのでは、と身構えた。

「そうするよ。親方にはすまないと言っておいてくれ」

ヘルメットを脱いだ野津の眼に棘はなく、生気もなかった。トミはポケットから鍵を出し、握らせた。

「俺の部屋にいろ。どこへも行くな」


次の日、重い足を引きずるようにアパートに戻った野津は、壁のカレンダーで何日ぶりに帰ったのか数えてみた。

「野津君、帰ったのかい」物音を聞きつけた大家が部屋を覗く。

「一昨日から、小池という人から何度も電話があった。何でも葬儀の連絡らしい。すぐに電話しなさい」

不幸の匂いを嗅ぎ取った大家は、静かな口調で自分の部屋に導いた。

「小池、お前どこへ行っていた。俺一人で大変だった……えっ？　こちらに来る？　三〇分後だな、判った。外で待っている」

小池はアパートの前に車を止め、乗れという仕草をした。

「ちょっと待ってくれ。お前、どこへ行っていた？　お前のいない間にヒゲさんが」

「俺の話はあとだ。それよりも、今夜、あの店で吉竹さんたちが友人葬を開く。お前も参加してほしいそうだ。だから迎えに来た」

「行きたくないなあ……」

「ヒゲさんを病院に運んだのはお前だろう。最後の様子を知っているのもお前だ。だから、その時の話を聞かせてほしいそうだ」

「俺、吉竹さんという人、嫌いだから行かない」

いつも優柔不断で、最後には言うとおりになる人間が、はっきりと理由を言い、拒絶したのに小池は驚き、しばらく野津の顔を見つめた。

「わかった。吉竹さんには連絡がつかなかったと言っておく」

2

トランペットの音が聞こえる。次いで、かすかな音が地を這うように伝い来る……野津はサークル館の廊下に出て、中庭に面する窓を開けた。

聞こえ来るのは沖縄の三線か……悲しい音というものはない。聞き手がそう感じるだけだという。だから、ある民族には悲しく響く曲も、別の民族が同じように受け止めるとは限らない……歓声が上がり、サンバのリズムが轟く。

「よお、野津君、時間あるかな？　ちょっと相談が」

「何ですか篠原さん。金銭問題以外なら何でもどうぞ。ところで、中庭のあの人だかりは？」

「あれは電気のない音楽会。マイクで増幅しない、生の音で、どれだけ人を惹き付けられるかという実験だ」

「学校の電気を使えば窃盗で訴えられるだろうから、電気を使わずに、というわけですか」

「そのとおり。敵に隙を見せてはならない。しかしなあ、みんな大音量の音楽に慣れているから盛り上がるかどうか……盛り上がればカンパが集まり、盛り上がらなければ集まらないという厳しい実験でもある」

「どうしてカネ集めを？」

「この前、夜中に黒服に襲われて廊下の窓ガラスを割られたから、冬になる前に修理代を稼ごうと、例のトランペット三人組が言い出して、即、実行したというわけ」

篠原は念願だった鉄道研究会を再建できそうだという。散り散りになっていたメンバーの一部が戻り、会は実体を整えつつあった。問題は来春の新入生獲得に向けた準備で、そのためには打ち合わせをする場所が必要になる。

「サークル館は今、満杯になり、空きスペースがない。そこで栄の会の部屋を共同で使わせてほしい」

「共同なんて言わないで専用で使ってください。あの部屋は俺一人ですから、俺が退去します」

「そうはいかない。キミらは私たちの原点だから、原点を忘れないためにも、ここにいてもらわないと」

「俺一人であっても？」

「たとえ一人でも、当事者が存在しているのは重要なこと」

「俺も、いなくなるかもしれませんよ」

「その時は、五号館を経験した私らが歴史として、キミたちの行動を伝える。だが、キミがいる間は、キミが当事者として処分の経緯と陰謀の存在を伝えなければならない」

「一人で出来るかなあ……」

「一人でも、やるしかない」

「厳しいなあ、篠原さんは」

「一人の人間の力を侮ってはならないと言っていたのは、キミらだよ」


二人は昼の弁当を買うために連れだってサークル館を出た。

中庭ではプラスチックケースの上に板を渡した仮設のステージを大勢の人が取り囲んでいる。

「授業中なのに、こんなに集まるなんて驚きだなあ」そう言いながら篠原はステージに向かって手を振った。

「ライブだからですよ」

「授業もライブだ」と篠原がいう。

「学生は授業がつまらないと不平を言い、先生は学生にやる気がないと嘆く。共食いさせておいて、陰で笑っているのは誰だ？」

篠原が笑う。おおらかに笑う。――この人の強さは、〝自分〟というものを持っていること。現実との葛藤や軋轢の中で考え、行動しながら獲得した〝自分〟だから、現実に柔軟に対応でき、妥協もできる。だからと言って、状況のおもむくままに流されるのではなく、時には毅然と対決もする……野津は、彼の自在な精神力と、そこから生まれる余裕を羨ましく思い、四年後、彼の年齢に達した自分も、それらを獲得できるのだろうかと黙考しながら、彼の横を歩いた。


二人は大門で小池と鉢合わせになった。

「小池、篠原さんが栄の会の部屋を使わせてほしいそうだ」

「その話はメシを食いながらにしよう。そうだ、久しぶりに志大へ行かないか。備大の食堂は高い。栄大は品数が少ない。志大はボリュームが魅力だ」

　正午前の食堂は空いており、三人は窓際の席にトレーを置いた。すぐに小池が切り出した。

「野津、ヒゲさんの友人葬だけど、みんな楽しそうに酒を飲んで……あの年代になると死というものに免疫ができるのかなあ。誰も、少しも悲しそうな素振りを見せなかった」

「芝垣さんという人の名前、出てこなかったか？」

「さあ、出たかどうか判らない。一〇人ほどいたが、お互いが、俺、お前で呼び合っていた。知った顔は吉竹さんだけ。あの人、しんみりしたり、妙にテンションが高くなったり、やたら感情の起伏が激しかった。吉竹さん、みんなが帰った後で二階に上がり、部屋を引っ掻き回していた。例の〝お宝〟を見つけようとしたのだと思う」

「で、見つかったのか？」野津は小池の顔を見ずに尋ねた。

「見つからなかったようだ。あの人、ヒゲさんが死んだのと、お宝が見つからなかったのと、どちらが悲しかったのだろう」

　野津は、その光景を見たら、自分ならどんな反応を示したろうと考えた。

「吉竹さんの話によると、集まった全員が、かつて、ともに学生運動をしていた仲間だそうだ。そんな面影はまったくなかったけど」

「誰もが守るべき既得権を持ってしまったのだろうなあ」篠原がつぶやく。

「みんな家族や仕事の話ばかり。何かを追い求めていたはずなのに、その面影は全くない。ぶざまだ。実にぶざまだ。俺は、ああはならない。決してならない。俺は、もっと自分を磨いて、世界を相手に戦ってやる」

　小池は、窓の外に広がる空を見ながら、鋭く言い放った。

3

　初めて直面した身近な人の死。

　それは鮮烈な体験だったのに、時間の経過が記憶の周辺部を少しずつそぎ落とし始める。それがなければ人は永久の別離には耐えられないだろう……野津は、病院で南からの手紙を読んだ後の、新城の穏やかな顔を追想しながら、アパートへの道を歩いた。

廃墟に冷たい風が吹き、廃屋の外れた雨樋が左右に大きく揺れていた。このところ、ずっと泊まっていたトミの所とは違い、転定荘は暗くて寒い。

野津は畳の上に寝転がり、木目だらけの天井を見つめた。思わず溜め息とともに「寂しいなあ……」という言葉が、洩れ出た。

二階で足音がする。彼は立ち上がり、カレンダーを見た。今日は大家の休みの日ではない。それに、大家が掃除をする時の音よりも重たい足音だ。もしかしたら、あの地上げ屋がまたやって来たのでは？　野津の心に憤りがわき上がった。

「あんな奴の好きにはさせない」彼は憎悪をむき出しに、階段を駆け上がった。

「なんだ、パクさんか……こんな所で何をしているの？」

一室でパクが本を並べている。

「私、部屋を替わりました」

「部屋はいっぱい空いているから好きなようにすればいいけど」

「二階の方が、少しだけ太陽が入ります。野津さんも二階に来た方がいいです」

「面倒くさいからいいよ」

「リムさん、入院しました」

「えっ？」

「結核です。光子さんも私も検査しました。野津さんも検査しなければなりません」

「結核……」

その夜、野津は大家の帰宅を待って、部屋を訪ねた。

「血を吐いたというから病院に連れて行ったら、医者は結核の疑いがあるからと検査入院を強く勧めた。私とパク君も保菌検査を受けさせられた。だけど今日、仕事が終わってから病院に寄ってみたら、どうも結核ではないらしい」

「それはよかった」

「それが、よくないのよ。医者は癌を疑っているらしい。肺癌を。詳しい検査をしてみなければ何とも言えないが、と言っていた。それで、医者が癌の検査をどうするかと奥歯にモノが挟まったような言い方をするから、おかしいなあと思って」

「彼は外国人だから保険はきかないと言われたわけですね」

野津は、リムの仲間がケガをした時、「病院、ない」と言ったのを思い出した。

「だから私は、検査をしてはっきりさせるのは当たり前、検査にかかる費用は私が払います。何なら一筆書きましょうかと言ってやったら、確認したまでだと言われた」

教えられた番号の病室のドアをそっと開ける。

「リムさん、遅くなってごめん」

「野津さん、ごめんなさい。野津さんにも感染させたかもしれない」

「リムさん、死んだらダメだ。死は悲しい。とても悲しい。知っている人が死んだ。目の前で倒れて、病院へ運んで、手術は成功したと言われたのに、突然死んでしまった。それで葬式を出していて、ここに来るのが遅くなってしまった。死んだ人もかわいそうだが、残された人もかわいそう。だから、死んではダメだ」

「悲しいことがあったのですねえ。私は大丈夫です。今は、よい薬があるから結核は治る病気だとドクターが言っていました」

病室に四つあるベッド。使われているのは一つだけのよう。

「リムさんは、ここに一人だけ？」

「ここは結核患者の病室です。患者は私だけ。野津さん、ベッドはたくさん空いていますから、今晩泊まっていきますか？」

「ああ、付き合うよ」

「冗談ですよ。私は伝染病の患者です」

「それよりも、おカネあるのか？」

検査費用だけでなく、結果が出るまでの入院費用も必要になる。結果次第では、その後も必要となる。

「私には在留資格があり、保険もありますから、まだ助かります」

「保険はきくのか……でも、食費などの入院費用はかかるよ、貯金はあるの？　入院している間はバイトができないから収入はゼロだ」

　アルバイト代が入っても食費と交通費でほとんど消えてしまい、貯金をするのは並大抵ではなかった。ぎりぎりで生活している者が、医療費など臨時の支払いを求められたら、消費者金融を頼らざるをえなくなり、負担のスパイラルに陥ってしまう。

「家に電話をしました」

「そう……あっ、急いで来たからお見舞いを持ってくるのを忘れた」

「いいですよ」

　痩せたせいか少しきつい顔つきになっていたリムだが、笑うと温和な顔に戻った。

「その代わりに、野津さんにお願いがあります」

「はい、何でもおおせつけください。必ずや、やらせていただきます」

「いやだなあ、普通にしゃべってくださいよ」

「かしこまりました」

「国際学寮にチャンという女性がいます。その人、今、日本語を勉強している。今度の入試のためです。その人に日本語を教えてあげてほしいのです」

「日本語を毎日？」

「いえ、週に一度でいいです」

「あれ？　言葉は毎日やらなければダメだと言ったのはリムさんだよ」

「会話ではなく、入試のためです。問題集の回答の間違いと、その理由を教えてあげてほしい」

「いいよ、喜んでやる」

「ただ……」と、しばらく間をおき、リムは説明する。日本に来て五年になる彼が、ここにきて結核を発病したのは、誰かから感染したことになる。留学生仲間で発病した人はいない。だとすると、来日して間もないチャンから感染した可能性が高い。しかし、彼女は日本語学校に入学する時に検診を受け、レントゲンも撮り、異常はなかったという。

「じゃあ、彼女ではない」

そう言ってから野津は、話が癌に波及するのではと、内心うろたえた。

「いや、きっと彼女からだと思う。それ以外には考えられない」

「そうか、思い当たる理由があるのか」

「いや、そうではありませんが……野津さんが彼女に日本語を教えたとしたら、今度は野津さんが感染するかもしれない」

「ここのところ、めちゃくちゃ食事が不規則だから、俺も免疫力がないだろうなあ」

「お願いするのはやめにしましょう」

「やるよ。週に一度ぐらいならやれる。やらしてくれ」

「でも、感染するかもしれないです」

「リムさんみたいにキスをしなければ、大丈夫」

4

リムが書いた地図を頼りに野津は国際学寮を捜した。

そこは世界中からの留学生を受け入れる施設で、居住期間は原則、来日して一年間と決められていた。

玄関を入るといろいろな言語で〝受付〟と書かれたブースがあり、そこには誰もいないので、野津はロビーと書かれた扉を開けてみた。

テレビの前に大勢の人が集まっている。

画面はボクシングの試合を中継しており、小さな方が大きな方にパンチを入れるたびに歓声が上がる。大きい方がダウンすると審判にあわせてカウントの大合唱が起き、立ち上がると失望のどよめきに変わり、床が踏み鳴らされた。

大きい方が日本人のチャンピオンで、小さな方がフィリピン人の挑戦者らしい。理解できないいろいろな言葉が飛び交う中、テレビの前の誰もが挑戦者を応援し、チャンピオンが倒されるのを期待していることは、ボクシングをよく知らない野津にも理解できた。

賑やかなロビーを抜け、渡り廊下に出ると女性棟の表示があった。入っていいものかどうか彼は迷った。

中から出てきた三人の女性が、彼の顔をジロジロ見ながら通り過ぎる。

女性棟に足を踏み入れる勇気はなく、彼は玄関に戻った。受付に二人の外国人が座っていた。きっと留学生が当番制で受付をしており、先ほどは交代の時間だったのだろう、彼はチャンを呼び出してくれるよう頼んだ。


「私がチャンです」

出てきた女性は小さく微笑むと、野津を玄関の外に導いた。前庭を歩きながら、彼女は日本語問題集の間違えた回答の、間違った理由を教えてほしいのだと、拙い日本語で説明する。だが、その場所がない。女性棟に男は入れない。ロビーはうるさい。リムのアパートまでは遠い。

「駅の近くにコーヒーハウスがあったけど、あそこはどうですか」

「駅の近く、夜、歩くの、怖い。男の人、いくら、いくらという。初めは意味が判らなかった。今は、たいへん怖い」

「そうか……」野津は何も言えなくなった。

「だから私、大丈夫。寮の人に教えてもらいます」

彼女は「大丈夫」を連発して、野津の申し出を辞退した。

「あなた、リムさんの友だち？」

「はい」

「リムさん、病気、私、心配。でも病院に行く、ダメ。電話で話すだけ。どうして？」

「それはリムさんが、あなたに病気をうつしてはいけないと思っているから。うつす、判りますか？　あなたが病気になるのが心配だから」

「あなたは病気にならない？」

「俺は大丈夫」

「なぜ？」

野津は答えに窮した。

「わかった。リムさんに伝えるよ。あなたが会いたがっていたと」


転定荘の台所からスパイシーなカレーの匂いが漂う。カレーをつくろうと言い出したのは野津。食材の調達はスーパーに勤めている大家。司令塔は国際学寮から来たチャン。料理人は野津とパク。

　チャンの指図で二人が動く。大家が「もっと細かく」と野津に言い、「やり直し」とパクに命じた。

「野津さん、これ出来上がったら、どうやって運びます？」

「もちろん電車だよ、パクさん」

「こんなに匂が強いものを持って、電車に乗ったらヘンに思われます」

「少しの辛抱だ。危険物ではないのだから誰にも文句は言わせない」

　一人分だけ容器に入れて持って行こうという大家に対し、「二人で食べるよりも、みんなで一緒に食べた方が、断然おいしいから」と鍋ごと病院に持って行くよう、こだわりを見せたのは野津だった。

「がらんとした病室で、一人ぼっちで食べるのはかわいそう。だから、みんなで賑やかに食べよう。その方がリムさんも喜ぶから」

「そうなると、ご飯も一緒に運ばなければならないし、少しでも暖かいのを食べさせるために、奮発してタクシーで行くとするか。野津君、駅まで走って行って、タクシーをここまで連れて来て」

　大家がそう決めると、チャンが心配そうな顔でつぶやいた。

「病院のナース、カレー、ダメと言います」

「ばれないように運んで、ばれないように食べれば大丈夫」

「ばれます。すぐにカレーの匂いが廊下まで広がってナースが飛んできます」

「その時は、まず、パクさんが『アンニョンハセヨ』とまくし立てる。次いでチャンさんが中国語で話しかける。そうすればナースは逃げ出す。日本人は異文化に遭遇すると逃亡する習性があるから」

「野津さんは見ているだけ？」

「俺か？　俺はエスペラントだ」

「エスペラントで何というの？」

「それは、その……私と一緒に食べませんか？　美味しいですよ」

リムは嬉しそうに食べた。

「うまいだろう。俺がつくったカレーは」

野津が自慢すると、パクが混ぜ返す。

「野津さんは、かき回しただけ。私は指を切っただけ」

リムはまた嬉しそうに食べた。

「本当は、チャンさんがつくってくれたカレーだ。リムさんのために」

「違います。私、アドバイスだけ」

彼女は顔を真っ赤にした。

「さあ、食べ終わったら、邪魔者は消えよう。大家さん、ここなら汗をかいてタクシーを呼びに行かなくても、すぐに乗れますよ」

「汗をかかないなんて味気ないねえ。仕方がない、三人で電車に乗って帰るか」

5

転定荘の玄関に二足のスニーカーが無造作に脱ぎ捨てられていた。誰のものだろうと思いつつ、野津は散らばっていたスニーカーを揃え、自分の靴紐をほどこうと座った。

「他人の靴をきちんと揃えるなんて、見かけによらず几帳面だねえ」

上からの声に振り向くと、パクの婚約者のユンが立っていた。

「単なる癖だ」

「いい癖だ。日本の男にしては珍しい。えらいなあ」

決して褒めてはいない物言いに、彼はムッとした。

「キミはアルバイトばかりやっているそうだね、毎日のように」

「そうでもない」

「バイトもいいけど、デイトもしたら。彼女には無理してでも頻繁に会ってやらないと逃げられるよ」

野津は、和倉知帆のことを言われているような気がした。

「それに、キミは携帯電話を持っていないらしいね。今どきどうして？　そんなに電磁波が怖いの？　とにかく常に連絡を取り合って、お互いを監視し合わなければ、恋愛は成立しないのと違う？　それとも、他に何か秘訣でもあるのかな？　今度教えてよ、その秘訣とやらを」

それだけいうと、彼女はスニーカーをひっかけ、玄関を出て行った。

「野津さん、お帰りなさい」遅れてパクが階段を下りてきた。

「私、このアパートを出ます」

「ユンさんの所へ戻るの？」

「はい」

「いつ？」

「明日です」

「やけに急だね。リムさんには話してあるのかい」

「話しました」

「それなら今夜が最後の夜になるわけだ。一緒にメシでも食いに行こう」

「今夜は人に会う約束があります。また来ますから、その時にしましょう」

「約束だよ」

「はい。必ず来ます」

パクは玄関を出ようとして立ち止まった。

「野津さん、カレー、楽しかったです」

野津は、彼とはまだ一度もゆっくりと話していないのに、もういなくなるのかと思うと残念な気がした。もし彼が、リムが入院したために話し相手がいなくなり、寂しくなって彼女の家に戻ろうと決めたのなら、このアパートの、もう一人の住人として、もっと頻繁に帰り、話し相手になるべきだった……彼は、朽ちかけた建物の中に一人でいたパクを思い、薄暗い玄関を見つめた。

リムのいる病棟は建て替えのために取り壊される予定らしく、手入れを放棄した廊下の壁にはシミが浮き上がり、病室の壁も薄汚れていた。明るい本館とのあまりの違いに、そこは隔離病棟と間違われ、近寄る人もいなかった。

患者で埋まった大部屋ではプライバシーなどないのだから、特別料金を払うことなく、四人部屋を個室として使えるのは幸運なのだろう。しかし、リムはいつも寂しそうな顔をしていた。

「パクさんがアパートを出て行った。聞いているね」

「はい」

「チャンさんは、来ている？」

「はい。受験まで時間がありません。寮の仲間は彼女より半年前に来た人だから、正確な日本語を教えるのはまだ無理です」

「俺も協力しようか」

「野津さんも、彼女も、ここに頻繁に来てはいけません。病気がうつる可能性がある」

「でも、彼女は入試には受からなければならない」

「はい。それに、ここに一人でいるのはとても辛い。だから彼女の顔を見るだけで救われた気持ちになります。野津さんは、絵島さんという人に会っていますか？」

「ああ、会っているよ」

たった一度、電話を取り次いだだけなのに、絵島映美の名前を憶えていた病人に、余計な心配をかけてはならないと、彼は明るく嘘をついた。


強権発動。

サークル館に動揺が広がる。学長が警官隊を導入して、強制排除を決断したらしいという出所不明の噂は、あり得る話として瞬く間に広がり、サークル館に出入りする人々を虜にした。

誰もが巨大な影を意識しながら、おとなしく退去するのか、せっかく手に入れた自由を手放さず徹底して抵抗するのかを議論し、堂々巡りを始めた。

それは、野津たちが五号館からの退去勧告を突きつけられた時と同じで、あの時は、篠原たちが「キミらの出した結論に従う」と、荷物をまとめ、出て行った。

今、あの時の篠原と同じ立場にいる……そう自覚した野津は、不用意な発言をしてはならないと、サークル館を抜け出し、リムのいる病院へ足繁く通った。

「あれ？　そのパソコン、どうしたの？」

病室では、リムがベッドを机代わりにして真新しいパソコンをたたいている。

「これは、この病院の中村先生のものです。先生の研究成果をホームページに入れてほしいと頼まれたのです。アルバイトですよ」

「それで高そうなパソコンを……」

「でも、この先生の仕事は嫌です。次は断ります。ここの部分を見てください。先生がオープンにしている主張です」

「なに、なに、日本の将来は明るい。腐りきった金融筋にメスが入り、大改革が始まる。政府は、あらゆる規制を撤廃して、自由な競争に委ねるだろう。努力する者だけが報われる素晴らしい世の中になる。努力をしない奴は、当然、落ちこぼれる。自己責任だ。怖いのは、落ちこぼれの反乱だ。失うものがない奴は何を仕出かすか判らない。しかし、政府は見事に奴らをコントロールしている。奴らは、格差を生み出す政策を支持するだけでなく、さらに強い政府を求めている。強い政府と自己同一化を図り、自信を回復しようとしている。奴らを取り込んで、上から下まで自信を得た日本は、これからの日本は、世界で唯一、意思統一された強大な国家となるであろう」

「新しい装いの古臭い主張で、弱肉強食の世界へ戻れと言っています。自由な競争の前に、機会不均等の是正が必要。この先生の頭の中には〝公正〟という言葉がないようです」

「リムさん、昔、タイで、不正にまみれた独裁政権に反対し、学生市民が立ち上がった。それに向かって、軍が発砲する事件があり、多くの人が殺された。そんな悲劇は、日本では起こりえないということになるね」

「はい、この先生は政府が上手にコントロールしていると言っています。しかし、ずっと思惑通りにいくとは限りませんよ」

「いずれ悲劇は起きると？　でもなあ、不正に対して見て見ぬふりをする人が多いから、将来的にも起こらないだろうなあ」

「決めつけはよくありません」

「悲劇は起こってほしくない。だからと言って、不正を見逃すのもどうかと思う……そうか、不正を糺す方法は相手の出方によって違ってくるのか」

「そうです。抵抗の方法はさまざまです。もし、一国での抵抗が困難なら、他国の人々と連帯すればよいのです。一国で抱え込む必要はありません」

「国境を超えていいの？」

「簡単に行き来できる時代です。それに世界は単色ではありませんから」

突然、一人が立ち上がり、人差し指を突き立てる。

「意味がないとはどういうことだ！」

数人が立ち上がり、「どういうことだ」と篠原に向かって指を突き立てた。

週に一度のサークル館の連絡会議。和気あいあいに行われていた会議に思惑が持ち込まれると、思惑に導こうとする勢力と、それに抗しようという勢力が生まれる。

「神の国内閣打倒が、なぜ無意味なのだ！」

「学長の責任を問うのが私たちの目的だ。それに当局が強制排除に出るかもしれないのに、どうしてここを空けて、国会に行かなければならないのだ？」

「あんな時代錯誤の首相を、キミたちは許そうというのか！」

「許すとは言っていない」

「じゃあ、どうするというのだ。答えろ」

「どうするのか言え」

「言えないのか！」

同じ議論を繰り返すことを苦にしないという、たぐいまれな能力を有する組織された人々は、数を得るとその能力をいかんなく発揮した。

「ここでは、みんなの迷惑になること以外、何をやってもよいことになっている。だから面倒な規則は何もない。よってキミらはキミらの好きなようにやればよい。国会へ行こうが、遊園地に行こうが自由だ。だが、他の人まで巻き込もうとしないでくれ、迷惑だ」

野津は、篠原を援護しようと議論の打ち切りを求めた。

「こうも毎回、同じ話を繰り返されたら、たまらん。もっと早くに政局の話は他でやってくれと拒む必要があったなあ」

薄暗い廊下を歩きながら、篠原は後悔を口にした。

「学長が強権発動するかもしれないというのに、どうして革改派は国会へ行こうというのかなあ?」

　野津は三週にわたって繰り返されている不毛な議論の原因を知りたかった。

「組織が決定した方針だからだろう。きっと党幹部から、俺たちを動員しろという命令が下りたのさ」と皆川が説明する。

「だから、なりふり構わず自説を主張するのか……自分たちだけでやればいいのに」

「野津さん、彼らは今が組織拡大のチャンスと考えているのかもしれない。このサークル館が消滅すれば、大勢の人が行き場を失う。そうなれば、みんなを組織に囲い込めるとでも考えているのだろう」

「だから、ここを空っぽにして国会へ行き、黒服にサークル館を差し出せと?　そんな無茶苦茶な話……彼らもサークル館の一員だよ」

「いや、皆川君のいう通りかもしれない。こちらは仲間だと思っていたが、彼らはそうは思っていなかったということ。何よりも党利を最優先させる人たちだ。彼らをサークル館に入れたのが間違いだった。小池君がいたら、党派を甘くみるからだと怒られそうだ。ところで、小池君は?　最近、見てないけど」篠原は、自らの判断の甘さを小池に謝ろうと思っていた。

「レポートに集中しているのでしょう。毎日、電話しているのですが、つながりません」

「そうか……」

「篠原さん、もう、彼らを相手にするのはやめにして、学長がどう出るかを分析し、対処の方法を、他のみんなと検討しましょう」

　皆川の提案に、篠原は腹をくくったように大きく頷いた。

6

　栄の会の部屋を一人で使うのはもったいないからとの、野津の申し出を受け、部屋は鉄道研究会との共同使用になった。

　篠原たちは、昼間は打ち合わせや勉強会の場所とし、夜は当番を決めて寝泊まりするなど有効に使い始めた。

ただ、金曜日の午後だけは野津たちが気兼ねなく集まれるようにとの配慮から、全員が帰宅していた。

　その金曜の夕刻、栄の会の部屋に現われた中井は、最近、小池の姿を見かけなくなったと告げた。

「一緒に出席しなければならない授業に、ここのところずっと欠席している。出欠に厳しい先生だから、このままでは単位が取れなくなる。あの単位を落としたら卒業できなくなるはず。だから私、心配で……どうしよう、野津君」

「わかった。明日、彼のマンションに行ってみる。たぶん、女性と旅行でもしているのではないかなあ。この前も、一週間以上も旅行に行っていたらしいから」

「彼、女性にのめり込むタイプではないわ。きっと単位取得の過密スケジュールに嫌気がさしたのよ。以前、『俺、何でこんなことをしているのだろう』って言っていたから」

　小池のマンションのブザーを押しても応答がない。表札も消えていた。

　野津は管理人室に行き、郵便受けに小池の名前がない理由を尋ねた。すると、彼は二週間前に引っ越したという。

——何も言わずに、引っ越した？　小池に限って家賃が払えなくなったとは考えられない。もっと立派なマンションに移ったのなら、自慢げに話すはず。引っ越し祝いをやろうと言い出すはず……

　野津は公衆電話を探し、中井に、木谷と高岡に小池の引っ越しについて何か聞いていないかと尋ねた。三人とも彼が引っ越したことすら知らなかった。

　週明けの月曜日。木谷愁子が栄の会の部屋に来て、「外で話そう」と野津をショップ街のコーヒーショップに誘った。

「小池君、どうかしたの？」

「わからない。何も聞いていないから心配している。電話もつながらない」

「彼なら大丈夫。未来は約束されているから」

「それが重圧なのかもしれない」

「贅沢なプレッシャーね。多くの人が就職を決めるのに四苦八苦して、焦りに焦っているというのに」

「就職か……就職活動を放棄している俺がいうのも何だが、働く喜びは、たくさんある喜びの一つにすぎないのに、みんな、どうして働きたがるのかなあ？」

「野津君は基本的に〝怠け者〟なのね」

「そうなるのかなあ……働き方だっていろいろあるのに、みんな会社員になろうとしている。会社員の身分を得るために、みんな、自分から大切なもの捨てているように思える」

「○○社の□□です、と名乗るためには、いろんなものを捨てなきゃいけないのよ」

「捨ててまで会社員になる価値があるのかなあ？」

「ところで野津君、知帆に会ったそうね」

「どうして、それを？」

「彼女から電話があった。彼女、退院した後、自宅に戻ってから、私たちのことは記憶から消し去っていたらしい。自分でも気づかないうちに。キミと偶然会って、キミと話をして、私たちとの関係を思い出した。忘却していて悪かったと謝っていた」

「事件の恐怖を思い出さないようにするために、俺たちとの記憶を封印してしまったのだと思う」

「キミに会えてよかったと。だけど、つらかったと」

「そうか……」

「彼女、結婚すると言っていた。野津君、それで納得したの？」

「納得するもしないも、彼女が決めたことだから」

「もう、何を言っているのよ。キミはそれでいいの？　引き下がれるの？　悔しくないの？　後悔しないの？」

「それ、全部した。激情にまかせて彼女を拉致しようかとも考えた。だけど、彼女が自らの意志で決めたのだから、それをすれば彼女が悲しむだけ」

「あきらめるの、早すぎない？」

「そうかもしれない。でも事実は重い。彼女は自分に妥協したわけでも、結婚を逃げ道にしたわけでもない。自分の意志で未来を切り開こうとしている。あの事件は彼女を確実に変えた。彼女は、もう以前の彼女ではない。それが判ったから俺は身を引くことにした」

「確かに、彼女は以前の彼女ではない……」

「それに、相手の人は俺なんかより懐が深く、たくましい人だ。誰にも、どこにも依存せずに生きている人で、ちゃんと生活できる人だ。今の俺とは比べものにならない……と自分に言い聞かせている」

「知っているの？　彼女の相手を」

「ああ、俺の方が付き合いは古いかもしれない」

野津は安井との関わりを話した。留置場での出会いの下りを除いて。

「ヤスさんか……ヘンな人ねえ。私の理解を越えている。でもよかった。キミが落ち着いていて……本当はね、ヤケになっているのではないかと心配していた」

「彼女と会ってから、ずっと落ち込んでいた。彼女が退院すれば、学校に戻ってくれれば、元通りになる。そこから出発すればすべて解決すると、それだけを待って、待つだけで何もしなかった」

「仕方がないわよ、彼女の母親が邪魔をしたのだから」

「いや、いつかキミが言ったように、俺は臆病だった。彼女から誘われても逃げ出したり、自分の意志を明らかにせず、彼女を不安に陥れたり、ようするに俺は子どもだった」

「子どもだった二人は、会えない間に不均等発展を遂げ、一方は自覚した大人になり、結婚まで考えるようになったということか……」

「俺自身は結婚など考えもしなかったし、彼女に結婚を意識させたこともなかった」

「結婚が愛の到達点だとは思わないけど、意識するか、しないかでは大違いね」

「そう思う」

「これから苦労するわねえ、彼女」

「家を出ることになるだろうけど、それを彼女は苦労だとは考えないと思うよ」

「そうか、彼女は自分の居場所を見つけたのか……なら、野津君、キミの居場所は？」

「まだない。相変わらずの根無し草。俺は、彼女を見ているだけでときめき、一緒にいるだけで幸せだった。彼女に埋没していたわけだ。彼女も一時期、同じだったと思う。俺は、ずっとそのままだったのに対し、彼女は埋没から脱し、自分を見つめ、未来への展望を見つけた。立ち止まっていた俺は、狼狽えるだけ」

「そんなふうに自分を客観的に語れるようになったのなら、もう大丈夫。彼女だけでなく、キミも成長したということ」

そう言いながら木谷は、彼の硬い表情から、彼自身、まだ完全に吹っ切れてはおらず、未練をぐっと押し殺しているのだと思った。彼女を大切に思うがために……

コーヒーショップに中井圭太が到着し、すぐに高岡晴香もやって来た。

「私が連絡した。野津君が一人で小池君のことを心配してもしょうがないでしょう。私たち、仲間よ」

木谷は二人に対して小池に関する情報を求めた。

「彼からはよくメールが届いていた。レポートを書く意味を問う内容だった。彼、ああ見えて案外と古いのよ。『学問とは何か』という内容のときもあった。これって大昔の命題でしょう」

「それで晴香、今でも彼からのメール、届いている？」

「それが、一カ月ほど前から来なくなった。だから心配になり、ここに来た」

「すると、誰も彼の引っ越し先や、なぜ引っ越したのかを知らないのか……以前、二度ほど連絡が取れない時期があった。その時は一、二週間で現れて、長期の旅行をしていたと言っていた」

野津の持つ情報も他とは大差なかった。

「小池君なら大丈夫。一時の迷いがあったとしても、未来の社長に学歴が必要なことは自覚している。だから無意味でもレポートを出して卒業すると思う。ところで晴香、あなたの就職活動はどうなったの？」木谷は話題を変えた。

「もうさんざん。人生最大の屈辱。心にもない志望動機を語り、『御社にふさわしい人材です』と演技を強いられ、自分が自分でなくなりそう」

生活するための当然の道だと、会社訪問を繰り返したのだが、彼女の我慢も限界に達していた。この国の雇用システムの中では、女性が力を発揮できる場所などないと見切りをつけた彼女は、自分で組織を立ち上げるという。

「人をあてにせず、自分で考え、自分のやりたいことを実行する。これは学生会館や五号館で学んだこと。少々遠回りするけど」

「その方が本物を見つけられるかもしれない」

「野津君なら判ってくれると思うけど、私、この先、確実に問題になる件に、今からスポットを当てなければならないと考えている。私、これから、高レベル放射性廃棄物の処分場問題を追及する。タイではなく日本で。なぜかというと、電力会社が共同出資して処分場をつくるための組織をつくるらしいから。原発の売電料金の一部が自動的にその機構に集まる仕組みになっている。知らないうちに、みんなからカネを集めて処分場をつくるという計画。場所の選定から地中に埋める工事まで、その機構がやる。一〇〇年はかかる工事だから、今からこれを問題にするＮＧＯをつくるつもり」

「息の長い話で、簡単ではないなあ」

「わかっている。だから私、志大の大学院を受ける。合格しなかったなら、もう一年勉強してチャレンジする。私の場合、就職が決まらないと言ったら、親のコネで地元に就職させられるから、大学院へ行って、もっと勉強したいと親の自尊心を満足させておけば生活費は送ってくれる。大学院にいる間に生活の糧を得る方法を見つけ、ＮＧＯの準備会を立ち上げるつもり」

「それはいい考えだ。チャルーンの件とも関連するから、ＮＧＯは是非とも具体化させてほしい。ところで、木谷さんは就職決まりそう？」野津の問いかけに彼女は黙った。

「障がい者を雇う企業などないわけ？」

「逆よ。障がい者枠があるから、私の場合、あなたたちよりも容易なはず。でも、それって特権を利用するみたいで、どうもすっきりしない」

「それは特権ではない、権利だ。権利は行使しなければ消滅する」

野津の語気に押されながら、木谷は小さく頷いた。

「中井はどうなの？　将来、ネットの新聞をつくるにしても、マスコミでノウハウを学ぶ必要が」

「ネット新聞といえども新聞だから、新聞づくりのイロハは学ぶ必要がある。だから新聞社に入りたいと思って、たくさん受けたけど、全部落っこちた」

「そうか、現実は厳しいなあ」

「でも、あきらめてはいない。今、マイナーな業界紙を狙っているの。何とか工業新聞とか食品新聞とか、けっこう種類がある。小さな会社の方が何でもやれると思う」

「圭ちゃんも辛抱強くなったわねえ。学生会館を乗っ取った頃とは大違い。ところで、野津君はどうするの？」

今度はそちらの番と、高岡が見つめる。

「俺の知り合いで、タイに関わりを持っている人がいた。その人の影響でタイを身近に感じるようになった。だから、俺、タイに行ってチャルーンに会ってくる。彼、今年中に釈放されるという話だから。中井、そうだったね」

「そうよ。タイのNGOからの連絡では、土地の売買が終了したらしい。だから彼は釈放される。露骨な話よねえ。私も、野津君と今度の正月休みにタイへ行くことにした。愁子と晴香はどうする？　一緒に行ける？」

「私は長時間のフライトは無理」

「私は、正月休みに卒業旅行と称してフィンランドに行くつもり。核廃棄物の処分場計画が世界に先駆けて動き出しているから、現地に行って実情を調べてくる、だからタイ行はパスさせて」

「いいわよ。お互い関連した話だから、役割分担だと思えばいい。タイは、私と野津君に任せて」

「私は何をすればいいの？」

「今日も木谷さんの呼びかけで、ここに集まったのだから。これからも情報は木谷さんに集約する。当分の間、木谷さんを中心に動こう」

「わかった」

「俺はこれから、小池の引っ越し先を探す。判明したら木谷さんに連絡するから」

新築マンションに引っ越したことをひた隠しにし、みんなを驚かせようと企んでいるであろう小池の顔を浮かべながら、野津はそう言った。

7

小池については何でも知っていると思っていたのに、引っ越した理由も、引っ越し先の見当もつかない。

電子部品をつくる父親の会社の電話番号はすぐに調べられた。しかし、会社にまで電話し、社長を呼び出すのも気が引けた。野津は、彼がよく行くと話していた喫茶店があるのを思い出した。

スクランブル交差点を渡り、ショップ街のテナントビルの二階にある喫茶店。確か、名前は画家の名前。

〝ユトリロ〟のドアを開けた野津は、店内を見渡せる席に座った。コーヒーを運んできた中年女性に、小池の名前を告げ、最近、来なかったかと尋ねる。

「ああ、小池ちゃんね、栄大の。よくテニスのお仲間と来ていたけど、もう一年ぐらい顔を見せていないわよ。彼、卒業したのと違う？」

学生の常連客が来なくなるのは卒業したため、というのはこの人の経験則で、事実、そうなのだろう。

それにしても、こんな静かな場所で、ゆっくりとコーヒーを飲んでいたとは、小池は何という贅沢をしていたのだろう……野津は、そう思いながら店内を見回した。

木目調の壁にヨーロッパの街並みを描いた絵が飾られ、静かな音楽が雰囲気を落ち着かせている。逆に、彼は落ち着かず、さて、一人で何をしたものかと思案した。

洒落た棚にタウン誌と新聞が置いてあり、彼は新聞を手に取った。そのどれもが駅の売店でよく見かけるスポーツ紙で、彼は一度も買ったことがなかった。

赤い大きな活字が躍る新聞には、スポーツとギャンブルのほか、芸能欄もあった。〈テレビドラマの主役に、新人、来島奈々〉の大きな見出しが目に留まる。写真は絵島映美に似ていた。別の新聞も写真を載せ、〈来島奈々・遅れてきた大型新人〉と紹介し、新人は一〇代が主流なのに、二二歳は極めて珍しいと書く。

二つの写真は絵島映美によく似ていた。彼女とは四回しか会っていない。幼き頃、雪の山で。岩本のマンションで再会し、岩本の陰謀を教えてくれ、そして、風俗店での、あの仕打ち……だから、この新人女優が、確かに絵島映美なのかと言われれば、自信はなかったが、風俗店での、あの鬼気迫る顔は忘れようにも忘れられないものだった。

もし、この写真の〝来島奈々〟が彼女なら、小さい頃からの夢が実現したことになる。野津は心の中で、雪の山で出会った少女に「おめでとう」を言おうとし、目の前に迫る乳房を思い出した。すぐにフラッシュが光り、取調室の光景が鮮明に甦り、苦いものが込み上げてきた。

栄の会の部屋を共同使用にした結果、野津も鉄道研究会のメンバーのようになり、一緒に戦前の南満州鉄道、朝鮮鉄道、台湾鉄道の歴史を調べ、樺太鉄道の史料を探した。

夕方、黒服の襲撃に備えて泊まり込む篠原たちに別れを告げ、野津は部屋を出た。

スクランブル交差点で信号待ちをしていると、いきなり両腕をつかまれた。

「ちょっと話がある。顔を貸せ」

三人とも見知った顔だ。

「革改派と話すことなどない」野津は、その手を振り払い、スクランブル交差点を斜めに走った。

三人が追ってくる。テナントビルの間を抜け、小さな通りを曲がる。三人は執拗に追ってくる。話し合いたいのなら追う必要はなく、またの機会にすればよい……野津は二度と人を殴りたくなかった。殴られたくもなかった。だから走るしかない。

いくつも角を曲がり、逃げ道を捜していると、人だかりが見えた。大きな公園の前におおぜいの人がおり、息が続かなくなった野津は人ごみに飛び込んだ。

「来島奈々か……アイドルと違って色気があるなあ。こんな子が、どうしてデビューが遅かったのだ?」

「親の七光りと言われるのが嫌で、出演を断っていたそうだ」

「親も俳優なのか?」

「有名な写真家らしい」

「いや、映画監督の娘だという話だ」

「なんだ、親の力で女優になったのか」

「親の力だろうが何だろうが、かわいけりゃいいのさ」

「それに、あの色気……」

映画かテレビの撮影現場らしく、規制線が張られ、警備員が中に入れないように警戒している。その先に、たくさんのスタッフに囲まれ、女と男が向かい合っていた。

野津は前には進めないと判断し、右へ行こうか左に逃げようか迷った。左へ動こうとした時、片手がつかまれた。三人に追いつかれた彼は、その手を振り払い、前に飛び出した。

公園を横切るためには、規制線をすり抜けなければならない。彼は、黄色いテープをくぐり、走った。

向こうから女が走ってきた。

「はい、カット」という声が聞こえた。

「キミは……」

野津は立ちすくんだ。すかさず二人の警備員が飛び掛かり、彼を押し倒した。

野津は見上げるように女の目を見た。瞬間、女は目をそらした。

「何をしている！」

スタッフらしき男が飛んできた。

「この男が規制線を突破したので、確保しました」

「おおぜいの人が見ている前で、もめ事を起こすな。彼女の好感度に影響する。売出し中だからファンは大切にしろと言ったのに」

男は、野津を立たせると、「キミは来島奈々のファンだよね。サインがほしくてこんな無茶をしたんだね」と優しく言った。

「絵島、映美……」

野津の口から漏れ出た名前に、男は表情を変えた。

「奈々、この人を知っているのか？」

「知らない。こんな人」

「でも、この人、キミの」

「私は女優。選ばれた女。秀でた人間。だから自信を持ちなさいと教えたのは、マネージャー、あなたでしょう。女優の私には、一般人の知り合いなんていない」

そういうと女優は、宣伝用のウチワとペンを持ってこさせ、ペンを走らせた。

「私のサインがほしいのなら、次から色紙を持って来なさい。それが礼儀というもの」

彼女は、野津に向かってウチワを差し出した。彼は手を出そうとしなかった。

彼女は、差し伸べた手からウチワを離すと、背を向けた。ウチワはクルクルと舞い、彼の足元に落ちた。

彼は、それを拾おうとはせず、歩き出した。見物人がたむろしている反対側にも、出口があるはずだった。嘘や虚飾とは無縁な場所への出口があるはずだった。

8

何も告げず姿を消した小池達樹。

転居先は判らず、電話もつながらない。授業にも一切出てこなくなったと中井はいう。

あれほど仲が良かったのに、信頼していたのに、なぜ、何も言わずにいなくなったのか……知らない間に彼を傷つけたのではないかと忖度してみても、野津に思い当たるフシはなかった。

唯一、考えられるのは、わざわざ車で迎えに来てくれたのに、新城の友人葬への出席を拒否したこと。悶々とした野津は、もし、小池が現れたら新城の手紙を見せようと思った。あの手紙を読めば友人葬に行かなかった理由を判ってくれるはず。

栄の会のドアが開き、中にいる大勢の人に驚いた様子で、男が立ちすくんだ。

「小池！」

野津は思わず叫んだ。「どうした。何があった。どこへ行っていた？」

小池は何も言わず、口角を少し歪めた。

「ここでは何だ。表へ出よう」

野津は小池を促し、サークル館を出た。

「時間があるのなら、少し付き合え」小池はそれだけいうと楽園台駅に向かって歩き出した。

二人は電車に乗り、広町駅で降りた。

駅から五分ほどの大きなマンション。小池は手早く暗証番号を入れ、エレベーターは最上階で止まった。

「ここがお前の新しい住まいなのか？」

部屋に導かれた野津は、窓の外の眺望を見ようともせず、問い質すように言った。

「俺、年明け早々にアメリカに行く。それまでの仮住まいだ」

「アメリカへ？　何をしに？」

「金融工学を学ぶためだ。新しいファンドを立ち上げるから」

「ちょっと待ってくれ、何がなんだかさっぱり判らない。順番に説明してくれ」

「俺は、今までのものを全部捨てた。新しい時代を生きる新しい人間になるために。これから世界は大きく変わる。世界基準が導入され、一国だけの物差しは通用しなくなる。預金者保護はなくなり、銀行は潰れ、モノをつくって細々と稼ぐ時代は終焉を迎え、世界を相手にカネを動かす時代になる。そこで勝ち残った者だけが覇権を握れる」

「覇権？　お前、そんなものがほしいのか」

「グローバル化が進展すれば、企業は再編せざるを得なくなる。再編とはスリム化であり、労働者の首切りだ。そうしなければ生き残れなくなる。保護されてきた業種や中小企業は潰れ、不満を持った人々はナショナリズムに雪崩れ込むだろう。しかし、ナショナリズムでは解決策は出てこない、袋小路に入るだけ。グローバル化に対抗するためにはグローバルに闘う必要がある。世界を相手に勝つか負けるかの闘いを仕掛けなければならない」

「その考え、吉竹さんの影響か？」

「最初はそうだった。吉竹さんに紹介され、二度、合宿に参加して、仲間として認められた」

「二度？　旅行と言っていた時や、ヒゲさんが死んだ時か？」

「そうだ。俺は合宿でメンバーとして認められた。しかし、吉竹さんは切られた。モノの時代は終わり、情報の時代なのに、あの人はモノでしか発想できない。それにスピードについて行けない。だからあの人はこのファンドから外された」

「お前は、そのファンドとやらの」

「コアメンバーに選ばれた。俺みたいな若くて柔軟性のある人材と、破綻した大手証券会社にいた若手と、それにアメリカ帰りの上山さん。それらが三位一体となった組織だ」

「社員は悪くないと社長が泣いた、あの証券会社か？もの言わぬ従順な社員にも破綻の責任の一端はあるだろう？」

「悪いのは無能なトップだ。若手の意見を聞かずに違法な行為を繰り返した。俺の仲間は破綻する前に、あの会社を去った人たちだ」

「上山という人も、その会社にいたのか？」

「上山さんはアメリカの証券会社で途方もない収入を得ていた人だ。頭脳明晰で、先を的確に見通せる人だ。あの人のいうことで、これまで違ったことは一つもない。あの人についていけば大丈夫だ」

「まるで教祖様みたいだな」

「違う。先見性のあるカリスマであり、リーダーだ」

「それで、カネを動かして何をするつもりだ？」

「株の売買から通貨取引。投資信託もつくる。最終目的は企業買収だ。時代の先を読む力と情報分析力が必要な仕事だ。この二つは日本の学校では学べない」

「それは認める」

「世界を相手にするには日本の学歴なんて意味がない。だから俺は学校を退学する。アメリカの研究機関に入り、アメリカの学歴を得る。それだけでなく実践的な能力も高めてくる。いずれ企業を次々に買収し、ファンドを大きくしてみせる」

「企業買収というが結局は、おカネで人を従わせようとすることだろう。そんなことをしてどこが面白い？」

「お前には縁のない話だ。だから、お前との関係も今日で終わりだ」

「悲しいことを言わないでくれよ。今まで一緒に苦労してきた仲だろう」

「けっこう楽しかったよ。組織の汚さや限界を知ったし、不自由な生活の中にも充実があることも知った。だけど、二一世紀の世界は、そんな生易しいものではない。食うや食われるかの世界だ。だからお前との感傷にふけっている暇などない」

「食われた場合は、どうするつもりだ？」

「お前らしいな、食われる方が先だなんて。リスクはつきもの。リスクを恐れたら何もできない。野津、自らを次の次元に引き上げろ。このままではこの国は生き残れない。禿鷹に食い荒らされる」

「俺は国家を背負えないし、背負いたくもない」

「国家なんて死滅する。グローバルファンドは国境を破壊する」

「国境を破壊してもよいが、人々の生活まで破壊するなよ」

「自分の生活を確保するかどうかは自己責任だ」

「それは持てる者の言い分であり、言い逃れだ」

「なんとでも言え」

「富める者だけが、ますます豊かになって、どうする？」

「それは努力するか、しないかの問題。結果は明確に表れる」

「そう考えるのか……」野津は深く息を吐いた。

「アメリカ行が決まっているのならしょうがない。みんなに声をかけるから送別会をやろう」

「その必要はない。みんなに会うつもりはない」

「どうして？　大切な仲間じゃないか」

「甘い感傷や馴れ合いは拒否する」

「そんな冷たいことをいうなよ……じゃあ、出発日を教えてくれ。俺だけでも見送りに行くから」

「それも必要ない。俺は過去を振り返らない。前だけを向いて、自分の、この力で未来を切り開く」

過去を忘れず、歴史から学ばなければ、未来は切り開けないのでは……と言おうとした野津は、その言葉を飲み込んだ。

「野津、根無し草にだけはなるな」

「もうなっている。根無し草も結構楽しいよ」

「お前の、そういう負け犬根性が好きになれない。目的を持て。その目的を達成するためには手段を選ぶな」

「それは違う。手段は重要だ。目的のために何をやっても許されるというのは、思い上がりでしかない。それに、手段を選ばないと目的が変質してしまう」

「それは目的があやふやだからだ。確固たる目的、それを貫く信念が必要だ」

「そうかなあ？　俺たち、一つの真理に向かって進むのではなく、世の中にはいろいろな考えがあることを知る方が大切だと思うけどなあ」

「それは、一つの真理を極められなかった人間のいうセリフだ」

そういうと小池は窓を開け、眼下に広がる街並みに向かって両手を広げるように伸びをした。

野津はマンションを辞し、一人、駅に向かった。

――小池は、これまでの人間関係を全て断ち切るという。そうまでして彼は何をしようとしているのか？　次々と企業を買収し、巨万の富を得たとして、その後は何をするのだろう。その富をどうしようというのだろう……野津には、不確かな未来に対して、確かなものを約束してくれる預言者に、彼は駆り立てられているだけのように思えた。

「自分で考え、自分で決断するからこそ、人間は自分の人生の意義を確認できるはず。この自己決定を放棄して、どこかに属するとか、誰かに従うことで生甲斐を得ようとすれば、必ずや個の喪失という代償を払うハメになる。自分の生き方を決めるのは〝預言者〟でも〝党〟でも〝会社〟でもない、自分自身……」野津は駅のホームの端に立ち、レールの彼方を眺めながらつぶやいた。

性格は正反対で、考えも、やることも違っていた二人。だが、気が合い、友として影響し合ってきた。だから、これからもそういう関係でいたかったし、いるつもりだった。なのに、彼は一人で新たな領域へ飛び出そうとしている。野津は置いてきぼりを喰ったような寂しさを覚えた。

スポーツ万能で、明るく社交的な小池なら、夢を実現するだろうと野津は思った。成功したら、みんなに自慢しに来ればよいものを、どうして過去と決別しなければならないのだろう……

――あの手紙のMは「キミは根をおろせ、私は飛び立つ」と最後に書いた。小池は今まさに飛び立とうとしている。根を下ろすことより、飛び立つ方が勇ましかのような顔で……

――飛び立つべきか、根を下ろすべきか。そんな比較に意味はない。人は、この二つの絡み合いの中で、立ち止まったり、進んだりするのであって、どちらも、ないがしろにしてはならないもの。今、小池は飛び立つ方を選んだ。だから、過去の人間関係を断ち切るという。断ち切らなければ飛び立てないのなら、それは強がりでしかない。自分だけは、迷いもせず、疲れも知らず、ずっと飛び続けられると考えて、飛び立とうというのなら、それは自惚れでしかない……

9

眼光鋭い小池の顔と、かつての陽気で自信たっぷりの顔が交互に現れて、なかなか眠れず、翌朝、野津が目を覚ましたのは午前一一時を過ぎていた。

大家はすでに仕事に出ているらしく、転定荘は静まり返っていた。朽ちる寸前のこの建物にも、まだ人が住んでいる証を残さなければと、野津はずり落ちていた下駄箱の板を修理し、廊下を拭いた。

トイレを掃除していると玄関に人の気配がした。

「声を掛けても返事がないから、誰もいないのかと思った」

ユンが涼しげな表情で立っている。野津はビニールの手袋をした両手を出して見せた。

「トイレ掃除か、偉いなあ」

「パクさんいなくなったのに、何か用？」

「あいつがいなければ来てはいけないのか？　それより早く掃除を済ませたら」

「どうして？」

「ちょっと付き合ってほしい」

野津は自分の顔を指差した。

「他に誰がいる？　ここにはもうキミしかいないのだろう。ちょうどお昼時だ。食事に行こう」

そう言われ、彼は急に空腹を感じ、まだ朝飯を食べていないことを思い出した。

「二人で？」

「私と一緒は嫌だと？」

「いや、その、おカネがないから」

「カネならある、心配するな」

「心配するなと言われても、ご馳走になる理由がない」

「あいつが世話になったから」

「俺は何もしていない。これからしようと思っていたら、いなくなってしまった」

「そんなに、私と付き合うのが嫌なの？」

「いや、美人の誘いには気をつけろと死んだお婆ちゃんが言っていたから」

「それなら割り勘だ。バイト代が入ったら半分返してくれ。それまで貸しだ」


二人は廃墟を抜け、駅の反対側に回り、駅前の焼肉店に入った。

「久しぶりだなあ」席に着くなり野津はつぶやいた。

「たくさん食べて」

そういうと、ユンは矢継ぎ早に注文し、ビールを追加した。

「ちょっと待って。メニューの上の方からでなく、下の方から」

「心配はいらない」

「だって、割り勘だよ」

「どうしてそんなに割り勘にこだわる？」

「さんざん飲み食いさせておいて、ところで、と言い寄る刑事がいるらしいから」

「こんな、か細い刑事がいると思う？」

確かに、スリムな肢体は鍛えたものには見えなかった。

「とにかくカネの話はやめにしよう。嫌いな親父を思い出す」

「親父さん、何している人？」

「在日の金融業」

「ユンさん、在日コリアンなのか」

「そう。誰から生まれたのか。どこで生まれたのか。その両方ともが重要な意味を持つ、煩わしくも誇り高き人間」

「大家さんは、パクさんと同じ留学生だと言っていたけど」

「留学生が、こんなに日本語上手い？」

「それもそうだね」

「私は日本生まれの日本育ち。あいつはコリア生まれのコリア育ち。そして、あいつは、親父の友だちの息子」

「それで、親同士が認め合って、パクさんとユンさんは婚約したというわけか」

「私と、あいつが婚約？　冗談はやめてほしい。あいつはどうしようもないお坊ちゃん。気位ばかり高くて傲慢を絵に描いたような人間。それに、女を、家系を残すための道具としか考えない哀れな男だ。あんなやつとは頼まれても結婚しない」

「なんだ、リムさんの早とちりだったのか」

「でも、今回のことで、少しだけあいつを見直した。友だちの入院費用を借りるために、親父に頭を下げ、戻ってきた。うちの親父にも国の父親にも戻った理由は絶対にいうなと、私に念を押して……少しは人間として成長したのかもしれない。あのお化け屋敷のようなアパートで生活したおかげで。だからキミにも大いに感謝しているというわけ。これが、今日、私がキミを誘ったわけであり、ご馳走したいという気持になった理由だ」

　野津の箸が止まった。入院費用を巡ってリムとパクの間で、そんなやり取りがなされていたとは知らなかった。一言の相談もなく、無視された形の、もう一人の友人としては寂しい限り……だが、カネのない人間に借金の相談をしてもしょうがないこと。

「ほら、ビールも飲んで、まだ口つけていないじゃないか」

「酒は飲めない体質だから勘弁して」

「それなら、これを食べて。こちらも焼けているよ」

　野津は食べた。ロースはうまかった。カルビも美味で、キムチは辛さとまろやかさを併せ持っていた。

「あのボロアパートで、いつまで生活を続ける気？」

「わからない」

「夢はないの？」

「夢か……ないなあ……」

「本当？　キミの目は好奇心であふれているように見えるけどなあ……そうか、キミは夢と目標を混同しているようだ。私は、夢は語るべきだと思う。楽しく、おおっぴらに。だが、目標は違う。簡単に口にするべきものではない。内に秘め、努力を続けるもの」

「夢は楽しく語るものか……それならある。アジアへ行ってみたい」

「国境を超えるの？」

「集団では超えてはならないが、個人は別だと思う」

「それはそうだ。で、集団の方はどうする気？」

「どうしようもないね、いつまでたっても過去を反省せずに、むしろ正当化しようとしている。正当化するということは、またやりますと宣言しているのと同じ」

「そう、戦争責任を認め、補償を行い、歴史教育をきちんと実施すれば反省したことになる。それをしない無責任集団の一員として、キミは国境を越えて、何をしようというの？」

「アジアと直に向き合ってみたい」

「国境を越えなくても、直に向き合える。在日コリアンの歴史と現状は、日本とアジアの関係そのもの」とユンは野津を真っ直ぐ見つめた。

　植民地支配、皇民化政策、強制連行、徴兵、解放、国籍剥奪、そして今なお続く在日コリアンに対する差別と同化の政策……これらについては、新城が「在日コリアンを考えるということは、イコール日本社会を考えること。われわれ日本人とアジアとの関係の原点はここにある」と、よく語っていた。

　網の上の肉が焼け、肉汁が小さな泡となって炎の色を赤くしていた。

「ところでキミは学校で何を学んでいるの？」

「それを聞かれると痛いなあ。正直いうと、勉強はしていない。自分で勝手に本を読んでいるだけ」

　野津は処分された経緯を語り、サークル館に世話になっている現状を説明した。

「へえ……この時代に、そんな激しい生き方をしている人たちがいるとは知らなかった」

　肉が焦げ始め、彼女の白い頬がほんのりと赤みを帯びてきた。

「ユンさんは、学生？」

「いや、卒業して三年になる。今、小さなプロダクションにいる」

「プロダクションって、歌手とかタレントを集めるところ？」

「そうじゃない。カメラを回して映像をつくる会社だ。コマーシャルをつくる部門と、ドキュメンタリー部門がある。去年、新しい携帯電話が出ただろう。これが普及すると携帯電話は話すものではなく、見るものになる。これからは映像で表現することが重要になってくる」

「ユンさんもカメラを回すの？」

「もちろん。小さな会社だから何でもやる。私はドキュメンタリー部門にいるから、自分で企画を立て、現場に行き、カメラを回し、それを編集する」

　彼は有害な廃棄物を海外に持ち出そうとする陰謀の話をした。彼女は留学生が消えた〝強制送還〟という言葉に敏感に反応した。祖父母の時代に密入国容疑で逮捕されたコリアンは、大村収容所というところに強制収容され、たくさんの人が無理やり本国へ送還された歴史を祖母から聞かされていた。

「俺、正月休みにタイに行って、その留学生に会ってきます。よかったらユンさんも一緒に行きませんか。ドキュメンタリーになりますよ」

「必ず会えるのか？」

「今月中に刑務所から出るはずです。出所したらタイのＮＧＯから連絡が来る手はずになっています。彼と一緒に信日商事が買収した地域にも行くつもりです。そこを映像に撮ってほしい。製紙工場ができる前の姿を記録として残しておきたいから」

「面白そうだな。社長に話してみようか」

「本当に？」

「ああ、うちの社長は社会派として、それなりに有名だから」

「結果はいつごろ判る？」

「一週間後に」

「なら、こちらからユンさんに電話するから、番号を教えて」

　店を出ると、二人は別れ、彼女は駅舎の中に入って行った。

　ユン・ファミ。軽やかな身のこなしと、飾り気のない笑い。涼しげな瞳がよく動き、時折、遠くを見るように止まる。止まると沈んだまま動かない。言葉遣いは乱暴で、無理に乱暴にふるまっているようにも見えるが、気持ちはおおらかでさっぱりとした人……野津は、よくしゃべった自分に驚きながら、彼女の短い髪が弾みながら小さくなっていくのを見送った。

10

一週間を待たず、ユンから大家の電話に連絡が入り、もっと詳しく知りたいから会いたいという。

彼女は、食事をした時とは違った表情で、まっすぐ目を見て話しかけてくる。野津はこれが仕事をする人の目かと、どぎまぎしながら、順を追って説明した。

「問題は、確証がなく、状況証拠だけということか……」

「はい。物的な証拠はありません。しかし、留学生本人が知らないうちに強制送還させられ、それを問題にしようとした俺たちも処分され、口を封じられたのは事実です」

「高レベル放射性核廃棄物の処分場の件を調べてみたが、これまでのように国が場所を決めるやり方ではなく、公募で、手を挙げる自治体が現れるのを待っている状態だ。こんな悠長なやり方を取るのは、日本で処分場をつくる気がないとも考えられる」

「それも状況から導き出された推論にすぎません」

「そうか……キミもやっかいな問題に首を突っ込んだねえ」

「確たる証拠はつかめないかもしれません。でも、尻尾だけでも捕まえたい。処分場ができるまで一〇〇年かかるそうなので、いずれ、捕まえた尻尾が役に立つのではと思っています」

「気の長いことをいうなあ。日本人は総じて短気だと言われているのに、キミは本当に日本人なのか？」

野津は、病床の新城のために、〝南からの手紙〟を読んだことから、タイに興味を持つようになり、どんな所なのか実際に見てみたいという思いが募るようになっていた。また、来年三月、みんながバラバラになる前に、完全にギブアップする前に、一度、チャルーンに会って、証言を聞く必要があるのでは、と思うようになっていた。

タイへ行くとなると、旅費と滞在費を稼がなければならず、より多くのカネを得るには、トミのアパートに泊まり、仕事場に通うのが一番確実な方法になる。

汗を流して重たい工具を運び、大量の鋼材の数をチェックする。内臓という内臓が凝縮してしまうほど怖かった高い所も、慣れると不思議なもので、彼はあまり高さを気にしなくなっていた。

「何年ぐらいやったら、この仕事、一人前になれるのかなあ」

「俺は五年やっているけど、まだまだ」

「就職試験ってあるのか？」

「野津、お前、学校やめる気か？」

「あんな所、何もないしなあ……」

「ろくに勉強しないで遊び歩いている奴が多いのは知っている。それでも辞めるな。行きたくても行けない奴がたくさんいる。小さい頃からバカだと言われ、こんなことも判らないのかと罵られ、どうしようもない奴だと言われ続け、自信をなくし、勉強が嫌いになって、嫌いだから余計にできなくなって、吹き溜まりのような高校に入った。三流高だから校名を隠して遊び回っていた。そんな高校でさえ退学させられ、家の恥だと言われ、家を飛び出した。中退者を雇う所などなく、やることもなく、悪さばかりしていた。野津よ、判っているのか？　出来の悪いのは幸せになれないのだぞ」

「そんなのおかしいよ」

「おかしくても、それが現実だ。諦めずに努力すれば、いつか必ず夢は叶うというのは嘘だ。誰かがばらまいている幻想だ。出来が悪いとレッテルを貼られたら、それでおしまい」

「そういう面もあるかなあ……アメリカンドリームというのは、統計上は存在しないのに、下層の人々に夢を与え、不満の爆発を防いでいるというからなあ」

「この世の中は、頭のいい奴だけが幸せになれる仕組みになっている。それ以外の者は、同じことを繰り返すしかない。だって、自分の好きな仕事を選びたくても、学歴がない、資格が、技術がない、コネがないと選ばせてくれない。だから俺なんかは体力の続く限りこの仕事をやるしかない」

「……」

「それでも仕事があればいい方だ。なくなれば即、ホームレス。この弱肉強食の時代に、わざわざこちら側に下りてくる必要はない。そちら側にいれば、選ぶ資格が与えられる。そんな資格を捨てようなんて、どうしようのないバカか、思い上がっているのか、どちらかだ」

「俺、もう、そのバカになってしまったのかもしれない……」

II

明日、リムの生体検査の結果が出る。

「本人に知らせる前にご相談を」という担当医からの連絡を大家が訝しんだ。

「検査に、こんなに長くかかって、しかも本人に知らせないとは、やはり……野津君、一人で行くのは怖いから一緒に病院へ行って」

「行きます、行きますけど……結核か肺癌かを比べたら、まだ結核の方がいいのかなあ」

「両方ともセーフという場合もあるはず。よし決めた。リム君が何ともなかったら古波さんの所へ行く。ダメだったら行かない」

かねてよりの、古波礼子からの旅の誘いに対し、迷っていた大家は検査の結果に判断を委ねることにした。

「海から人の声が消えて久しく、風も冷たくなり、潮騒は当分、私だけのものです、なんて誘うのよ、あの人。そうだ、あの若者も一緒に、と言っていたけど、一緒に行くかい？」

「行きます。会いたいです、あの人に……そうだ、リムさんも連れて行きましょう。リムさんは冷たい海に入るくらい海が好きなのです。旅費は二人でプレゼントしましょう。俺、バイトしますから」

「それはいい考え……行けたらいいねえ」

野津は約束の一時間も前に病院に到着した。リムと話し、少しでも彼を勇気づけようと考えてのことで、大家は仕事が終われば駆けつけるという。

病室にリムの姿はなく、無機質な四つのベッドで、唯一、人の残滓がうかがえるベッドには毛布が抜け殻のような形で丸まり、本が開いたまま置かれていた。

トイレにでも行ったのだろうと、野津は窓際の空いているベッドに腰を下ろした。窓の外には黒い瓦屋根が連なり、葉を落とした大木が一本だけ向寒の空に突き出ていた。

リムはなかなか戻ってこない。野津は、肺癌だったら、何と言って慰めようかと考えながら、窓際の空きベッドに身体を横たえた。身体の力が抜け、奇妙な浮遊感を感じた。静かだ。もうすぐ二一世紀を迎えようというのに静かだった。


突然、一人が立ち上がり、「国会へ！」と叫ぶ。すると、一〇人ほどが一斉に立ち上がり、「国会へ突入せよ！」と叫んだ。

「サークル館を空けて、国会へ行って、その間に黒服が襲ってきたらどうするつもりだ。今までの成果がすべて消え去ってもいいのか」

篠原が興奮気味に応じる。

「今、必要なのは行動だ。国会を占拠し、権力を奪取するのが喫緊の課題だ」

「国会に突入すれば権力を奪えると、本気で思っているのか！」叫んだ野津に攻撃の矛先が向く。

「日和見主義者の声に耳を貸すな」

「視野狭窄者を糾弾しよう。諸君、ルーマニアを見よ。民衆の反政府デモが独裁政権を倒した。行動こそが歴史をつくる。今こそ国会へ行かなければならない」

連絡会議が終わっても篠原の怒りは収まらなかった。

「私たちを国会へ動員するのが革改派の方針なのだろうけど、自分たちの方針が絶対だなんて勝手すぎる。少しはこちらの立場も考えてくれよ」

「そう言えば、あいつら権力との対決は勇ましくいうけど、一度たりとも黒服とぶつかったことがないなあ。同じサークル館の住人なのに、黒服が襲ってきても見ているだけ。他人事のように」

野津の疑問に、皆川が即座に反応した。

「彼らにとって大切なのは政治の動き。黒服との対決は、どうでもよい卑近な問題」

「じゃあ、俺たちが傷を負おうが、どうなろうが関係ないと？」

「そう、私たちは組織の構成員ではないので、どうなろうと関係ない。大切なのは身内だけ。企業も、役所も、宗教団体も、革命をめざす党派も、日本の組織は全てがそうだ。身内が第一で、身内を守ることが組織を守ることになる。だから、身内には寛容だが、部外者には極めて冷淡になれる」

「そうなると皆川さん、この国では、どこかに帰属し、身内にならなければ安心は得られないということになるね」

「でも、帰属先の決定に異論を唱えれば弾き出され、すぐに部外者になる」

「組織への服従が嫌だったら、自分で考え、自分で決め、自分で動くしかないということか……みんな、どうだろう。私たちはどこにも従属せず、自分で考え、やりたいようにやる。これを行動のスタイルにしようじゃないか」

そういう篠原の目に光るものが走った。

「だから、彼らが国会へ行っている間に、私たちは、ここで何かやろう」

「ここで？」

「国会周辺の地理はよく知らない。しかし、この地域なら熟知している。地の利があれば面白いことが出来そうだと思わないか」

「みんな、聞いてくれ」

篠原の前には大勢の人が座っている。

「思い出してほしい。黒服を追い出した時のことを。この手で、みんなの手で暴力を跳ねのけ、自由を勝ち取った。その後も何度となく黒服が襲ってきた。私たちは闘った。闘わなければ自由を失ったからだ。私たちにとって切実だった闘いも、第三者から見れば、短い足で一生懸命走ろうとするペンギンのように、滑稽な姿だったかもしれない。だが、誰が何と言おうが、私たちは当事者として現実と向き合い、現実を切り開いてきた。そして今、私たちはサークル館という自由の砦を得た。これで満足することなく、私たちは本来の目的である、黒服を容認してきた学校側の責任を追及し、学長を退陣させなくてはならない」

篠原は大きく息を吸い込んだ。

「その第一歩として、今日は周辺地域の人々に対して、この問題を訴える。やることは昨日の話し合いで決めたとおりだ。さあ、みんな、今日は外に出て、思いっ切り楽しんでくれ」

「要求は学長の退陣。方法はスクランブル交差点を占拠し、交通を遮断し、要求をアピールする。機動隊が来たら校内に逃げ込め。一人として捕まるな。さあ、問題を地域に発信しよう」

皆川の呼びかけに、人々が立ち上がった。先頭は大きな横断幕を掲げ、続いて竹竿を手にした人々が列をなして大門を出る。

スクランブル交差点の三方に待機していた人々が、合図で一斉に道路に飛び出す。竹竿を横に渡し、車を止める。混乱する車。鳴り響くクラクション。怒鳴り声。栄大と備大の中にためておいた古タイヤ、家具、自転車、家電などの粗大ゴミ。発泡スチロールや段ボール箱が運び出され、道路に並べられた。

「おーい、中に残った車をショップ街の方へ誘導して、終わったら、そこも塞いでくれ」

スクランブル交差点の楽園台駅側、栄大の北門側、ショップ街側、そして備大の大門前までの四方向が完全に塞がれた。

スクランブル交差点の真ん中に段ボール箱が積み上げられ、火が点けられた。黒煙が機動隊を呼び寄せる。瞬く間に大門側、駅側、北門側の三方に機動隊の銀色の盾が並んだ。

「壮観だな。何人いるのだろう」皆川が盾の数を数え始める。

「三方は塞いでおいて、ショップ街側には機動隊は配置されていない。なぜだろう?」

野津はバリケードの隙間から周りを観察した。ジュラルミンの盾の列は、道路の幅まで隙間なく並び、動こうとしない。

「野津さん、何か投げて挑発してみるか」

「向こうは様子を見ているのだろう。こちらも様子を見よう」

静けさと、こう着状態が続く。

「どうして排除しに来ないのだ？」

「皆川さん、いったん篠原さんたちがいる大門まで戻ろう。何か情報があるかもしれない」

野津に促され、皆川は周りの仲間に引き揚げを伝えた。

機動隊は三方の道路を完全に封鎖して動かない。沿道で背伸びをしながら、面白い事態に発展するのではと期待を膨らませていた群衆。その一部がしびれを切らして車道に出た。空き缶を拾い、恐る恐る機動隊に向けて投げてみる。並んだ盾は動かない。安全だと判断した群衆がどっとバリケードの中に入ってきた。

人々は、並んだジュラルミンの盾を珍しそうに眺めながら、携帯電話で実況中継を始めた。それが仲間を呼び寄せ、人はどんどん増えていく。

一人、二人とバリケードを越え、盾の列に何かを投げつけ、追われもしないのにあわてて逃げ戻り、笑いと歓声が上がる。

篠原は、機動隊がハリケードの撤去に出ない理由が判らないからと、野津や皆川に情報の収集を依頼した。

スクランブル交差点中央の焚火は異様な大きさで燃えていた。人々が次々と段ボールを投げ入れている。スーツ姿の男がブツブツ言いながら箱を投げ、ネクタイの男が「こんちくしょう」と箱を蹴り入れ、満足そうに手をたたく。酔っているのか素面なのか、ふらつきながら同じ動作を繰りかえしている。

野津は念のためにと消火器を焚火の前に置いた。服が引っ張られた。

「金田君か。久しぶりだね。こんな所にいたら危ないよ」

将棋の盤を大事そうに抱えた少年が言った。

「駅の裏に、黒い服を着た人たちがいっぱい、いっぱい、いるよ」

「本当か！」

「うん、みんな木刀を持っていた。だから知らせに来た」

「わかった。金田君は駅に戻って、黒服が動き出したら知らせてくれ」

「うん、いいよ。どうせ暇だから」

野津は備大の大門に戻った。

「篠原さん、駅の南口に黒服が待機しているらしい。数は判らないが、たくさんいると言っていた」

「やはり出てきたか」

「ひょっとして、機動隊が動かないのは黒服を援護するためではないのか？」

「皆川さん、いくら何でもそれはないだろう」

「いや、野津君、考えに入れておいた方がいいかもしれない。黒服のバックには有力な政治家がいる。政治家の一声で事態は動く。この国は、表向きは法治だが、実態は人治だ」

篠原は、みんなを引き揚げさせ、門の中に入れ、黒服との対決に備えようとした。

「じゃあ、俺は、あの火を消してくる。燃え広がったら大変だから」

野津は新たに消火器を二本下げ、スクランブル交差点の中央まで行き、燃え盛る火に、それを噴射しようとした。

ガチャンー
大きな音がショップ街の方から轟く。

「略奪だ」

「略奪が始まった」

その声に野津は消火器を置き、バリケードを越え、ショップ街へ走った。

ショップ街では、五、六人のマスク男が、テナントビルのショーウインドウのガラスを割り、中の商品を持ち出そうとしている。

――やめさせなければ、俺たちがやったことにされる……野津は、略奪者の一人の背後に回り、体当たりで押し倒すと、鉄の棒を取り上げた。

「略奪はやめろ」

野津は鉄の棒を構え、ショーウインドウのそばの一人と対峙した。

「奪った商品を元に戻せ」

略奪者は、ショーウインドウからマネキンを持ち出すと、彼に向かって投げつけた。マネキンが宙を飛び、車道に群がる人々の中に落ちた。

二体、三体と投げられ、四体目が持ち上げられた時、彼は、その男に猛然と突進し、鉄の棒を振り下ろした。

それを避けようとした男はバランスを崩し、マネキンとともにひっくり返った。

　別のマスク男が、倒れた男をかばい、野津の前に立ちはだかる。鉄の棒を構える、その姿に隙はなく、マスクの上の眼光は鋭く、身体全体から威圧感がほとばしる。

　野津は、自身の手が、腕が硬直していくのを感じながら、ゆっくりと後ずさりを始めた。男は無言で迫る。さらに後退しようとした、その時、歩道と車道の段差に足を取られ、彼はひっくり返った。

　男は倒れた野津の喉元に鉄の棒を突き立てた。鋭く冷徹な目には殺意が宿り、野津は殺されると思った。

　スコーンー

　金属音が響き、男が両手で頭を抱えながら崩れた。

　崩れる男の背後に金属バットを持った女性が立っている。

「ユンさん！」

「大丈夫か、早く立って」

　ユンは野津を抱きかかえ、立ち上がらせた。

「あの女を捕まえろ」別の略奪者が叫んだ。

「あの女だ」

「ユンさん、逃げろ。早く」

　野津は叫びながら、彼女の背中を押し、人ごみへ向かわせた。白いスラックスが跳ねるように群衆の中に消えたのを確認し、彼は彼女を追おうとした男に体当たりした。

「あの女を見失うな」

　バットで殴られた男が立ち上がり、自らマスクを剥ぎ取ると、顔を真っ赤にして叫ぶ。

「あの女を捕まえろ」

　別の男が走った。野津は、その男に飛びつき、組み伏せ、馬乗りになった。

「彼女に手出しするな」と言った瞬間、後ろから、グイッと髪の毛が引っ張られ、顎が上がり、首に腕がまきついた。

　首に、ものすごい力が加わる。喉が締め上げられ、息ができない。もがくことすらできず、目の奥が暗くなり、意識が遠のく……

　ギルギー、ギュルギュルギュル……奇妙な音が耳をよぎった。首を締め上げていた腕が緩み、離れた。

野津は思いっ切り息を吹き出し、咳き込んだ。略奪者たちは奪った品物を投げ捨て、一団となってテナントビルの横を曲がろうとしている。

ギルギー、ギュルギュルギュル……奇妙な音が大きくなり、突如、商店の陰から巨大な物体が現れた。群衆がどよめく。野津は息をのんだ。

茶褐色の巨体。それを支える巨大なキャタピラー。胴体には窓が一つとしてなく、上部には砲身のようなものが突き出ている。

巨体は、商店の角を直角に向きを変え、ショップ街をスクランブル交差点に向かって進む。

車道に広がり、略奪を眺めていた群衆が蜘蛛の子を散らすように歩道に逃げた。

車道には略奪者によって投げられたマネキンだけが残された。

「この化け物を出動させるために、この通りだけ機動隊がいなかったのか……」野津のつぶやきを掻き消すように群衆が騒ぎ出した。

「戦車だ。戦車が現れた」

「新型の戦車が出動した」

「あれは戦車ではない。戦車は重すぎて街の道路は走れない」

「じゃあ、あれは何だ？」

「無人装甲車だ。人は乗っておらず、コンピューターで動く最新マシンだ」

「装甲車にしてはデカすぎるぞ」

「群衆を蹴散らすためにつくられた最新兵器だ。あの上の砲身から水やガスが出る。網も出る。実弾も出る」

「内部に侵入されないために窓が一つもないのか」

「そうだ。人間を拒絶する機械だ」

「人間が機械に蹴散らされるなんて、おかしな世の中」

「違う、あれは平和と安全を守るマシンだ」

「甘いな。守られるのは役人と金持ちの安全だけ。俺たちなど見向きもされない」

どこかで無線操縦しているのか、あるいは、設定どおりに動く自動操縦なのか、巨体のエンジン音が急に低くなり、車道に横たわるマネキンの前で止まった。巨体は、前に横たわるのが人間なのか、そうではないのか、識別に迷っているように見える。

巨体が襲ってこないと判断した群衆はカメラや携帯電話を構え、珍しいものを撮影しようと押し合いを始めた。

「どこかに中に入るドアがあるはずだ」

「どっちが前だ？　前後が同じに見える」

「どつでもいい。早く写真に撮り、マスコミに売りつけよう」

野津は人々をかき分け前方に出た。路上には置いてきぼりにされたマネキンが横たわっていた。裸体で両腕のないマネキンは泣いているよう。赤いドレスがまくれあがったマネキンは下着もつけず恥ずかしそう。白いスラックスのマネキンは、

「ユンさん！」

野津は目を疑った。彼女が倒れている。気を失って倒れている。

「ユンさん、どうした。あいつらにやられたのか！」

野津は車道に飛び出そうとし、腕をつかまれた。

「危ない。やめろ」

何本もの手が彼の腕や服をつかむ。

「離せ！　あれはマネキンではない。人間だ。早く助けなければ」

「あのでっかいのが動き出したら、お前が轢かれるぞ」

「離せ！」

「危ないまねはやめろ。いつ動き出すか判らない」

手を振り払おうと暴れると、ますます多くの手が彼の服をつかみ、離さない。

「あれはマネキンではない。よく見ろ、人だ。気を失っている人間だ。早く助けなければ轢かれてしまう」

「あれはマネキンだ。お前、目が悪いのか？　それとも、頭がおかしいのか？」

「違う。みんなこそどうかしている。人が轢かれようとしているのに邪魔するなんて、どうかしている」

「マネキンを助けてどうなる。あれが動き出したらお前が轢かれる。みんな、お前のためを思っているのだ。この優しさが判らないのか」

「だったら離してくれ、俺の好きにさせてくれ。お願いだから離してくれ」

「無駄なことはやめろ。自分を大切にしろ」

「あの人は俺の知り合いだ。大切な人だ」

「あれはマネキンだ。マネキンはマネキンでしかない。轢かれようが、焼かれようが、煮られようが、どうってことはない」

ギルギー、ギュルギュルギュル……急にエンジン音が高鳴り、キャタピラーがアスファルトを咬む。巨体がジリッ、ジリッと前に出る。裸のマネキンが砕け散った。赤いドレスがキャタピラーに引き込まれた。

「ユンさん！」

キャタピラーが白いスラックスに迫る。

「ユンさん！」


「野津さん、風邪をひきますよ」

「ユンさん！」

「ユンさんはいません」

「ユンさん、ユンさん」

「野津さん、しっかりしてください」

目の前にリムの顔があり、窓の外には冬の太陽があり、その柔らかな日差しがベッドまで届いていた。

「夢にユンさんが出てきたのですか？」

「夢だったのか……」

「あーあ、涙なんか流して」

リムは呆れ顔で棚からタオルを取り出した。

「ユンさんはパクさんと仲良くやっていますよ。それにしても野津さんはヘンな人です。他人の彼女のために泣くなんて」

「おかしくてもいい」

「野津さん、もっと日本人らしくしなければダメです。日本人は、人前では威厳を保ち、決して涙を見せてはならないのでしょう」

「それは昔の人。俺は違う」

「本当ですか？」

「ああ」

「自分のためだけでなく、誰かのために泣くことができるとは、素晴らしいです。それに」

「それに？」

「他者のために泣くことができる人は、他者を侵したりはしません」

　リムは小さく微笑んだ。嬉しそうで、それでいて気恥ずかしそうで、慎ましくも気品がある微笑。これこそアジアのディープ・スマイル……野津は、あの手紙のMに、そう言われたような気がし、リムの顔を改めて見つめ直した。

12

　リムの検査結果はすべて陰性で、すぐに退院の許可が出た。

　当初は、長い間潜伏していた結核菌が抵抗力の低下とともに顔を出したのではと疑われたが、間隔を置いて検査をしても結核菌は検出されなかった。肺の映像に影が映っていたので、肺癌が疑われたのだが、最近の映像には影はなく、生体検査の結果も癌の可能性はないと判定された。また、喉頭の病気ではないかと調べたが異常はなかったという。

「病名は突発性喀血症だと書いてある。原因はストレス。本当にちゃんと調べたのかしら？」

　大家は結果を喜びつつも、病院に対する不信感を露わにした。

　壁には書棚が並び、大量のファイルと紙袋が納められ、一〇ほどある机の上には大小のパソコンが置かれている。

　ユンの会社の一室に招き入れられた野津は、社長を紹介された。

「井沢です。キミのことは彼女から聞いている。疑惑に確たる証拠がないのは、さほど重要な問題ではない。証拠を残すような陰謀はほとんどないからね。真実を覆い隠している皮を一枚一枚剥いでいくのが、私たちジャーナリストの仕事だ。ただ、私が不思議に思うのは、信日商事ほどの大企業が、違法な事業をやろうとするだろうかということだ」

「カルテルを結んで、アメリカの裁判所から巨額の賠償金を支払わされる日本の大企業が、いまだに後を絶ちません。日本でやっているからと、罪の意識もなく、同じことを他国でやるからです。大企業の法令順守の精神なんてその程度のものです」

　ユンが助け舟を出した。

「俺も世界を相手にしている商社が、商売にマイナスになるような事業には手を出さないと思います。リスクが大きすぎます。だが、一人の留学生を強制送還させてまで、口を封じたのは事実ですし、製紙工場をつくるには広すぎる土地を、一つの行政単位を丸ごと買ったのも事実です」

「買い占めた土地が広すぎるのは、処分場をつくるためだと言いたいわけだね」

「はい。俺は二〇年、三〇年先の先行投資ではないかと考えています」

「先行投資？」

「世界を相手にする商社が国際条約を無視して違法な行為をするとは思えません。だから、違法に行うのではなく、合法的に行うための先行投資だと考えます」

「今が違法なら、将来も非合法だろう？」

「タイという国は軍事クーデターで何度も政権が変わっています。将来、日本の政府、企業と結び付いた政権が成立し、多額の援助と引き換えに、日本からの核廃棄物の受け入れに合意したらどうなるでしょう」

「合意の上で行うわけか……」

「はい。当面は製紙工場を稼働させ、紙をつくり、日本に売って儲ける。将来、日本で処分場の場所が決まらなければ、タイ政府に働きかける」

「選択肢を増やそうとしているわけか」

「そうです。日本で処分場の場所が決まれば、わざわざ持ち出す必要はなくなります。だが、決まるでしょうか？」

「破綻寸前の自治体が、カネのために処分場を受け入れるはずだ。だとすると、この話の可能性は極めて低い」

「問題は、火山と断層と地下水です」

「日本には、この三つの難題をクリアする地層などないというのか？　キミは」

「俺は専門家ではないから、その辺の事情は判りません。ようするに、本当に一万年後も安定している地層であるのかどうかは、一万年後でなければ判らない。だけど、処分場が必要なのは今。それでどうするか？　専門家と言われる人が安全だと言えば安全になり、適地と判断すれば適地になるのです」

「私もそう思います。社長。一万年後のことなど専門家といえども判らないのです」

「キミたちはまだ若いね。政府の方針に反する意見をいう専門家は排除すればよいのだから、適地などどうにでもなる。原発を海のそばや火山の近くにつくっても平気な国だぞ、この国は」

ユンの言葉は即座に否定された。

「だけど、この国の指導者と言われる人たちが、処分場の適地など、この国には存在しないと考えていたらどうなるでしょう」

「野津君とやら、キミの言わんとすることは判る。活断層だらけの日本に、処分場の適地など存在しないことを権威筋は既に認識しているとしよう。だけど、どこへ持っていくかの判断は国家の仕事で、一企業である信日商事が考えることではない」

「俺もそう思います。しかし、信日商事の柴田会長は国士と言われている人物です。自分が国家を背負っていると考える人です。国を憂い、国のために動くのが使命だと考えていたら、どうなるでしょう」

「使命感か……昔、これが自分に与えられた使命だと自分で決めつけ、自意識を異常に肥大化させ、使命を達成するためには戦争も辞さずと、戦争を煽った人たちがいた。彼も、似たような狂信的な使命感に燃えているということか……」

「はい、国のために、事を成し遂げられるのは自分しかいないと考えているのではないでしょうか。それは、あくまでも国のためであり、人類のためではありません」

野津の言葉は肯定も否定もされず、それっきり社長は腕を組み、黙り込んでしまった。


三日後、野津はユンに呼び出された。

「昨日、社長と再度話し合ったが、三〇年先の可能性に今から興味を持つ人はいない。人々が求めるのは眼前の危機だと言われた」

「やっぱりダメだったか」

「核燃料サイクルは資源がない日本では不可欠。そこから出る危険な核廃棄物も地中に埋めて、見えなくすれば安心だというのが国策になっている。これを覆すのは不可能。キミが追いかけなければならないのは、核兵器として使える、貯まる一方のプルトニュウムの方だと社長に言われた」

「原発は核の潜在的抑止力になるという、軍事的な面を追及せよということか……」

「そうがっかりするな。それでもキミはタイに行くのだろう」

「もちろん行く。日本では、この情報は完全にシャットアウトされている。漏れ出そうになったのは留学生に宛てたタイからの手紙で、信日商事の名前が出たのもそこからだけ。だからこそ、強制送還という手を使って封じ込めた。情報はタイにある」

「留学生の父親に会えれば具体的な話が聞けるかもしれないと?」

「ええ、どこから信日商事の名前が出たのか、まず、それを確認したい」

「財界か、軍関係者か……」

「出所を知るだけでなく、現地を映像として残しておきたい。未来の世代への記録として……ユンさん、こう考えたらどうだろう。今の日本の憲法では外国に日本の軍事基地をつくることは不可能だ。だけど土地は買える。投資目的とか、工場をつくる名目で、カネさえ出せば土地は買える。例えば、中東のどこかに広大な土地を買っておいて、土地は遊ばせておく。ある時、中東で動乱が起き、石油の輸入が危うくなった。日本経済の危機だと、その土地に重機を運び入れ、滑走路をつくれば、すぐに軍事基地になる。そして、日本の財産である、その基地と従業員を守るために自衛権を行使すると称し、その地域の戦争に介入する」

「なるほど、それも可能性を予見した先行投資の一つか……それも合法的な」

「だから、わずかな可能性でも、未来への責任として記録しておかなければならないと思う」

「未来への責任か……それなら私も見ておきたい。正月休みなら、私も行ける」

「本当?」

「ああ、休み中に自費で行くと言えば社長も許してくれるだろう。会社のカメラも貸してくれるはずだ」

「おカネは大丈夫？」

「キミとは違う」

「そうだね、そうだよね」

野津は急に視界が開けたような気がした。

「映像は世界を広め、活字は世界を深めると思う。だから両方とも必要だ。現地の映像とチャルーンの証言を、中井という友人が、中井も一緒にタイへ行くけど、インターネットで流す手はずになっている」

「ネットの世界には限界がある」

「正直、俺はよく判らない。しかし、中井は、ネットは世界とつながる力を持っていると信じている。あ、今度紹介するよ。きっとユンさんと気が合うと思う。性格が正反対だから」

「私の正月休みは十二月三〇日からだ。出発日はその次の日で、一週間の滞在予定にしてほしい」

「わかりました。チケットやホテルの予約は中井がやります」


師走のあわただしさなど無縁だと思っていた野津は、タイ行が近づくにつれて気忙しさを感じるようになっていた。

突然、中井が大きなスーツケースを持って、栄の会の部屋にやってきた。

面接を受けた業界紙から内定の通知が届いたという。ただし、面接の時に話した炭素繊維の将来性についてレポートを書き、それが認められれば正式採用になるとのこと。

「レポートの提出期限が一月一〇日と決められたから、タイには行けなくなっちゃった。だから野津君と彼女の二人で行って」

「なんだよ、いまになって」

「野津君、スーツケース、持っていないでしょう。これを使って。向こうは今の季節、夜は結構寒いらしいから、ジャケットを一枚持って行った方がいいみたい。それから、これが二人分のチケットとホテルの予約券。これがＮＧＯの人の連絡先。英語、大丈夫よね」

「受験英語だから不安だけど」

「この電子辞書を貸してあげる。けっこう便利よ。それから、これ、野津君へのカンパ。私のチケットの払い戻し分」

「いいのか？」

「どうせ、旅費は誰かからの借金でしょう」

「ああ、トミさんから借りた」

「あの労働者ね。その借金、これで返しなさい。私がいけなくなったお詫び」

「でも、こんな大金」

「おカネは有効に使ってこそ価値が出るもの。その代り、チャルーンの証言と現地の映像をちゃんと撮ってきてよ」

「それは大丈夫。プロのカメラマンが一緒だから」

一緒に行く以上、隠し事はしたくないと、野津は新城の手紙の存在をユンに明かした。その上で、手紙の差出人の最後の住所を訪ねてみたいのだと、タイでの、もう一つの目的を打ち明けた。

皮のカバンから出てきた大量のエアーメールに彼女は驚いた。

「こんなにたくさん、これいつの？」

「一九七〇年代のもののようです」

「三〇年前の住所を訪ねても、いるかなあ」

「手紙の内容からすると、そこには住んでいないと思う。でも、この手紙の人が、どんな所で生きていたのかを見てみたい」

彼女は、「私が読んでもいいのか？」と念を押し、皮のカバンを受け取った。

13

空港行のバスの中で、野津は喉の渇きを覚え、さかんにペットボトルのお茶を飲んだ。

「俺、初めて、国境を越えるの」

「私も」

「へえ、意外だなあ。俺はまた、ユンさんは何度もパクさんの所へ行っているのかと思っていた」

「あそこは祖父母の故郷。私のではない」

「そうか……俺にはよく判らないが、簡単に割り切ることはできないのか」

「キミは理解しているという思い込みがないのがいい。だからこそ、キミには、私たちマイノリティのことを、きちんと理解してほしい」

「うん、努力する。だから、俺がおかしなことを言ったら批判してくださいよ」

「いいのかな？　大概の日本人は批判には、からっきし弱く、批判したら、頭から拒絶するか、感情的になるか、押し黙るかだ。だから、批判した途端、関係がそこで切れてしまう」

「俺はまだ自己形成の途中だから、批判はありがたいものとして受けとめられると思う。その代り、反論するときはするからね」

「当然のこと。相互批判がなければ、相互理解は生まれない」

　野津は、世界中のマイノリティの現状を知りたいと思った。五号館を乗っ取った時、通用口の鍵を開ける合言葉を「イランカラプテ」にしようと和倉知帆が提案した。あれは、アイヌの挨拶で、〈あなたの心にふれさせてください〉という意味。

　どれだけユンの心にふれることが出来るか。どこまでタイの人々の心にふれられるのか……すべては自分次第。

「あのカバンの手紙、全部読んだよ」

　車窓を眺める野津に向かって、ユンが語り掛ける。

「ユンさんは、あの手紙の人、どうなったと思う？」

「さあ……私たちの世代の想像を超えているから、正直、判らない」

「あれから一切、連絡がないというから死んでしまったのかもしれない」

「でもなあ、マラッカ海峡を封鎖するなんて、よく思いつくね。封鎖したら日本経済はマヒするどころか、破たんするだろう。確実に」

　経済は大混乱し、人々の生活は滅茶苦茶になるだろうと野津は思った。

「動機はどうであれ、マラッカ海峡を封鎖したら現地の人も困ると思うけどなあ」

「そうだよ、ユンさん。現地の人と一緒にやるのならまだしも、日本人だけでやるのなら、独り善がりの行動になる」

「まてよ、大型タンカーが航行できなくなれば、現地の漁民は安全に操業ができると、喜ぶかもしれない」

「そういう面もあるか……クラ地峡運河計画というのは、どんなものか判った？」

「それがよく判らない。マレー半島の一番細い部分に運河を通して、マラッカ海峡の迂回路にしようという計画だと思うが、ネットで調べても出てこない」

「現在、運河はないから、計画は中止されたことになる。どうして中止になったのか、その理由を知りたいね」

——新城たちは、この国がゆっくりと劣化していくのを見越し、自らの手で破綻させた方が、より速く新しい社会をつくれると考えたのではないだろうか。しかし、それは多くの日本人の納得を得られることではなく、しかも、手紙のどこにも、破壊の後のプランは示されていない。破壊の後は、どうにでもなれというのでは無責任だ。

待てよ、新城たちは、日本は将来、再び戦争を起こすと考えた。ナショナリズムが渦巻く国内では、戦争反対は言えなくなるだろう。だから、実質的に戦争遂行を不可能にしようと、マラッカ海峡の封鎖を企てた。そのための拠点を作ろうとしたのだが、時間の重みに堪えかねて、自滅してしまったのではないだろうか……野津は窓の外を見ながら、そう考えた。

「野津君、キミが、あの手紙の人の住所に行ってみたいという気持ち、判るような気がする」

「じゃあ、一緒に探してくれる？」

「もちろん」

「あの手紙の人の、その後の手掛かりがつかめるかもしれない。可能性は極めて低いけど」

「低いからこそ、調べる価値がある。そう思わない？」

ユンは涼しげな眼差しで野津に同意を求めた。

昨年末、一九九九年から二〇〇〇年になる時はコンピューターが狂い、飛行機が落ちるからと、旅行者の数は激減した。

二一世紀を迎えようとする二〇〇〇年の年末も、旅行者の数は完全に回復していないという。

それでも搭乗手続きの列は長く、二人はようやく出国手続きに並んだ。

野津のパスポートに出国のスタンプが押された。

「あなたはコリアンですね」

ユンが係官に尋ねられる。

「はい、在日コリアンです。ここに並んではダメなのですか？」

「ここでいいですが、再入国許可証を見せてください」

「なんですか、それ？」

「再入国の許可証なしで出国すれば、帰るときに日本に入国できなくなりますよ」

「なぜです？　私は日本で生まれ、日本で育ちました。日本にしか生活基盤はありません。どうして生まれた所に戻ることが出来ないのですか？」

「規則だからです。日本に帰りたいのなら再入国許可証を持参してください」

「彼は、そんなもの、持っていません」

「あの人は日本国籍です。日本国籍の方は必要ありません」

「私は韓国籍です。私の祖父は日本の戦争に徴用されて日本に連れてこられました。そして私の父が生まれた。私も日本で生まれました。自宅がある所に戻るのに、どうして許可が必要なのですか？」

「入管法という法律で決まっているからです」

「私に生活基盤を放棄し、流浪の民になれというのですか？」

職員はウンザリという顔をして、決断を迫った。

「今回の旅行はあきらめ、家に戻り、再入国許可証を交付してもらってから旅行に出るか、このまま出国して、日本への帰国の際に入国を拒否されるか、選ぶのはあなたです」

ユンはぐっと唇をかみしめた。

「どちらにしますか？」

早く仕事を片付けたい職員は選択を求め、ユンは職員を睨みつけた。

「植民地支配したのは日本なのに、なぜ、被害者の子孫であるこの人が不利益を被らなければならないのですか！」ブースに駆け戻った野津が職員に迫る。

ユンはそれを制し、担いでいたバッグを手にした。

「私には、自由に旅行をする権利がないようだ。野津君、一人で行って」

「ユンさん……」

「情けない顔をしないで。カメラと説明書はこのバッグの中に入っているから、心のこもった映像を撮ってきて」

「ユンさん、一緒に行こう」

「一緒は無理なようだ。私の生活基盤は日本にしかないからね」

「ユンさん、俺、また一人に……」

「人間、基本は一人だ」

「寂しいなあ」

「こちらは切ないよ」

「ユンさん……」

「早く行った方がいい。後ろの人の迷惑になる」

「わかった。一人で歩いてみる」

野津はカメラのバックを肩にかけ、ユンの顔を見つめた。彼女は黙って頷いた。

野津は大きく息を吐いた。透明なスタートラインに立つ自分がそこにいた。彼は心の中で叫んだ。

——ヒヤァ・ウィ・ゴォー……

注

＊各章、冒頭のペンギンの生態は、フランシス・ランティング著『ペンギン』二〇〇三年・発売元、洋販より引用、要約。

＊入管法は二〇〇〇年の時点での規定。

＊クラ地峡運河計画は、アジア太平洋戦争中、日本軍が「馬来半島横断運河」として、可能性を現地調査したが、具体化はしなかった。その後、一九七〇年代に、マラッカ海峡で事故が起きた場合の迂回路の必要性、さらにマラッカ海峡経由よりも時間が短縮されるという経済的メリットから、再び、運河の建設計画が持ち上がった。その際、工事期間の短縮を目的に小型の原子爆弾を使用することが明らかにされ、これに対する賛否が巻き起こった。

＊急激な地球温暖化によって、南極の気温が上昇すると、体温を放出する機能を持たないペンギンたちは、環境に適応できず、死滅するのではないかと心配されている。

山口 隆（やまぐち・たかし）
著書に『他者の特攻』（2010年、社会評論社）ほか。

片吟鳥《ぺんぎん》戦《せん》記《き》

2016年8月10日　初版第1刷発行

著　者	山口　隆
発行者	高井　隆
発行所	株式会社同時代社 〒101-0065　東京都千代田区西神田2-7-6 電話　03(3261)3149　FAX 03(3261)3237
組　版	有限会社閏月社
装　幀	クリエイティブ・コンセプト
印　刷	中央精版印刷株式会社

ISBN978-4-88683-803-2